战洪图

——2021年河南黄河防御秋汛洪水纪实

黄河水利委员会河南黄河河务局　编

黄河水利出版社

图书在版编目（CIP）数据

战洪图：2021年河南黄河防御秋汛洪水纪实 / 黄河水利委员会河南黄河河务局编 . — 郑州：黄河水利出版社，2021.12
ISBN 978-7-5509-3198-5

Ⅰ. ①战…　Ⅱ. ①黄…　Ⅲ. ①纪实文学 - 中国 - 当代
Ⅳ. ① I25

中国版本图书馆 CIP 数据核字（2021）第 267992 号

策划编辑：王建平　　电话：0371-66024993　　E-mail：1360300540@qq.com

出 版 社：黄河水利出版社　　网址：www.yrcp.com
地址：河南省郑州市顺河路黄委会综合楼 14 层　　邮编：450003
发行单位：黄河水利出版社
发行部电话：0371 — 66026940、66020550、66028024、66022620（传真）
E — mail：hhslcbs@126.com
承印单位：河南博雅彩印有限公司
开本：787mm×1092mm　1 / 16
印张：27.25
字数：420 千字　　印数：1—2000
版次：2021 年 12 月第 1 版　　印次：2021 年 12 月第 1 次印刷

定价：95.00 元

审　　定	张群波	司毅铭		
主　　编	姚自京	王晓东	程存虎	甘保恩
	刘同凯	吴东平	耿新杰	
副 主 编	庄　建	濮华林	赵　炜	崔景霞
执行副主编	李　锟	祖士保	于　澜	
编辑人员	刘君瑜	张晓玲	何曙霞	谷长风
	海　涵	王　舒	谢亚萍	王　超
	陈　静			

在 2021 年河南黄河秋汛防御总结表彰大会上的讲话（代序）

河南黄河河务局局长　张群波

2021 年 12 月 9 日

同志们：

护河安澜，造福人民，是河南黄河人的永恒初心和崇高使命。在今年特殊的汛期里，全局上下共同经历了罕见秋汛洪水的严峻考验，展开了惊心动魄的艰苦斗争，夺取了抗洪抢险的全面胜利，续写了岁岁安澜的恢宏篇章。

今天，我们召开河南黄河秋汛防御总结表彰大会，就是全面总结抗洪斗争取得的重要经验和成果，表彰涌现出的先进集体和个人，激励全局职工学习他们的先进事迹，砥砺不忘初心、牢记使命的责任担当，焕发开拓进取、干事创业的高昂斗志，凝聚知重负重、攻坚克难的磅礴力量，为确保河南黄河长治久安、永远造福中华民族而不懈奋斗。

在此，我谨代表省局党组，向奋勇抗击秋汛洪水的铁军勇士们致以崇高的敬意！向给予防汛工作巨大支持的全局职工家属表示亲切的问候和衷心的感谢！

下面我讲三点意见。

一、勇挑重担，不辱使命，2021 年河南黄河秋汛洪水防御工作取得全面胜利

今年是中国共产党成立 100 周年，是“十四五”开局之年，也是深入推动黄河流域生态保护和高质量发展的关键之年。坚决战胜河南黄河秋汛洪水，事关区域经济社会稳定发展，事关重大国家战略顺利推进，事关人民群众生命财产安全，意义特殊，使命光荣，责任重大，容不得半点闪失。

在水利部、黄委和省委省政府的正确领导下，全局上下坚决贯彻习近平总书记关于防汛救灾工作重要指示精神，认真落实李克强总理批示要求，把秋汛防御工作作为重大的政治任务。全体干部职工坚持人民至上、生命至上，发扬伟大抗洪精神，视汛情如命令、把河道当战场、将堤坝作阵地，快速反应，严防死守，连续作战，

与时间赛跑、和洪水搏击、同寒冷较量、向极限挑战，有力、有序、有效抢护各类险情，充分展现了新阶段“黄河铁军勇士”的责任担当，把对党和人民的忠诚书写在防汛抗洪的战场上，确保了河南黄沁河安全度汛，保障了人民群众生命财产安全，实现了“不伤亡、不漫滩、不跑坝”的防御目标，赢得了秋汛洪水防御战的全面胜利！

回顾这次秋汛，我们面对的防汛形势极其特殊、极其复杂、极其严峻。此次黄河秋汛是新中国成立以来最严重的秋汛，黄河干流9天内发生3次编号洪水，支流伊河、洛河、沁河均发生有实测记录以来同期最大洪水，汛情特殊，极为罕见。一是秋雨频次密、雨量多。8月下旬以来，黄河中游发生了8次强降雨过程，雨区主要集中在泾河、渭河、洛河、汾河、沁河、伊洛河，累计面雨量396毫米，较常年同期偏多2.3倍，为1961年以来同期最大。二是洪水洪峰高、洪量大。黄河干支流洪水并发。潼关站最大洪峰流量8360立方米每秒，为1934年以来同期最大，洪量达75.1亿立方米；花园口站发生1996年以来最大洪水；河南省伊洛河、沁河最大洪峰流量分别为2970立方米每秒、2000立方米每秒，来水分别为多年同期的5.7倍、5.9倍，均为1950年以来最大。三是调度目标多、空间小。由于来水量大，小浪底、故县和河口村水库运用水位均创历史新高，陆浑水库运用水位接近历史最高蓄水位。水库调度既要确保水库安全，也要保证下游不漫滩，同时还要考虑库区群众生命财产安全，调度风险高、难度大。四是河道流量大、历时长。黄河干流3次编号洪水经中游干支流水库联合调度后，河南黄河河道4800立方米每秒量级洪水过程仍持续24天，为有实测记录以来持续时间最长。黄河干流濮阳卡口河段水位达到滩唇高程，漫滩风险始终存在。五是防守任务重、险情多。受大流量、长历时洪水持续影响，河道工程险情多发频发，累计出险2439次，抢险用石52.71万立方米，为多年均值的3倍。在防守防洪工程的同时也要对黄河滩区内219公里生产堤进行防守，任务繁重。

回顾这次秋汛，我们整个洪水防御战部署有方、举措有力、落实有效。一是责任落实到岗到位。全面落实以行政首长负责制为核心的各项防汛责任制，创新建立“政府领导、应急统筹、河务支撑、部门协同、群防群控”的防汛抢险机制。促请省委省政府办公厅联合下发《关于加强黄河秋汛洪水防御工作的紧急通知》，明确属地政府防汛责任；协调省防指及时启动河南黄河防汛Ⅲ级应急响应。河务部门与防指各成员单位及应急救援力量等通力协作，履职尽责，全力开展各项洪水防御工作。

二是会商研判周密科学。针对严峻汛情，各级严格落实预报、预警、预演、预案四预措施，坚持每日会商，先后召开112次会商会，及时分析研判汛情。建立了“1+6+26”省市县三级防汛视频会商平台，实现滚动会商，实时传递防汛信息和指令，跟踪洪水演进、水位表现，研判河势工情、防守重点等，调度队伍、机械、料物，指导现场抢险，超前安排部署各项防御措施，牢牢掌握防汛主动权。

三是工程巡查严密有序。促请省防指下发《关于加强黄河秋汛巡查防守工作的紧急通知》，对巡查责任、巡查方案、巡查力量、巡查设备等提出严格要求。敦促各级严格落实巡查通知要求，按照1∶3配备专业人员与群防人员，各级河务职工与1.2万名县乡政府群防人员联合开展24小时不间断巡查，同时增派骨干力量对重点工程重要部位实行定点蹲查，做到了险情早预判、早发现、早处置。

四是险情抢护及时主动。坚持抢早抢小、防住为王，对防洪工程进行全面排查，提前除险加固；派出4个抢险专家组进行技术指导，制订抢护方案，预筹应对措施。督促地方政府落实属地责任，沿黄各地组织专业及群防人员对生产堤不间断巡查防守，预置充足料物和设备，特别对濮阳生产堤等薄弱堤段进行加高加固。行政负责人坐镇指挥，应急管理部门统筹队伍和料物，河务部门提供抢险技术支撑，有关防指成员部门各司其职，群防群控，及时抢护了各类险情，确保了防洪工程不跑坝、生产堤不决口。

五是预置力量充足完备。我局6支专业机动抢险队持续奋战在抗洪抢险一线；15支消防救援抢险队伍2132人和470名民兵预备役队员在关键时期驻守大堤；与省军区建立抗洪抢险任务对接机制，驻豫部队做好随时抗洪抢险准备；中国安能集团抢险队200人、中铁七局抢险队350人列装备勤。预置大型抢险设备1323台（套），满载集结；对75处靠河工程紧急架设照明线路234公里、配置应急照明车101部，落实帐篷或活动板房501顶（个），全面做好抗大洪、抢大险的各项准备。

六是涉水安全管理严格。启动预警信息发布机制，及时向沿黄8市31个县（市、区）群众发送防洪避险短信3.89亿条，提醒社会公众远离河道；督促各县（市）及时开展清滩，在进滩路口设置关卡、标牌，对滩区作业人员、游客和流动人口等及时进行劝离；停止涉河项目施工，依法拆除境内9座浮桥，锚固好舟体，保障了重要设施安全，无伤亡事故发生。

回顾这次秋汛，我们攻坚克难完成了任务、实现了目标、锻炼了队伍。一方面，最大程度降低了洪水灾害损失。通过会商研判，结合河南黄河河道过洪能力，及时向黄河防总提出合理化调度建议，两次将花园口站超10000立方米每秒的天然洪峰流量（其中一次超12000立方米每秒）削减至4800立方米每秒左右。省市县三级连续奋战、严防死守，持续坚守一线30余天，确保了防洪工程安全和滩区群众生命财产安全，避免了下游滩区100余万人转移和200余万亩耕地受淹，实现了“不伤亡、不漫滩、不跑坝”的防秋汛目标。另一方面，大幅提升了防大汛的团队意识和抢险能力。一个多月的风雨同舟、同甘共苦，机关与基层、河务与地方的感情进一步加深，“河南黄河一盘棋”的思想基础进一步夯实，特别是全员防汛的团队意识牢固树立起来了。大家普遍认识到，洪水当前，每一个岗位都是战斗岗位，每一个部门（单位）都责无旁贷。同时，抢险实战也是最好的课堂，在防御洪水的过程中，决策部署、工程防守、舆论引导、后勤保障等各方面都经受了检验，得到了全周期实战磨炼，全面提升了防汛工作能力和水平。

沧海横流，方显英雄本色。在十分艰难的条件下，我们历经千辛万苦、一路闯关夺隘，在深入推动黄河流域生态保护和高质量发展座谈会召开之前，全面稳住了防汛形势，成果来之不易。这场抗洪斗争，是黄河重大国家战略实施以来，对河南黄河防汛工作的一次总动员、大检阅，是一场具有标志性意义的重大胜利，必将激励我们以更加坚定的信心，排除万难去争取幸福河建设的更大胜利。

二、系统梳理，科学归纳，从防御秋汛洪水的实践中总结成功经验

水利部部长李国英在检查指导河南黄河河务局秋汛洪水防御工作时，充分肯定了河南黄河防汛工作，并指出河南黄河防汛工作实现了五个转变，为其他地区树立了标杆。在黄委秋汛防御总结表彰大会上，汪安南主任全面系统总结了五个“必须持续推进”的宝贵经验，即“必须持续推进行政首长负责制更加有实有效，必须持续推进防御力量从专业单元到群防群治拓展，必须持续推进防御任务从总体要求到责任落实细化，必须持续推进防御措施从被动抢险转到主动前置抢险，必须持续推进防御目标从险工险段到全线全面防御延伸。”这是对黄河秋汛防御工作的深度总结和高度概括，是全河秋汛洪水防御共性经验。对河南黄河抗洪抢险工作来说，我们还有以下认识和体会。

坚持党的领导是取得抗洪抢险胜利的根本保证。本次秋汛，党中央、国务院高度重视，习近平总书记在山东考察黄河时对黄河秋汛防御工作作出重要指示；李克强总理亲自主持召开专题会议进行部署，作出重要批示。水利部部长李国英多次主持防汛会商调度会，并专程带队赴一线检查指导；黄委主任汪安南主持调度并多次深入一线指导抗洪抢险。省委省政府把防秋汛工作作为压倒一切的重要政治任务，主要领导第一时间会商研判部署，切实抓细抓实各项防御措施；分管领导坐镇指挥、统筹协调，随时解决抗洪抢险中的困难和问题。党中央、国务院和各级领导的高度重视，为河南黄河秋汛防御工作指明了方向，增强了夺取胜利的信心，确保了各项防御工作有力有序开展。

行政首长负责制的有效落实是取得抗洪抢险胜利的核心关键。沿黄各级党委政府站位大局，认真履行以行政首长负责制为核心的各项防汛责任制，切实扛起主体责任和属地责任，主要领导靠前指挥，分管领导分片包段，抓实抓细各项抗洪抢险措施；沿黄各市县（区）在靠河工程成立前线指挥部，指挥抗洪抢险，组织群防队伍、调运设备，紧急安排防汛石料补充，发挥了抗洪抢险的关键作用。

较为完善的防洪工程体系是取得抗洪抢险胜利的坚强基石。人民治黄以来，在黄河干支流修建了小浪底、三门峡、故县、陆浑、河口村水库，对河南黄沁河858公里堤防进行了4次大规模加高培厚和标准化堤防建设，初步形成“上拦下排、两岸分滞”的防洪工程体系。依靠这一工程体系，最大限度挖掘防洪运用潜力，充分发挥下游河道工程作用，实现花园口站流量维持在4800立方米每秒量级不漫滩、河势未发生较大改变，为保障防洪安全发挥了至关重要的作用。

科学调度应对是取得抗洪抢险胜利的有效手段。下足“绣花”功夫，强化“四预”措施，协调组织省应急管理、水利、气象等部门进行联合会商，分析研判洪水演进、防守重点等。各级立足“谋在河势变化之前，抢在险情发生之初，护在工程重点部位”，精准指挥、科学调度，下先手棋、打主动仗，坚持主动前置防御，变以往的“险在前、抢在后”为“防在前、抢在初”，不间断开展工程隐患排查，第一时间进行除险加固。从点到线、从线到面科学配置防守力量、抢险设备、交通运输、后勤保障等，层层落实应对措施，做到抢早、抢小、抢住，有效预防了较大以上险情的发生。

坚持群防群控是取得抗洪抢险胜利的可靠力量。沿黄各市县区构筑了三级黄河防汛力量体系，推进专业、社会、群众防汛队伍有机融合，成立由河务、消防救援、群防队伍组成的多支一线抗洪抢险突击队，近1.5万名专业及群防人员坚守一线、昼夜巡查防守；预置基干民兵等作为后备抢险力量，形成了分梯次、多层次的群防群控体系，做到了巡查不缺位、防守不断档，实现了险情及时发现、第一时间抢护。

各级各部门团结协作是取得抗洪抢险胜利的有力保障。应急管理部门统筹做好队伍调用、料物补充等；河务部门多次派出抢险专家组赴一线进行技术指导；水利部门派出技术人员指导生产堤巡查防守；气象部门滚动提供重要气象信息；电力公司昼夜施工，紧急架设照明线路；公安部门、交通部门实施黄河大堤、进滩路口交通管控，确保了防汛应急物资和设备运输车辆顺利通行；自然资源部门积极为石料开采提供支持；通信管理部门及时发送防洪避险预警短信；新闻宣传部门强化宣传引领，营造了良好的舆论氛围；地方人民武装部门派出民兵积极参加抗洪抢险。各级各部门勠力同心，形成了共战洪水的强大合力，为抗洪抢险取得全面胜利提供了有力保障。

三、再接再厉，勇毅前行，沿着习近平总书记指引的方向不断提高防洪减灾综合防御能力

10月22日，习近平总书记主持召开深入推动黄河流域生态保护和高质量发展座谈会，发出了“为黄河永远造福中华民族而不懈奋斗”的新号令，对“加快构建抵御自然灾害防线”作出重要部署，并列为“十四五”推动黄河重大国家战略实施的五大任务之首，为我们做好黄河防汛工作指明了方向，提供了根本遵循，全局上下必须全面准确领会，认真抓好贯彻落实。

一要坚定不移践初心，增强保障河南黄河安澜的责任感使命感。习近平总书记指出：“洪水风险依然是流域最大威胁。”黄河流域生态保护和高质量发展首先要确保的是黄河安澜。随着全球气候变化影响，河南黄河发生超标准洪水的可能性依然存在，形势严峻。从今年秋汛洪水过程可以看出，防洪保安任务艰巨。我们必须清醒地认识到，随着重大国家战略深入推进，黄河流域在新发展格局中的战略支撑地位日益凸显，同等量级洪水灾害造成的社会影响和经济损失较以往更大；而河南黄河处在黄河“豆腐腰”段，悬差最大、滩区最广、人口最多、任务最重，我们更加“淹不得”也“淹不起”，必须保持如履薄冰、如临深渊、戒慎恐惧的心态，从最不利的情况出发，未雨绸缪做好防大汛、抗大洪、抢大险、救大灾的各项准备，坚决避免河南黄河防洪发生系统性风险，以实际行动做到“两个维护”。

二要传承精神扬作风，锻造守护河南黄河安澜的铁军勇士。在黄河秋汛防御总结表彰大会中，汪安南主任强调：“我们不但收获了这场斗争的全面胜利，而且在传承中丰富了黄河精神的时代内涵，彰显了坚决做到‘两个维护’意识，彰显了全河一家团结奋斗精神，彰显了强大卓越治黄专业精神，彰显了可歌可泣无私奉献精神。”这“四种精神”，体现了新时代黄河人的精神风貌，是黄河保护治理事业的宝贵精神财富，是全局深入推动新阶段河南黄河保护治理高质量发展的不竭动力和底气。在这场秋汛洪水防御斗争中，全局广大干部职工用实际行动表明，听党话、跟党走的红色基因永不褪色，治理水患、造福人民的信心决心坚定如磐，特别能吃苦、特别能战斗的作风代代相传。我们必须持之以恒大力弘扬，凝聚精神力量，与强化党的建设、弘扬伟大建党精神紧密结合，与保护传承弘扬黄河文化紧密结合，加强正向激励导向，营造昂扬向上工作氛围，全面激发干事创业活力，打造敢打硬仗、善打大仗、能打胜仗、作风优良的“河南黄河铁军勇士”。

三要查漏补缺固根基，补好河南黄河防洪基础设施短板。在深入推动黄河流域生态保护和高质量发展座谈会上，习近平总书记明确要求补好防灾基础设施短板。我们要结合近年来的抗洪实践进行梳理研究，对历史欠账和现实短板做到心中有数、手上有账、推进有策。要分清轻重缓急、突出工作重点，不断完善河南黄河防洪工程体系。加快推进黄河下游“十四五”防洪工程、黄河下游引黄涵闸改建、黄河下游安全监控系统工程、贯孟堤扩建工程建设；推进黄河下游标准化堤防现代化提升，开展下游“二级悬河”治理和河道综合整治，实施必要的护滩和护岸工程，保持河道主槽稳定，减小或消除滩区横比降，增强堤防和控导工程安全防御洪水的能力，提升工程强度和韧性，确保堤防不决口。

四要提升能力强保障，健全河南黄河防洪非工程措施。一是提升组织保障能力。今年秋汛洪水防御过程中创立的“政府领导、应急统筹、河务支撑、部门协同、群防群控”的防汛抢险机制，在巡查防守、险情抢护、料物补充、队伍设备预置等工作中发挥了重大作用，以行政首长负责制为核心的各项防汛责任制得到充分落实，各级要运用好这一新机制，更好地开展防汛工作。二是提升应急保障能力。切实加快河南黄河防汛专业队伍与防汛物资仓库建设，加强与应急部门、驻豫部队等沟通对接，保障防大汛、抢大险的需要。三是提升专业支撑能力。加大专业人才培养力度，实现技术传承、创新和人才可持续发展；加强抢险专业队伍培训及技能演练，提高抢险实战能力，打造一支“拉得出、上得去、打得赢”的防汛抢险队伍。四是提升数字测报能力。按照“需求牵引、应用至上、数字赋能、提升能力”要求，以数字化、网络化、智能化为主线，加强信息化监测技术的推广应用，建立工程水位、河道、河势、工情险情、漫滩洪水等自动监控体系，探索河南黄河“四预”一体化平台建设；配合做好“数字孪生黄河”建设，不断提高信息化支撑水平。

五要总结经验促规范，提高河南黄河洪水防御标准化科学化水平。要对管理体制、运行机制和关键举措等进行认真总结，通过提炼、升华，形成可供推广的管理规范和制度体系，不断提高防汛规范化水平。要对洪水过程原型进行技术总结分析，开展洪水原型观测是深入掌握黄河大洪水演进规律及其致灾机制、构建“数字孪生黄河”的重要基础。今年黄河秋汛洪水过程原型资料极其珍贵，一线观测、一线巡查掌握了大量第一手资料，要及时归纳整理，对水情、工情、险情、河势变化等方面的全要素观测资料进行分析，不断提升洪水防御工作科学化水平。要及时收集图文、影像资料，秋汛洪水防御过程中，决策部署、会议会商、督察指导多，工程巡查、抗洪抢险规模大，防汛宣传形式广，形成了大量资料，各级要注意分类收集整理，为防汛总结、项目申报等提供支撑。

同志们，凡是过往，皆为序章。征途漫漫，唯有奋斗。虽然今年艰巨繁重的秋汛防御工作已结束，但保障河南黄河长治久安、实现新阶段河南黄河保护治理高质量发展的征程依然任重道远。让我们以奋发有为的精神状态、不负韶华的时代担当、干在实处的决心意志、走在前列的不懈追求，有效应对重大挑战，抵御重大风险，解决重大问题，进一步提升新阶段河南黄河水旱灾害防御水平，咬定目标、脚踏实地，埋头苦干、久久为功，为黄河永远造福中华民族而不懈奋斗！

目　录

第一章 大事实录

2021 年 9 月

24 日

17 时 30 分，河南省委书记楼阳生主持召开全省防汛工作视频会议，安排近期黄河防汛及本轮降雨过程防范应对工作，省长王凯作具体部署，河南河务局党组书记司毅铭参加会议。会议提出 4 点要求：一要强化预报预警，严防造成人员伤亡；二要精准调度指挥，确保水利设施安全；三要做好应急备勤，及时排险除患；四是加强组织领导，坚持靠前指挥。

18 时 30 分，河南河务局党组书记司毅铭主持召开本年度第 74 次防汛会商会，传达贯彻全省防汛工作视频会议精神，安排部署河南黄沁河防汛工作。

河南河务局向局属各河务局、局直有关单位发送《关于进一步做好强降雨防范工作的通知》。

25 日

河南河务局副局长刘同凯带领工作组赴焦作、济源指导沁河防汛工作，要求针对河口村水库泄洪情况，做好值班值守，加强相关防御工作。

17 时 40 分，河南河务局工会主席耿新杰主持召开第 75 次防汛会商会，听取雨水情、河势工情险情、水库调度、工作开展情况等汇报，安排部署当前黄沁河防汛工作。

向沿黄各市防指、局属各河务局、省应急厅转发《关于陆浑水库控制运用的通知》（黄防御明电〔2021〕245 号）、《关于故县水库控制运用的通知》（黄防御明电〔2021〕246 号）、《关于故县水库控制运用的通知》（黄防御明电〔2021〕247 号）、《关于小浪底水库控制运用的通知》（黄防御明电〔2021〕250 号）、《关于河口村水库控制运用的通知》（黄防御明电〔2021〕251 号）。

河南河务局向局属各河务局、局直有关单位发送《转发水利部办公厅关于认真贯彻落实国务院领导重要批示精神　扎实做好秋汛防御工作的通知》（豫黄电〔2021〕143 号）。

向焦作市、济源示范区防指发送《关于切实做好沁河洪水防御工作的通知》（豫防黄办电〔2021〕97 号）、《关于派出防汛指导工作组的通知》。

26 日　11 时 30 分，省防指黄河防办主任王晓东主持召开河南省黄（沁）河紧急防汛会商会，听取气象局、水利厅、河务局、应急厅工作汇报，安排部署沁河洪水防御工作。

26 日至 27 日，黄委副主任周海燕率黄委洪水防御工作组到武陟沁河老龙湾、大樊险工，博爱 207 跨沁大桥处、南水北调沁河倒虹吸处、白马沟险工、大小岩险工、留村闸、丹河口，沁阳水南关、沁北滞洪区等处检查指导防汛工作，河南河务局副局长刘同凯陪同。

15 时 30 分，河南河务局副局长王晓东主持召开紧急防汛会商会，听取雨水情、水库调度、河势工情险情等汇报，宣布 26 日 18 时河南河务局启动第五次全员岗位责任制，对沁河洪水防御工作进行安排部署。副局长姚自京、纪检组长甘保恩参加会议。

河南河务局向沿黄各市防指、局属各河务局、省应急厅转发《关于河口村水库控制运用的通知》（黄防御明电〔2021〕253 号）、《关于河口村水库控制运用的通知》（黄防御明电〔2021〕254 号）、《关于河口村水库控制运用的通知》（黄防御明电〔2021〕257 号）、《关于河口村水库控制运用的通知》（黄防御明电〔2021〕258 号）。向省通信管理局发送《关于发送防洪避险短信的通知》（豫防黄办电〔2021〕100 号）。向焦作市、济源示范区防指，省防指成员单位发送《关于迎战沁河洪水工作的紧急通知》（豫防黄办电〔2021〕101 号）。向焦作、豫西河务局，设计院、瑞达公司发送《关于做好沁河水情观测工作的通知》（豫黄防办电〔2021〕100 号）。向豫西、郑州、焦作河务局，信息中心、瑞达公司发送《关于做好沁河洪水期间视频监控工作的通知》（豫黄防办电〔2021〕101 号）。向局属各河务局、机关各职能组、局直有关单位下发《河南河务局关于启动 2021 年第五次全员岗位责任制的通知》（豫黄电〔2021〕146 号）。向沿黄各省辖市、济源示范区防指，沿黄各市各河务局下发《河南省防汛抗旱指挥部转发黄河防总关于做好黄河、沁河下游洪水防御工作的通知》（豫防指明电〔2021〕48 号）。向省委值班室、河南省人民政府发送了《关于河南沁河有关汛情的报告》。向省委值班室、河南省人民政府发送了《关于河南黄河汛情有关情况的报告》。

27 日

国家防总副总指挥、水利部部长李国英与黄委视频连线，专题会商部署当前黄河编号洪水及国庆节假期期间暴雨洪水防御工作。李国英指出：当前和今后一段时间，黄河防汛进入最严峻阶段，有关地区和单位要认真贯彻李克强总理等国务院领导同志批示精神，坚持人民至上、生命至上，毫不松懈做好四预工作，做细做实秋汛洪水防御工作。

国家防总秘书长、水利部副部长周学文检查武陟沁河洪水防御及沁河入黄处防汛工作，黄委副主任苏茂林、周海燕，河南河务局副局长刘同凯等陪同检查。

河南省应急厅二级巡视员龙建业，检查指导五龙口险工防守工作。

河南河务局副局长王晓东参加黄委会商会。会议提出一是密切滚动预测预报预警。二是加强干支流水库联合调度。三是严防死守渭河堤防。四是重点防守黄河下游防洪工程。五是加强黄河中游淤地坝防守。六是突出抓好病险水库防汛。七是做好局地强降雨及山洪灾害防御。八是强化防汛值班带班。

27 日下午至 9 月 28 日上午，黄委副主任周海燕一行检查济源沁河，沁阳市、武陟县、温县、孟州市黄（沁）河防汛工作。

27 日下午，焦作市常委、市纪委书记、市监委主任牛书军，先后到武陟县、温县、沁阳市督导防汛工作。

晚 21 时，河南河务局党组书记司毅铭到省应急厅参加全省防汛工作视频调度会议。晚 23 时，司毅铭主持召开紧急防汛视频会商会，会议传达了省委书记楼阳生、省长王凯和常务副省长周霁的有关批示精神，水利部防御黄河洪水专题视频会商会议精神，黄委防汛会商会议精神，全省防汛工作视频会议精神，并对黄（沁）河当前水情信息进行了通报。要求各级一要加强工程巡查。二要排除一切隐患。三要强化沟通联系。四要做好临战准备。五要注意收集资料。六要及时会商研判。

27 日下午至 28 日上午，河南河务局副局长程存虎带领工作组赴中牟河务局、花园口闸、南裹头工程、花园口浮桥等实地检查指导防汛工作。

27 日下午至 28 日上午，河南河务局纪检组长甘保恩带领工作组赴沁河牛王滩、沙后险工、吉利局机关、吉利白坡控导等实地检查指导防汛工作。

27 日下午至 28 日上午，河南河务局副局长刘同凯带领工作组检查武陟西营村、花坡堤险工、五车口险工、石荆险工、新村险工及温县沁河防汛工作，并现场查阅武陟新村控导班河道巡查值守记录，在西陶乡了解群防队伍上岗情况，检看沁河右岸河势工情。

27 日下午至 28 日上午，河南河务局二级巡视员吴东平带队深入新乡封丘局顺河街控导工程、荆隆宫工程班、禅房控导工程，长垣局榆林工程 29 — 33 坝、周营控导等实地检查指导防汛工作。

27 日下午至 28 日上午，河南河务局工会主席耿新杰带队到濮阳范县李桥控导、李桥险工、恒通浮桥等地进行了实地查看，濮阳一局、范县、台前局就生产堤巡防事项进行了安排部署。

派出 6 支由厅级领导带领工作组，赴沿黄各市指导防汛抗洪工作。

河南河务局向局属各河务局、沿黄各市防指转发三门峡、小浪底、陆浑水库调令（黄防御明电〔2021〕260 号、262 号、264 号）、《关于黄河 2021 年第 1 号洪水的通报》。向局属各河务局、局直有关单位下发《关于提升河南黄河防汛Ⅳ级应急至三级的通知》。向省政府报送《关于提升河南黄河防汛Ⅳ级应急至三级的报告》。向局属各河务局转发《河南省防汛抗旱指挥部关于做好新一轮强降雨防范应对工作的通知》。

局领导带领 6 个工作组在沿黄各省辖市检查指导洪水防御工作。

28 日

国家防总秘书长、应急管理部副部长兼水利部副部长周学文，检查武陟沁河防汛工作。

水利部防御司副司长张长青带队到沁河入黄口、老龙湾险工检查指导沁河防汛工作，到马渡险工 44 坝、马渡下延 102 坝检查郑州黄河防汛工作。河南河务局副局长程存虎陪同检查。

省长、省总河长、黄河省级河长王凯在郑州市检查指导黄河防汛工作，要求进一步扛牢政治责任，突出堤坝、水库等重点部位加强巡查巡守，把防汛抢险各项措施落到实处，确保黄河安全度汛和人民生命财产安全。王凯强调，此轮降雨过程时间长、范围广，给黄河防汛工作带来了挑战，各地各部门要坚决克服麻痹思想和松懈情绪，精准调度指挥，强化会商研判，以高度负责精神、有力有效举措，全力以赴保障安全度汛。要确保堤坝安全，加强力量配备，备足抢险物料，严格落实领导带班和值班值守制度，把防汛责任落实到人、到岗、到位。要确保水库安全，全面加快除险加固工作，科学行洪泄洪、降到安全水位，统筹好上下游、左右岸，兼顾好防汛抗灾和蓄水保水。要确保群众安全，及时发布气象、雨水情信息，强化监测预警和应急处置，积极做好滩区群众转移避险准备工作，最大限度防范灾害发生。河南黄河河务局党组书记司毅铭陪同检查。

省委常委、常务副省长周霁到省应急指挥中心调度新一轮强降雨防范应对工作，对开封、濮阳、三门峡等地雨情、汛情进行调度分析，对做好当前防汛防洪工作进行具体安排。周霁强调，要严防地质灾害发生，河南省西部、南部以及山地、丘陵、水库较多的地区，务必高度重视，及早防范应对，防止堤坝水库及上游小堰塘出现险情。要防内涝，降雨量较大的城市和农村，要提早采取措施，做好排涝、排渍等各项准备工作，减少不必要的损失。要把确保黄河主河道安全作为重中之重，沿黄各地要按照黄河防汛应急预案Ⅲ级要求，加强值班值守，提早安排部署，及早转移滩区群众，安排专业人员加密河堤巡查，备足防汛防洪物资，做细做实各项防范应对工作，一旦遇到险情，第一时间处置到位。

河南省委常委、省纪委书记、省监察委员会主任曲孝丽一行检查河口村水库及沁阳水南关防汛值守情况。河南河务局副局长刘同凯陪同检查。

省防指防汛督导组组长河南省水利厅副厅长任强到武庄控导工程、大张庄控导工程检查群防队伍到位情况。

16 时，黄委副主任薛松贵带领督导组“四不两直”督导检查蔡集控导工程 8 坝管理班防汛值守工作，询问了防汛工作的安排部署、带班领导及科级干部驻守、群防队伍落实等情况。

黄委副主任周海燕带领工作组检查武陟第二河务局黄沁河防汛工作。

28 日至 29 日，河南河务局副局长姚自京带领工作组深入开封河务局黑下延控导工程，水上抢险队，军张楼工程管理班督导检查开封黄河大洪水防御和安全生产工作，并慰问一线职工。

河南河务局副局长王晓东主持召开本年度第 80 次防汛会商会，听取防办防汛通报及各职能组工作开展情况汇报，安排部署下一步黄沁河洪水防御工作。

河南河务局副局长程存虎实地查看了荥阳桃花峪、枣树沟控导工程，了解工程靠河、水情演变情况。强调要做好巡坝查险工作，落实好 1 ： 3 群防队伍，同时，在巡查过程中做好个人防护，穿戴好救生设备，确保安全。

河南河务局纪检组长甘保恩带领工作组，重点检查了孟津铁谢险工的班坝责任制落实情况，冒雨查看了该处工程河势，并详细了解当前水情工情以及该局采取的应对措施等。

河南河务局工会主席耿新杰陪同黄河工会主席王健带领的黄委洪水防御工作组一行到范县河务局李桥险工、李桥控导工程班，实地查看了工程和河势情况，查阅了工程班值班值守和巡堤查险记录，并对后勤供应，职工食宿等进行了检查指导。

河南河务局向沿黄各省辖市、济源示范区防指，省防指各成员单位，沿黄各河务局发送《河南省防汛抗旱指挥部指挥长令》（〔2021〕4 号令）。向局属各河务局下发《关于做好当前防汛有关工作的紧急通知》（豫黄电〔2021〕149 号）。向局属各河务局、局直有关单位下发《关于迎战黄河 2 号洪水的通知》（豫黄电〔2021〕150 号）。

省防指办公室派出 3 支由河南黄河河务局、省应急管理厅、省水利厅组成的联合督察组分赴沿黄、沿沁各市指导检查省防指指挥长令〔2021〕4 号令贯彻落实情况。

29 日

29 日至 30 日，水利部防御司副司长张长青一行检查黄河开封大洪水防御工作，实地查看了欧坦控导工程、柳园口险工、黑岗口下延控导工程、东坝头控导、蔡集控导工程。河南河务局副局长姚自京陪同检查。

29 日凌晨河南省水利厅副厅长任强带领省应急厅、省河务局相关领导督导封丘县顺河街、古城控导工程群防队伍防汛值守和巡坝查险工作。

省委常委、市委书记徐立毅检查黄河郑州段防汛工作，强调要高度关注黄河汛情发展，立足于防大汛，加强值守巡查，充分做好抢险物资、设备与队伍准备，全面落实各项安全防范措施，确保黄河大堤安全、人民生命财产安全。徐立毅指出，要压实防汛抢险属地责任，沿线各区县（市）党委、政府要提高思想认识，始终保持高度警觉，充实工作力量，加强统筹调度，层层压实责任，切实落实好各项防汛措施，确保黄河安全度汛；要加快建立水情信息共享系统，为防汛工作精准调度提供科学支撑；要加强全媒体信息宣传发布，全面强化黄河沿线防洪区域管控措施，引导群众近期不到黄河周边游玩，确保不出现意外情况。

黄委主任汪安南一行先后到原阳双井、武庄、毛庵、三官庙控导工程和三教堂、仁村堤护滩工程、顺河街控导、大宫控导、曹岗险工检查洪水防御工作。

黄委副主任周海燕一行到沁阳马铺险工检查沁阳沁河防汛工作。

29日至30日，黄河工会主席王健带领黄委督察组对新乡黄河防汛情况进行督查。依次检查了长垣河务局榆林控导工程、周营控导工程、周营控导上延工程、大留寺控导工程；原阳局双井控导工程、三官庙控导工程；封丘局顺河街控导等工程河势工情、险情抢护、巡查值守和一线班组管理情况，查看了浮桥拆除和锚固情况。河南河务局二级巡视员吴东平陪同检查。

郑州市市委书记徐立毅检查黄河中牟段九堡下延工程防汛工作。新乡市委副书记、市长魏建平一行先后到毛庵、三官庙控导工程检查黄河洪水防御工作。

司毅铭参加黄委防汛抗旱会商会。会议强调，一要全力以赴应对秋汛洪水。二是进一步加强工程巡查防守。三是强化干支流水库精准调度。四是加强洪水防御工作指导。五是加强水文监测预报预警。六是督促地方做好群众转移安置准备。

河南河务局局长张群波一行先后到新乡原阳双井控导工程、毛庵控导工程查看洪水防御情况；随后又到原阳局机关防汛办公室检查人员值守情况。23时30分，主持召开紧急防汛视频会商会，听取各市局有关情况汇报，对当前黄河防汛工作安排部署。会议强调，一要严格落实习近平总书记关于防汛救灾工作重要指示精神。二要严格落实各项防汛责任落实。三要切实加强会商研判。四要切实加强巡堤巡坝查险。五要切实加强涉水安全管理。六要切实加强滩区安全管理。七要切实加强抢险力量预置。八要切实加强安全措施落实。九要严格执行各项防汛纪律。

15时，河南河务局召开省、市、县三级防汛会商（视频）会，对当前河南黄（沁）河强降雨防范和防汛工作进行再强调、再安排、再部署。河南河务局党组书记司毅铭要求，一要做好长期作战准备，按照全员岗位责任制要求，切实加强24小时应急值守，带班值班人员务必要到岗到位、到人到责。二要切实落实巡堤巡坝查险责任，严格按照河务职工和群防人员1∶3的比例落实巡查人员。三要严格落实4号指挥长令要求，提前预置好群防队伍，一旦有发生险情或出现洪水偎堤，群防队伍要及时上岗。四要做好临战准备，6支机动抢险队务必要集结待命，做到人员到位、设备到位，随时准备投入险情抢护和调用。五要督促、指导地方政府做好生产堤的防守，主动作为，当好参谋，确保洪水不漫滩，生产堤不决口。六要全力做好险情抢护，出现险情要抢早抢小，对重点区域有出险苗头的，要提前预加固，确保防洪工程安全。七要发挥职能组的作用，省局各职能组第一副组长确定为省局会商会的常务组成人员，会商会议定的事项由第一副组长分工落实，其他副组长服从第一副组长安排指挥，充分发挥好全局层面上的职能组的作用。八要督促地方政府做好辖区重点堤段夜间照明工作，特别是易出险工程，要保证夜间照明到位。

河南河务局副局长程存虎带领郑州督导组实地查看了巩义、荥阳金沟控导工程，巩义神堤、裴峪控导工程，并与群防队员亲切交谈，询问了解巡坝查险情况、因大雨、洪水受灾情况，并嘱咐一定要注意安全。

河南河务局二级巡视员吴东平陪同水利部防御司张长青副司长一行，检查原阳双井控导工程、三官庙控导工程、封丘曹岗险工等工程防守情况。

河南河务局工会主席耿新杰同黄委洪水防御工作组一起到台前河务局吴坝将军渡浮桥、张堂险工、张堂工程班、林坝生产堤、枣包楼控导工程进行了检查，重点了解了浮桥拆除锚固情况，群防队伍巡守情况，生产堤以及一线班组巡查情况。

河南河务局向局属河务局、信息中心、瑞达公司下发《关于做好洪水期间视频监控工作的通知》（豫黄防办电〔2021〕103号）。向省委、省政府报送《河南黄河防汛动态》第13期，同时发送沿黄各省辖市、济源示范区防指，省防指成员单位，沿黄各市黄河河务局。向局属各河务局下发《转发河南省防汛抗旱指挥部关于做好黄河洪水防御工作的紧急通知》（豫黄电〔2021〕151 号）、转发 3 份《关于小浪底水库控制运用的通知》、1 份《关于河口村水库控制运用的通知》、1 份《关于故县水库控制运用的通知》、1 份《关于陆浑水库控制运用的通知》（黄防御明电〔2021〕290 — 295 号）。向局属各河务局、局直有关单位转发河南省防汛抗旱指挥部关于《关于做好黄河洪水防御工作的紧急通知》（豫黄电〔2021〕151 号）。向局属各河务局，局直有关单位，省局各职能组下发《关于贯彻落实省局防汛会商会议精神全力做好黄沁河洪水防御工作的紧急通知》（豫黄电〔2021〕152 号）。

30 日

30 日至 10 月 1 日，由河南省应急厅二级巡视员吴文带领省防指黄河防汛联合督察组到济源督查黄沁河防御大洪水应对工作。

黄委副主任周海燕一行到焦作孟州逯村、开仪、化工控导一线检查防汛工作开展情况。河南河务局副局长刘同凯陪同检查。

30 日下午至 10 月 1 日上午，黄河工会主席王健带领黄委督导组督导新乡、开封黄河防汛工作，河南河务局二级巡视员吴东平、河南河务局副局长姚自京分别陪同检查。

17 时，河南河务局局长张群波主持召开河南河务局第 83 次防汛会商会，听取当前气象雨水情、河势工情、水库调度等情况汇报，对洪水防御工作进一步安排部署。9 月 30 日凌晨 3 时，张群波赶赴郑州马渡险工，详细了解上堤人员数量、巡堤查险等情况，看望慰问一线职工，叮嘱大家既要做好巡查工作，又要注意自身安全。

河南河务局党组书记司毅铭查看濮阳台前河务局林坝生产堤、姜庄护滩工程、孙楼控导工程，了解河势工情、巡查防守、群防队伍等情况。河南黄河工会主席耿新杰陪同。

30 日下午至 10 月 1 日上午，河南河务局副局长程存虎带领郑州督察组赴赵口险工、控导，九堡控导工程查看坝、垛靠溜和水情演进情况，检查值守人员巡坝查险、救生设备穿戴情况。

30 日下午至 10 月 1 日上午，河南河务局副局长刘同凯带领焦作督察组，到武陟县花坡堤险工，博爱白马沟险工，沁阳尚香险工、马铺险工督导检查防汛抢险工作，并慰问一线职工。

30 日下午至 10 月 1 日上午，河南黄河工会主席耿新杰带领濮阳督察组到李桥险工、打渔陈乡生产堤、枣包楼工程上首附近的生产堤、姜庄护滩工程、张庄闸、孙楼控导工程等地督导黄河防汛工作。

河南河务局向局属各河务局，局直有关单位下发《关于贯彻落实王凯省长批示全力做好黄沁河洪水防御工作的紧急通知》（豫黄电〔2021〕153 号）、转发河口村水库、小浪底、故县、陆浑水库调令（黄防御明电〔2021〕296、297、298、299、300、301 号）。向沿黄各省辖市、济源示范区防指，省防指各成员单位发送《关于提升河南黄河防汛 IV 级应急响应至Ⅲ级的通知》（豫防指明电〔2021〕52 号）。向局属各河务局发送《转发国家防办关于做好国庆假期秋雨秋汛防范工作的通知》（豫黄电〔2021〕159 号）、《关于贯彻落实省局防汛视频会商会议精神全力做好黄沁河洪水防御工作的紧急通知》（豫黄电〔2021〕158 号）、《关于加强河南黄沁河防洪工程防守的通知》（豫黄电〔2021〕157 号）。向省通信管理局发送《关于发送防洪避险短信的通知》（豫防黄办电〔2021〕109 号），协调省通信管理局国庆节期间向沿黄、沁县（市、区）黄河滩区内群众及流动人口发送防洪避险短信。向局属各河务局、局直有关单位、省局各职能组下发《关于贯彻落实楼阳生书记、王凯省长批示全力做好黄沁河洪水防御工作的通知》（豫黄电〔2021〕160 号）。向局属各河务局、信息中心下发《关于做好洪水期间无人机信息采集的通知》（豫黄防办电〔2021〕106 号）。

2021 年 10 月

1 日　副省长武国定到濮阳市调研指导黄河防汛工作，看望慰问一线防汛工作人员。武国定强调，黄河下游正经历一场大流量、长历时洪水过程，河道工程面临严峻考验。沿黄各市县要坚决落实省委省政府决策部署，以干部的辛苦指数换取群众平安幸福指数，全力确保黄河安澜、沿岸人民群众生命财产安全。要加强巡堤查险，逐坝逐段落实巡查责任人和抢险责任人，开展 24 小时不间断巡查；要备足防汛料物，盯紧重点河段和薄弱部位，把机械、物料、抢险队伍预置到位，做到险情抢早抢小及时处置；要夯实防汛责任，河务部门负起主体责任，地方政府负起属地责任，实行分段包干、分片负责。要确保实现洪水不漫滩、生产堤不决口、控导工程不跑坝的防洪目标。

省水利厅副厅长任强带领省防指联合督察三组，暗察了封丘县曹岗控导工程。

河南省副省长顾雪飞、郑州市副市长马义中到花园口记事广场检查惠金黄河防汛工作。焦作市委副书记、市长李亦博到温县大玉兰控导工程、武陟驾部控导工程和花坡堤险工检查防守情况。郑州市市长侯红到中牟河务局检查黄河防汛工作。

黄河水利委员会副主任牛玉国先后到南裹头、花园口、马渡、赵口险工，赵口引黄闸，马渡下延、九堡控导工程检查指导防汛工作。河南河务局副局长程存虎带领郑州督察组陪同。

河南河务局局长张群波参加黄委防汛会商会。会议强调一要进一步加强黄河下游工程防守。二要统筹安排委机关工作组力量。三要滚动调算水库调度方案。四要依法依规精准调度干支流水库。五要做好新一轮暴雨洪水防御准备。

晚19时，河南河务局局长张群波主持召开省、市、县三级河务部门防汛会商视频会议，传达水利部部长李国英、黄委主任汪安南、河南省副省长武国定、黄委副主任苏茂林等关于秋汛防御工作的最新要求和具体部署，动员全局干部职工按照“系统、统筹、科学、安全、依法”原则，落实“三个确保”，做到“五个坚决”，全力以赴打赢河南黄河秋汛防御这场硬仗，确保人民群众生命财产安全。张群波强调，一要坚决贯彻落实习近平总书记关于防汛救灾工作重要指示精神。二要坚决把各项防汛责任制压实压到位。三要坚决把巡坝查险责任落实到位。四要坚决采取有效措施对重点工程进行除险加固。五要坚决做到抢早抢小迅速处置，确保防洪工程安全。

21时30分，河南河务局局长张群波到开封黑岗口，检查指导黄河防汛工作并慰问奋战在抗洪抢险一线的专业抢险队员。

河南河务局副局姚自京带领开封督察组到东坝头控导、在欧坦控导、黑岗口引黄闸督导黄河防汛工作。

河南河务局副局长程存虎带领郑州督察组到马渡工程管理班进行慰问。

1日下午至2日，河南河务局纪检组长甘保恩带领省防指联合督察二组，查看了九堡险工、黑岗口下延、兰考蔡集、东坝头控导、欧坦控导、夹河滩控导工程、东坝头控导工程等重点防洪工程，并到兰考河务局机关检查值班值守情况。

由河南河务局二级巡视员吴东平带领新乡督察组深入原阳武庄、毛庵、双井控导工程实地检查指导，并对毛庵控导工程班进行慰问。

1日下午至2日上午，河南河务局副局长刘同凯带领焦作督察组到武陟二局沁河北阳险工班、王顺闸及武陟一局三阳工程班、温县大玉兰、孟州局等地督导黄河防汛工作，并慰问一线职工。

1日下午至2日上午，河南河务局二级巡视员吴东平带领新乡督察组到封丘局顺河街控导、古城控导，并对一线人员进行慰问。

1日下午至2日上午，河南黄河工会主席耿新杰带领濮阳督察组到白铺护滩工程、孙楼控导工程、杨楼控导工程、南上延控导工程等地督导黄河防汛工作，并慰问一线职工。

河南河务局向局属各河务局转发小浪底水库、河口村水库调令、转发黄委水文局《黄河中下游重大水情预报》（黄河洪水预报第244期）。

2日

2日下午至3日上午，水利部监督司副司长曹纪文一行到原阳、封丘黄河控导工程指导防汛工作，并现场查看了夜间照明、大型机械配备、巡坝查险人员落实等情况。

2日下午至3日上午，黄委副主任牛玉国督导濮阳黄河秋汛防御工作，先后到濮阳县青庄险工、南上延控导工程、台前县白铺—姜庄—贺洼—朱庄护滩工程，检查指导群防队伍、大型机械设备落实情况和工程除险加固情况，在青庄险工班看望慰问一线驻守人员。

黄委副主任周海燕到温县大玉兰控导工程和孟州化工控导工程，检查防汛值守、河势工情以及温县、孟州河段群防队伍及设备到位。

黄委工会主席王健到枣树沟控导工程检查指导防汛工作并慰问一线值守人员，河南河务局副局长程存虎陪同。

黄委规计局局长王煜一行到欧坦控导工程、夹河滩护滩工程督导检查防汛工作。

河南河务局局长张群波、河南河务局党组书记司毅铭和副局长王晓东到防汛会商中心研究安排当前防汛工作。17时，张群波组织召开第85次防汛会商会，听取雨水情、水库调度、河势工情险情等情况汇报，安排部署当前防汛工作。局领导王晓东在省局主会场参加。

2日下午至10月3日上午，河南河务局副局长姚自京带领开封督察组到到欧坦控导预抢险现场进行预加固试验，查看了预加固作业。

2日下午至10月3日上午，河南河务局纪检组长甘保恩带领豫西督察组检查了济源黄沁河防汛工作，并先后慰问了吉利局白坡控导工程管理班、济源局大许管理班。

2日下午至3日上午，河南河务局副局长程存虎带领郑州督察组到巩义神堤控导工程、荥阳金沟控导工程督导防汛工作。

2日下午至3日上午，河南河务局副局长刘同凯带领焦作督察组检查了张菜园闸、共产主义闸，查看闸前围堵、人员值守及值班记录情况。

12日下午至3日上午，河南河务局二级巡视员吴东平带领新乡督察组到大留寺控导工程、曹岗险工实地检查指导，并携带慰问品进行慰问。

2日下午至3日上午，河南黄河工会主席耿新杰带领濮阳督察组到濮阳一局青庄险工、南上延控导工程检查指导防汛工作，听取了濮阳县及相关乡镇负责人的汇报，查看了易出险地段的预加固情况。

河南河务局向沿黄各省辖市、济源示范区防指下发《关于贯彻落实王凯省长批示精神全力做好黄河洪水防御工作的紧急通知》（豫防黄办电〔2021〕110号）。向局属各河务局下发《关于加强河南黄河防洪工程预加固的通知》（豫黄电〔2021〕161号）、《转发黄委关于加强靠水工程巡查防守技术指导的通知》（豫黄电〔2021〕162号）、《转发黄委关于报送工情险情有关情况的通知》（豫黄电〔2021〕163号）、《关于明确河南黄沁河防洪工程班坝责任制各级责任人的通知》（豫黄电〔2021〕164号）、《关于明确河南黄沁河防汛省局责任人的通知》（豫黄电〔2021〕166号）、《转发黄委关于贯彻水利部会商会议精神 扎实做好黄河秋汛洪水防御工作的通知》（豫黄电〔2021〕165号）。向沿黄各省辖市、济源示范区防指、应急厅、局属各河务局转发小浪底水库、河口村水库、陆浑水库调令。向沿黄各市防指、济源示范区防指下发《关于做好河南黄河滩区蓄滞洪运用的通知》（豫防黄办电〔2021〕111号）、《转发黄河防总关于扎实做好黄河秋汛洪水防御工作的紧急通知》（豫防黄办电〔2021〕112号）。

3日　水利部监督司副司长曹纪文率工作组督导长垣黄河防汛工作。

水利部防汛工作组先后检查兰考夹河滩、东控导、蔡集，开封二局欧坦控导工程，查看了河势、险情抢护情况、人员机械落实情况，听取了开封河务局防汛工作落实整体情况。

省长王凯主持召开全省防汛工作视频调度会议，强调要坚持人民至上、生命至上，坚决扛牢政治责任，全力以赴抓好黄河秋汛防范和抢险各项工作，做到思想到位、责任到位、措施到位，确保黄河安澜和人民生命财产安全。王凯指出，要科学指挥调度，强化预警预报、会商研判、协调联动，统筹上下游、兼顾左右岸，确保控导工程、水库等重点水利设施安全运行。要坚决严防死守，加大夜间、凌晨等关键时段巡查巡守，严格落实领导带班和值班值守制度，备足抢险料物，预支应急队伍，确保一旦发生险情能迅速处置；坚持群防群治、上下联动、部门联动，强化地质灾害防御，根据雨情汛情果断果敢组织群众避险转移，防止人员伤亡。要压实扛牢责任，各级党政领导干部必须在岗在位、靠前指挥，保障各项措施落地见效；各级防汛责任人要履职尽责、坚守一线，及时处置突发险情；各级防指要加强值班值守，保持指挥体系高效运转。武国定参加会议。

黄委主任汪安南对河南濮阳韩胡同控导工程、梁路口控导工程、影唐险工、白铺段护滩工程和张庄闸的巡查值守情况进行检查。汪安南要求，要坚持“防住为王”，各级河务部门要会同地方政府，全力做好黄河下游河道防守，遇突发险情，及时抢护，确保抢早、抢小、抢住。要加强对堤防临水段、河势控导工程的防守，预置抢险力量、料物、设备，做好应急抢险准备，从最不利因素着手，抓紧对根石不足和可能出险的重点险点部位进行抛石预加固。沿黄市县要进一步强化责任落实，增加河道堤防、靠河险工、河势控导、滩区生产堤防守力量，加大抢险料物、设备投入，做到严防死守，确保工程不垮坝、滩区不漫滩。要提前落实滩区人员转移预案，一旦有重大险情发生要应撤早撤、应撤必撤、应撤尽撤，确保人民群众生命安全。

3 日至 4 日，黄委副主任牛玉国督导濮阳黄河秋汛防御工作，先后到张庄闸、张庄提排站、林坝村生产堤、影堂险工、影堂工程班、孙楼控导工程、杨楼控导工程、吴老家控导工程检查指导巡坝查险、群防队伍等情况，河南河务局工会主席耿新杰陪同检查。

黄委副主任徐雪红、建设局局长李建培等一行检查沁阳防汛值守情况，实地查看五龙口险工情况。

濮阳市市委书记杨青玖到台前县现场指导金堤河南小堤险情抢护工作。

20 时，河南河务局局长张群波主持召开全局紧急防汛视频会议暨 2021 年第 84 次防汛会商会，传达贯彻全省防汛工作视频调度会议精神和黄委秋汛防御工作要求。张群波强调，一要以决战姿态迎战黄河严重秋汛。二要切实压实各项防汛责任。三要切实加强会商研判。四要切实加强工程巡查防守。五要切实做好滩区运用准备。六要切实做好生产堤防守。七要切实保障防汛人员人身安全。八要切实加强防汛应急值守和信息报送。

河南河务局副局长姚自京带领开封工作组先后到黑岗口下延工程、黑下延浮桥码头，检查指导石料调配、预加固和抢护、舟船锚固等工作情况。

3 日下午至 4 日上午，河南河务局纪检组长甘保恩带领豫西工作组先后到吉利局白坡控导潜坝工程、南陈护滩工程检查防汛工作，询问工情河势、群防人员履责情况等事项。

3 日下午至 4 日上午，河南河务局副局长刘同凯带领焦作工作组先后到小董、南王、沁河村、花坡堤险工查看值班值守、工程恢复等情况。

河南河务局向沿黄各省辖市、济源示范区防指、应急厅、局属各河务局转发小浪底水库、河口村水库调令。向省委省政府发送《关于河南黄河严重秋汛的紧急报告》。向局属各河务局、局直有关单位下发《转发河南省防汛抗旱指挥部关于做好新一轮降雨防范工作的紧急通知》（豫黄电〔2021〕168号）。

4日 10时，省委书记楼阳生主持召开全省防汛紧急视频会议，专题会商研判黄河汛情，安排黄河秋汛防御工作，省长王凯参加会议并作出具体安排部署，武国定副省长对黄河秋汛巡查防守工作提出具体要求。楼阳生强调：一要确保黄河流域安全。二要确保中小水库不垮坝。三要确保蓄滞洪区不再启用。四要确保不发生群死群伤事故。五要确保除险及时处置有力。

河南省常务副省长周霁到开封一局黑下延、王庵、欧坦控导工程了解查看河势、险情抢护、防汛料物储备、人员队伍以及机械落实等整体情况。开封市委书记高建军、祥符区委书记王彦涛、区长张红军、常务副区长李鹏锋等陪同。

17时，副省长武国定主持召开黄河防汛紧急视频会议，贯彻落实省委省政府主要领导同志会议要求，安排部署当前黄河秋汛洪水防御工作，河南河务局局长张群波传达了《河南省防汛抗旱指挥部关于加强黄河秋汛巡查防守工作的紧急通知》。

水利部监督司副司长曹纪文率工作组到孙楼控导工程指导防汛工作，现场听取黄委副主任牛玉国介绍群防队伍配备情况、机械设备预置情况、防汛物资准备情况。

水利部防汛工作组南岸组督导巩义、洛阳防汛工作及一线防守情况。

新乡市委副书记、市长魏建平先后来到贯台控导、曹岗控导等两处工程，现场查看并询问黄河河势水情、滩区安全、防洪工程现状、人员巡坝查险、机械设备集结等情况。荥阳市市长王效光到桃花峪控导工程检查防汛工作。

4日晚，黄委主任汪安南冒雨来到开封黑岗口险工、中牟九堡控导工程，东平湖金山坝、清河门出湖闸，详细了解工程值守、东平湖水位变化、金山坝防汛备汛、出湖闸泄洪及安全运行等情况。在东平湖，汪安南强调要按照李国英部长提出的综合采取“拦、蓄、送、排”措施，精准调度有序泄洪，抓住洪水“窗口期”排水泄洪，降低东平湖水位。

黄委副主任牛玉国一行先后到彭楼险工、马张庄控导工程、马张庄工程班、苏梁庄生产堤等进行检查指导。河南黄河工会主席耿新杰带领工作组陪同检查。

黄委纪检组组长孙高振一行到马渡险工督查防汛值守工作。

黄委工会主席王健一行前往赵沟、神堤控导、金沟工程，现场检查工程防守、班组巡查等情况，到郑州桃花峪26坝、36坝检查黄河防汛工作，查看高岸坍塌项目施工现场检查施工情况，河南河务局副局长程存虎等陪同检查。

21时，河南河务局局长张群波主持召开防汛会商会议，传达《中共河南省委办公厅　河南省人民政府办公厅关于加强黄河秋汛洪水防御工作的紧急通知》《河南省防汛抗旱指挥部关于加强黄河秋汛巡查防守工作的紧急通知》，安排部署河南黄河防汛工作。

4日至5日，河南河务局副局长刘同凯带队查看焦作驾部控导工程预加固、嘉应观乡东西营防守情况。

河南河务局二级巡视员吴东平带领新乡工作组到到马庄、双井、武庄、三官庙、大张庄控导工程和仁村堤护滩工程检查洪水防御情况。

以省防指名义向沿黄各省辖市、济源示范区防汛抗旱指挥部下发《河南省防汛抗旱指挥部关于加强黄河秋汛巡查防守工作的紧急通知》（豫防指电〔2021〕53号）。

河南河务局向局属各河务局、局直有关单位下发《转发河南省防汛抗旱指挥部办公室防汛会商通报的通知》（豫黄防办电〔2021〕111号）。向濮阳河务局下发《关于加强白铺等四处护滩工程防守的通知》（豫黄电〔2021〕169号）。向沿黄各省辖市、济源示范区防指、应急厅、局属各河务局转发小浪底水库、陆浑水库调令。

5日

5日至6日上午，水利部监督司副司长曹纪文带领督导组现场督导新乡周营上延控导工程，焦作武陟一局老龙湾险工、大樊险工，武陟二局五车口险工、驾部控导和孟州黄河防汛工作，河南河务局副局长刘同凯、二级巡视员吴东平等陪同检查。

黄河防总总指挥、河南省省长王凯主持召开黄河防总防汛视频会商会议。黄河防总常务副总指挥、黄委主任汪安南，黄河防总副总指挥、河南省副省长武国定，河南河务局局长张群波、副局长王晓东参加会议。

河南省委常委、郑州市委书记徐立毅到荥阳黄河桃花峪、枣树沟控导工程检查黄河防汛工作。

郑州市市长侯红、副市长马义中一行到神堤、金沟控导工程，现场调研黄河防汛工作，巩义河务局局长等陪同检查。

开封市市长李湘豫一行到黑岗口下延控导、欧坦控导工程检查指导防汛工作。并对群防队伍、抢险机械料物、电力照明等问题进行现场布置落实。

焦作市委书记葛巧红先后赴武陟老田庵、温县大玉兰、孟州开仪等地检查黄河防汛工作。

濮阳市委书记杨青玖一行查看濮阳县、范县河势工情、水情，了解防汛工作落实情况，并对作战在防汛一线的工作人员表示慰问和鼓励。

5 日下午至 6 日上午，省应急管理厅副厅长吴文带领省防指联合督查一组，河南河务局纪检组长甘保恩带领省防指联合督查二组、水利厅副厅长任强带队省防指联合督查三组分别到焦作、开封、郑州、新乡督导检查黄河防汛工作。

省水利厅副厅长任强督导平原示范区、原阳县的工作落实情况。平原示范区副主任、原阳县委副书记等陪同检查。

黄河工会主席王健一行督查中牟黄河防汛情况。

中国工程院院士邓铭江到开封黑下延控导工程检查防汛工作。

河南河务局局长张群波采用“四不两直”方式分别对黄河郑州段一线秋汛巡查防守工作进行检查并慰问一线人员，再三叮嘱有关负责同志，要不折不扣贯彻落实省委省政府关于秋汛防御和巡查防守的工作要求，压实防汛责任、加强巡堤查险、备足抢险力量、严防次生灾害、强化应急值守，要严格按要求加强巡查防守工作，充分预置抢险队伍、物资和设备，特别是靠河的工程要按照省防指要求备足抢险料物、机械设备、抢险队伍，确保抢早抢小抢住。

晚 22 时，河南河务局党组书记司毅铭主持召开防汛会商会议，传达黄河防总会议精神，听取各市局巡查情况、险情抢护、预加固等工作汇报，对当前各项洪水防御工作进一步安排部署。副局长王晓东参加会议。

河南河务局副局长姚自京到黑下延检查防汛工作。

河南河务局副局长王晓东在防汛会商中心实时视频调度各市、县洪水防御工作。

河南河务局副局长程存虎一行到枣树沟控导工程检查防汛工作。

5 日下午至 6 日上午，河南河务局副局长刘同凯一行检查焦作武陟一局老龙湾险工、大樊险工和武陟二局五车口险工、驾部控导及孟州黄河防汛工作。

5 日下午至 6 日上午，河南河务局二级巡视员吴东平一行检查新乡周营上延控导工程、顺河街控导、大宫控导、古城控导、曹岗险工等防汛工作。

河南黄河工会主席耿新杰带队对台前白铺护滩工程预加固落实情况进行徒步检查，对群防队伍巡查防守情况进行督导。现场查看张庄闸退水排涝情况，详细了解和查看了闸门启闭日志和排涝水量记录，要求张庄闸管理处要严格按照上级调度指令启闭闸门；现场查勘白铺护滩工程除险加固措施落实情况，并对现场值守人员到岗到位情况进行了现场抽查。

河南河务局向局属各河务局、局直有关单位下发《关于加强与驻豫部队对接的通知》（豫防黄办电〔2021〕114 号）、《关于贯彻落实中共河南省委办公厅　河南省人民政府办公厅关于加强黄河秋汛洪水防御工作的紧急通知》（豫黄电〔2021〕170 号）、《转发黄委关于贯彻落实水利部会商会议精神扎实做好当前洪水防御工作的通知》（豫黄电〔2021〕171 号）。向省军区战备建设局发送《关于加强与沿黄各市防指进行抗洪抢险对接的函》。向沿黄各省辖市、济源示范区防指、应急厅、局属各河务局转发小浪底水库、陆浑水库调令。

6 日

国家应急管理部应急指挥专员张家团带领国家防总工作组到兰考、开封二局检查指导工作，河南河务局副局长姚自京等陪同检查。

应急管理部应急指挥专员张家团带领国家防总工作组到郑州马渡险工、赵口险工检查黄河防汛工作，河南河务局副局长程存虎、河南省应急厅党委委员徐忠，郑州市市长侯红、副市长李喜安陪同。

水利部监督司副司长曹纪文等到洛阳孟津检查防汛防守情况。

副省长武国定采用“四不两直”方式，到开封、郑州等地调研检查黄河秋汛洪水防御工作。武国定强调，黄河已经发生2021年第3号洪水，上游来水预估达到44亿立方米，河南省黄河大流量过程还将持续15天左右，黄河防汛形势极为严峻。要落实责任到人，逐坝逐段落实巡查和抢险责任人，排好班次，24小时不间断巡查值守；要加强技术力量，统筹整合水利、河务部门技术人员，与群防队员一起巡堤查险；要备足抢险物料，加大物料、设备投入，预置抢险物资和机械设备，做好一线抢险人员后勤保障；要加强组织领导，坚持政府领导、应急统筹、河务支撑、部门协同、群防群控的工作机制，沿黄各县区领导干部要靠前指挥，分包坝段；要严防死守，不惜一切代价确保黄河大堤安全，实现滩区不漫滩、工程不跑坝、人员不死亡的目标。

6日下午至7日上午，黄委副主任牛玉国带领督导组先后到新乡长垣局大留寺、周营上延、榆林控导、顺河街控导、大宫控导、古城控导、曹岗险工和濮阳白铺护滩工程、张庄闸、张堂险工等工程现场，查看群防队伍巡坝查险组织开展情况、工程加固、帐篷搭建、巡查责任公示、黄河防汛前线指挥部工作值守等情况。河南河务局二级巡视员吴东平、河南黄河工会主席耿新杰分别陪同检查。

濮阳市委副书记、市长万正峰到台前县白铺护岸工程、范县杨集控导工程等处实地查勘。

新乡市委副书记、市长魏建平分别在双井、武庄、毛庵控导工程暗访。

濮阳市委书记杨青玖暗访范县防汛工作。新乡市市长魏建平到顺河街等工程查看工情、水情、险情等。

晚9时，河南河务局局长张群波主持召开全局紧急防汛视频会议暨2021年第87次防汛会商会，对河南黄河秋汛洪水防御工作进行再动员再部署再强化再落实。张群波要求，一要进一步加强巡查防守。二要进一步做好抢险物资装备后勤保障。三要进一步严肃防汛纪律，强化督查落实。四要进一步加强防汛抗洪宣传。

河南河务局党组书记司毅铭深入新乡、开封等地督导秋汛防御工作，慰问一线工作人员，强调要高度重视当前面临的严峻形势，切实强化巡查防守，严格落实各项防御措施，坚决打赢河南黄河秋汛洪水防御这场硬仗。司毅铭要求一要严格执行“政府领导、应急统筹、河务支撑、部门协同、群防群控”的防汛抢险机制。二要切实加强工程巡查防守。三要强化可能出险部位预判。四要不折不扣落实“两个通知，一个讲话”要求。五要关心一线防汛抢险人员，提高生产生活保障水平，确保一线人员安全和身体健康。

河南河务局副局长姚自京一行到兰考、开封二局检查指导防汛工作。

6日下午至7日上午，河南河务局副局长刘同凯带领焦作督察组到孟州黄河大堤、温孟滩防护堤、逯村控导、开仪控导等工程检查防汛工作。

河南黄河工会主席耿新杰带领濮阳督察组查看李桥险工、吴老家控导工程，重点检查豫防指电53号文落实情况。

以省防指名义向沿黄各省辖市、济源示范区防指，沿黄各市黄河河务局发送《关于迎战黄河3号洪水的通知》（豫防指电〔2021〕54号）。

河南河务局向沿黄各省辖市、济源示范区防指，沿黄各市黄河河务局发送《关于成立黄河抗洪抢险前线指挥部的通知》（豫防黄办电〔2021〕115号）。向郑州、焦作、豫西河务局下发《关于做好近期大流量过程洪水防御工作的通知》（豫黄电〔2021〕173号）。向河南省防汛抗旱指挥部发送《关于请调国家储备防汛物资保障工程防守和险情抢护的请示》。向沿黄各省辖市、济源示范区防指发送《关于紧急补充抗洪抢险物料的通知》（豫防黄办电〔2021〕116号）。向沿黄各省辖市、济源示范区防指、应急厅、局属各河务局转发小浪底水库、陆浑水库调令。向沿黄各省辖市、济源示范区防指，省防指黄河防汛联合督察组下发《关于进一步加强黄河秋汛巡查防守工作的补充通知》，要求压实巡查防责任、加强巡查技术力量、备齐抢险料物、落实巡查人员装备、加强督导检查、发挥基层党组织作用、加强组织领导。向河南省防汛抗旱指挥部发送《河南黄河河务局关于请调国家储备防汛物资保障工程防守和险情抢护的请示》申请调用铅丝网片和覆膜编织布用于抢险需要。向河南省自然资源厅发送《关于协助制作河南黄河秋汛防御指挥图的函》，请求协助制作完成河南黄河秋汛防御指挥图。向河南省通信管理局发送《关于发送防洪避险短信的通知》，在洪水期间向沿黄、沁县（市、区）黄河滩区内群众及流动人口发送防洪避险短信。

7日

7日至8日，水利部监督司副司长曹纪文带领工作组到郑州枣树沟、桃花峪导工程、马渡险工、赵口、九堡河段、开封王庵控导工程督察防汛工作。

水利部监督司工作组到白铺护滩工程、张庄闸、孙楼控导工程、杨楼控导工程督察指导防汛工作。

省应急管理厅副厅长吴文带领省防指第一督察组检查了黄河焦作河段大玉兰控导工程、防护堤工程防汛措施落实情况，督察了祥云镇、黄河街道和防指成员单位职责落实情况，并与温县防指开展座谈会商。

省水利厅副厅长任强带领省防指第三督察组检查了黄河濮阳河段彭楼险工、青庄险工下首生产堤、连山寺上首生产堤、王称堌乡马张庄生产堤防汛措施落实情况，并督察了新乡、濮阳两市黄河前线指挥部建立情况。

17时，省防指黄河防汛抗旱办公室组织气象局、省应急厅、省水利厅、河南黄河河务局、省消防救援总队、省电力公司召开防汛会商会，分析研判黄河秋汛形势，跟踪落实省委省政府领导指示要求，安排部署当前各项洪水防御工作。省防指副指挥长、河南河务局局长张群波主持会议，副局长王晓东参加。

19时，黄委主任汪安南主持召开黄委防汛会商会，听取黄委各工作组的情况汇报，对黄河秋汛防御工作作出部署。

7日下午至8日上午，黄委副主任牛玉国带领督导组先后到郑州荥阳枣包楼控导工程、濮阳台前梁路口控导工程、马楼乡生产堤、韩胡同控导工程、范县杨楼控导工程、吴老家控导工程、杨楼工程班检查指导防汛工作，河南黄河工会主席耿新杰陪同检查。

7日晚至8日上午，黄委副主任徐雪红带领工作组对焦作温县、博爱沁河以及南水北调沁河倒虹吸工程洪水防御工作进行督导，河南河务局副局长刘同凯陪同督导。

7日至8日，黄委工会主席王健，离退局局长党宏龙带队到开封第二河务局府君寺、欧坦以及兰考河务局东控导检查指导防汛工作。河南河务局副局长姚自京陪同检查。

黄河设计院安新代带领黄委工作组先后查看了吉利白坡控导、孟津白鹤控导、铁谢险工、花园镇控导工程的靠河靠溜、河势流量信息、坝前水深、险情抢护和除险加固用石等情况。河南河务局豫西工作组陪同检查。

16时，开封市市长李湘豫召开全市黄河防汛紧急视频会商会议，听取有关黄河防汛形势的报告，对防秋汛有关工作进行安排部署。

17时50分，河南河务局局长张群波主持召开河南局防汛会商会，听取各职能组汇报，安排部署下一步工作。19时参加黄委视频会。21时，河南河务局局长张群波即刻通过河南河务局“1+6+26”防汛视频指挥平台主持召开紧急会议，对当前防汛工作再强调、再安排、再部署，不折不扣贯彻落实汪安南主任讲话精神和各工作组具体要求。张群波要求，一要坚定坚决把巡查防守要求落细落实落地。二要毫不犹豫加大除险加固力度。三要深入细致强化下沉一线人员管理。四要正面引导加强宣传和舆情监控。五要科学安排充分做好打持久战准备。

河南黄河副局长程存虎带领郑州督察组赴检查金水区、惠济区黄河抗洪抢险前线指挥部成立情况，并赴东大坝下延、花园口险工、荥阳枣树沟控导工程、荥武浮桥码头查看巡坝查险、防汛物资准备、工程加固等情况。

7日至8日上午，河南河务局纪检组组长甘保恩带领省防指第二督察组检查了孟津花园镇控导、铁谢险工、黄河开封河段赵口险工、九堡险工、黑岗口下延控导工程、柳园口险工防汛措施落实情况，督察了郑州、开封两市黄河前线指挥部建立情况。

7日下午至8日上午，河南河务局副局长刘同凯带领焦作工作组到白马沟、大小岩、马铺、亢村、上香、新村、五车口、老龙湾等工程检查防汛工作，查看了荥武浮桥对河势的影响。

河南河务局向局属各河务局转发《黄委关于委属单位和机关部门增派人员下沉一线参加防汛值守有关事宜的通知》，要求各单位与下沉人员沟通联系，做好对接工作，配备必要的巡堤查险工器具和防护设备，做好安全防护工作。向沿黄各省辖市、济源示范区防指、应急厅、局属各河务局转发小浪底水库、河口村水库调令。向局属各河务局、局直有关单位下发《转发黄委关于贯彻落实水利部会商会议精神继续加强秋汛洪水防御工作的通知》。向郑州河务局、建工集团下发《关于同意建工集团支援郑州河务局防汛工作的批复》。

8日

8日至9日，国家防总秘书长、应急部副部长兼水利部副部长周学文带领国家防汛抗旱总指挥部工作组相继到郑州、洛阳等地检查河南黄河秋汛防御工作。省防指副指挥长、河南省副省长武国定，黄河水利委员会副主任苏茂林，河南省省应急厅党委书记、厅长吴忠华，河南省水利厅厅长孙运锋，河南河务局党组书记司毅铭陪同检查。周学文强调，各地各部门要深入学习贯彻习近平总书记关于防汛救灾工作的重要指示精神，高度重视黄河秋汛防御工作，切实守护好人民群众生命财产安全。要压实工作责任，特别是压实以行政首长负责制为核心的各项责任，确保关键时刻指挥调度有序有力；要强化隐患排查，盯紧薄弱环节，进一步梳理和排查隐患，狠抓发现问题整改；要加强科学调度，密切会商研判，做好洪水防御预案，确保科学精准施策；要严格值班值守，提前预置救援力量和料物，确保突发险情抢早抢小；要时刻紧绷防汛安全这根弦，坚决打赢黄河秋汛防御这场硬仗。

17时，省防指黄河防汛抗旱办公室组织气象局、省应急厅、省水利厅、河南黄河河务局、省电力公司召开防汛会商会，分析研判黄河秋汛形势，跟踪落实省委省政府领导指示要求，安排部署当前各项洪水防御工作。

8日下午至9日上午，黄委副主任牛玉国一行先后到邢庙险工、恒通浮桥、李桥险工、李桥控导工程、彭楼引黄闸、龙长治控导工程、尹庄控导工程、连山寺控导工程等徒步查看河势工情、除险加固情况以及人员、设备落实情况，河南黄河工会主席耿新杰等陪同检查。

8日下午至9日上午，黄委副主任徐雪红带领工作组到焦作检查防汛工作，并召开黄（沁）河防汛督导会商会。

濮阳市长万正峰到濮阳河务局调研黄河防汛工作，通过视频监控系统调阅险工和控导工程实时画面，连线听取濮阳县、范县、台前河务局防汛工作汇报。8日上午，开封市纪委书记卢志军查看兰考河务局东险工、蔡集控导工程河势及专群人员值班值守情况。

8日下午至9日上午，河南河务局张群波到封丘禅房控导工程、铁谢险工、神堤控导工程检查督导黄河防汛巡查防护工作。晚9时，张群波主持召开秋汛防御紧急防汛视频会议暨2021年第90次防汛会商会，号召全局党员干部职工将做好本次秋汛洪水防御工作作为最好的党性锻炼，吹响决战时刻的冲锋号，坚决打赢黄河秋汛防御攻坚战。张群波要求，一要抓认识提高。黄河安危，事关大局。二要抓巡查防守。三要抓除险加固。四要抓抢险准备。五要抓现场管理。六要抓滩区安全。七要抓督导检查。八要抓舆论引导。

8日下午至9日上午，河南河务局副局长姚自京带领开封工作组到四明堂防滚河工程、黑岗口下延工程检查指导抢险加固工作。

8日下午至9日上午，河南河务局副局长程存虎带领郑州工作组到孤柏嘴工程、枣树沟控导工程等检查防汛工作，并在荥阳河务局参加省局视频会商会。

河南河务局二级巡视员吴东平带领新乡工作组到长垣局榆林、周营控导工程、大留寺控导工程督导除险加固、抢险准备、现场管理情况，到原阳三官庙控导工程、封丘曹岗险工现场查看抢险现场、根石探摸、巡坝查险开展等情况。

8日下午至9日上午，河南黄河工会主席耿新杰带领濮阳工作组到邢庙险工、恒通浮桥、李桥险工、李桥控导工程、彭楼引黄闸、龙长治控导工程、尹庄控导工程、连山寺控导工程、濮阳县青庄险工、尹庄控导工程、范县邢庙险工、温县局大玉兰控导工程等查看河势工情、水情、工程除险加固情况。

河南河务局向局属各河务局下发《关于进一步加强河南黄河防洪工程除险加固的通知》。向沿黄各省辖市、济源示范区防指、应急厅、局属各河务局转发小浪底水库、河口村水库调令。向局属各河务局、局直有关单位、各职能组、工作组、专家组下发《关于贯彻落实省局防汛视频会商会议精神全力做好当前秋汛防御工作的通知》

9日 水利部监督司副司长曹纪文一行督察开封王庵防汛工作。

9日下午至10日上午，黄委副主任牛玉国带领黄委工作组场到焦作蟒河入沁口、沁河入黄口，新乡长垣局榆林控导工程，濮阳县渠村分洪闸、青庄险工、南上延控导工程查看河势工情、工程除险加固情况以及人员值班值守和物资设备落实情况。河南河务局二级巡视员吴东平陪同检查。

黄河工会主席王健带领黄委工作组分析研究当前郑州段防汛重点，到荥阳河务局检查防汛物资储备和防汛前线指挥部落实情况。河南河务局郑州工作组陪同检查。

黄委防御局局长魏向阳到河南河务局12楼会商视频中心检查指导河南黄河防汛工作。

9日下午至10日上午，河南河务局局长张群波到郑州巩义神堤控导工程、荥阳枣树沟控导工程查看雨毁及险情抢护情况。

省防指副指挥长、河南黄河河务局局长张群波主持召开省防指会商会议，传达省政府领导批示精神，听取省气象局、河南黄河河务局、应急厅、水利厅等单位关于黄河秋汛洪水防御相关情况的汇报，分析研判黄河流域降雨及防汛形势，就贯彻落实省政府领导指示，做好秋汛防御工作作出安排部署。张群波要求，一要切实提高认识。二要切实加强抢险料物供应。三要切实加强工程巡查防守。四要切实做好滩区安全保障准备。五要切实加强应急值守和信息共享。

晚19时，河南河务局局长张群波主持召开全局紧急防汛视频会议暨2021年第91次防汛会商会，张群波要求，一要加快除险加固进度，坚持实事求是、除险为要，对根石走失、坝体坍塌的出险部位重点加固，尽快恢复工程防洪功能。二要加快抢险料物补充，主动对接地方党委政府，督促地方政府及时统筹调配辖区抗洪抢险物料，确保除险加固和抗洪抢险需要。三要加大抢险力量预置。各单位要合理预置抢险救援力量，调配精兵强将到最需要的地方，预防突发事件发生。四要加强信息沟通共享。密切关注工情、险情变化，第一时间做好信息上传下达，第一时间向当地前线指挥部报告，确保险情早发现早处置，确保工程安全。

9日下午至10日，河南河务局副局长姚自京带领开封工作组督察黑岗口下延控导工程、王庵控导工程险情抢护及兰考夹河滩工程防汛工作。

河南河务局副局长刘同凯带领焦作工作组到温县大玉兰控导、张王庄控导工程、南水北调温博管理处、沁河武陟段检查防汛工作。

河南河务局纪检组长甘保恩带领豫西工作组到济源沁河左岸堤防工程、沁北滞洪区花园镇控导工程、铁谢险工等督导除险加固工作。

河南河务局向局省防汛抗旱指挥部报送《关于预置中国安能抢险队

增援河南黄河抗洪抢险的请示》。向沿黄各省辖市、济源示范区防指、应急厅、局属各河务局转发小浪底水库、河口村水库调令。向沿黄各省辖市、济源示范区防指下发《转发关于将国家防总Ⅳ级应急响应提升至Ⅲ级的通知》。

以省防指的名义向沿黄各省辖市、济源示范区防指发送《关于贯彻落实省领导批示精神 全力做好黄河秋汛洪水防御的通知》（豫防指电〔2021〕58号）。

10日

10日至11日，水利部监督司副司长曹纪文带领工作组暗访开封二局、兰考河务局防汛工作。

水利部督察组到新乡武庄控导、毛庵控导、三官庙控导、大张庄控导、曹岗险工、贯台控导、禅房控导等工程查看秋汛洪水防御工作。河南河务局专家组陪同检查。

河南省应急厅厅长吴忠华带领省防汛督察组到焦作武陟沁河入黄口、驾部控导工程检查防汛值守和河势工情，河南河务局副局长刘同凯陪同检查。

10日至11日，黄委主任汪安南到开封兰考蔡集控导、东坝头险工、夹河滩护滩、王庵控导、黑下延控导、郑州荥阳枣树沟控导工程，洛阳孟津铁谢险工、花园镇控导等工程，查看河势和工程除险加固情况。河南河务局局长张群波、豫西工作组分别陪同检查。

10日下午至11日上午，黄委副主任牛玉国带领黄委工作组到濮阳北金堤、尹庄控导和城关班组，新乡封丘禅房控导、曹岗险工、古城控导、大宫控导、长垣榆林控导工程等查看河势水情、工程加固等情况。河南黄河工会主席耿新杰带领濮阳工作组、河南河务局二级巡视员吴东平带领新乡工作组分别陪同检查。

黄委副主任徐雪红带领黄委工作组到焦作东安控导工程、花坡堤险工检查防汛工作。

黄委纪检组组长孙高振一行检查沁河武陟段洪水防御工作，查看了沁河入黄处河势变化情况。河南河务局副局长刘同凯带领焦作工作组陪同检查。

黄河工会主席王健带领黄委工作组到郑州裴峪、巩义神堤控导、金沟控导等工程督导防汛工作，河南河务局郑州工作组陪同检查。

10 日至 11 日，河南河务局督察组带两队分赴开封、焦作、洛阳抗洪抢险一线督察检查，重点督察了值班值守和机械料物到位情况。

17 时，河南河务局召开防汛会商（视频）会，传达了水利部部长李国英、黄委主任汪安南及水利部督察组对河南黄河秋汛防御工作的指示精神，对当前黄河秋汛洪水防御工作进行再安排再部署。张群波强调，一要责任再压实。二要防守再加力。三要巡查再严密。四要资料再完善。五要纪律再严明。

河南河务局二级巡视员吴东平带领新乡工作组深入长垣局大留寺、周营控导工程，现场查看巡坝查险、根石探摸、物料准备、前线指挥部等情况。

向省公安厅、交通运输厅发送《关于解决防汛物资运输车辆和大型抢险设备通行问题的函》，请相关部门给予运输车辆、大型抢险机械设备通行便利，便于防汛石料、铅丝、发电机组等防汛应急物资和设备运输。

从物资储备中心调拨防汛铅丝网片 459 张、铅丝 10 吨至荥阳河务局保障工程巡查和抢险需要。

河南河务局向沿黄各省辖市、济源示范区防指、应急厅、局属各河务局转发小浪底水库、河口村水库调令。向局属各河务局、局直有关单位下发《转发关于贯彻落实水利部会商会议精神 坚决做好秋汛洪水防御工作的通知》。

11 日　黄委副主任苏茂林一行到新乡双井、三官庙控导、仁村堤、三教堂护滩、顺河街控导等工程查看秋汛洪水防御工作。

黄委副主任徐雪红带领黄委工作组到焦作张王庄控导工程查看河势。

黄委副主任牛玉国带领黄委工作组到开封王庵、兰考局、黑岗口下延检查指导防汛工作。

黄河工会主席王健带领黄委工作组到郑州荥阳枣树沟控导工程查看险情抢护及河势情况。河南河务局副局长程存虎陪同检查。

新乡市委书记李卫东到贯台控导工程检查黄河防汛工作。

河南河务局局长张群波一行到开封蔡集控导、夹河滩护滩、王庵控导及焦作防汛一线指导险情抢护并慰问值守人员。18时30分，张群波主持召开防汛会商（视频）会，张群波强调，进入决战决胜期，各部门和单位仍要高度重视，毫不懈怠地做好各项防御工作。一要坚守为民初心。二要坚定必胜信心。三要坚决守住工程。四要坚持纪律底线。

11日下午至10月12日上午，河南河务局副局长姚自京带领开封工作组到王庵控导工程指导险情抢护，到兰考蔡集控导工程河势工情和除险加固工作开展情况。

11日下午至12日上午，河南河务局副局长刘同凯带领焦作工作组到孟州、沁阳、博爱查看工险情及河势变化、除险加固等情况。

11日下午至12日上午，河南黄河工会主席耿新杰主席带领濮阳工作组到濮阳县连山寺控导、连山寺上延控导、尹庄控导、连山寺上首生产堤，范县李桥险工、李桥控导以及李桥28坝附近生产堤督导检查。

河南河务局原局长王渭泾到花园镇控导、铁谢险工等工程查看河势工情并指导除险加固工作。

以省防指的名义向濮阳市防指发送《关于进一步加强生产堤防守的紧急通知》（豫防指明电〔2021〕59号）。

河南河务局向局属各河务局、局直有关单位下发《转发关于贯彻李克强总理重要批示和水利部防汛会商会精神进一步做好黄河秋汛防御工作的通知》。向沿黄各省辖市、济源示范区防指、应急厅、局属各河务局转发小浪底水库、河口村水库、三门峡水库调令。向局属各河务局下发《转发黄委关于做好工程防守有关要求的通知》（豫黄电〔2021〕82号）。

河南黄河河务局调动黄河建工集团30名抢险队员前往开封王庵控导支援抗洪抢险。向濮阳河务局、开封河务局、焦作河务局分别调拨吨袋2000条、500条、1500条保障工程抢险需要。

12日

水利部监督司副司长曹纪文等暗访开封二局、新乡大宫控导工程防汛工作。

12日到13日，黄委副主任牛玉国一行看望慰问河务局因公住院的抗洪抢险职工，到新乡防汛中心慰问值班职工，并深入马庄、双井等控导工程、三教堂护滩工程、濮阳南上延控导等实地查看河势变化、工情水情、群防队伍、照明设备、抢险设备预置等情况，现场指导除险加固工作。

黄委会副主任徐雪红一行检查孟州河务局秋汛防御工作，听取孟州黄河防汛工作汇报，现场询问当前防汛工作开展情况，并利用无人机查看河势。

河南黄河河务局局长张群波到焦作武陟老田庵，新乡原阳武庄控导工程等检查指导防汛工作。20 时 15 分主持召开防汛会商会，听取各职能组及各市局工作开展情况汇报，进一步安排部署秋汛洪水防御工作。张群波强调，在决战决胜时刻，各部门和单位要切实做到“四个坚持”：一是坚持思想不松。二是要坚持目标不变。三是坚持标准不降。四是坚持力度不减。

河南河务局党组书记司毅铭深入开封黑岗口下延、王庵、府君寺、夹河滩、东坝头、蔡集等工程，检查指导黄河秋汛洪水防御工作。司毅铭要求各级干部职工，一要坚持人民至上、生命至上。二要坚持问题导向，仔细对照各级督导组提出的问题和要求，建立整改任务台账，逐条逐人抓好落实，确保整改到位。三要充分发挥地方党委政府作用，加强河地联防，凝聚起防汛抗洪抢险的强大合力。四要加强预警预防。提前预置抢险力量和设备，做到抢早抢小，把灾害风险降到最低程度。五要加快石料采运进度。六要加强工程巡查防守。

12 日下午至 13 日上午，河南河务局副局长姚自京带领开封工作组到开封二局检查指导洪水防御工作，到开封市局检查内业资料。

河南河务局副局长程存虎带领郑州工作组到花园口水文站、马渡险工、马渡下延控导工程督导防汛工作，查看水情河势、工程除险加固情况。到中牟局机关、赵口闸的中牟黄河抗洪抢险前线指挥部、九堡下延控导除险加固施工现场进行了检查指导，

12 日下午至 13 日上午，河南河务局纪检组长甘保恩带领工作组到洛阳白鹤工程班慰问一线下沉人员。

12 日下午至 13 日上午，河南河务局副局长刘同凯带领工作组检查焦作温县黄河防汛工作。

12日下午至13日上午，河南河务局二级巡视员吴东平带领工作组到原阳、封丘河段查看黄河秋汛洪水防御工作，并慰问了曹岗、古城控导上级下沉人员。

12日下午至13日上午，河南黄河工会主席耿新杰带领工作组先后对台前孙口镇生产堤、打渔陈生产堤、张庄生产堤、白铺护滩工程进行检查指导，并对枣包楼控导、影堂险工进行了暗访，重点检查一线职工和群防队伍值班值守、巡坝查险记录、安全明白卡签订情况。

省局督察组赴濮阳和焦作现场督导检查防汛工作。

转发小浪底、河口村、故县、陆浑水库调令。

向濮阳河务局调拨吨袋2000条，保障工程抢险需要。

13日

国家防总工作组成员张家团、杨博一行到新乡原阳双井、三官庙控导工程和封丘贯孟堤，检查指导黄河秋汛洪水防御工作。

水利部监督司副司长曹纪文带领工作组检查开封一局黑下延控导工程抢险工作。

水利部工作组到焦作驾部控导44坝、新乡毛庵、三官庙控导、封丘顺河街控导等进行督查后，又到新乡顺河街、大宫、古城、曹岗、贯台、禅房控导工程及曹岗险工督导防汛工作。

13日下午至14日上午，应急管理部应急指挥专员张家团带领队的国家防总工作组到濮阳渠村分洪闸、青庄险工、张庄闸、白铺护滩工程查看河势工情、退水及工程除险加固情况，濮阳市副市长黄守玺等陪同。

13日下午至14日上午，黄委副主任徐雪红带领工作组到焦作武陟一局、博爱白马沟险工督导检查，并听取沁阳局、博爱局沁河防汛工作情况汇报。

13日至14日，黄河工会主席王健带领工作组到开封王庵、府君寺、欧坦控导工程检查指导抢险加固工作。河南河务局副局长姚自京陪同。

黄委驻豫西河务局工作组安新代到洛阳铁谢险工、花园镇控导工程督导防汛，指导除险加固。

开封市政府召开防汛会商专题会议，开封市王国庆副市长主持，河务、应急、交通、电力、公安以及沿黄各县区主要负责同志参加会议，河南河务局副总工耿明全，开封河务局领导参加会议。

晚7时，河南河务局党组书记司毅铭主持召开第95次防汛会商会。司毅铭强调，当前黄河秋汛洪水防御工作已经到了最为严峻最为关键的决战决胜时刻，全局各级一要做到不松懈、不麻痹、不大意，发扬不怕疲劳、连续作战的作风，按照“思想不松、目标不变、标准不降、力度不减”的要求继续抓紧抓实抓好秋汛防御工作，确保实现控导工程“不跑坝、不决口、不漫滩、不死人”的目标。二要严格按照省防指53号文要求，进一步加强巡查防守，全局干部职工要发挥技术支撑、规范执行的带头作用，带动群防队伍做细做实巡查防守。三要加大石料采运力度，加快石料补充进度，尽快将各地政府提供的石料补充指标落实到位。

河南河务局副局长程存虎带领郑州工作组赴荥阳枣树沟控导工程检查抢险和除险加固工作，并慰问省局下沉干部。

河南河务局纪检组长甘保恩带领豫西工作组到洛阳孟津白鹤控导、吉利白坡控导、济源五龙口险工查看河势工情并慰问黄委下沉干部。

13日下午至14日上午，河南河务局副局长刘同凯带领焦作工作组到武陟驾部控导、老田庵控导、沁河花坡堤险工查看河势工情及除险加固工作开展情况，并慰问黄委机关下沉干部。

河南黄河工会主席耿新杰带领濮阳工作组到濮阳县连山寺控导工程、青庄险工下首附件的生产堤暗查暗访，并对尹庄控导工程除险加固情况进行检查指导。

河南河务局向开封河务局调拨铅丝网片3300张，保障工程抢险需要。

河南河务局向沿黄各省辖市、济源示范区防指，省防指成员单位发送《关于贯彻落实王凯省长批示精神全力做好当前黄河秋汛防御工作的通知》（豫防黄办电〔2021〕127号）、《关于贯彻落实武国定副省长批示精神全力做好黄河秋汛防御工作的通知》（豫防黄办电〔2021〕128号）。

14日　国家自然灾害防治工作综合督查检查组组长倪岳伟带队勘察花园口

险工，河南省应急管理厅副厅长侯峰陪同。

14日至15日，水利部监督司副司长曹纪文带领工作组先后到顺河街、大宫、古城、曹岗、贯台控导工程督导防汛工作，了解工程加固、石料供应、安全管理等情况，并查看了抢险加固现场。

水利部防汛督导组到顺河街控导工程督导防汛工作。

晚20时，河南省防指副指挥长、副省长武国定主持召开黄河防汛视频会议，分析研判当前黄河防汛形势，进一步安排部署黄河秋汛防御工作。河南河务局党组书记司毅铭参加。

14日至15日，黄委副主任牛玉国带领工作组到濮阳张堂险工、影堂险工、白铺护滩、孙楼工程、李桥险工、李桥控导、杨楼控导、吴老家控导、邢庙险工等工程查看河势工情、除险加固和靠溜情况，并看望慰问了黄委下沉一线人员。河南黄河工会主席耿新杰等陪同检查。

黄委纪检组组长孙高振带领工作组到濮阳范县杨楼控导、邢庙险工、李桥险工，濮阳县马张庄控导、龙长治控导、尹庄控导工程查看河势工情、水情和工程除险加固情况，赴濮阳县南上延，新乡长垣大留寺、周营上延、周营、榆林等控导工程检查指导防汛工作。

14日下午至15日上午，黄河工会主席王健带领工作组到开封黑下延控导、柳园口险工，兰考夹河滩、东控导、蔡集等工程检查指导抢险加固工作。河南河务局副局长姚自京等陪同检查。

22时，河南河务局党组书记司毅铭主持召开防汛视频会商会，传达黄河防汛视频会武国定副省长讲话精神，安排部署下一步秋汛洪水防御工作，副局长王晓东参加会议。司毅铭要求：一是思想重视不松懈。二是工程巡查不放松。三是料物补充要加快。四是险情抢护要及时。五是生产堤防守再加强。六是工作方式方法再提高。七是各职能组运行再理顺。

河南河务局副局长程存虎带领郑州工作组召开内部会议，总结近期工作，并对下一步工作计划、工作重点进行商议和探讨。

14日至15日，河南河务局纪检组长甘保恩带领河南黄河防汛联合督察组督导开封兰考，郑州赵口、九堡等地督查防汛工作。

河南河务局二级巡视员吴东平带领新乡工作组赴长垣局机关与各职能组就近期防汛工作开展情况进行了座谈，详细询问了长垣黄河巡堤查险、除险加固、石料、铅丝笼储备、安全防护等情况。

河南河务局向黄河防总办申请支援防汛铅丝网片 1.08 万张，长丝土工布 2.1 万平方米保障抗洪抢险需要。

河南河务局向局属各河务局下发《转发河南省人民政府气象灾害防御及人工影响天气指挥部关于做好近期大风降温天气防范工作的通知》、《转发黄委关于进一步加强黄河下游河道防守的通知》《转发黄委关于持续加强河道工程防守的通知》。向局属各河务局、局直有关单位、省局各职能组下发《关于贯彻落实省局防汛视频会商会议精神　全力做好当前秋汛防御工作的通知》。

15 日　水利部监督司副司长曹纪文带领工作组到濮阳县连山寺上延控导，新乡大宫控导、古城控导、曹岗险工、贯台控导、禅房控导、长垣大留寺、周营、周营上延控导等工程检查黄河秋汛防御工作。河南河务局二级巡视员吴东平陪同检查。

15 日至 16 日上午，水利部防汛督导组到开封王庵控导、府君寺控导等工程检查除险加固工作。

15 日下午至 16 日上午，黄委副主任牛玉国先后到濮阳范县李桥险工、彭楼险工、辛庄生产堤，濮阳县马张庄控导、龙长治控导、尹庄控导等工程，查看河势工情、水情，生产堤偎水情况以及堤防修复情况。河南黄河工会主席耿新杰陪同检查。

黄委副主任徐雪红主持召开黄委黄（沁）防汛督导会。河南河务局副局长刘同凯带领焦作工作组参加。

17 时，河南河务局党组书记司毅铭主持召开防汛会商会，听取当前雨水情、水库调度和各职能组工作开展情况汇报，进一步安排秋汛洪水防御工作。副局长王晓东、程存虎参加会议。

河南河务局原局长王渭泾赴濮阳县渠村闸、南上延控导、范县李桥险工指导濮阳黄河秋汛防御工作。

河南河务局刘同凯副局长带领焦作工作组到孟州逯村控导工程河势工情及人员值守情况，查看了 34 一 40 坝工程现状，靠河情况，并现场指导除险加固工作。

河南黄河防汛联合督察组到郑州中牟、巩义等地检查指导防汛工作。

河南河务局向沿黄各省辖市、济源示范区防指下发《关于做好近期大风降温天气防范工作的通知》，对大风降温期间防汛安全生产、防寒保暖、卫生防疫等工作进行部署。向局属各河务局、局直有关单位下发《转发全面贯彻落实李克强总理重要批示 坚决打赢黄河防秋汛这场硬仗的通知》。

16日

16日至17日，国家防总副总指挥、水利部部长李国英检查河南黄河秋汛防御工作，并在兰考主持召开座谈会，分析汛情变化，研究应对措施。他强调，要认真贯彻落实习近平总书记关于防汛救灾工作的重要指示，坚持人民至上、生命至上，确保黄河防汛实现“不死人、不漫滩、不跑坝”的目标；要认清形势，连续作战，不松懈、不轻视、不大意，继续把黄河秋汛防御工作做好；要对退水期可能出现的情况进行研判，有针对性做好预置工作；要突出防御重点，找到最危险的地方，对大溜顶冲的控导工程、二级悬河发育严重等部位严防死守；要预置抢险力量、料物、设备等，坚决做到抢早抢小抢住；要做好抢险队伍轮换，保障防护人员安全；要及时总结经验，做好数据监测分析，确保取得黄河秋汛防御全面胜利。座谈会上，副省长武国定表示，河南省坚决扛稳黄河防汛的政治责任，做到巡堤查险不放松、群防群治不懈怠、责任落实不棚架，不获全胜，决不收兵。水利部工作组，黄委主任汪安南、副主任苏茂林，河南省副省长武国定，河南河务局党组书记司毅铭，开封市委书记高建军、市长李湘豫、副市长王国庆等参加座谈。

河南省委常委、省纪委书记曲孝丽 一行到郑州花园口险工、新乡曹岗险工等工程查看河势工情。河南河务局副局长刘同凯、二级巡视员吴东平，河南省水利厅厅长孙运锋等分别陪同检查。

水利部监督司副司长曹纪文带领工作组到开封黑岗口下延工程，濮阳尹庄控导、龙长治控导、马张庄控导、彭楼险工等工程检查黄河秋汛防御工作。

水利部防汛督导组到兰考局、开封府君寺控导工程、黑岗口下延控导工程督查防汛抢险加固工作。

省防指副指挥长、省应急厅厅长吴忠华一行到焦作温县、孟州等夜查暗访黄河防汛工作。

黄委副主任牛玉国带领工作组到新乡榆林控导工程督导黄河防汛工作。

黄委副主任徐雪红带领工作组到洛阳白鹤控导督导防汛工作。黄委建设局局长李建培等陪同检查。

开封市市长李湘豫一行到黑岗口下延控导、王庵控导等工程检查防汛工作。

河南河务局副局长姚自京带领开封工作组到王庵控导、黑下延柳园口险工检查指导防汛工作。

17时，河南河务局副局长王晓东主持召开防汛会商会，听取各职能组工作汇报及防汛专家、设计院建议，安排部署下一步秋汛洪水防御工作。副局长程存虎参加会议。

河南河务局副局长刘同凯带领焦作工作组查看武陟花坡堤险工、东安、驾部控导等工程河势工情和荥武浮桥对河势的影响。

河南河务局二级巡视员吴东平带领新乡工作组在新乡局召开座谈会，深入了解石料补充、人员设备投入和问题整改等情况。

16日下午至17日上午，河南河务局二级巡视员何平安带领工作组到焦作沁河右堤杨庄改道处、五车口险工、白马沟险工、老田庵控导等工程检查防汛工作。

16日下午至17日上午，河南河务局二级巡视员吴东平带领新乡工作组到顺河街控导、三官庙控导、毛庵控导、武庄控导、双井控导、曹岗险工等工程督导检查防汛工作。

16日下午至17日上午，河南黄河工会主席耿新杰带领濮阳工作组到马张庄控导、龙长治控导、南上延控导等工程查看河势工情。

河南河务局向局属各河务局、局直有关单位下发《转发河南省防汛抗旱指挥部办公室关于印发武国定副省长在全省黄河防汛视频会议上讲话的通知》。

17日　17日至18日，黄委副主任牛玉国到新乡大留寺、周营上延、禅房、贯台、曹岗、古城控导工程查看河势，了解抢险加固情况等情况，河南河务局二级巡视员吴东平陪同检查。

17 日至 18 日，黄委工会主席王健赴开封欧坦工程、封丘顺河街浮桥检查指导工作，河南河务局副局长姚自京等陪同。

河南河务局党组书记司毅铭一行到开封王庵控导工程检查指导防汛工作。晚 7 时，主持召开全局防汛会商视频会议，传达贯彻国家防总副总指挥、水利部部长李国英检查指导河南黄河秋汛防御工作要求和座谈会讲话精神，传达贯彻常务副省长周霁、副省长武国定关于防御黄河秋汛的工作部署。会议强调，一要深刻领会，坚持“五个转变”好的做法。二要高度重视，切实认清当前形势。三要不折不扣，继续加强工程巡查力度。四要找准关键，重点加强防守。五要毫不放松，切实确保退水期工程安全。六要强化保障，确保防守人员安全。七要收集资料，及时开展各项总结。

河南河务局副局长姚自京带领开封工作组到黑岗口下延慰问黄河设计公司下沉干部和工程班职工。

河南河务局副局长刘同凯带领工作组到荥阳枣树沟控导工程检查指导防汛工作。

17 日晚至 18 日上午，河南省防汛联合督察组甘保恩副局长到郑州巩义神堤控导、开封兰考蔡集控导工程督察黄河防汛工作。

河南河务局副局长刘同凯带领工作组到荥阳枣树沟控导工程、巩义金沟控导工程检查督导黄河防汛工作。

河南河务局工会主席耿新杰带领工作组先后对濮阳青庄险工、三合村控导、青庄险工下首的生产堤进行暗访。

向濮阳河务局调配长丝土工布 2.18 万平方米。

河南河务局向局属各河务局、局直有关单位下发《关于李国英部长在检查河南黄河秋汛防御工作座谈会上的讲话精神的贯彻落实意见》，对具体贯彻落实提出要求。

18 日

国家发改委党组成员、副主任丛亮一行到郑州中牟检查黄河防汛工作。河南省副省长武国定、省发改委何雄、河南河务局党组书记司毅铭等陪同检查。

水利部监督司副司长曹纪文先后到濮阳李桥控导工程、邢庙险工、吴老家控导工程、杨楼控导工程、开封欧坦控导、夹河滩护滩工程、东坝头控导、蔡集控导等工程，查看河势工情、水情和除险加固情况、防汛值守、群防队伍到位情况。

水利部防汛督导组到开封府君寺、欧坦控导工程检查防汛工作。

河南省防汛联合督察组河南省水利厅副厅长任强到新乡大宫、顺河街工程采取“四不两直”方式检查巡查记录、石料储备和除险加固等情况。

18日下午至19日上午，河南省防汛联合第一督察组采用“四不两直”到洛阳白鹤控导、铁谢险工、花园镇工程督导值班值守情况。河南河务局豫西工作组陪同检查。

18日晚，河南省防汛联合第三督察组采取“四不两直”方式到新乡原阳毛庵控导、武庄控导工程进行暗访。

18日下午至19日上午，黄委副主任牛玉国带领工作组到新乡封丘大宫控导、顺河街控导、大张庄、武庄、毛庵、三官庙、双井控导等工程查看河势、石料储备、巡坝查险等情况。河南河务局二级巡视员吴东平陪同检查。

河南河务局党组书记司毅铭一行到郑州枣树沟控导工程、九堡控导工程、赵口险工、马渡险工、金水区前线指挥部，开封黑岗口下延控导工程检查指导防汛工作。河南河务局副局长姚自京陪同检查。

河南河务局副局长刘同凯带领的工作组到郑州裴峪控导、赵沟控导工程督导防汛工作，并看望一线下沉人员。

18日下午至19日上午，河南黄河工会主席耿新杰带领工作组到濮阳李桥控导、李桥险工、邢庙险工、杨楼控导、吴老家控导等工程徒步查看河势工情、水情、除险加固情况。

18日下午至19日上午，河南河务局二级巡视员何平安带领工作组到焦作化工控导、开仪控导、逯村控导、大玉兰控导、沁河白马沟、大小岩、留村、丹河口等工程查看河势工情。

18日晚，河南省防汛联合督察组对金水区前线指挥部、马渡下延控导、兰考东坝头值守情况进行了暗访。

河南河务局向局属河务局下发《转发黄委关于进一步加强河道工程

巡查防守的通知》。

19日

10月19日下午至20日上午，水利部监督司副司长曹纪文带领工作组到濮阳尹庄控导，新乡贯台控导、禅房控导、大宫控导、三教堂护滩工程查看险情抢护和除险加固工作开展情况。

黄河防总副总指挥、河南省副省长武国定主持召开河南省防汛应急预案修订会。河南河务局副局长王晓东参加会议。

黄委主任汪安南、副主任苏茂林检查指导开封黑岗口下延工程险情抢护工作，河南河务局副局长姚自京、开封市及城乡一体化示范区主要领导陪同。

黄委纪检组组长孙高振带领工作组到新乡武庄、毛庵、三官庙控导工程督查黄河秋汛洪水防御工作。

黄委副主任徐雪红带领工作组到洛阳铁谢险工督导秋汛防御工作。

黄河工会主席王健带领工作组到开封黑岗口下延控导、黑岗口上延控导工程检查指导防汛工作。河南河务局副局长姚自京陪同检查。

黄委纪检组长孙高振一行到郑州枣树沟控导工程检查防汛工作。

凌晨，河南省防汛联合第二督察组到开封黑岗口下延控导工程、兰考黄河防汛抢险前线指挥部、东坝头控导工程暗访防汛值守工作。

19时，河南河务局党组书记司毅铭主持召开防汛视频会商会，听取各职能组汇报工作开展情况，安排退水期各项防御工作。王晓东副局长、程存虎副局长参加会议。

河南河务局副局长姚自京带领工作组到开封黑岗口下延控导工程检查指导防汛工作。

河南河务局副局长刘同凯带领郑州工作组到巩义神堤控导工程查看石料预置和补充、除险加固等情况，并到值守点慰问一线值守人员。

19日下午至20日上午，河南黄河工会主席耿新杰带领工作组先后对范县彭楼险工、台前孙楼控导、韩胡同控导进行检查指导，并查看了彭楼上首生产堤防守情况。

以省防指名义向沿黄各省辖市、济源示范区防指，省防指有关成员单位下发《关于补充黄河秋汛防御石料的紧急通知》，要求10月25日前完成新增抢险石料补充任务。

20 日　水利部黄河防汛南岸工作组到开封欧坦、府君寺控导工程督导防汛工作。

黄委副主任牛玉国带领工作组到新乡卫辉石料场考察调研料源情况。

河南河务局党组书记司毅铭到开封黑岗口下延控导检查指导险情抢护工作。

凌晨 1 时 15 分，河南河务局副局长姚自京带领开封工作组以“四不两直”方式检查王庵控导工程巡查值守情况，20 日至 21 日上午，赴兰考夹河滩护滩工程、东坝头、蔡集控导了解石料采运，铅丝笼编织，根石加固，坝根处理等情况。赴黑岗口下延、王庵、欧坦控导控导工程查看河势工情及退水期防守等情况。

17 时，河南河务局副局长王晓东主持召开防汛会商会，安排部署退水期防御、巡查防守和石料采运等工作。

20 日下午至 21 日上午，河南河务局副局长刘同凯带领郑州工作组到孤柏嘴、金沟、枣树沟、桃花峪控导工程督导检查防汛工作。

河南河务局二级巡视员吴东平带领新乡工作组深入长垣局榆林控导工程，检查了除险加固、石料储备、巡坝查险等情况。

20 日下午，河南黄河工会主席耿新杰带领工作组重点对台前梁路口控导工程进行检查，徒步查看了 13 坝－上延 3 坝的除险加固情况。

以省防指名义向沿黄各省辖市、济源示范区防指，省防指有关单位下发《关于做好退水期黄河秋汛防御工作的紧急通知》（豫防指明电〔2021〕62 号），对退水期巡查防守各项措施进行安排部署。

河南河务局向局属各河务局下发《关于做好落水期重点工程的重点坝垛蹲查防守的通知》（豫黄电〔2021〕193 号）。

21 日　省长、省总河长、黄河省级河长王凯到开封市兰考县检查指导黄河防汛工作，强调要进一步压紧压实责任，落实落细措施，毫不松懈、积极主动打好落水期防御工作硬仗，确保黄河安澜和人民群众生命财产安全。王凯指出，当前黄河干流已进入落水期，要高度重视、充分把握“落水期易出险”的实际，切实摒弃麻痹大意思想，进一步强化会商研判、调度指挥，统筹左右岸、上下游、干支流，持续抓好防汛抢险各项工作，确保控导工程不垮塌、生产堤不决口、河水不漫滩。要加强巡查巡守，落实领导带班制度，实行 24 小时不间断巡查和蹲点值守相结合，突出做好夜间、凌晨、换班等关键时间节点的防范工作，确保险情早发现、早抢护、早处置。要坚持专群结合、联防联控，强化力量配备，配足技术人员，发动群众力量，预置好消防等应急抢险队伍。要备足抢险料物，合理调配、及时补充坝头石料资源，保证薄弱环节、重点工程的石料供应。要打好主动仗，加快开展预加固预除险，积极谋划和推进明年防洪水利工程项目建设，进一步提高防汛抗灾能力。

21 日至 22 日上午，黄委副主任牛玉国带领工作组到濮阳台前县白铺护滩、枣包楼控导、韩胡同控导查看工程巡查防守、除险加固及石料采运等情况。到孙楼控导、濮阳县前园生产堤、尹庄控导、青庄险工下首生产堤进行检查指导，查看了退水期河势主溜变化情况、重点坝段防守情况、生产堤防守情况，

黄委副主任徐雪红带领工作组到洛阳孟津花园镇控导工程查看退水期河势工情及除险加固等情况。河南河务局豫西工作组陪同检查。

黄委副主任苏茂林查看东控导河势。

黄委原副主任庄景林等一行考察了惠金局马渡险工，在 22 坝、44 坝查看了水情河势。

开封市委书记高建军到兰考东坝头控导工程 6 坝检查黄河防汛工作。17 时，郑州市长侯红组织召开防汛视频调度会。

河南河务局党组书记司毅铭参加全国总工会副主席汪广平一行在黄委召开的座谈会，与黄委主任汪安南，黄河工会主席王健等陪同汪广平副主席，赴郑州花园口、马渡险工考察黄河防汛工作。河南黄河工会主席耿新杰陪同考察。

21 日晚，河南河务局党组书记司毅铭主持召开防汛会商视频会议，对濮阳低滩区重点防守区域退水期各项防御工作进行安排部署。司毅铭要求，一要压实各项责任。二要加强工程巡查防守。三要做好险情抢护。四要进一步强化生产堤的防守。

河南河务局副局长姚自京带领开封工作组到黑岗口下延控导工程检查指导工作，观察 8 — 10 坝退水期靠溜及工程情况。21 日晚到府君寺控导检查防汛值班值守情况。22 日上午到黑岗口下延检查指导工作，观察 9 — 13 坝靠溜情况。

17 时，河南河务局副局长王晓东主持召开防汛会商会，听取各职能组工作汇报，研判汛情、安排部署退水期防御、巡查防守和石料采运等工作。程存虎副局长参加会议。

河南河务局副局长刘同凯带领郑州工作组到东大坝下延检查防汛工作。

河南河务局二级巡视员吴东平带领新乡工作组深入封丘大宫、古城、禅房控导工程，查看河势工情、除险加固、石料储备、巡坝查险等情况。

22 日

全国总工会副主席、书记处书记江广平到开封一局黑下延控导工程检查指导防汛抢险工作，慰问抢险值守人员。

黄委副主任牛玉国先后到濮阳范县吴老家控导工程 30 — 32 坝、吴老家工程管理班、邢庙险工 15 坝、邢庙下首生产堤、李桥控导工程 30 坝查看了河势水情、工程加固、石料运送、植柳护坝、抢险加固及抢险后工程恢复等情况。河南河务局二级巡视员吴东平等陪同。

黄委纪检组长孙高振带队到开封一局黑岗口下延、开封二局府君寺、兰考河务局东坝头险工检查防汛工作。

黄委副主任徐雪红一行到武陟二局五车口管理班及驾部控导工程一线。

黄委设计院总经理安新代、河南黄河河务局副局长刘同凯到马渡险工查看 24 — 27 坝的除险加固情况，重点研究了河心滩地的变化及对水情河势的影响，并细致分析、深入探讨了下一步处理措施。

河南河务局党组书记司毅铭到长垣榆林控导工程检查指导工程除险加固及巡查防守工作。二级巡视员吴东平等陪同检查。

省防指在河南河务局召开黄河防汛会商会议，应急、水利、自然资源、气象、河务等部门参会，河南河务局副局长王晓东主持。

17时，河南河务局副局长王晓东主持召开防汛会商会，听取各职能组工作汇报，研判汛情、安排部署退水期防御、巡查防守和石料采运等工作。程存虎副局长参加会议。

河南河务局纪检组长甘保恩带领河南省黄河防汛督察组到兰考蔡集控导工程、夹河滩护滩工程，二局欧坦控导工程、枣树沟控导工程检查防汛工作。

河南河务局二级巡视员吴东平带领新乡工作组赴长垣局大留寺、周营、周营上延控导工程，查看了河势，检查了除险加固、石料储备、巡坝查险等情况。下午，在长垣黄河防汛前线指挥部会见了长垣市委副书记靳开伟，就退水期防御重点、石料补充、群防队伍管理等进行沟通，强调要进一步落实《关于补充黄河秋汛防御石料的紧急通知》，加快石料采运进度。进一步做好涉水安全管理，加强群防队伍安全保障。

河南河务局向濮阳、开封、新乡河务局转发了《黄委关于落实防汛检查发现问题情况的通知》。

23日

黄委主任汪安南到开封第一河务局黑下延控导工程、柳园口险工检查黄河防汛工作，河南河务局副局长姚自京等陪同。

23日下午至24日上午，黄委副主任牛玉国带领工作组深入新乡大宫、顺河街、榆林控导工程查看河势、除险加固、石料储备、巡坝查险等情况。河南河务局副局长程存虎，二级巡视员吴东平陪同检查。

黄委副主任牛玉国到新乡封丘禅房控导工程10、11坝、36坝及古城控导工程16－18坝检查防汛工作。

黄委副主任徐雪红到原阳双井控导工程检查指导黄河防汛工作。

19时，河南河务局党组书记司毅铭主持召开防汛会商会，听取各职能组工作汇报，研判汛情、安排部署退水期防御、巡查防守和石料采运等工作。王晓东副局长参加会议。

23日下午至24日上午，河南河务局副局长姚自京带领开封工作组到黑岗口下延、蔡集控导工程、东坝头控导工程查看河势工情、巡坝查险、险情抢护等情况。

河南河务局副局长程存虎到开封黑岗口下延控导工程督导抢险加

固、石料采运情况。

23日至24日上午，河南河务局副局长刘同凯带领郑州工作组到马渡下延控导工程、马渡险工、枣树沟控导工程及对岸上游、驾部控导工程，进一步调查研究枣树沟附近河势变化形成的原因。

23日下午至24日上午，河南黄河工会主席耿新杰带领濮阳工作组分别到李桥险工、李桥控导、影堂险工、影堂工程班等进行了检查，慰问了黄委机关下沉干部。

河南河务局向局属各河务局、局直有关单位、机关各职能组下发《关于上报2021年黄河秋汛洪水防御工作总结的通知》。

24日 黄河工会主席王健带领工作组赴开封黑岗口下延工程检查防汛工作。

黄委专家组赴开封蔡集控导工程、东坝头控导工程、夹河滩护滩工程检查指导防汛抢险工作。

24日晚，黄委纪检组长孙高振带领工作组到开封欧坦控导、黑岗口下延控导工程检查指导险情抢护工作。河南河务局副局长姚自京陪同检查。

河南河务局党组书记司毅铭、副局长王晓东到开封黑岗口下延工程查看河势及险情抢护情况，河南河务局副局长姚自京陪同检查。

24日下午至25日上午，河南河务局副局长姚自京带领开封工作组到欧坦控导、黑岗口下延控导、三义寨闸引水口到夹河滩护滩工程之间无裹护段、蔡集控导、东坝头控导等工程检查指导工作。

17时，河南河务局副局长王晓东主持召开防汛会商会，听取各职能组工作汇报，安排部署退水期各项工作。

河南河务局副局长程存虎一行到新乡禅房控导工程检查指导防汛工作。

24日至25日，河南河务局纪检组长甘保恩带领督察组到开封兰蔡集控导工程、东坝头控导工程、夹河滩护滩工程、黑岗口下延控导、欧坦控导工程督察黄河防汛工作。

河南河务局二级巡视员吴东平带领新乡工作组督促新乡局各单位新增备石抓紧采运到位，向黄委督察组汇报近期抢险工作情况。

24日下午至25日上午，河南黄河工会主席耿新杰带领濮阳工作组到范县彭楼险工、濮阳县尹庄控导、马张庄控导检查退水期防守情况。

25日

河南省政府办公厅督查专员赵晓松一行到开封开展黄河防汛工作经验总结。

黄委副主任牛玉国到三官庙控导工程查看抢险加固情况。

黄河工会主席王健带领工作组到开封蔡集控导工程、东坝头控导工程检查黄河防汛工作。河南河务局副局长姚自京陪同检查。

河南省黄河防汛第一督导组到花园镇控导督导防汛，河南河务局驻豫西工作组组长监察室主任谢卫红、豫西河务局纪检组长宋艳萍陪同。

17时，河南河务局副局长王晓东主持召开防汛会商会，听取各职能组工作汇报，安排部署下一步防汛工作。

河南河务局副局长刘同凯带领郑州工作组到中牟九堡下延、赵口下延控导工程检查巡查值守情况。

25日晚，向沿黄各省辖市、济源示范区防指，省防指各成员单位发送《关于贯彻落实武国定副省长批示　全力做好退水期黄河防汛工作的通知》，要求持续抓好巡堤值守、抢险加固、石料补充、安全管理，确保万无一失，努力夺取最后胜利。

26日

河南河务局副局长王晓东参加黄委防汛会商会。会议强调，一是黄河秋汛即将迎来全面胜利。预计明日利津站流量降至2000立方米每秒，黄河下游河势归顺，工程运行基本平稳，标志着黄河秋汛洪水防御工作即将取得全面胜利。明日黄委可择机解除水旱灾害防御Ⅳ应急响应，各督导组、专家组、工作组全部撤回。河南、山东两局做好后期工程巡查防守，确保工程安全。二是继续做好干支流水库调度。根据来水和水库蓄水，精细调度干支流水库，逐步恢复正常运用。加强与防凌调度的衔接，为后期防凌做好准备。三是抓紧开展秋汛工作总结。抓紧完成《2021年黄河秋汛原型观测与分析》《2021年黄河秋汛洪水防御》两本书的大纲，尽快向相关部门和单位下达编写任务，加强组织指导，确保11

月底完成相关工作。

17 时，河南河务局副局长王晓东主持召开防汛会商会，听取各职能组工作汇报，研判汛情、安排部署退水期防御、巡查防守和石料采运等工作。

河南河务局副局长程存虎到枣树沟控导工程、马渡险工 22 坝检查防汛工作。

河南河务局向郑州河务局、黄河建工集团下发《关于撤离建工集团增援防汛巡查人员的通知》。向开封市防指、局直属第一机动抢险队（黄河建工集团）下发《关于撤离专业机动抢险队的通知》。

27 日

12 时，黄委终止黄河中下游水旱灾害防御Ⅳ级应急响应。

15 时，河南河务局副局长王晓东参加黄委防凌工作视频会议。17 时，主持召开防汛会商会，听取各职能组工作汇报，传达黄委防凌会议精神，研判当前汛情，安排部署退水期防御、秋汛防御总结等工作。

河南河务局向沿黄各省辖市、济源示范区防指发送《关于终止防汛应急响应后防汛力量撤离的通知》，要求各级防指结合辖区黄河防汛实际，安全、有序撤离防汛力量。向局属各河务局、局直有关单位发送《转发黄委关于终止黄河中下游水旱灾害防御Ⅳ级应急响应的通知》（豫黄电〔2021〕200 号），要求各级各单位加强巡查防守、险情抢护、安全管理、值班值守和信息报送等工作，确保河南黄河安全度汛。

第二章 媒体聚焦

人民日报
RENMIN RIBAO

夜访黄河守堤人

2021年10月10日

近期，黄河干流先后出现3场编号洪水，黄河下游河段正面临长时间、高水位、大流量洪水考验。当前，在黄河下游，共有约3.3万人奋战在防洪一线。他们守土有责、守土尽责，全力守护黄河安全。

位于河南省郑州市惠济区的马渡险工段，从8月中下旬以来便持续经历严峻洪水考验。堤防如何巡查？发现险情如何处理？10月9日晚，记者来到这里进行探访。

黄河马渡险工段正经历洪水考验。很不平静。

黄河水利委员会惠金河务局工程管理科科长孙广伟和同事，手持手电筒，身穿救生服，正在巡查值守。一束束光线穿透夜幕，投射在水与堤的交界处。

孙广伟是一位有30多年经验的防汛“老兵”。几天前，孙广伟在巡查中发现一处险情：堤脚处出现裂缝！丰富的经验告诉他，裂缝意味着堤防的根石有可能被冲走。记录，上报，技术人员迅速拿出方案——“抛铅丝笼，加厚加固堤坝”，最终解除了险情。

记者看到，不远处，随时待命的装载机轰鸣。铅丝缠绕，包裹一块块巨石，装制成每个3吨多重的铅丝笼。“13台机械设备、成吨重的土石等防汛物资，都提前备足了，以防不时之需。”孙广伟说。

巡查、发现险情、及时抢险，这是守护黄河大堤的有效举措。抢早、抢小，才能抢住。黄河水利委员会逐河段、逐坝夯实责任，人员24小时不间断巡查。

从9月26日开始，孙广伟一直没有回家，住在大堤上的临时帐篷里，“钉”在

孙广伟和同事在巡查值守

堤防上。“对于防汛人来说，汛情就是命令。作为老党员，更要冲锋在前。”他说。

深秋的夜晚，凉意已浓。一个个橘红色的身影，穿行在堤防上。5.5 公里长的责任段，划分成 18 个巡查点，并配置巡查队伍。“1 名技术人员加 3 名群防人员，每小时巡查一次。”孙广伟和同事们没日没夜地拉网式巡查。

巡堤是一件辛苦又细致的工作。孙广伟和队员们时刻绷紧弦，“吃饭换班时、天亮前、退水时，要格外小心。”

守堤，重要的是及时发现险情。孙广伟有诀窍——眼要尖，看有无裂缝、塌陷、渗水等；手要勤，要拨开杂草、移开障碍物查看；耳要听，河边有石头呼啦呼啦碰撞移动的声音，说明根石极有可能在被冲走。此外，铁锹、木棍等防汛工具得随身携带。

对于新加入的群防人员，如何让他们及时掌握技能？“我们开展汛期培训，发放明白卡，制定培训手册，让大家明明白白上岗。”孙广伟介绍。

河道防守压力还在增加。截至目前，黄河下游花园口站 4000 立方米每秒以上流量已持续 11 天，下游河道流量大、水位高，65% 左右坝段靠河，工程出险次数不断增加。黄河水利委员会全力做好河道防守，接下来重点在险工迎水段预置抢险力量、料物、设备，做好应急抢险准备，督促山东、河南沿黄各级地方政府强化责任落实，动员社会力量，加强滩区生产堤的防守力量。

洪水不退人不退！孙广伟和同事们还在坚守。夜幕里，他和队员们扛起铁锹，又开始了新一轮巡查……（人民日报记者 王浩）

新华社
XINHUA NEWS AGENCY

守卫“母亲河”

2021 年 10 月 5 日

【视频简介】在举国上下庆祝中华人民共和国成立 72 周年之际，黄河下游水利系统干部职工仍然坚守黄河防汛工作一线。他们严格执行三级带班、24 小时专人值班等制度，确保节日期间值班工作高效、安全、有序运行。（通讯员 于澜）

新华社
XINHUA NEWS AGENCY

致敬国庆　坚守大河

2021 年 10 月 6 日

【视频简介】9 月底以来，黄河下游大流量洪水过程仍在继续，防汛形势严峻。国庆假期，河南河务局干部职工全员到岗到位，严防坚守，逐河段落实每道坝巡查防守责任人，实行 24 小时不间断巡查，确保黄河安全度汛。（于澜）

新华社
XINHUA NEWS AGENCY

黄河下游大流量洪水仍将持续 河南全力应对黄河秋汛

2021 年 10 月 12 日

【视频简介】9 月底以来，在罕见秋汛影响下，黄河中游来水持续偏多，河南黄河河道长时间大流量高水位行洪，堤坝滩区防守压力增大，秋汛洪水防御形势严峻。为此，河南要求沿黄河务部门全员到岗，加强应急值守，做好堤巡堤查和防守工作，抓细抓实各项措施，确保黄河安全度汛。（新华社记者　姜亮　报道员　于澜　李振博　徐智盛）

新华社
XINHUA NEWS AGENCY

黄河防汛处于关键阶段！
新华社记者直击花园口防汛

2021 年 10 月 15 日

9 月 27 日以来，黄河发生了 3 次编号洪水。目前，黄河中下游河段仍将面临长时间高水位大流量的考验，河道工程出险概率增大，防汛形势依然严峻。位于郑州市北郊的黄河花园口是下游黄河大堤的起始点，防汛地理位置十分重要。

记者现场看到，施工机械正在进行除险加固，施工人员利用铅丝笼将石块束缚在一起，制成每个三四吨重的铅丝笼，然后推入河中。通过这种方式，增强根石抗冲能力，科学有效处置险情。

据河务部门介绍，花园口的水文数据一直是黄河防洪、水资源调度和治理开发的重要依据。一定程度上说，花园口就是黄河的“晴雨表”。

截至目前，黄河下游花园口站 4000 立方米每秒以上流

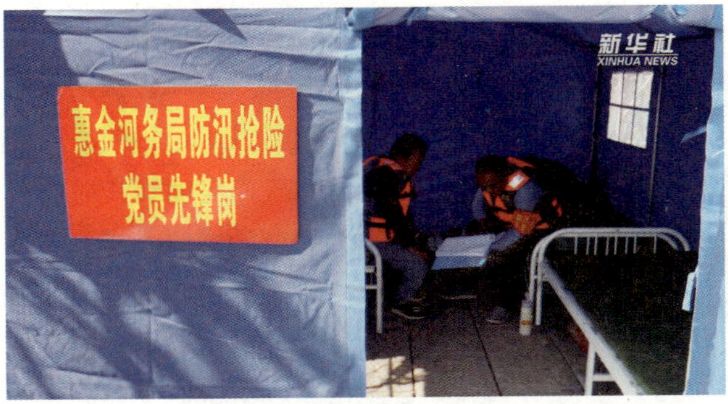

量已持续十多天，河道流量大、水位高，65% 左右坝段靠河，工程出险次数不断增加。

从 9 月 26 日开始，孙广伟就一直没有回家，他和同事们住在大堤上临时帐篷里，“钉”在堤防上，24 小时不间断巡堤查险，发现隐患和险情及时上报和抢险。

孙广伟只是万千黄河“守堤人”的一员。据水利部黄河水利委员会统计，目前，有 3.2 万人奋战在防洪一线，他们守土有责、守土尽责，确保黄河安全度汛。

（新华社记者　姜亮　尚昆仑　报道员　于澜）

直击河南黄河秋汛防御

2021 年 10 月 11 日

CNR
中央人民广播电台
中国之声

今年河南黄河秋汛有什么特点

2021 年 10 月 11 日

中国之声：今年河南黄河秋汛有什么特点?

《新闻超链接》是中央广播电视总台中国之声晚间新推出的一档针对热点新闻的知识解读节目，每天 21:00 — 22:00 准时与全国亿万听众相约。

2021 年 10 月 11 日，中国之声专访原河南黄河河务局局长、中国保护黄河基金会秘书长王渭泾，就今年黄河河南段秋汛及应对情况、黄河水文情况等进行了访谈。当晚《新闻超链接》播出，在全国范围内引起较好反响。

主持人：最近，我国北方多地遭遇连续强降雨。10 月 5 日 23 时，黄河潼关水文站流量达到 5090 立方米每秒，形成黄河第三号洪水，9 天之内黄河遭遇三次编号洪水。相关资料显示，黄河支流伊洛河、沁河发生 1950 年有实测资料以来同期最大洪水。以河南黄河河南段为例，今年的秋汛和往年有什么区别，会采取哪些有效措施?黄河悬河的风险有没有可能消除?我们采访了河南黄河河务局原局长、中国保护黄河基金会秘书长王渭泾。

主持人：王教授您好!

王渭泾：主持人好!

主持人：往年河南黄河河段秋汛一般呈现出哪些特点，有什么规律?今年的情况怎样?如何应对黄河秋汛呢?

王渭泾：秋汛一般指的是 9 月份以后的洪水，一般来说洪峰流量较小，没有伏汛那么大，但是持续时间比较长，总的来讲水量是比较大的。第二个特点是含沙量比较小，因此对河道冲刷力比较强，容易造成下游险情。今年秋汛，来水区域主要是泾渭河流域、三门峡到花园口区间，时间主要是 8 月下旬到 9 月。这几个主要洪水来源区的洪量都是历史上比较高的，比如渭河流域是 50 多年来洪量最大的，伊洛河流域和沁河流域是有历史记录以来最大的，所以说今年是新中国成立以来最严重的秋汛。今年和往年不同，往年秋汛一般会造成大面积的淹没，另外会造成很多险情，有一些会出现重大险情。比如1985年，跟今年秋汛的情况差不多。1985年就出现了大面积漫滩。另外，险情比较多，大概险情达到了370多次，重大的险情就有7处。今年没有出现大面积漫滩，也没有出现重大险情。大概有这四个方面的原因吧。一是领导高度重视，防汛队伍严阵以待，24小时巡查。二是小浪底水库建成以后，下游河道发生显著冲刷，河道的过洪能力大大提高，从以前的不足2000立方米每秒，到现在最少也有4000多立方米每秒，下游过洪能力大大增加。第三个原因是，小浪底建成以后，对洪水的调节控制能力增强了。比如小浪底水库今年就蓄了90亿立方米的水，加上其他支流水库，水库蓄水超过100亿立方米，就是说100多亿立方米相当于黄河全年水量的四分之一，有四分之一的水放在了水库里面了，减轻了下游防洪压力。第四个原因是，经过多年的建设，下游的堤防抗洪能力也大大加强了，现在建成了标准化堤防，此外，机械设备大量增加，料物很充足，加上队伍严阵以待，众志成城，所以说今年虽然水很大，但是确保了河南黄沁河安全度汛。

主持人：我们提到科学防御黄河秋汛是离不开精准的水文测报的，水文测报具体要开展哪些工作呢？

王渭泾：水文测报，就是是在全河设立很多个站点，每一个站点都要观测水位、流量、含沙量，还有全年的总水量、总输沙量等项目。水文资料关键是要长时间积累，时间越长，指导意义越大，水文观测是一个常年观测的过程。现在黄河上已经有了一百多年的资料积累，根据这些资料对洪水进行预报，比如什么时候来水，水量多大，都可以进行预报。

主持人：我们注意到，网上有一张经常被传播说明黄河是悬河的图片，用的是北宋时期建造的铁塔，来说明黄河堤坝在一步步抬高，那么黄河悬河未来有没有可能解决的方法呢？

王渭泾：黄河经过长时间的沉积，现在是一条地上悬河。开封黄河河底高程比开封市地面高出11米，比著名的开封铁塔高出13米。悬河形势非常严峻，黄河是长期淤积形成的，短时间内不可能改变这种情况。但是我们只要能不让他继续淤积抬高，还是能够保证防洪安全的。今后要通过减少泥沙淤积，来解决悬河继续发展的问题。（记者富赜　鹤佳　通讯员李锟）

央广网
中国广播网 cnr.cn

黄河秋汛至　坚守长堤保安澜

2021 年 10 月 5 日

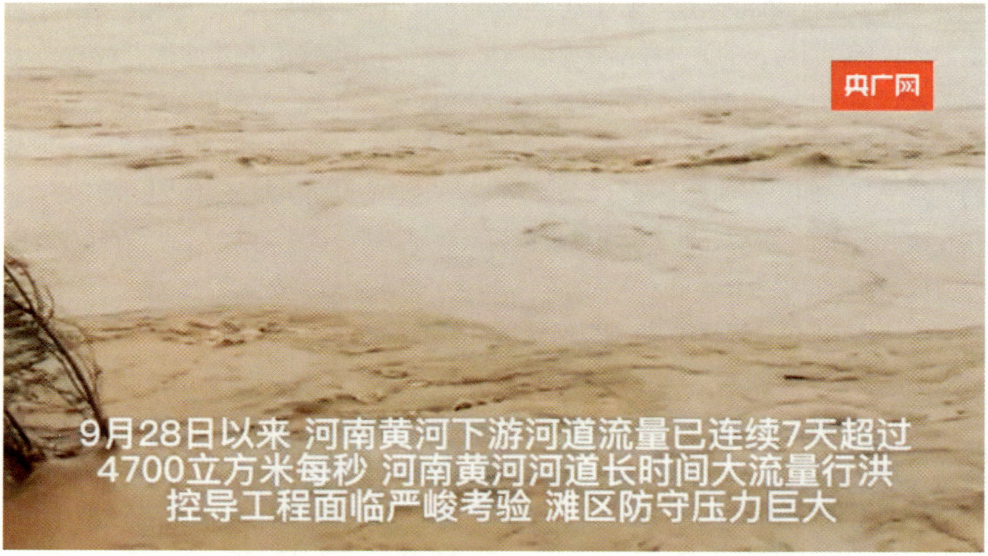

央广网郑州 10 月 5 日消息（记者 任磊萍）9 月 28 日以来，河南黄河下游河道流量已连续 7 天超过 4700 立方米每秒，在罕见秋汛影响下，黄河洪水向下游演进，小浪底等干支流水库拦洪运用后蓄水位较高，河南黄河河道长时间大流量行洪，控导工程面临严峻考验，滩区防守压力巨大。近期黄河中下游还将迎来新一轮降雨过程，下游河道大流量过程还将持续 15 天以上，黄河秋汛防御到了最关键、最吃劲的时候。河南黄河河务局紧急启动全员防汛抗洪机制， 6 支黄河专业机动抢险队集结待命，2000 余名一线专业技术人员、1 万余名群防队伍对重点防洪工程开展 24 小时不间断巡坝查险，确保控导工程不垮塌、生产堤不决口、河水不漫滩，坚决打好打赢黄河秋汛防御这场硬仗。

光明日报

河南：以决战姿态迎战罕见黄河秋汛

2021 年 10 月 5 日

10 月 4 日晚，河南河务局召开防汛会商视频会议，传达贯彻省委书记楼阳生、省长王凯关于黄河防汛工作的重要讲话，具体安排部署黄河巡堤查险工作，动员全局干部职工贯彻关于防汛救灾工作的重要指示，扛牢保障黄河安澜重大政治责任，思想上高度重视，措施上精准管用，全力以赴，以决战姿态打好打赢黄河秋汛防御这场硬仗，确保黄河安全度汛。

9 月 28 日以来，河南黄河下游河道流量已连续 7 天超过 4700 立方米每秒，在罕见秋汛影响下，黄河洪水向下游演进，小浪底等干支流水库拦洪运用后蓄水位较高，河南黄河河道长时间大流量行洪，控导工程面临严峻考验，滩区防守压力巨大。

面对严峻的防洪形势，遵照省委、省政府和黄委决策部署，河南黄河河务局紧急启动全员防汛抗洪机制，省、市、县三级河务部门 24 小时视频连线会商机制，及时掌握汛情发展、洪水演进、工情险情；强化指挥调度，注重统筹兼顾，科学精准施策，6 支黄河专业机动抢险队集结待命，动员各方力量抓细抓实各项措施，截止到 10 月 4 日，已落实 2000 余名一线专业技术人员，1 万余名群防队伍对重点防洪工程开展 24 小时不间断巡坝查险；在靠河险工、控导等重点工程已预置抢险机械设备 300 台套，运输车辆 860 台，其中 349 部车辆满载石料，待命抢险；在重点防洪工程 174 个重点部位架设工程抢险照明设备 249 套。沿黄各级河务部门抓住有利时机，对根石走失严重和可能出险的工程进行抛石加固，调剂预置备防石等抢险料物，为迎战后续洪水夯实基础。

10 月 4 日，河南省防汛抗旱指挥部下发紧急通知，强调巡查防守工作实行行政首长负责制，对巡查防守人员配置、巡查内容、抢险设备部署、各级各部门责任分工等作出具体部署，要求沿黄各市县乡党委政府及有关部门、应急力量要全部到岗到位，主要领导要靠前指挥、身先士卒，毫不放松抓实抓细防汛救灾各项工作，确保黄河安全度汛。

当前黄河下游大流量过程仍在持续，近期黄河中下游还将迎来新一轮降雨过程，下游河道大流量过程还将持续 15 天以上，黄河秋汛防御到了最关键、最吃劲的时候。河南河务局要求各级、各有关部门牢固树立“一盘棋”思想，充分发挥黄河河务部门参谋助手作用，按照“系统、统筹、科学、安全”原则，及时会商研判，加强值班值守，预置抢险队伍，备足抢险料物，把力量、设备、物资等提前部署到关键区域、关键部位，进一步充实巡坝查险人员力量，加强夜间等重点时段巡堤巡守，一旦发生险情及时果断处置，坚决打好打赢黄河秋汛防御这场硬仗。（光明日报全媒体记者　崔志坚　通讯员　祖士保）

光明日报

河南：1.4 万名抗洪人员驻守黄河秋汛一线

2021 年 10 月 11 日

黄河下游历史罕见的秋汛洪水过程还将持续 15 天以上。当前，黄河下游长时间、高水位、大流量洪水，导致防洪工程出险次数不断增加，河道工程全部面临最严峻考验，防汛形势极为严峻复杂，河道防守压力进一步增加。

按照河南省委省政府提出的“政府领导、应急统筹、河务支撑、部门协同、群防群控”工作机制，截至 10 月 10 日，河南黄河河务局 2300 多名专业技术人员，1.2 万名沿黄干部和群防人员坚守在抗洪一线，沿黄各县区领导干部靠前指挥，分包坝段，部署 1000 多台套挖掘机、装载机、自卸车等大型抢险设备，随时投入抗洪抢险。

筑牢一线、梯次配置的防汛战线已经展开。按照 1 ∶ 3 配置专业技术人员和群防队员 24 小时不间断巡堤巡坝查险，抢险人员加紧对大溜顶冲、靠溜紧和根石走失严重坝垛的除险加固，应急保障部门加快抢险石料的采运、补充，严防靠溜坝垛出现备石不足。同时，电力部门已架设照明线路 200 千米，落实应急照明车 100 辆，通信公司保障信号畅通，490 多顶帐篷安置在抗洪抢险一线，沿黄 15 个县区预置了消防救援抢险队伍 2087 人，随时增援抢险。为实现“人员不伤亡、滩区不漫滩、工程不跑坝”的目标，河南河务部门与地方联合，各防指成员部门联动，枕戈待旦，遂行抢险，全力以赴确保河南黄河安全度汛。（光明日报全媒体记者　崔志坚　通讯员　祖士保）

光明日报

黄河秋汛洪水今日进入退水期
黄河秋汛防御仍要注意几个问题

2021年10月20日

来自河南黄河河务局防汛办公室的消息，自10月20日起，此次黄河秋汛正式进入退水期。

自9月27日以来，河南黄河河道经历高水位、大流量、长时间洪水过程，河南黄河1.5万余名抢险人员经过20多天艰苦卓绝的鏖战，快速处置各类险情，实现了“人员不伤亡、洪水不漫滩、工程不跑坝”的防御目标，取得了秋汛防御的阶段性胜利。

郑州枣树沟控导工程除险加固

根据多年防汛规律，黄河退水期是防洪工程出险几率最高的时期。

该局防办负责人介绍说，目前，河南黄河抢险人员可以说是“人困马乏”，但是，对流量下降的退水期的危险要有更加清醒认识，河道工程经过23天高水位浸泡，根基已经完全水分饱和，土体抗剪强度降低，退水期水压下降，极容易发生滑坡、坍塌，出险几率非常大。坚决打赢秋汛防御这场硬仗，河南黄河防办提醒仍要注意三个问题：

一是不打折扣，继续加强工程巡查力度。严格落实基本巡查单元人员配置、6小时一轮班、每1小时巡查一遍的要求，开展24小时不间断巡查，特别加强夜间后半夜的巡查；做好巡查人员轮换，保证精力、体力充沛；增加巡查人员，落实定点蹲查措施；注重巡查单元无缝对接，确保工程巡查不留空当。

二是找准关键，重点加强防守。找准大溜长期顶冲、“二级悬河”发育突出、

工程坝裆回水淘刷等最危险的部位，这些最容易出险的部位也是出险后直接威胁滩区安全的地方，要坚持把隐患当作险情来处理，结合险情预判，制订处置方案，变被动抢护为主动防守。提前预置抢险力量，对于这些预判可能出险的重点部位，务必要预置更加充足的抢险人员、设备和料物，做到一旦发生险情，坚决抢早抢小抢住。

三是强化保障，确保防守人员健康和生命安全。寒潮来袭气温下降，要高度重视一线防守人员的餐饮、住宿、保暖等工作，保障到位，落实落细，切实保障一线巡查防守人员健康和人身安全。（光明日报全媒体记者　崔志坚　通讯员　祖士保　摄影　于澜）

中国水利報
China Water Resources News

夜探河南黄河控导工程

2021 年 10 月 13 日

10 月 12 日晚，中国水利报社记者跟随水利部黄河防汛河南工作组，到达位于河南省新乡市原阳县的三官庙控导工程负 3 坝，这里正在实施除险加固。河南黄河 1.4 万名抗洪抢险人员驻守一线，不分昼夜，加紧对大溜顶冲、靠溜紧和根石走失严重的坝垛进行除险加固，确保河南黄河安澜。（中国水利报记者　席晶）

河南日報

省防指下发紧急通知加强黄河秋汛巡查防守

2021 年 10 月 4 日

10 月 4 日，记者从河南省防汛抗旱指挥部获悉，近期受华西秋雨影响，黄河中游来水持续偏多，河南省黄河面临严重秋汛。依据《河南省黄河防汛条例》《河南省黄河巡堤查险办法（试行）》，省防指就加强黄河秋汛巡查防守工作提出具体要求，力争实现“确保不漫滩、确保不决口、确保不死人”的防秋汛目标。

据悉，黄河河道流量已连续 7 天超过 4700 立方米每秒，大流量过程还将持续 15 天以上，水位高、持续时间长，将给黄河防汛安全带来严重威胁，防汛形势严峻。

通知指出，巡查防守工作实行行政首长负责制，沿黄八地市政府承担统筹领导责任，县级政府承担属地主体责任，河务部门承担工程管理和技术支撑职责，应急管理、水利、消防救援、电力等其他成员部门承担相应职责。

在河道工程巡查防守中，按坝垛编号以每 4 道坝为 1 个基本巡查单位，至少配备 16 人，专业人员、群防人员按 1 ∶ 3 配备；每个巡查单位分 4 班，每 6 小时一班，每班 4 人，每 1 小时巡查一遍。巡查内容主要有工程靠河靠溜情况，上下首滩岸变化情况，水尺观测，坝体及根坦石裂缝、蛰动、坍塌情况等。每处靠河工程需配置 2 部挖掘机、2 部装载机、5 部自卸车。沿靠河工程架设照明线路，安装照明设备；配置 1 部应急照明车用于险情抢护。每个县（区）预置消防救援抢险队伍 1 支。

在偎水生产堤巡查防守中，按每 1 公里为 1 个基本巡查单位，至少配备 60 人；每个巡查单位分 4 班，每 6 小时一班，每班 15 人，每 1 小时巡查一遍；每处生产堤配备专业技术人员 2 名。尚未偎水的生产堤每 2 小时巡查 1 次，主要巡查内容有临河堤坡观察有无裂缝、塌陷、滑坡、洞穴等，背河观察堤坡及堤脚附近有无渗水、流土、管涌、裂缝、滑坡、漏洞等。（河南日报记者　刘晓阳　郭北晨）

河南日報

加强巡堤查险　确保黄河安澜

2021 年 10 月 4 日

10 月 4 日下午，省防汛抗旱指挥部召开防汛工作会商调度会，传达贯彻省委书记楼阳生、省长王凯的重要讲话，具体安排部署黄河巡堤查险工作。沿黄各市政府分管领导、省直有关单位负责人参加会议。

会上，传达了省委书记楼阳生、省长王凯 10 月 4 日上午在黄河防汛会商会上的重要讲话，具体部署了黄河巡堤查险工作。副省长武国定出席会议并讲话。武国定指出，受黄河秋汛影响，黄河河南段水量大、水位高、历时长、风险多，黄河防汛到了最关键、最吃劲的时候，沿黄各市县要切实增强紧迫感、责任感。要加强巡堤查险，做到人员、装备、料物、责任四到位。要落实属地责任，各级政府一把手要肩负起防汛第一责任人责任，做到守土有责、守土尽责、失职追责。要加强暗访巡查，确保巡堤人员 24 小时在岗在位，险情早发现、早处置。要把人民群众的生命财产安全放在第一位，确保水库不溃坝、控导工程不坍塌、生产堤不决口、河水不上滩。（河南日报记者　郭北晨）

河南日報

711 公里黄河长堤上的坚守故事

2021 年 10 月 5 日

台前河务局加强夜间巡坝查险工作力度

万里黄河，险在河南。河南位于黄河“豆腐腰”部位，既是黄河流域最大的风险点，也是确保黄河安澜、建设幸福河的关键点。

近期，受华西秋雨持续影响，黄河 1 号、2 号洪水并发，黄河中下游河道长时间大流量行洪，控导工程面临考验，滩区防守压力增大。

面对黄河秋汛的严峻形势，河南黄河河务部门联合地方各防指成员单位，组织专业及群防力量，做好黄河大堤、控导工程及生产堤巡堤查险，筑牢黄河安澜的铜墙铁壁。在对 711 公里长堤的坚守中，一些故事令人动容。

一阵嘹亮的号子声

“嗨！嗨！嗨！……”9 月 29 日下午，在黄河原阳河段三官庙控导工程坝头上，传来一阵阵整齐嘹亮的号子声。放眼望去，4 名抢险队员身穿救生衣，正奋力拉扯着一张铅丝笼网片，有节奏地摔打着。

受持续强降雨影响，黄河中下游普遍涨水，因长时间遭受水流冲刷，该控导工程上跨角、坝前头、迎水面接连受损。

“控导工程外围是石头，内部是黏土坝胎。一旦备塌体和坦石脱落，洪水直接冲刷胎体，一个坝很快就完了。”原阳河务局副局长张永建说，报告上级主管机关后，他们迅速对受损部位展开抛石加固。

在现场，几名抢险队员打开另一张折叠网片，喊着号子，用力上扬、下摔，把

在武陟花坡堤险工，焦作河务局下沉人员与抢险队员们预加固堤坝

网片扯平、使孔洞张开，再把两张网片对接起来，用工具将它们紧紧拧为一体，铺在受损迎水面附近的坝体上。

“一张小网片长4米、宽3米，做成铅丝笼可装0.5立方米的石头。现在坝前水流很急，把网片连成一体后，可以增加铅丝笼体积，提高抗冲能力。”抢险队员赵辉介绍。

“上石！”随着抢险队队长陈彦来一声招呼，装载机应声启动，轰隆隆鸣叫着，铲起几斗备防石倾倒在网片上。

盖上网片、上下连接、再加固……很快，一个由4张网片包裹起来的大铅丝笼制作完成。在烈日暴晒下，队员们个个汗流浃背、满面通红。

一本“防汛日志”

根据10月3日天气预报，未来7天焦作将迎来新一轮连续降雨，气温骤降跨度将近10摄氏度，无疑给黄河安全度秋汛带来更大压力。

责任重于泰山。作为焦作黄河河务局施工单位，焦作黄河华龙公司组建突击队对老田庵险工进行紧急加固，全力以赴投入到装抛铅丝笼、柳石枕制作、装填吨包中。

一本“防汛日志”中这样记载：10月1日16时，在老田庵险工装抛铅丝笼，加固险工；10月2日17时，人工调动30千瓦发电机；17时48分，配合指挥安排机械抛石，根石加固；18时40分，装抛铅丝笼；19时10分，人工配合机械装填铅丝笼，加固根石台；20时15分，查看应急发电设备运行情况；22时26分，搬运柳石枕和麻绳；23时11分，参与制作柳石枕；23时35分，现场清理。10月3日进入日常巡坝查险、观测水情；9时45分，配合机械装填吨包；16时13分，继续装抛铅丝笼……

时间精确到分，不分昼夜施工，透过这本逐页增厚的“防汛日志”，看到了防汛一线工作人员的状态，又能体味到他们挺身而上、闻“汛”必战的感人力量。（河南日报客户端记者　刘晓阳　通讯员　秦素娟）

河南日報

精兵劲旅战长河

——2021 年河南黄河防御罕见秋汛洪水纪实

2021 年 11 月 1 日

9 月 24 日以来，受黄河中游持续强降雨影响，黄河支流渭河、伊河、洛河、沁河相继涨水，黄河干流先后形成三次编号洪水，黄河下游发生新中国成立以来最严重的秋汛。在党中央、国务院的高度重视下，国家防总、黄河防总和河南省委省政府认真贯彻落实习近平总书记关于防汛救灾工作重要指示精神和李克强总理等国务院领导同志批示要求，科学决策，周密部署，沿黄各级党政军民闻“汛”而动，与黄河秋汛打了一场旷日持久的遭遇战，实现了确保“人员不伤亡、滩区不漫滩、工程不跑坝”的防御目标，取得了河南黄沁河秋汛洪水防御工作的全面胜利。

科学决策 周密部署

9 月 27 日以来，黄河干流先后出现 3 次编号洪水。滔滔洪水越过三门峡，源源不断涌入小浪底库区，大坝泄洪洞前狂飙天落，汇集伊河、洛河、沁河下泄洪水，穿桃花峪，直扑下游河道。

10 月 1 日 8 时，黄河花园口流量达 4820 立方米每秒，河南黄沁河 100 余处工程 2200 多道坝、垛、护岸靠河，濮阳境内多处生产堤偎水。滚滚大河沛然东下，如同裹挟着千军万马，向一道道坝垛和堤防发起猛烈冲击，黄河防洪工程安全、滩区安全、沿黄人民生命财产安全

受到严重威胁。

黄河罕见秋汛，引起党中央、国务院的高度重视，李克强总理主持召开专题会议对秋汛防范工作进行安排部署。国家防总针对黄河启动防汛Ⅲ级应急响应，国家防总副总指挥、应急部部长黄明视频调度河南，提出应对黄河秋汛防御要求；国家防总副总指挥、水利部部长李国英主持专题会商，提前作出部署；国家防总秘书长、应急管理部副部长兼水利部副部长周学文率国家防总工作组赴河南省检查指导黄河秋汛防御工作。国家防办紧急给与物资支援。应急部、水利部并派出专家组指导河南黄河秋汛防御工作。黄河防总迅速启动防汛Ⅲ级应急响应，精细调度干支流水库，为迎战新一轮暴雨洪水打开调度空间。黄河防总常务副总指挥、黄委主任汪安南多次与河南河务局视频连线会商研判秋汛洪水防御，派出黄委领导带队的4个工作组，下沉河南黄河一线指导防汛抢险工作。

河南省委省政府更是把黄河秋汛防御工作作为重大的政治任务来抓。10月4日上午，省委书记楼阳生主持召开全省防汛紧急视频会议，与省长王凯、常务副省长周霁、副省长武国定等领导专题会商研判黄河汛情，安排秋汛防御工作；9月28日，省防指指挥长、省长王凯签发4号指挥长令，紧急赶赴郑州黄河检查指导防汛工作。10月1日，副省长武国定深入台前县张庄入黄闸、黄河下游河道最狭窄的白铺险段、孙楼控导工程等地，调研指导黄河防汛工作。10月4日，常务副省长周霁到开封市检查指导黄河防汛工作，强调扛牢保障黄河安澜重大政治责任，以实际行动维护人民群众生命财产安全。10月5日，黄河防总总指挥、河南省省长王凯主持召开黄河防总防汛视频会商会议，明确提出“人员不伤亡、滩区不漫滩、工程不跑坝”的防秋汛目标。10月6日，副省长武国定带领水利、应急、河务等部门负责同志，到郑州、开封等地，检查河势工情、堤防防守和除险加固情况，强调责任到人24小时巡堤查险，严防死守确保黄河大堤安全。

省委、省政府办公厅紧急下发《关于加强黄河秋汛洪水防御工作的紧急通知》；

省防指启动防汛Ⅲ级应急响应，省防指先后下发《关于加强黄河秋汛巡查防守工作的紧急通知》《关于迎战黄河3号洪水的紧急通知》《关于做好退水期间黄河秋汛防御工作的紧急通知》等10多个通知，在不同阶段有针对性地作出安排，派出3个工作督察组督导各项工作落实落地。

沿黄各级党委政府及有关部门按照省委、省政府的统一部署，发扬连续作战的工作作风，迅速部署、迅速行动。

一场防御罕见黄河秋汛的重大战役全面打响！

河地携手 集结冲锋

按照省委省政府制定的“政府领导、应急统筹、河务支撑、部门协同、群防群控”工作机制，应急部门、黄河河务部门、省防指有关成员单位与沿黄各级党委政府进一步扛牢政治责任，突出险工、控导和假水生产堤等重点部位防守，把防汛抢险各项措施落到实处。

沿黄各级党委政府闻“汛”而动，党政领导放弃休假，靠前指挥，认真履行以行政首长负责制为核心的各项防汛责任制，重点落实巡查防守工作责任制。对巡查防守人员配置、巡查内容、抢险设备作出具体部署；县级负责人包乡包点常驻一线，乡镇主要领导抓实抓细抗洪抢险各项措施；各地在靠河险工、控导工程提前预置1000多台（套）挖掘机、装载机、自卸车等大型抢险设备，2300多名河务部门专业技术人员与1.2万余名群防队伍密切配合，24小时不间断巡堤巡坝查险。开封市委市政府全面落实以行政首长负责制为核心的各项防汛责任制，牢牢扛起防汛救灾的主体责任和属地责任，各部门职责明确，工作衔接紧密，抢险机制顺畅高效。在重点险工险段加密巡堤查险，变24小时巡查为定点蹲查，加密机械设备预置，变每处靠河工程两套挖掘机、装载机为三套，坚持主动进攻，主动加固抢险，以隐患当险情，以小险当大险，坚决抢早抢小抢住。濮阳市委市政府成立3个督察组、3个技术指导组日夜督导检查。市级领导包县（区），县级领导包乡（镇），逐级落实责任制，沿黄三县均成立前线指挥部，现场办公，及时调度，指导巡查防守和险情抢护。在河道工程和生产堤等重点防守地段逐坝逐段落实群防队伍，开展24小时不间断巡堤查险。濮阳市和沿黄三县落实应急救援抢险队伍，军分区基干民兵抢险队集结待命，随时做好抗洪抢险的准备。兰考县委县政府成立“1+3+N”指挥体系和以县委县政府主要负责人任指挥长的县级黄河抗洪抢险前线指挥部；以乡镇为单位成立3个以分包乡（镇）县领导为指挥长的乡（镇）抗洪抢险前线指挥部，多部门协同，每天一会商，

开展指挥调度；建立迎战洪水任务清单，对工程防守、涉河安全、清滩道路等逐级逐部门落实任务，明确责任，确保任务落实到位。

汛情就是命令。应急、河务、水利、气象、公安、通信、交通运输、自然资源等防指成员单位按照职责分工，上岗到位，形成合力。9月27日，河南河务局紧急启动全员防汛抗洪机制，6000余名在职干部职工全员进入应急状态。河南河务局防汛指挥中心全天候不停运转，与省、市、县三级河务部门24小时视频连线，35次会商研判，指挥调度洪水防御；成立指导工作组，下沉黄沁河沿线实地督导；6支黄河专业机动抢险队集结待命遂行抢险，4个防汛抢险专家组奔赴现场巡回指导险情抢护；各级河务部门严阵以待，紧盯河道工程防汛安全，发挥专业优势，预判险情，及时对工程除险加固或预加固；省应急厅多次调度沿黄地区，要求严格落实省领导工作要求，抓实抓细防御措施，并协调预置抢险力量，申请国家给与物资支持，建立前后方移动视频指挥平台；市县应急部门加快采运、补充抢险石料；气象部门对黄河中下游气象情况实施滚动会商，及时提供雨情报告，电力部门架设照明线路，落实应急照明车辆；通信部门沿堤布设光缆，保障信号畅通；490多顶帐篷安置在抗洪抢险一线，为抗洪抢险人员挡风遮雨，提供临时休憩场所；沿黄15个县区预置2000余名消防救援人员，随时增援抢险。河南沿黄党政军民尽锐出战，全力以赴投入到抗御洪水的主战场。

主动防守　步步为营

10月14日，黄河高水位运行已达18天，长历时，高水位，大流量洪水导致黄河防洪工程出险概率不断增加，经黄河防汛办公室预估，下游河道大流量过程还将持续 10 日左右，黄河防汛进入决战阶段。

10 月 14 日晚，省防指副指挥长、副省长武国定主持召开黄河防汛视频会议，传达省委省政府主要领导要求，分析研判黄河防汛形势，动员各级抗洪抢险人员按照“防住为王”的总要求，切实抓细抓实抓好各项措施，坚决打赢秋汛防御这场硬仗。按照武国定副省长要求，省防指派出由省应急、河务、水利主要负责同志组成的夜间暗查暗访组，检查指导防御工作，确保人员、设备、物料、值守等工作得到全面落实。沿黄各市加大督查力度，组织市防办、市纪委等单位派出工作组到黄河各险工险段督导检查，对检查中发现的问题及时通报，及时解决存在的薄弱环节。

人民安危高于天！大汛面前，全力保障人民生命安全是首要任务、重中之重。河南沿黄各级党组织迅速行动起来，按照省委省政府的决策部署，进一步充实巡坝查险力量，主动加强控导工程防护，提前做好防汛料物储备，前置防守抢险力量，在与洪水的决战中把握主动。

10 月 16 日，国家防总副总指挥、水利部部长李国英到河南检查黄河下游秋汛防御工作，主持召开座谈会，分析汛情变化，研究应对措施，提出认清形势，主动防守，突出重点，预置抢险力量、料物、设备等，坚决做到抢早抢小抢住，为打赢秋汛防御攻坚战指明了努力方向。

台前县地处河南黄河最下游，是黄河下游的“卡口段”，位于台前狭窄险段的白铺护滩工程，大河奔流，惊涛拍岸，面临严峻考验。台前河务局派遣专业抢险人员进驻现场，与当地 100 余名群防队员昼夜坚守在工程沿线，对 1270 米工程进行 24 小时不间断巡查，结合险情发展趋势，抛投 328 个铅丝石笼，形成 4 个笼墩控导水流，持续对 900 米护滩进行预加固，一道坚固的石堤次第生成，抵挡着洪水强劲的冲刷，牢牢捍卫着 200 米处黄河大堤的安全。

地处黄河“豆腐腰”段的开封黑岗口，河床高出开封市地面

11 米。近年来，黑岗口下延控导工程河势上提下挫，形成上宽下窄的喇叭形“卡口”，洪水险情不断，成为黄河下游最危险的防洪工程。工程 7 号坝至 13 号坝受大溜顶冲及回溜淘刷影响，根石、坦石滑塌险情交替出现。开封市城乡一体化示范区前线指挥部及时对工情、险情会商研判，制订抢险方案，将抢险人员、设备、料物预置到位。为确保险情及时发现，河务部门将巡查内容制成“明白卡”，由巡查人员照单巡查，发现险情及时报告。开封第一河务局拟定“谋在河势变化之前，抢在险情发生之初，护在工程重点部位”防守方案，30 余名黄河专业机动抢险队员把堤坝作为战场，采取机械装抛铅丝笼等措施，对 7 号坝至 13 号坝不间断进行除险加固，白天主动进攻，夜间严防死守，用空间换时间，打好“主动仗”，始终将险情消灭在萌芽状态。

郑州枣树沟控导、马渡险工，新乡三官庙、顺河街、榆林控导工程，开封蔡集、东坝头控导工程，焦作驾部、温县大玉兰控导工程，濮阳南上延控导、李桥险工、影堂险工等多处靠河工程，亦是惊涛拍岸，险情不断。一遍遍仔细巡查、一次次精心研判、一双双熬红的眼睛、一个个疲惫的身影，汇聚成一股硬核力量，顽强阻击着滚滚洪流。

沿黄各级党委政府、有关部门按照“防住为王”的总要求，不松懈，不麻痹，不大意，进一步强化防守责任、进一步牢固树立“一盘棋”思想，按照“系统、统筹、科学、安全、依法”原则，及时会商研判、加强值班值守，把力量、设备、物资等提前部署到关键区域、关键部位，进一步充实巡坝查险人员力量，加强夜间等重点时段巡堤巡守，一旦发生险情果断处置，确保控导工程不垮塌、生产堤不决口、河水不漫滩，坚决打好打赢黄河秋汛防御这场硬仗。

10 月 15 日，寒潮将至。沿黄各级党组织和社会各界群众积极行动起来，将温暖及时送到防汛前线，确保一线职工吃饱、穿暖、保障好休息睡眠。腾讯公益慈善基金会、中国红十字基金会等伸出援助之手，捐赠棉服、发电机等抢险物资，河南黄河企业以不同方式献出爱心，公交公司将公交车辆开上抗洪一线为值守人员抵御风寒……志愿者们来了，热心群众来了，一

箱箱暖心的物资、一声声贴心的问候，筑起干群同心这道最坚固的堤坝。

善始善终　善作善成

10月20日，黄河进入了退水期，黄河河道工程经过较长时期的高水位浸泡，根基水分饱和，土体强度降低，退水期极易发生滑坡、坍塌等重大险情。经过20多天艰苦卓绝的鏖战，抢险人员“人困马乏”，黄河秋汛防御到了最关键时期。

10月21日，省长王凯到兰考黄河检查指导防汛工作，要求各级务必认清形势，坚决克服侥幸心理和厌战情绪，进一步压紧压实责任，落实落细措施，毫不松懈、积极主动打好落水期防御工作硬仗，确保黄河安澜和人民群众生命财产安全。

10月23日，黄委主任汪安南再次来到开封黑岗口下延控导工程、柳园口险工检查指导黄河防汛工作，鼓舞大家继续绷紧黄河秋汛防御这根弦，抓细抓实“最后一公里”防御措施，彻底打赢秋汛防御这场硬仗，以实际成效践行“两个维护”。

“到抢险一线去，到群众最需要的地方去！”“请党放心，守护黄河安澜，我们能行！”“洪水不退，我不退！”在近一个月的时间里，秋雨绵绵，绿色的雨衣、橘色的救生衣、泥泞不堪的胶鞋成了河南黄河抢险队员的标配，饿了啃方便面，渴了喝矿泉水，倦极就在潮湿的帐篷里和衣打个盹。连续作战中，大家心往一处想，劲往一处使，个个斗志昂扬，没有人喊累，更没有人退缩。

随着20多天的强有力战斗过程，石料消耗数量大增。“坝上有石、心中不慌”，为满足抗洪抢险需要，武国定副省长签发保障抢险用石的紧急通知，沿黄各地紧急行动，按照“缺多少，补多少”的原则，将石料从辉县、新密、巩义等地，源源不断运送到抗洪抢险一线。

1.5万名抢险人员众志成城，严防死守，时刻牢记“防住为王”。巡查人员不打折扣地落实省防指关于加强黄河秋汛巡查防守工作的要求，加大巡查力度特别是后半夜巡查；注重巡查单元无缝对接，确保工程巡查不留空当；对于重点险点险段，在前期落实1：3巡查力量的基础上，一个坝头增加2人定点蹲查，确保险情及时发现、及早处置。各级河务部门结合多年来退水期工程出险规律，提前预判险情，找准大溜长期顶冲、“二级悬河”发育突出、工程坝裆回水淘刷等最危险的部位，精准除险加固。国有大型企业中建七局、黄河建工集团成立抢险预备队，随时增援抢险。

在秋风秋雨交织中，河南沿黄党政军民齐心协力，始终保持防御力量到位、防御责任到位、防御措施到位，1.5万名抗洪勇士顶风雨、踩泥泞，枕戈待旦，连续作战，经过30多个日日夜夜的奋力拼搏，河南黄河千里长堤寸堤未溃，控导工程一坝未失，最终打赢了黄河秋汛防御这场硬仗，无一人因洪灾伤亡。

与河共舞　防住为王

9月27日以来，河南黄沁河工程出险之多，料物消耗之大，为历史所罕见。我们万众一心、众志成城，通过对一个坝垛一个坝垛的坚守，用2200多个胜仗实现了“防住为王”的总体目标。

然而，夺取这场秋汛洪水防御的全面胜利又是多么的来之不易。因连续多日巡坝查险、探摸根石、查勘河势等高强度工作，一些抗洪抢险人员积劳成疾，即使住了医院，依然牵挂着黄河秋汛防御工作；还有一些即将退休的同志，面对来势汹汹的洪水，主动请战坚守一线；河务部门一批退休多年的老专家，沿河一路“把脉问诊”，细心提供务实详尽的防守建议；还有一对年轻的夫妻，9月26日刚刚举办完婚礼，第二天一早就奔赴抗洪抢险的岗位……在防御黄河秋汛洪水的战场上，无论是参加工作多年的“老黄河”、亦或刚入职的“小河兵”，无论是兢兢业业的县乡干部，还是默默无闻的群防队员，正是他们栉风沐雨、不分昼夜的一线坚守，才换来了大河安澜、岁月静好。

国家防总副总指挥、水利部部长李国英表示，面对如此艰巨繁重的任务，河南省委省政府锚定“人员不伤亡、滩区不漫滩、工程不跑坝”的防秋汛目标，创新机制体制，实现了行政首长负责制从有名向有实转变、防御力量从专业单元到群防群治拓展、防御任务从总体要求到责任落实细化、防御措施从被动抢险到主动前置转变、防御目标从险工险段到全线全面延伸等五个方面的重大转变，形成了一套行之有效的措施，取得了“防住为王”的最终结果。这既是对河南黄河防汛经验的高度概括，也是对河南黄河防汛工作的充分肯定。

10月20日至22日，习近平总书记亲临黄河视察，在山东济南主持召开深入推动黄河流域生态保护和高质量发展座谈会。总书记在讲话时指出，进入 7 月下旬以来，黄河流域部分地方遭受罕见洪涝灾害，各有关地方要切实做好灾后恢复重建工作，特别是要关心和帮助那些因灾陷入困境的群众，保障人民群众基本生活，保证生产生活正常秩序。对黄河汛情、群众的冷暖关切之情溢于言表。

征尘未洗战犹酣。在河南黄河秋汛防御即将进入收官阶段，河南黄河全体抗洪抢险人员将认真学习贯彻习近平总书记重要讲话精神，在省委省政府和黄河防总的坚强领导下，不折不扣继续加强巡查防守，严格落实各项防御措施，做到责任不断档，防守不松懈，坚决夺取河南黄河防汛的最后胜利，为黄河流域生态保护和高质量发展提供有力支撑，为河南沿黄地区经济发展和社会稳定提供强有力的水安全保障。（河南日报客户端记者　郭北晨　通讯员　祖士保　张广富）

河南日報

万众一心保安澜

——黄河河南段秋汛防御回眸

2021 年 11 月 2 日

10 月 28 日下午，武陟县驾部控导工程 44 道坝，黄河水已降至日常流量，由波涛汹涌归于平静。

10 月 27 日，黄委终止黄河中下游水旱灾害防御Ⅳ级应急响应。一个多月来牵动无数人心的黄河秋汛防御取得重大阶段性胜利。

受大范围持续强降雨影响，9 月 19 日，黄委启动黄河中下游水旱灾害防御Ⅳ级应急响应。9 月 27 日开始，黄河接连发生 3 个编号洪水，小浪底水库水位屡创历史新高，花园口水文站流量连续 20 多天控制在 4800 立方米左右每秒……黄河面临严峻秋汛。

今年黄河下游秋汛洪水场次之多、过程之长、量级之大历史罕见。万里黄河，险在河南，河南段是黄河下游防汛的重中之重。在过去的一个多月时间里，在 711 公里的黄河大堤河南段上，属地党政机关、应急、消防、电力等部门协同作战，河务专业力量和地方群防人员联合巡查，全省上下筑起一道守护黄河安澜的铜墙铁壁。

10 月中旬，水利部部长李国英在黄河下游检查指导秋汛防御工作时指出，沿黄各级党委、政府和各有关部门全力应对，防汛行政首长负责制有名有实有效，实现了防御力量从专业单元到群防群治的拓展，防御任务从总体要求到责任落实的细化，防御措施从被动抢险到主动前置的转变，防御目标从险工险段到全线全面的延伸。

本次秋汛“大考”，武陟黄河第二河务局局长崔锋周历历在目。“驾部控导工程 42—45 坝之间，由于河道紧挨大坝，水流长时间冲刷容易造成工程出险，根据汛情及河势分析，我们及时对这 4 道坝进行除险加固 27 次，用石 5768 立方米。”崔锋周说，因为提前预判，防患于未然，辖区没有发生一次险情。

10 月 4 日下午，兰考黄河河务局局长胡云英到夹河滩护滩工程 18 护岸巡查，发现该河段河势突然上提，该护岸为土坝基，一旦水流冲刷时间过长，工程将出现较大险情。

“立即处置，挖掘机、装载机马上进场，抛铅丝石笼、柳石枕护根，散抛石护坡，启动照明设备。”胡云英发出一道道抢护指令。挖掘机轰鸣着抓石放石，装载机开足马力推笼入河，30名抢险队员经过8个小时的紧张忙碌，才完成18护岸的提前防护，保证了工程安全。

一个多月来，黄河花园口段，惠金河务局工程管理科科长孙广伟和同事们始终坚守一线，不分日夜探摸根石、测量水位。孙广伟向记者展示了这些天的巡查观测记录表，上面详细记录了每一天的护岸工程靠河情况、有无水毁、有无根石走失等。

政府领导、应急统筹、河务支撑、部门协同、群防群控，全省各级政府部门统筹整合水利、河务部门技术人员与群防队员，24小时不间断巡堤查险，将险情抓早抓小，把隐患消除于萌芽，实现了“人员不伤亡、滩区不漫滩、工程不跑坝”的防秋汛目标。

在兰考，供一线巡护人员休息的公交车成为黄河大堤上一道亮丽风景线。十一假期期间，疾风骤雨使黄河岸边气温骤降，当地政府紧急与当地公交公司协调，16辆公交车开到大堤上，根据险工险段所处的位置不同，公交车不仅可以来回移动，还能充当照明设备。

“公交车相当于可移动的活动板房，比帐篷暖和，还可供更多人临时休息。”兰考黄河河务局副局长焦昆说。在长25公里的黄河兰考段，由528人组成的专群巡防队伍24小时不间断巡查，确保了本次秋汛有惊无险。

省防指要求，在河道工程巡查防守中，专业人员、群防人员按1∶3配备。记者采访中发现，有些地方配比甚至达到1∶5。群防力量与专业人员协同配合，通过眼看、手摸、耳听、脚探，“把脉”水位、流速变化，在巡堤查险中起到了关键作用。

10月下旬，黄河进入退水期。根据多年防汛经验，黄河退水期是防洪工程出险概率最高的时期。10月25日，在东坝头控导工程，由于连续多天的高水位浸泡，根基处于完全水分饱和状态，随着水压不断下降，该工程有个位置出现了长约二百米的裂缝。正在巡堤查险的群防人员发现问题后，立即上报，当地紧急使用长臂挖掘机往裂缝中投抛石料，填实、压紧，避免了险情的出现。

记者在武陟采访当天，66岁的大封镇驾部村村民李仁坝穿着橙色防汛服，仍坚持到所管辖的驾部控导工程进行日常巡护，看见记者等人离河边过近，李仁坝大声要求：“赶紧远离河边。”

“虽然应急响应已经解除，但我们仍在坚持24小时巡查，水还没有完全退去，不能掉以轻心。”河南黄河河务局相关负责人说。（河南日报记者　刘晓阳）

河南卫视

河南：黄河近期仍有洪水正24小时不间断巡查

2021年10月3日

10月3日，记者从河南黄河河务局了解到，预计3日起河南黄河流域仍有持续性降水，并将再次出现洪水过程，黄河防洪压力较大。提醒群众自觉远离黄河河道。

濮阳第一河务局夜巡黄河汛情、河势变化

台前河务局夜间巡坝查险

据了解，中秋前后，多轮强降雨导致黄河1号、2号洪水连发，罕见的秋汛持续至国庆期间，黄河洪水向下游演进，小浪底等干支流水库拦洪运用后蓄水位较高，河南黄河河道长时间大流量行洪，控导工程面临严峻考验，滩区防守压力巨大。

河南是本轮洪水流经的第一站，河南黄河河务局已启动全员岗位责任制，6000余名在职职工放弃国庆休假，确定防守重点，加强应急值守，加强与地方政府联系沟通，协调黄河大堤、引黄涵闸、控导工程以及巡堤查险和防守，动员各方力量抓细抓实各项措施，坚守起黄河安澜的铜墙铁壁。

武陟第一河务局人员巡堤查险

焦作河务局人员与抢险队员共同在武陟花坡堤险工除险加固

气象部门预测，10月3日起，黄河中游仍有强降雨，可能再次出现洪水过程，防汛形势依然严峻。

河南黄河河务局要求沿黄各地补充巡查力量，加大巡查力度，逐坝段落实责任人，24小时不间断进行巡查，确保险情第一时间发现、第一时间抢护；对偎水堤段和靠河工程开展一次全面排查，及时发现隐患，提前处理隐患，预加固薄弱堤段；及时向地方行政首长汇报辖区汛情、险情，加强与应急、气象等部门的沟通联系，一旦发生险情，按照“政府领导、应急统筹、河务支撑、部门协同”的机制有效抢护抢险，确保抢早抢小抢住；做好人员、料物、设备准备，6支机动抢险队务必集结待命，一旦发生险情能够快速出动、高效处置；严格实行省、市、县三级33个河务部门24小时视频连线会商机制，带班领导要熟悉辖区汛情，做到有情况第一时间报告、第一时间会商、第一时间部署，坚决打赢本次洪水防御攻坚战。

黄河河务部门提醒，近期降雨不断，黄河防洪压力较大，为了您和家人的安全，请自觉远离黄河河道，不要在黄河涉水作业，不要下河捕鱼、游泳，不要在滩区逗留、游玩、露营。（大象新闻·河南新闻广播记者　朱圣宇　通讯员　李锟　刘君瑜）

河南卫视

河南黄河河务部门：近期黄河水深流急 请远离河道

2021 年 10 月 3 日

（大象新闻·河南新闻广播记者　朱圣宇　通讯员　李锟　刘君瑜）

河南卫视

河南沿黄各地全力以赴保安澜

2021 年 10 月 10 日

河南卫视新闻联播：全力以赴　守护黄河安澜

2021 年 10 月 11 日

河南卫视新闻联播：周密部署做好黄河防汛

2021 年 10 月 17 日

【视频简介】当前，黄河防汛形势严峻。沿黄河务部门周密部署，为夺取黄河防汛全面胜利，做足准备。

河南卫视

河南卫视新闻联播：河南省防汛抗旱指挥部督察组夜查黄河防汛

2021 年 10 月 19 日

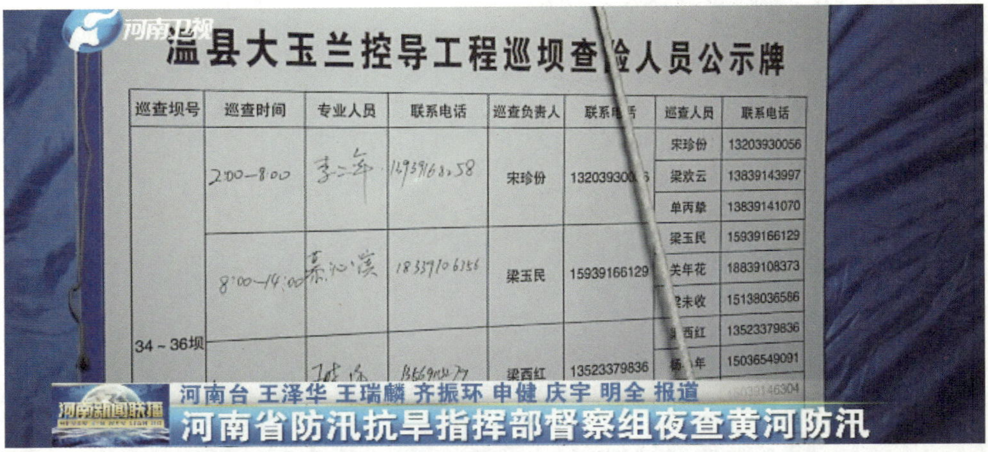

（记者　王瑞麟　通讯员　濮华林　李锟）

大河报

黄河秋汛正在进行时　下游河段的防守上强度了

2021年10月4日

国庆假期，黄河秋汛持续。今年黄河1号洪水、2号洪水形成，黄河洪水向下游演进，河南黄河河道长时间大流量行洪，控导工程迎来考验。

10月3日下午，大河报记者来到黄河花园口段，探访黄河洪水最新状况，了解黄河防汛的具体措施。

【现场】24小时不间断巡查 黄河岸边这些人假期无休

10月3日，下午，郑州市惠济区花园口镇，黄河马渡险工段23号坝附近，视野开阔，黄河河段变宽，从西边滚滚而来，向南一拐，又向北拐出，继续向东流去。

随着冷空气的到来，北风已经起来，吹面凉爽。北风被黄河的波浪声裹挟着，吹打着两岸上的草木。

国庆假期，当很多人放浪形骸、出去寻找诗和远方之际，惠金河务局的全体员工，却再次进入了全员岗位责任制状态。换句话说，便是全员在岗，周末无休，以确保黄河行洪安全。

惠金河务局运行管理科副科长崔怀宇，已经记不清连续工作了多长时间。这已经是他今年经历的第五次全员岗位责任制了。“从 6 月 19 日以后，基本没怎么回过家，在家里的时间总共不超过 10 天。”他说，9 月 27 日黄河形成 1 号洪水后，一天 24 小时三班倒，他吃住都在黄河边，进入了紧张的防汛状态。

10 个人一组，8 个人巡查，2 个人在危险位置值守。每个组的巡查长度 1.2 公里，一来一回一个多小时，每两个小时都要巡查一次。惠金河务局防办副主任王佳说，巡查内容包括黄河沿岸根石松动情况，发现问题及时通知一线值守人员，上报隐患和问题。另外，针对个别靠近黄河岸边的游客，及时地劝阻，确保人民群众的生命安全。

【措施】对重点区域进行除险加固　全面排查靠河工程

马渡险工 23 号坝附近，工程车辆正在进行除险加固。施工人员利用铅丝笼将石块束缚在一起，每一组重达 3.4 吨，然后推入黄河之中。通过这种方式，增强根石抗冲能力，科学有效处置险情。

和往年比起来，今年黄河的洪水过程发生在了秋季。根据了解，3 日下午黄河花园口的流量达到 4850 立方米每秒。

河南黄河河务局相关负责人说，中秋前后，多轮强降雨导致黄河 1 号、2 号洪水并发，罕见的秋汛持续至国庆期间。黄河洪水向下游演进，小浪底等干支流水库拦洪运用后蓄水位较高，河南黄河河道长时间大流量行洪，控导工程面临严峻考验，滩区防守压力巨大。

作为洪水流经的首站，河南黄河河务局 6000 余名在职职工严阵以待，启动全员

岗位责任制，放弃国庆休假，确定防守重点，加强应急值守，做好与地方政府联系沟通，协调做好黄河大堤、引黄涵闸、控导工程以及巡堤查险和防守，发挥党员先锋模范作用，动员各方力量抓细抓实各项措施，筑牢黄河安澜的铜墙铁壁。

未来几天，黄河中游仍有强降雨，将会再次出现洪水过程，防汛形势依然十分严峻。河南河务局要求各级务必充分认识当前防汛形势的极端复杂性和洪水防御的不确定性，加强巡查力量，加大巡查力度，逐坝段落实责任人，开展24小时不间断巡查，确保险情第一时间发现、第一时间抢护。

对偎水堤段和靠河工程开展一次全面排查，及时发现隐患，提前处理隐患，预加固薄弱堤段。另外，及时向地方行政首长汇报辖区汛情、险情，加强与应急、气象等部门的沟通联系，一旦发生险情，按照“政府领导、应急统筹、河务支撑、部门协同、群防群控”的机制有效抢护抢险，确保抢早抢小抢住。（大河报记者　刘瑞朝　康亚飞　通讯员　李锟）

大河报

再探郑州花园口　大堤人车仍禁行

2021年10月8日

10月1日8时，小浪底水库水位达到270.34米，突破2012年11月18日的历史最高运用水位270.10米，2021年黄河第1号、第2号洪水退水过程尚未结束，10月5日又出现第3号洪水……

在这接连而至的水情信息下，黄河防汛形势已到最关键时刻！连日来，大河报持续关注黄河汛情，为了解最新情况，10月7日下午，记者再次来到郑州黄河花园口，现场直击黄河水情。

现场：黄河大堤人车仍禁行，工作人员24小时不间断巡查

10月7日下午3点，大河报记者在郑州黄河公路大桥南段黄河大堤附近看到，惠济区花园口镇的工作人员正值守在防汛路通往黄河大堤的路口，他们的工作之一就是劝导游客不要靠近黄河大堤。

“从10月1号开始，我们就在这儿值守了，主要是上游河段发水了，根据工作安排，不能让游客往大堤上去，连人带车都不能上去。”一位身着红色马甲的工作人员说。

随后，记者沿着防汛路一直向东，在惠济区黄河抗洪抢险前线指挥部看到，这里几名工作人员正在专注着黄河汛情，工作板上写着“今日流量”、河务局、群防队伍、镇带班干部、镇机关干部等信息。不远

处路面上，电力供应车辆，应急帐篷，应急物资等物资已到位。

“我从小就在花园口生活，以前也见过更大的水，这次专门当巡河员，骑着电动车沿着黄河大堤劝返游客，不少人专门开车想上黄河大堤，为了大家安全，提醒大家不要来啦。”在郑州花园口引黄闸，一位巡河员说。

大河报记者沿着防汛路自西向东走了 3 公里，发现沿路的美食店大多已关门，只有极个别饭店开门，食客寥寥无几。个别开门饭店院内，店员在打扫卫生或玩手机。而防汛路上，停着很多私家车，也有家长带着孩子来看黄河，在靠近河堤前，都被巡查人员及时劝返。

记者此前探访得知，从 9 月 29 日起，黄河滩区多个路口均有防汛值班人员 24 小时看守，根据市、区防指要求，将持续清滩、封滩，严禁无关人员进入滩区，据不完全统计，从石桥、申庄到花园口景区，沿途至少已设置了 20 个卡点，卡点路口通道采取土方、石礅、围栏等硬性管控，部分区域除当地村民、防汛工作人员外，外来人员及车辆不可通行。

惠金河务局运行管理科副科长崔怀宇接受记者采访时表示，为保证防汛工作，该局实行全员岗位责任制，每 10 人一组，其中 8 人负责巡查，2 人在危险位置值守。每组的巡查长度 1.2 公里，每两个小时都要巡查一次。惠金河务局防办副主任王佳告诉记者，巡查内容包括黄河沿岸根石松动情况，发现问题及时通知一线值守人员，上报隐患和问题。

此外，专业巡查队伍与群防队伍按照 1 ： 3 的比例，联合群防队伍一同巡堤查险，全力预防险情发生。

连日来，惠金河务局等防汛相关部门安排施工机械对马渡险工重点防守工程进行预加固，并按照安全生产规程，加强夜间巡查，每两个小时巡堤查险一次，每六小时观测一次水位，每天观测四次水位。

部署：水利部进一步会商秋汛洪水防御工作，9 个工作组赴六省防汛一线

10 月 5 日 23 时，黄河中游干流潼关站流量涨至 5090 立方米每秒，发生 2021

年第3号洪水。黄河中游干流潼关段和下游干流孙口至利津段，中游支流渭河、沁河上游，长江流域岷江上游、嘉陵江、涪江、汉江上游，海河南系共产主义渠、卫河等多条河流发生超警及以上洪水。

大河报记者从水利部网站获悉，近日，国家防总副总指挥、水利部部长李国英主持防汛会商，视频连线水利部长江、黄河、海河水利委员会及小浪底、丹江口、岳城水库管理单位和黄河下游干流孙口、艾山水文站，进一步分析研判秋汛洪水形势，深入部署防御工作。

李国英指出，当前黄河3号洪水已经形成，黄河中下游、汉江上游干支流、海河南系部分河流发生超警甚至超保洪水，小浪底、丹江口、岳城水库将有大流量洪水入库，由于前期水库拦洪运用水位较高，这些水库将出现建库以来最高运用水位；黄河下游河道大流量行洪时间长且仍将持续，堤防、河势控导工程将长时间经受考验，防御形势更加严峻。

对于防御工作的部署，李国英要求，要加密、滚动、精准预测预报，精细调度黄河中游、汉江和海河流域漳卫河的骨干水库拦洪削峰错峰，为下游河道安全泄洪创造条件。要精准控制小浪底、丹江口和岳城水库蓄水位，密切监测高水位下的工程运行和库区安全情况，确保各项安全监测和保障措施提前落实到位。要畅通黄河、汉江、漳卫河等江河的泄洪通道，及时清除阻水障碍，进一步加强堤防、险工和河势控导工程的巡查防守，前置抢险人员、料物和设备，做好受洪水威胁区域人员的转移预案。要做好病险水库、淤地坝安全度汛和山洪灾害防御，相关责任人立即上岗到位，履职尽责，强降雨区病险水库一律空库运行，提前发布预警信息到户到人，责任落实到岗到人，做细做实做好组织受洪水威胁区域群众转移避险工作，确保人民群众生命安全。

据悉，目前，水利部维持水旱灾害防御Ⅲ级应急响应，派出9个工作组到陕西、山西、河南、山东、重庆、四川防汛一线，协助指导做好秋汛洪水防御工作。（大河报记者　康亚飞　王新昌　通讯员　李锟　刘君瑜）

大河报

黄河洪水正撤退　河务部门发出四项防守提醒

2021 年 10 月 21 日

10 月 20 日河南黄河进入退水期，河南黄河秋汛防御进入最危险、最关键时期，针对当前和今后一段时期的秋汛防御工作，河南黄河防办向沿黄各级发出防守提醒！

继续加强工程巡查力度

黄河退水期巡查防守更为关键，各级要不打折扣地落实省防指关于加强黄河秋汛巡查防守工作的要求，严格落实基本巡查单元人员配置、6 小时一轮班、每 1 小时巡查一遍的要求，开展 24 小时不间断巡查，特别加强夜间后半夜的巡查；做好巡查人员轮换，保证精力、体力充沛；增加巡查人员，落实定点蹲查措施；注重巡查单元无缝对接，确保工程巡查不留空当。

重点加强防守

这场战役已经到了“总攻”阶段，要找准大溜长期顶冲、“二级悬河”发育突出、工程坝裆回水淘刷等最危险的部位，这些部位都是将来最容易出险，而且出险后威胁滩区造成后果最严重的地方，要坚持把隐患当作险情来处理，结合险情预判，制订处置方案，变被动抢护为主动防守。提前预置抢险力量，对于这些预判可能出险的重点部位，务必要预置更加充足的抢险人员、设备和料物，做到一旦发生险情，坚决抢早抢小抢住。

切实确保退水期工程安全

洪水退水期也是险情的暴发期，石料消耗将大量增加，要按照缺多少补多少的原则，加快推进石料调运，补足抢险用石料，决不能因备料不足影响抢险。河务部门专家、技术人员要充分发挥专业优势，结合退水期多年来的工程出险和防守规律，提前预判险情，采取针对性措施，切实为行政首长决策当好参谋。

确保防守人员安全

针对低温寒潮恶劣天气，各级要全面做好防守人员安全问题，高度重视一线防守人员的餐饮、住宿、保暖各项保障，注重轮班轮换，落实好防护措施，切实保障一线巡查防守人员人身安全。（大河报记者　康亚飞　通讯员　祖士保　于澜）

大象新闻
ELEPHANT NEWS

国庆期间黄河边为啥不让去了？一场防汛站正在岸边打响

2021 年 10 月 6 日

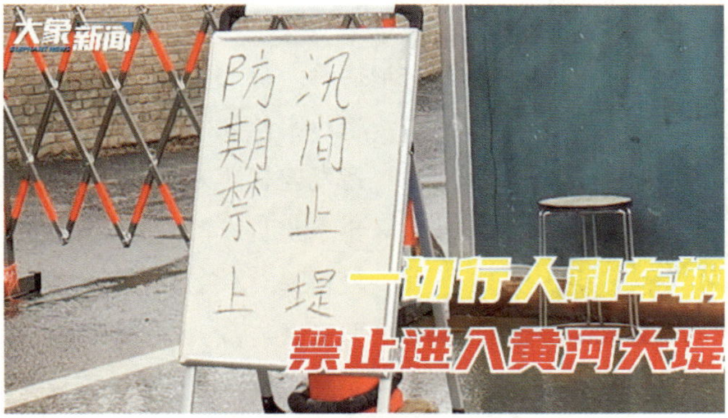

正值国庆黄金周，不少想去往黄河边游玩的旅客被路口的工作人员劝返。“汛期水大，切忌在河边游玩。”在工作人员一遍遍的广播下，游客们纷纷返程。而在警戒线的另一边，正在上演一场严密的“防汛战”。

自 9 月 27 日花园口站发生 2 号洪水以来，黄河花园口段的流量达到了 4700 立方米每秒。黄河中下游水旱灾害防御Ⅳ级响应提升至Ⅲ级。10 月 6 日，大象新闻记者在马渡下延工程看到，堤坝上堆满了防汛用的石块。不少挖掘机、装载机和自卸车，都在岸边待命，车中装满了石头和土，以防黄河堤坝出现险情。

金水区黄河段储备 13 万立方米备防石！ 24 小时不间断巡防

“马渡下延的坝体离水流很近，水量大时会对坝体造成冲击。”在马渡下延险工处值守的郑州市金水区应急管理局工作人员表示，这边是他们防汛巡视的重点位置。目前巡防的工作人员实行24小时不间断巡查防守，对马渡、三坝两处险工和马渡下延工程进行严密的巡防工作。

据郑州市金水区应急管理局副局长王金祥介绍，金水区应急管理局组织专业抢险、消防救援、水上救援三支抢险救援队在辖区内沿岸待命。储备石料13万立方米、铅丝82.45吨，预置配备发电机组9台，照明车1台，照明设备5台，防汛抢险机械32台，动员联系大型机械装备100台，全力确保关键时刻的抢险力量。

各职能部门严守阵地，连续9天值守岸边

为保障夜间和雨天巡防，国家电网和郑州市金水区应急管理局工作人员做了严密的后勤工作，给巡防人员提供夜间照明、配发手灯、防雨用品、救生衣等防汛设备。

现场巡防工作人员表示，从9月28日起，他们就在黄河边值守。近日黄河边风比较大，加上连续的降温，有工作人员出现风寒感冒的情况。

在执勤现场，除了巡防工作人员外，君鹏转运的医护车辆也做了充分的后勤保障，为工作人员提供应急的

药品和医疗帮助。“我们备了许多驱寒用的姜茶，还有一些莲花清瘟胶囊。”郑州市红十字君鹏爱心医疗服务队队长王锦鹏介绍，现场有两台救护车和 8 名医护人员，保障了近 20 公里的防汛点的人员避免非战斗减员。

水利部 6 日发布的汛情通报显示，黄河中游干流潼关水文站 10 月 5 日 23 时流量涨至 5090 立方米每秒，编号为黄河 2021 年第 3 号洪水。大象新闻记者从小浪底水库了解到，3 号洪水预计近日将到达水库，为了迎接新一轮洪水，目前的泄洪量达到了 4100 立方米每秒。（大象新闻记者　张子琪　陈郑伊）

大象新闻 ELEPHANT NEWS

直击防汛现场！开封黄河大堤
用“铅丝石笼”固坝，24 小时值守大堤

2021 年 10 月 7 日

（记者 崔传深 通讯员 李锟 刘君瑜）

民生频道

洪水仍持续 全力保安澜

2021 年 10 月 5 日

（记者 崔传深 通讯员 李锟 刘君瑜）

民生频道

人机齐上堤　全力保黄河

2021 年 10 月 8 日

（记者　武亚楠　吕沙　通讯员　李锟　刘君瑜）

民生频道

河南开封：黄河水流仍湍急，除险加固工作正进行

2021 年 10 月 11 日

（记者　吴齐一）

民生频道

黄沁两条河　防汛同时守

2021年10月13日

（记者　崔传深　通讯员　李锟　刘君瑜）

山河远阔，伏波安澜。
赵祎供图

第三章　一线传真

一个防汛新兵的“学徒笔记”

郑方圆 王 浩 白常轩

受降雨和河口村水库泄洪影响，沁河下游面临洪水过程，9 月 26 日，焦作河务局第六次启动全员岗位责任制，9 月 28 日，机关 60 多名职工奔赴大玉兰、马铺、白马沟等班组一线。笔者作为在机关办公室工作六年的宣传老兵，初次在风雨交加、浊浪滚滚的沁河一线成为防汛新兵，开启了边学边练的“学徒”生涯，向一线职工拜师学艺，作答水尺观测、巡坝查险、雨毁修复等防汛试题……

课程名称：巡堤查险 任课教师：申加加

位于沁河的博爱白马沟班组，负责沁左 33+800 — 44+800 的工程维修养护和巡查工作，白马沟险工是 7 月 11 日沁河强降雨洪水的防御重点位置。一到班组，笔者刚卸下行装，就接过救生衣、红袖标跟随班长申加加一行开始沿巡坝查险，观测河势水情。

巡堤查险

水尺观测

第一课时：巡查，4 小时。在白马沟险工，沁河水水位逼近堤脚，班长带领 3 个职工和 5 名群防队伍开始拉网式巡查，1 人走临河堤内水边，用探水杆探摸根石情况；一人走堤坡和堤顶，手拿救生绳拴住探摸人员腰部，防止水边人员出险跌倒安全事故；5 人走背水堤坡，查看有无渗水和管涌险情。据班长介绍，“目前堤防巡查分三班次进行，24 小时轮班巡查值守，每 8 小时巡查一次，巡查全程 1 公里。堤防巡查时重要的是细心和专注，很多隐患不是在明处，要学会同时用眼、用脚、用耳，渗漏的水温、土石的虚实、异常的声响都是重点。”经过班长的现场授课，笔者发现，草坡平顺、面貌整体的堤防下还有这么多学问，顿时对栉风沐雨的一线职工心生敬意。

如果说白天的巡查考验的是职工的体力和耐力，夜间巡查这一课又出了要求经验和综合判断的加试题，有经验的职工往往通过水位可以估测流量，对堤防整体情况和出险历史的掌握让他们在巡查时更有重点，加强对易出险和偎水堤段的检查频次，做到心中有数，纸上有痕。

课程名称：劝离上堤群众　任课教师：许发文

劝离上堤群众

第二课时：劝离，2小时。9月24日博爱县防指下达指令启动交通管制，要求沿沁各乡镇做好清滩工作、群防队伍驻守一线，沿河村庄的乡镇干部在堤防交界处、上堤路口设立防汛值守点，在河务部门与地方政府、交通部门的密切配合下，河口村水库大流量下泄洪水时做到了滩区无人、无群众上堤。

随着雨后天气放晴，上游来水减弱，西王贺村的村民开始时不时的走上堤防，心里挂念着还没有收完被泡在水里的庄稼。我们刚刚劝离一位开着三轮车准备去收玉米的妇女，又发现临河通向滩区的路上有一辆面包车正准备开过过水路段。大家快步上前，博爱河务局副局长许发文用一个老水政人的丰富经验给我们上了劝离群众的标准一课。“老乡，我们是博爱河务局水政巡查人员，近期上游水库正在下泄洪水，请不要靠近河道在此逗留，河道内水量大、流速快，很危险，生命安全高于一切，请你抓紧时间离开，谢谢配合！”事后，许局长专门提醒我们，和老百姓交流要有礼有节，以理服人，就是执法也讲究规则和礼貌，劝离要有力度、更要有温度。

课程名称：工程管理　任课教师：白常轩

第三课时：捡垃圾，3小时。10月1日清晨，已经在一线驻扎4天的我们跟随养护经理白常轩出门巡查，手里多了两样工具，垃圾夹和垃圾袋。清理堤防上的生活垃圾也是维修养护堤防的基础课程，这个课该是不用教不用学了，我们几个年轻

清理堤防垃圾

人轻松上阵，走在师傅前面准备大干一场。饮料瓶、纸屑、丢弃的生活垃圾统统被我们收入囊中，本以为走在后边的师傅会口袋空空，但回头一看，他们把我们不易发现的烟蒂、枯死的树枝都捡了起来，对堤顶道路、堤肩和堤坡都拉网式的拾捡一遍。我们不仅汗颜，看来堤防的整洁、美观、坚固都是一丝一毫的细节慢慢筑牢的，工程管理无小事，捡垃圾也能创造新天地。

第四课时：修复雨毁工程，2小时。环顾堤防四周，白经理边走边向我们指出工程的雨毁情况，来到修复现场，我们看到工人们正在紧张有序的施工，观摩了水沟浪窝进行平垫的施工程序。通过和工人交谈，我们学习了回填方式、夯实过程等施工细节，通过及时的修复工程，有效地维护了工程面貌的完整，提高了工程的抗洪能力。雨过天晴的沁河大堤，国旗、党旗飘飘，一线职工正在用毫不松懈的坚守为国庆献礼。

据悉，焦作黄、沁河流域将再次迎来一轮降雨过程，焦作市、县两级全体干部职工枕戈待旦、全力以赴，笔者这个防汛一线的新兵也将继续在防汛最前沿保持干劲、勤学苦练，为沿黄百姓答题，为伟大祖国护河。

一线人员合影

愿以寸心寄华夏，且将岁月赠黄河

陈旭昭　张　悦

在原阳河务局武庄、毛庵、三官庙等控导工程上，灯火通明，反光背心上“黄河”标志熠熠生辉，一队队的人员在每道坝上巡逻。所有奋战在黄河一线的人们，都用实际行动展现了一线黄河人的坚守与担当。在他们其中有两位代表，一位是毛庵运行班班长王喜战，一位是毛庵养护班班长赵义强，两位班长带着各自的队伍昼夜坚守在防汛一线。

王喜战　坝上为妻手绘地图

9 月 26 日，原阳河务局启动第五次全员防汛岗位责任制，对于毛庵控导工程运行班班长王喜战来说，原本定于国庆回家的计划又得取消了。从今年 6 月 15 日调水调沙开始，王喜战就一直没有离开毛庵。今年已经 53 岁的王喜战，再过两年就该退休了。当笔者到达毛庵班时，刚巧碰到在班里打完草还未来得及洗漱、换衣服的王班长。“王班长，这是打草去了？弄了一身。”“这不是同志们都下沉一线了，我就想着抽空把院里草打打，环境好点同志们都住着能舒服些。”王班长如是说。

手绘地图

“听人说，王班长最近给爱人手绘了一份地图，方便展开说说吗？”听到笔者询问此事，王班长黝黑的脸上露出一丝红意，显得有些不好意思，但是在大家的鼓励下，还是逐渐的讲了起来。时间回到 2019 年 4 月 23 日，妻子在郑大一附院刚刚查出肾癌。两年半来，一直需要定期前往医院复查。最近一次复查预约的时间是9月30日，但是因为防汛的原因，王喜战深知作为班长责任重大，不能离开班里。据介绍，班里原本共有六人，抢险队抽走两人，看水尺需要三个人，还要负责26坝到30坝的巡坝查险，自己还需要资料的全面统计，更是离不了一刻。妻子常年在家务农，没有单独出门的经验，对于手机导航等软件更是一窍不通，但是复查又不能误了，怎么办？王喜战坐在坝上，想了许久，拿起笔拿起纸，一晚上的时间，一张图文并茂的“地图”出来了。

笔者很遗憾没有看到这张地图，只是看到了王喜战写的流程草稿：长途车到站后，向西出发走大概50米到102路公交车站，紫荆山站下车转9路，到大学路口步行向北300米西大门进、扫健康码、一楼挂号、上六楼找泌尿科。因原来负一楼因暴雨被淹，去急诊科对面小平房去做CT，再拿回泌尿科。看到这里，笔者的眼眶也有些许湿润……

随着采访结束，来不及洗漱、换衣服的王班长，又去值班室整理资料了。离开时他身着迷彩衣的坚定背影，不仅展现了一个男人的责任，更是作为一名黄河人的担当。

赵义强　黄河边上的“全能战士”

当笔者来到毛庵控导工程，此时已经是午饭时间，最先映入眼帘的是一位坐在坝头上低头看手机的人。当笔者走近，发现该名同志正在学习习近平总书记9月18日关于“黄河流域生态保护和高质量发展”的讲话。听到有人走近，这名同志慢慢抬起头，脸上满是疲惫，但眼神却闪烁着光芒。据人介绍，这就是毛庵控导工程养护班班长赵义强。

据了解，赵义强在其他职工眼里是一个全能的人。他作为养护班班长，工程养护自是行家。但一次抢险过程中，装载机司机有点事无法及时赶到，他就当机立断，跳上装载机就开始进行抢险。事后其他人问他，“赵班长，什么时候练得这个技能？”他只是招招手“技多不压身嘛，咱黄河人就是啥都得会点儿，关键时候才能站得出来，顶得上去。”

当面对笔者，这位其他人看起来异常坚强的班长卸下了外面的盔甲。“从7月份进入汛期开始，每天都要巡坝查险的同时，工程面貌的工作也不能落下。中秋的时候，老婆给我打了好多通电话，说孩子想我了，看看能不能回家吃个团圆饭。我也拒绝了，咱黄河人都在防汛，我能放下工作去吃饭？饭啥时候都能吃，我老婆也很理解，她让我注意安全，投身防汛，家里有她忙活着。”笔者看到，这位坚强的

除险加固

赵班长，眼眶分明含着热泪。“全员防汛期间，一个屋，两张床，得睡三个人。我们都是轮流睡，这个人巡查完就赶快眯两眼等着下波接上去。我们这个小组负责7道坝，别的小组都是负责5道坝，组员难免提意见。我就给他们鼓劲，自己承担险点险段。”

采访结束，笔者笑着调侃道“赵班长咋减的肥，看起来瘦了不少呢。”赵义强说，“来工程上跟着我干活吧，俩月瘦15斤，比不吃饭管用多了。”在众人的笑声中，赵班长又穿上救生衣去巡坝了，那一抹“黄河橙”看起来虽充满疲惫，但异常坚定。

愿以寸心寄华夏，且将岁月赠黄河。

他们二人，也只是原阳河务局奋战在黄河一线的其中一员，像他们一样昼夜奋战，将自己的坚守与时间奉献给了黄河事业的人还有很多……

中秋、国庆依然奋战在一线的原阳黄河人啊，你们不畏艰险、挺身而出、英勇奋斗、扎实工作，你们用坚毅身躯和黄河精神凝聚起坚不可摧的安澜长城，你们散发的光，照亮着前方的道路，为无数后辈指引了前进的方向。

十月，让“格桑花”在坚守中绽放最美的风采

张 颖

忙碌的汛期，疫情的影响，让我们格外期盼十一长假，但随着第五次全员岗位责任制的启动，秋汛又吹起了嘹亮的冲锋号，十月，濮阳第二河务局一朵朵美丽的“格桑花”正在默默坚守中悄然绽放。

这几天，每一个见到金卓美朵的人都会问她同一个问题，“美朵，上次回家还是春节吧，这次假期得回家看看爸妈吧？”美朵每次都摇摇头：“现在正是咱们单位最忙的时候，等到明年过年再回吧，阿爸阿妈也非常理解和支持我的决定。”金卓美朵是一位 90 后藏族姑娘，这是她在单位度过的第一个国庆假期，距离她上次回拉萨的家已经过去大半年了。

10 月 1 日清晨，举国欢庆之际，局机关四楼一间办公室内键盘声和鼠标声此起彼伏，金卓美朵刚刚结束夜班值守就开始了她负责的新闻稿件的编辑撰写工作。八时一刻，金卓美朵手持相机，肩扛三脚架出现在机关院内的国旗台下，找好最佳拍摄位置，定好拍摄角度，做好拍摄前的准备工作。上午九时，固定好的取景器内出现几十双眼睛目光坚定的看向国旗，随着国歌响起五星红旗徐徐升起，金卓美朵用镜头记录下这一庄严肃穆的时刻。美朵看向国旗心有感慨，虽然此时与故乡相距三千多公里，但她不后悔留守岗位。升旗仪式结束后，想起手头的工作，美朵加快了脚步，迅速回到办公室。当她将白天拍摄的视频、图片导入电脑中进行国庆专题的视频剪辑制作时，窗外已是华灯初上，办公桌前吃了块面包，继续忙碌，她希望可以尽快成片以此向祖国 72 华诞献礼。

西藏姑娘金卓美朵用实际行动践行着对祖国最深情的爱，这份爱虽然可能只是平凡的坚守，但更是担当和使命。美朵仅仅是濮阳二局众多“格桑花”中的一个缩影，还有更多的“格桑花”放弃陪伴父母、爱人、子女，克服病痛，不辞辛苦，日夜坚守岗位，全力以赴只为安全度汛，她们忙碌的身影是奉献的执着和坚守的美丽，她们是绽放在濮阳第二河务局最美的“格桑花”！

千里长堤的坚守

——河南河务局全力以赴抗击黄河秋汛洪水纪实

李　锟

2021 年的汛期，与往年相比，显得那么特殊。河南黄河在全面打好黄河、沁河洪水阻击战，迎战沁河 1982 年以来最大洪水过程的同时，还协助地方主动应对“7 · 20”暴雨。征程未洗鞍未歇，中秋前后，多轮强降雨导致黄河 1 号、2 号洪水并发，罕见的秋汛持续至国庆期间，黄河洪水向下游演进，河道长时间大流量行洪，控导工程面临考验，滩区防守压力增大，黄河秋汛洪水防御形势严峻。

作为洪水流经的首站，河南黄河 6000 余名在职职工严阵以待，第 5 次启动全员岗位责任制，放弃中秋、国庆休假，确定防守重点，加强应急值守，做好黄河大堤、引黄涵闸、控导工程以及生产堤巡堤查险和防守工作，发挥党员先锋模范作用，动员各方力量抓细抓实各项措施，筑牢黄河安澜的铜墙铁壁。

提前部署　全力备战

10 月 2 日下午 18 时 30 分，河南河务局第 83 次防汛会商会刚刚结束。会上，通报了黄河流域天气情况和黄（沁）河水情信息，就河南黄（沁）河出险情况而言，与前一天相比，又增加了多处，会商讨论提出，全局防御秋汛洪水已经到了最吃紧、最困难时刻！而国庆期间黄河中游可能出现的强降雨过程时间长、范围广，黄沁伊洛四河并涨，小浪底、陆浑、故县、河口村四库吃紧，河南黄河防洪形势异常严峻。

汛情就是命令，目标则是务求全胜。这其中蕴含的辛劳和汗水，只有身在其中的人，方能真正体会。从省局到市县局，再到一线工程班组，从机关部门到后勤通信、保障部门，从督导组到基层工作组，抗击黄河秋汛以来，全局各级迅速进入战时状态，共同的目标，就是确保人民群众生命安全、确保防洪工程安全、确保黄河滩区安全。

时间是每一次重要节点最清晰的记录者。9 月 18 日 11 时，河南河务局召开防

除险加固

汛紧急视频会议，对当前洪水防御工作进行安排部署。19日，中秋佳节第一天，河南黄河干部职工主动放弃休息，正常值守。当日，启动河南黄河防汛Ⅳ级应急响应和全员岗位责任制。为全力做好黄（沁）河持续性大流量过程防御工作。26日起，派出由局领导带队的6个防汛指导工作组，分别赴各地督导黄（沁）河防汛工作。27日，黄河2021年第1号、第2号洪水先后出现，河南黄河防汛Ⅳ级应急响应提升至Ⅲ级，沁河武陟水文站当日15时24分洪峰流量达2000立方米每秒，再次刷新1982年以来最大洪峰流量。

9月29日晚21时，在党校学习的河南河务局局长张群波返郑后，直奔原阳双井、毛庵控导工程现场查看河势、工情、巡堤查险及险情抢护情况，慰问坚守一线的干部职工和群防队员。9月30日凌晨，通过防汛视频指挥平台，以原阳河务局为战时指挥部召开全局防汛会商视频会议。“牢记初心使命，站稳人民立场，弘扬黄河铁军精神，确保黄沁河安全度汛。”张群波局长的叮嘱掷地有声。

迎战秋汛期间，河南河务局每日召开防汛会商会，研判水情变化情势，安排部署防御措施。党组书记司毅铭、局长张群波多次深入一线，察看河势、工情、险情等情况，指导工程抢护，督导秋汛防御工作。其他局领导分别带队，组成督导指导组在洪水到来前全部就位，驻守责任段开展工作，局直单位、各市局机关职工也下沉一线开展工作。强化领导干部带头作用，各级主要负责人认真履行第一责任人职责，全部上岗到位，靠前指挥，对分包责任段进行现场指导督导。经过提前部署，全力备战，这场秋汛防御战在河南黄河千里堤防全面打响。

层层落实　尽锐出战

10月1日，省局督察组成员刘玉成在微信朋友圈里发了一则名为“铁流滚滚列长堤，整装待命战洪水”的视频，视频里，新乡封丘顺河街控导工程9坝附近，一

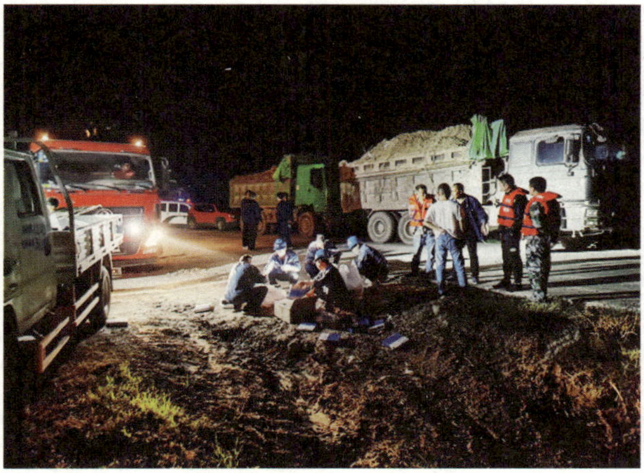

电力人员安装照明设备

一线职工探测水深

长列20部自卸车、5台挖掘机、3台装载机满载料物，集中待命。

9月30日晚，封丘河务局紧急与封丘县防指汇报沟通，沿黄乡镇闻令而动，每个乡镇由1名班子成员带队负责，在原有基础上对每处工程新增挖掘机2台、装载机3台、自卸车20辆，新增机械设备在顺河街、大宫、古城、曹岗、贯台和禅房等6处河道工程集结，自卸车已装满土方、石料，列队随时待命。封丘县供电公司在24时前为所有靠河工程重要河段架设了发电照明设备，为夜间巡查增加了安全保障，“河务＋地方”的社会动员能力得到明显提升，一套行之有效的防洪运行机制逐步形成。

在焦作，压紧压实巡堤查险责任。除防汛值班及必要的工作保障人员外，组织市、县局机关人员近300人下沉一线开展巡堤查险，和一线职工同吃同住同劳作，凝心聚力，携手群防队伍，全力以赴做好洪水防御工作。严格按照巡堤查险人员轮班制度，24小时不间断连续作业，做好河势工情观测、查险报险等工作，确保险情及时发现，抢早抢小。

9月29日23时，郑州黄河马渡险工，金水区防汛抗旱指挥部组织金水区应急管理局、惠金河务局等单位正在开展防汛应急抢险演练。随着金水区防汛抗旱指挥部指挥长的一声令下，在马渡险工24小时值守的惠金河务局专业防汛队伍、金水区群防队伍及预置在现场的机械抢险设备迅速出动，用2分钟的时间便赶到出险地点，快速投入防汛抢险救援中。“这不仅是一次演练，更是一场实战！”金水区应急管

抢险队夜间巡查马铺险工

理局局长库光耀说，“金水区黄河防汛抢险队伍应战能力如何？应急抢险在具体环节、细节方面还有哪些问题与不足？是否充分做好了黄河防大汛、抗大灾、抢大险的准备？迎战大汛在即，开展本次防汛应急抢险演练确有必要、正当其时。”

在濮阳台前，县级领导包乡包点常驻一线，乡镇主要负责人全部上堤；群防队伍上岗到位，对靠河生产堤开展 24 小时不间断巡查，发布预警信息，开展防洪避险宣传，警示群众远离危险区域。

2021 年汛期，在迎战“7 · 20”“8 · 22”等多次强降雨、防大汛任务中，河务部门联合地方各防指成员单位，组织专业及群防力量，冲锋在前、战斗在前、奉献在前，无不彰显了同心战汛的“硬核”力量，“政府领导、应急统筹、河务支撑、部门协同”机制的进一步巩固完善。

为迎战黄河秋汛洪水，河南河务局从细节着手，从每一个风险点逐一排查。加大巡查力度，按照河务职工和群防人员 1 ∶ 3 比例落实巡查人员，逐坝段落实责任人，开展 24 小时不间断巡查，确保险情第一时间发现、第一时间抢护。对偎水堤段和靠河工程开展全面排查，及时发现隐患，提前对隐患和薄弱堤段进行除险加固。市县局及时与地方行政首长汇报辖区汛情、险情，加强与应急、气象等部门的沟通联系，一旦发生险情，充分发挥行政首长作用，确保抢早抢小抢住。6 支机动抢险队务集结待命，做好人员、料物、设备准备，严阵以待，一旦发生险情做到快速出动、高效处置。严格实行“1 ＋ 6 ＋ 26”24 小时视频连线会商机制，各单位带班领导做到熟悉辖区汛情，随时和省局沟通，做到第一时间报告、第一时间会商，及时进行安排部署，充分发挥视频会商机制的高效作用。

始于初心 成于坚守

在武陟第一河务局，我们见到了三名老党员。张春峰，武陟小董班组班长，

用土工布、薄膜修复坝面

自 2021 年汛前黄河调水调沙至今，在沁河堤上驻守了近 100 个日夜，从未有过厌战情绪，他说：“咱就是干这个活的！”赵延温，言语不多、行且坚毅，从南贾险工、南王险工，到现在的东关险工，2021 年汛期，几乎把险工点驻守了一遍。古来战，防汛一线的“老大哥”，值守点距离嘉应观班组近 10 千米，每天骑着自行车往返数次，风吹雨淋，不言辛苦，“这算什么，都是咱分内的事！”

闻令而动、向水而行，充分发挥党员先锋模范作用，全力保障人民群众生命财产安全，在迎战秋汛的进程中，河南黄河各级党组织深入现场，靠前指挥，广大党员率先垂范，义无反顾，积极投身到抗洪抢险的主战场，让党旗在大河上下高高飘扬。

在原阳河务局，我们听说了一则“手绘地图”的故事。

第五次全员防汛岗位责任制启动后，对于毛庵控导工程运行班班长、已经 53 岁王喜战来说，原本定于国庆回家的计划又得取消了，而患肾癌的妻子却需要定期前往医院复查。最近一次复查预约的时间是 9 月 30 日。妻子常年在家务农，没有单独出门的经验，对于手机导航等软件更是一窍不通，但是复查又不能误了，怎么办？王喜战想了许久，在巡坝查险的间隙，拿起笔纸，一张图文并茂的“地图”出来了：长途车到站后，向西出发走大概 50 米到 102 路公交车站……到大学路口步行向北 300 米西大门进、一楼挂号、上六楼找泌尿科、去急诊科对面小平房去做 CT……听完这则故事，黄河人的坚守与奉献，让人动容。

闻令而动迎大汛，党旗映红幸福河。在河南沿黄一线，领导干部带头履行第一责任人职责，上岗到位，对分包责任段进行现场督导，党员骨干组成防汛抢险先锋队，主动承担巡坝查险、值班值守任务，不论是办公室伏案写作的通讯员，还是黄河岸边奔走不息的运行观测人，一个又一个普通党员，用自己的实际行动，诠释共产党员的责任和担当。

在这次全力以赴抗击黄河秋汛的过程中，走遍河南黄河，让人感触最深的两个字——坚守。是的，坚守。上下联动，全力以赴迎秋汛，黄河职工的努力是一种坚守；

河务部门与地方政府同舟共济，确保安澜也是一种坚守；党员群众并肩作战，不分你我也是一种坚守，这种坚守，面对困难，将会无往而不胜。

新一轮的降雨已经到来，防洪保安澜一直在路上。让人坚信的是，河南黄河各级通过坚守初心、担当使命、舍小家为大家，用治河卫士的专业和奉献，在黑夜里坚守、在风雨中逆行、在堤坝上奋战，黄河防汛一定会行稳致远，人民至上、生命至上的理念一定会贯彻始终，河南黄河秋汛防御这场硬仗一定能够打赢。

红袖章，迷彩装，一个党员一个桩！

马　妮

焦作河务局党员亮明身份，戴“章”上岗

“我是党员，我先上！”在黄河连续出现编号洪水，中下游发生严重秋汛，高水位长时间持续，防汛形势异常严峻的当下，这句话不仅是一句口号，也成为焦作河务局广大党员不计个人安危的自觉行动。

近期，焦作河务局机关党委为坚守防洪一线的党员配发了200多个红袖章，让一线党员亮明身份戴“章”上岗，一面面活的“党旗”高高飘扬在抗洪抢险的最前线，不仅在防洪阵地上树立了焦作河务局党员的新形象，也让沿岸广大群众吃下了坚决打赢秋汛洪水防御攻坚战的“定心丸”。

自9月下旬黄河中下游出现编号洪水以来，焦作河务局领导干部身先士卒、靠前指挥，恪尽职守、勇于担当，在洪水防御大战大考中践行责任担当。广大共产党员牢记初心使命，发扬不怕疲劳、连续奋战精神，牺牲国庆假期和休息时间，坚持冲锋在前、迎难而上，勇当洪水防御主力军、急先锋。他们不讲条件的坚守和不计报酬的付出，夯实了一线阵地，在党和人民最需要的时候切实发挥了生力军和先锋队作用，带动广大职工严防死守，争当保卫焦作黄（沁）河安澜的铁军勇士。

如果信念有颜色，那一定是中国红！如果坚守有颜色，那迷彩绿一定是！

因秋汛“缩水”的婚假

常 成 陈文轩

近日，原阳河务局一线巡查队伍中出现了一张“熟悉”的面孔，家在外地的王坤婚假还没结束，就主动申请参与到第五次全员岗位责任制的工作中。

“这次秋汛洪水可不简单，历时时间长，你这一去可是要好多天。”王坤的主管局长张永建，此时正驻守在一线，接到王坤的电话请示后，如是说道。

“在咱局微信工作群里看到同事们发的照片，大家都已上岗到位，作为今年刚入党的预备党员，我也不能落下啊。”王坤解释道。

到局里的当天下午，简单收拾行李后，王坤主动请缨到最易出险，任务相对较重的三官庙控导工程驻守巡查。

由于疫情原因，王坤已经错过了今年原定的婚期，在疫情好转后才回家办婚礼。

“没关系，本身我就是技术员，对工程也比其他同事熟悉些，局里有的女同志都主动请战到一线去包坝巡查了，也不能少了我这个技术员呀。”

作为原阳河务局优秀青年职工的代表，他不仅是个“老道”的技术员，还是运行支部青年理论小组组长。在巡查间隙，他还组织组员们到一线义务清除穿滩公路抢险遗留的泥土，休息之余不忘开展青年理论小组学习。

“结婚可是人生的大事，你提前主动申请回单位，爱人没有说什么吧。”一同巡查的群防队员听说小组长是刚结婚不久的新郎官，不禁问道。

“看着群里同志们昼夜坚守，捍卫母亲河安澜，我在家里也坐不住呀。”在寒风中坚持巡查的他，7 坝坝头，看得出心中的那份思念。

10 月 7 日 0 时，当天值晚班的他，穿好了救生衣，拿着手电筒，用手机给已经熟睡的妻子在微信留言了“晚安”后，毅然走向了夜幕下守卫着的大河。

6 时，结束夜巡，汇报了值守情况，定好了下一班的值班闹铃，他便拿出手机给妻子道了声平安，倒头便沉沉的睡去。

正是原阳河务局一个个舍小家为大家的人，用实际行动诠释着黄河人的责任，用一腔热血在这场秋汛洪水遭遇战中誓守河安。

一次“失败”的采访

——孟州河务局一线职工于忠祥生活小记

罗风少

“周哥，你们于班长在哪儿？”

“应该在那边值班室，刚巡查回来，估计在做记录，你去看看。”

10 月 7 日上午 8 时，我由于宣传工作需要来到孟州河务局逯村工程管理班采访该班班长于忠祥。

顺着周利峰手指的方向，我来到了值班室。

值班室的一人身着迷彩服，左胳膊带着巡查红袖标，正在专心致志的做着记录，丝毫没有感觉到我的到来。

当我拿出手机给他拍照的时候，闪光灯一闪，他才抬起头看到我。

“你啥时候进来了，是来加入我们的巡坝查险队伍吗？”

“是的”我开玩笑说。

“太好了，你吃早饭没，没有赶紧去吃早饭，吃完饭我找人给你培训一下，一起去巡查。”他丝毫没有感觉到我在开玩笑，这让我很意外，如果平常他很快就能识破我的谎言。

看着他着急的样子我笑笑说“我吃过了，你吃没呢？”

“没有，那你稍等一下，记录完我吃点东西咱就走。”

说话间，见他放下笔，顺手拿起值班电话就往外走，到餐厅简单喝了几口粥，拿了个鸡蛋和馒头，走着剥着鸡蛋，胳膊下面夹着值班电话，喊了已经吃完饭的周利峰，向我招招手就朝着自己的车走去。这时候好像想起来了什么，又掉了个头回到餐厅，交代到：“赶紧吃啊同志们，吃完饭把现有的衣服都穿上，赶紧去换班，今天坝上很冷。”

说完就又大步流星的回来了。

“小周，你也去加件衣服吧，穿的太薄，今天温度低。”他对周利峰说。

这时候我看到他的脸色突然间很不好看，不好意思的说：“小罗，你再等一下啊，我去趟卫生间。”

说着把手里的吃的往车上一放，一手捂着肚子往厕所疾步走去。

“周哥，不是让你去加衣服吗？你怎么不去啊？看你穿的这么薄，只一件长袖和迷彩衣，河边真的很冷。”

周利峰不好意思的笑笑说：“没衣服了。”

这时候我才想到，自 9 月 19 日接到《关于启动黄河中下游水旱灾害防御Ⅳ级应急响应的通知》以后，孟州河务局全体干部职工一律取消中秋休假，全员参与防汛抗洪工作，之后再也没有休息，防汛、工程管理各项工作紧锣密鼓，他们根本没有时间回家取衣服。

“你班长是不是也没衣服？”我又问到。

“是啊，他里面只有一件短袖，还不如我呢。”

“幸亏身体好啊！”我自言自语道。

“好啥呀，他前两年刚做了心脏支架，还有糖尿病，这两天气温骤降一受冷已经出现拉肚子的现象，我们都担心他这样吃不消，多次劝他都不管用，你说他从上班就驻扎在一线，在逯村班 30 多年了，每天用脚步丈量着这 51 道坝，11656 米工程，对每道坝，甚至坝上的每根草、每棵树都熟悉的没法再熟悉了，并且再有两三年也该退休了，还这么拼干啥？用得着这么天天在坝上吗？”

“30 多年了？有心脏病和糖尿病？！”我惊讶的问道。

“是啊，他 1988 参加工作，今年 2021 年，33 年了，到 2025 年就该退休了，现在他练得只看水面不用看水尺就能知道水涨还是落，我们都说他是‘活水尺’。”周利峰笑着说。

“早就听说他这个称号，知道干活很拼，但不知道他在一线这么久，身体状况这么不好，他这种状况家人不担心吗？”

“怎能不担心，有一次我听嫂子给他打电话都生气了，可他从来没给我们说过，反而经常给我们家人做工作，安抚我们的情绪。”

“他家距离单位远吗？”

“不远，开车到家也就十几分钟，可他一直顾不上回去，他家里人不放心天天给他打电话，但他有时候接也顾不上接，孩子生病住院，家里房子漏雨，都是嫂子一个人在家处理。而他这段时间不管晚上值班不值班都在黎明时分起来到每个坝上先转一圈，整个走一遍，再回来吃早饭，说是吃早饭其实很少见他能坐那里吃，就像今天，等他弄完，匆匆吃几口就走了。”

说话间，于班长回来了，他拿起吃的往嘴里塞了一口，周利峰看着他还有吃的打算开车，他摆摆手，自己做到了驾驶座。

等走在路上他突然问我“小罗，给你分具体坝没，我怎么没见到给你的分工？如果还没分你就先去小周的责任段吧，让他先给你培训一下，我这里可能没时间带你。”

“好的，没事，你先忙，给你说实话吧，我不是来充实队伍的，我是来采访你的。”我担心他真把我当成巡查人员耽误工作只能告诉他实情。

“采访我？采访我啥？”

“采访一下你的工作和生活，作为防汛先进事迹宣传一下。”

“宣传啥呀，现在大家都一样，都很辛苦，现在防汛形势严峻，一刻也不敢停歇，你要是为了这，还是赶紧回去吧，今天降温黄河边很冷。”

“叮铃铃，叮铃铃……”他的电话响了，31 坝的照明线路出现故障，要他去看看。

“叮铃铃，叮铃铃……”，34 坝帐篷根据防洪要求需要移动位置，要他去看看。

…….

直到 28 坝我们下车，他的手机一直没有停歇，我只能失望的下了车。

“周哥，于班长平时也这么忙吗？”等于班长的车疾驰而去后我问周利峰。

“是啊，他心里始终都是工程坝垛，吃饭睡觉都是副业，工作狂一个。”周利峰无奈的摇摇头笑了笑。

随后，和周利峰看了一圈他的责任段后，我无奈的离开了，这时候让我想起了其他人对他的一句评价“一个扎根防汛一线默默无闻的老黄牛”。

这是对他的评价，其实也是对一线孟州治黄人群体的评价，他们不求名誉，不求回报，只想着把自己的工作干好，黄河安澜，人民无恙。

从一线回机关的路上，我看到局党组准备的御寒服装正在沿线发放，我想他们很快就不会再受冻了。

未来几天防汛形势依然严峻，上游大流量来水还将持续，虽然此次采访失败了，但我心理很踏实，很自豪！

在秋汛“大考”中诠释纪检人的担当

袁华琪

“今天防汛值班、巡查人员是如何安排的？专业人员和群防人员是否按照 1 ∶ 3 配备？值班值守人员多久巡查一遍？预置抢险装备是否充足？照明保障是否到位？……”这是河南河务局各级纪检监察人员近日在督查防汛落实情况的一幕。

当前，黄河中下游水旱灾害防御应急响应提升至Ⅲ级。河南黄河河道流量已连续 9 天超过 4700 立方米每秒，未来大流量过程还将持续 15 天以上，水位高、持续时间长，防汛形势极其严峻。面对罕见汛情，全局各级纪检监察干部积极行动，投身一线，在参与防汛抗洪的同时，切实履行监督执纪责任，不折不扣到位督查，对值班值守、防汛物资发放、隐患险情排查等情况进行跟踪督查，层层压实防汛工作责任，用实际行动为黄河安全保驾护航。

闻“汛”而动严明纪律

为全力应对本次黄河秋汛，自 9 月 26 日 18 时起，河南黄河紧急启动第五次全员防汛抗洪机制，全局上下进入战时状态。汛情就是命令，责任重于泰山。为保障汛期各项纪律有效落实，纪检组及时发出《关于进一步严肃黄河防汛纪律的通知》，从扛牢政治责任、严明工作纪律、强化履职担当、严肃追责问责等几个方面做出部署，要求各级党组织充分认识防汛形势的极端重要性、复杂性，坚持人民至上、生命至上，坚决克服侥幸心理和麻痹思想，以更高的政治站位，扛牢政治责任，以决战的姿态，迎战黄河秋汛。要求各级领导干部身先士卒、靠前指挥、恪尽职守、勇于担当。广大干部职工要勇当洪水防御主力军、急先锋，进一步强化巡堤查险、全力排查隐患，做好应急处置，确保工程安全。要求各级纪检监察人员下沉一线、靠前监督，认真履职，要落地落实落细监督内容，督促各级严格防汛工作纪律，确保各项防汛措施落实到位。对因工作履职不力、工作疏忽或处置不当，造成不良影响和损失的，将按照党纪政纪相关规定，严肃追究当事人和相关负责人的责任。

既督又战彰显初心

按照“防汛抗洪全员岗位责任制”要求，各级纪检部门被编入防汛督察组，负责检查、督导抗洪抢险各项防汛责任制落实，各项防汛指令落实，各项防汛纪律的贯彻落实等。全局纪检监察干部应声而动，既当“监督员”又当“战斗员”，全部投入到抗洪抢险工作之中，用纪检人的初心守护黄河安澜。

以省局为例，省局纪检组共8人，共分四组，第一组是党组成员、纪检组长甘保恩带队，自9月30日以来代表河南省防指第二督察组对郑州和开封进行督察。第二组由二室主任谢卫红带队，一方面代表省局纪检组包片豫西河务局，对豫西局防御情况进行指导，一方面开展督导检查。第三组是二室副主任张洪涛带队，下沉一线和职工一起巡堤查险，加固堤防。第四组纪检组副组长赵俊娥带队，参加督察组、防汛值班和行政值班及部门日常工作。各市局县局纪检监察干部同样如此，大家始终坚持靠前监督，奋战一线，没有节假日，不分白天黑夜，没有上下班。从领导到普通干部，都自觉发扬特别能吃苦、特别能战斗的精神，深夜里，大堤上、险工险段处，那三三两两跳动的灯光中，到处都有纪检监察干部忙碌的身影。

宁可十防九空，不可失防万一！启动全员岗位责任制以来，纪检组坚持24小时值班带班，每日迅速传达防汛会商会最新要求，及时安排督查相关工作。现场督察组强化监督检查，深入一线，检查值班值守、人员到岗、隐患排查、汛情巡查、防汛物资准备等情况，督促各级履职尽责，进一步压紧压实责任。对检查中发现的问题，现场提出整改意见，采取“跟进式”方式，及时消除安全隐患。省防指第二督察组对检查中发现的群防队伍不够、人员管理松散、没有24小时不间断巡查等问题，及时向相关单位或地方党委政府提出整改要求。

截至10月8日16时，督察组夜间累计电话抽查261余处（次），覆盖全局243个工作组以及市、县局防办、一线班组、机动抢险队、防汛仓库等。针对部分一线班组通信线路问题，及时向有关部门反映解决。豫西现场督察组通过现场询问查看、“四不两直”方式对辖区内市县局及县局领导下沉一线班组带班、科级干部下沉、巡坝查险、值班值守、一线班组值班日志、水位记录、群防队伍情况等检查做到“全覆盖”。对辖区内市、县局机关领导带班、防办及各职能组值班现场抽查12次，对一线班组现场抽查16处次，查看一线控导、险工工程等29处次。

逆“洪”而上诠释担当

目前，防汛工作仍在持续进行中。黄河 2021 年第 3 号洪水已出现，大流量洪水将持续一段时间，防汛形势仍然十分严峻。目前，纪检组长甘保恩、纪检组其他 2 名处级干部仍奋战在黄河防汛抗洪第一线，现场督察组已经连续奋战了 10 天，大家不顾奔波劳累，早出晚归，坚持每天编发督查通报，向省局发送抗洪抢险前线第一手资料。按照最新要求，纪检组副组长赵俊娥已经整装待发，即将奔赴抗洪一线。面对 3 号洪峰，各级纪检干部将继续不松懈不懈怠，发挥带头作用，紧盯防汛安全主动作为，督促各级树牢底线思维，把人民群众的生命财产安全放在第一位，抓住关键环节、关键节点，严防固守，以忠诚的履职和过硬的作风，诠释纪检干部的忠诚、干净和担当，为防汛“大考”保驾护航。

精准下沉　尽锐出战

——河南河务局全局动员奔赴一线力保黄河秋汛安全

李　锟　刘君瑜

近期，河南黄河遭遇历史罕见的严重秋汛，下游河道已连续11天处于大流量过程，新一轮强降雨仍在持续，干支流洪水正在继续上涨，多种不利因素叠加，防汛形势异常严峻。面对此次秋汛黄河洪水的极端复杂性、紧迫性、严峻性，河南河务局强化督导指导，派出防汛指导工作组和防汛抢险专家组，深入一线指导抗洪抢险工作，动员全局干部职工下沉一线加强巡查防守，坚决打赢黄河秋汛洪水防御攻坚战。

领导干部下沉　靠前指挥督导

9月25日至26日，黄河三门峡至花园口区间干支流受降雨影响普遍涨水，干流防汛形势异常严峻。汛情就是命令。9月26日18时，河南河务局启动第五次全员岗位责任制，并立即派出由局领导带队的6个防汛指导工作组，分别下沉濮阳、郑州、开封、豫西、新乡、焦作等地一线督导黄（沁）河防汛工作。6个局属河务局也派出21个工作组驻扎一线，现场跟进指导。

10多天来，各工作组坚持沉在一线，持续对黄河秋汛洪水防御工作进行全过程督促指导。指导督导各级坚决贯彻上级决策部署、严格落实各项防汛指令；随时协调各方，对预案编制、组织领导、指挥调度进行具体指导，共同会商，解决难题；实地查看险工、控导等工程情况，实时督导雨毁工程修复、一线班组值班值守、群防队伍配备、巡坝查险、抢险设备预置、险工控导除险加固及照明设施配备等情况；严格监督检查各级防汛纪律落实情况；督促各县（市、区）防指成立抗洪抢险前线指挥部，指导督促地方政府按照河务职工、群防队伍1∶3的比例上足巡查防守人员，配备抢险技术人员，加密巡查频次，提前预置抢险力量、物资和设备，做好险情处置准备。通过督导指导，各单位快速反应，周密部署，河地联合，措施落实，纪律严明，为坚决打赢秋汛洪水防御攻坚战提供了强力支撑。

技术专家下沉 指导抢护方案

随着河南黄河防汛形势的愈加严峻，黄河防洪工程出险概率不断加大，为充实黄河防汛一线技术力量，更好对抗洪抢险工作提供现场指导，自 10 月 4 日起，省局机关共派出 4 个防汛抢险专家组，赴 6 市河务局现场指导，指导险情抢护，对靠河工程除险加固。

专家组在防汛抗洪指挥部的指挥下，坚守在防汛抢险一线，提前预判防守重点，适时进行现场查勘。认真细致查看每处靠河工程，对需除险加固尚未加固的工程，协助县局商议有关方案，开展技术指导工作，重点对根石走失严重、大溜顶冲、淘刷严重的坝垛进行除险加固指导。对发生的险情，随时商议抢护方案，现场紧急协助实施险情抢护，并及时总结应急抢险经验，为科学精准除险加固、应急抢险献计献策。

干部职工下沉 助力巡查防守

巡堤查险是确保工程安全的基础性工作，也是抢早抢小的“前哨”。为加强一线巡查防守力量，省局机关带头，全局各级相继组织动员机关干部职工下沉一线参与巡堤查险，人数达 2300 余名。其中，省局机关及局直单位共抽调 300 余名工作人员组成突击队，结合基层需要精准下沉。队员分期分批奔赴河南黄河重点防守地段，与一线人员并肩作战，共同筑牢黄河秋汛洪水防御堤坝。

为帮助下沉人员熟悉业务，保障人员安全，各级对下沉人员加强巡堤查险业务和安全培训，做到不培训不上岗，培训不合格不上岗。下沉人员与一线职工联合编组，在带班班长带领下，24 小时不间断，分班轮值，加密开展巡堤查险，重点对河道工程靠河靠溜情况、上下首滩岸变化情况、水尺观测、坝体及根石裂缝、蛰动、坍塌情况，以及偎水堤段临背河堤坡裂缝、塌陷、滑坡、洞穴、管涌、漏洞等进行巡查，把工作做得更细更实，不放过任何一个疑点和隐患，确保安全度汛，坚决打赢秋汛洪水防御这场硬仗，切实保障人民群众生命财产安全。

机关干部下沉一线参与巡堤查险，有效弥补了一线人员不足的问题，干部职工共同防御秋汛洪水，热情高涨，增进了团结，锤炼了党性，体现了关键时刻的责任和担当，进一步弘扬了河南黄河铁军精神，成为确保河南黄河秋汛防御决战决胜的中坚力量，为河南黄河安澜做出了有力贡献。

共产党员，到！到！到！

冯　晓

“听党指挥！”

“守护人民！”

“请党放心！”

“请祖国放心！”

“请人民放心！”

“我是兰考黄河共产党员，我在黄河岸边报到！”

这是兰考河务局全体党员们在此次洪水防御工作中的真实践行。

支部是堡垒，党员做先锋，兰考河务局党员干部奔赴抗洪一线，让鲜红的党旗在兰考黄河上空飘扬，用一件件橘色救生衣、一身身迷彩绿，一根根探测杆为兰考80余万父老乡亲筑起秋汛安心防线，用实际行动践行着“治河为民”的责任担当。

“这点伤不算什么，赶紧走吧！”——党员·张建国

张建国，经管办主任，是位名副其实的老黄河，51岁的他，几乎每年夏天都在黄河边的帐篷内和管理班度过，脸上带着黄河风沙犁出的皱纹，每当汛期来临，同事们都会用开玩笑的方式向他发出温暖的关心：“老张同志，该去河边驻守了，啥时候去啊？”“老张，血压计得装好呀！”患有高血压的张建国，随身携带的包包里是常年离不了的降压药。

张建国（中）在工作中

今天是张建国作为带班科长，在这个汛期内驻守夹河滩护滩工程的第112天，10月3日，在对工程薄弱环节进行预加固时，一条长铅丝划伤了他的胳膊，血顺着胳膊滴落下来，张建国的小徒弟立即用备用药箱内的碘伏为他做紧急消毒，简单包扎，并劝他到管理班休息。

“简单包一下就行了，休息啥？这点伤算啥，赶紧走吧。”张建国带着“责备”的话语说道。

“我们要守好这个工程啊，我们身后有着一村子的人，我们是共产党员，有我们在河边守着，他们晚上才能睡个安稳觉啊！”说着，张建国再次投入到除险加固工作中。

“孩子，你们要学会什么是责任，没有兑现的承诺，汛期过后，我会弥补给你们的。”——党员·常世超

“今年，我在这里度过了建党节、建军节、中秋节、国庆节，每个节日都跟我有关，嘿嘿。”常世超，中共党员，防汛办公室副主任，河道修防工高级技师，在黄河防汛抢险和指挥调度等方面经验丰富，是防汛业务技术骨干。

“这么久没回去，您想家吗？”笔者了解到他是第一年入驻班组，已经在这里待了110天有余后，不禁问道。

“想啊，孩子经常给我打电话，问什么时候回去，国庆节前，为了安慰他们，我许诺要带他们去旅游呢，结果不小心食言了。”常世超笑着说。

“孩子有些失望吧？”

常世超（左三）在抢险现场

“失望肯定会有的，但是作为黄河人的孩子，他们必须学会承受这些，也必须知道这是责任，我觉得这是对孩子最好的教育。没有兑现给他们的承诺，汛期过后，我也会弥补的。”

“保证完成任务。”——党员·王海涛

“抢险我们专业，我去守北工地（蔡集控导工程），

王海涛（左一）领誓

一定会完成任务的。”第二机动抢险队队长、运行观测科科长王海涛向党组请战。蔡集控导工程是所辖河道工程最偏远的一处，也是工程防守的重中之重。

“风大雨急，同志们巡查的时候要万分小心。”王海涛作为此次带班科长，没有固定的工作地点，没有固定的责任段，身上一件雨衣、一件救生衣、一部手机，就是今天的办公点。

“只要这场洪水没有离境，我就要对北工地的安全负责！”他就像黄河岸边的一架战斗机，出现在每一个繁忙的地点，蔡集控导工程 54 道坝，他已经不知道走过了多少遍。

“男人嘛，就得黑一点，坚强一点，负责一点。”——党员·李岩

蔡集控导工程险情抢护组组长李岩，养护公司副经理，也是“河南省五一劳动奖章”获得者，在此次防御大洪水工作中，他坚持靠前指挥，科学制订抢护方案，带领险情抢护组全力抢护蔡集控导工程的每一个薄弱点。

“把笼扎紧点，大家使点劲。”“这里一直在淘刷，石头往这里抛。”在无数个类似的时刻，李岩同志带领蔡集控导工程险情抢护组抢早抢小，将险情消除在萌芽状态。

李岩（前一）在编织铅丝石笼

“男人啊，就得晒的黑一点，那样更健康；寒风酷暑？那都不算事儿，那是增强抵抗力。”凭着对工作高度负责的态度、执着的敬业精神和积极乐观的心态，他深深地感染

和激励着身边每一位同志。

收起牵挂、抛下困难，哪里有需要，哪里就有共产党员的身影，汛情就是命令，守护就是责任。在雨水中奋战，在彻夜中坚守，在黄河岸边传承弘扬焦裕禄“三股劲”精神，兰考河务局每一名共产党员心中都有一个共同的信念：我们身在红色兰考，抗洪抢险、冲锋在前是我们义不容辞的责任，兰考河务局党员干部要走在前、树标杆、作表率，以实际行动诠释“治河为民”的初心和本色。

大河上下共风雨，勠力同心战秋汛

赵新新

秋露一夕至，寒风透人衣。

10 月 7 日，秋雨乍歇、秋风萧瑟，急流侧畔，一抹抹亮眼的橘红色身影分外显眼，深秋寒意丝毫不能滞缓他们的步履坚定——那是蜿蜒长堤早已熟悉的黄河守卫者。

7 日 11 时，黄河潼关站出现 8360 立方米每秒洪峰流量，河道大流量行洪过程仍在持续，防汛形势愈发严峻，黄河秋汛巡查防守全线加紧。当日下午，豫西河务局督察组再次深入一线，督战秋汛。岸边的一幕幕映入眼中。

一字一句，写尽深情

虽然不过短短数日，马处长却已经和济源大许工程班所有职工形如家人。大家还交口称赞，马处长真是个闲不住的人！

黄委审计局马守力处长，是 10 月 1 日黄委机关下沉豫西一线参与防汛工作的人员之一。“虚心学习、认真工作、服从安排、遵守纪律”是他对自己的要求。言谈之间，能够感受到他对一线职工、一线工作深深的热爱。他积极融入大伙，将每一位同行的人都当作老师。查看河势、测量滩岸高度、水位测报、巡堤查险、夜间值守，从天蒙蒙亮的早上六点、到更深露重的凌晨两点，他不仅迅速掌握了一线工作技能，更是同步调整了一线作息时间。

马守力笑言，真正干在一线，才愈发理解了黄委此次部署的意义所在。作为深度参与黄河防汛一线工作的“第一次”，此次下沉给他带来很多宝贵的“初体验”。

比如，第一次为河水“守夜”。10 月 1 日晚 22 时，河口村水库按照 600 立方米每秒下泄。接到通知后，马守力和同志们提早半小时就来到五龙口险工的水尺处守候。为了精准捕捉水头，他们每隔 6 分钟就观测一次水尺，守着水尺两个多小时，累了就干脆和大伙坐在石头上少稍作休整，但手电筒的光照却一刻也没有离开过水尺。直到凌晨一点多，水势平稳了，轮值的同志们来换岗，他们才歇下一口气。夜间的沁河让马守力印象深刻，一线职工的兢兢业业更是让他感动不已。夜深、风凉、河急，他在自己的日志中写下：谁能如此敬业？唯我沁河卫兵！

比如，第一次在河边“盖章”。10月5日一大早，天阴欲雨。6点多，马守力和济源大许工程班长徐前像往常一样，已经在沙后开始了滩岸观测工作。在赶往屈西的路途中，小雨渐渐大了起来。因为猝然遇雨，没有携带雨衣的两个人，不一会儿便被淋得湿透。风助雨势，俩人冷得直打颤。要返回工程班吗？俩人一合计，觉得还是得先把活儿干完。完成观测，雨也住了。河边土地已经吸饱了水，一踩半脚深。歪斜的脚印像是特有的印章，无声地记录着治黄人守护安澜的每一步。

太行八陉风雨急，狭道泥泞浇透衣。

为因立下初心志，岂有临涛稍迟疑？

晨昏荷尺度水势，夜寒灯下测河堤。

交口称赞大许班，劳模精神代传递。

几行七律，是马守力送给沁河卫兵们的礼赞。同样作为一名党员，他内心清楚地知道，在将右手高高举起、让誓言响彻夜空的刹那，带头迎风冒雨、带头巡堤查险的路已在脚下，在这场罕见的黄河秋汛战中，身先士卒才是党员最好的姿态，勇做先锋才是党员献给祖国华诞最好的礼物！

一步一步，丈量责任

督察组到达白鹤0号坝，已经是晚上八点了。坝头明亮的灯光拉长了几名夜间守河人的身影。孟津河务局副局长王博强正和豫西局机关下沉一线的赵浴材、张野及白鹤控导工程班陈金辉一同查看河势。

看到相机的镜头对准了自己，陈金辉连连摆手。问及坚守一线的感受，他却给我们讲述了两件让自己印象颇深的小事。

一次是10月1日，黄委审计局下沉豫西防汛一线的第一天，审计局副局长张建军刚放下行李，便开始了解巡堤查险有关知识和技能，随后便和陈金辉等值班人员开始了巡堤工作。张建军走的每一步都很认真，从坝头至坝尾，从迎水面到背水面，从上首高家庄工程到下首最后一道坝，直到对工程各处都了如指掌。“回到工程班，一看表，我们竟然不停歇地走了快3个钟头”，陈金辉满是感叹，“看到咱们黄委机关下沉的带队领导都这么认真，我们也深受鼓舞，感觉干劲儿更足了”。

一次是10月4日的中午，到了交接班的时间，完成交接后，王博强和同行的豫西局下沉一线职工雷正伟却并没有立即返回，而是脱下自己救生服，铺在离河道较远的道路边短暂休息起来。这为时十多分钟的小憩对于连续作战多个昼夜的他们也十分难得。王博强是2021年3月黄委机关基层交流干部。勤奋工作、以身作则，赢得了大家对他的一致认可。虽然才只有半年，王博强已经看遍了孟津防洪工程的每一处，作为工程班带班领导，说起工程情况、备汛情况如数家珍；开展起具体工作也毫不含糊、冲在前面。

听到此事，宋艳萍组长笑着对我们说：在机关工作，永远也不会发现，坐在救生衣上是那么舒服。一线的工作看似单调，却是既十分辛苦也十分重要。

这些一线职工眼中的“小事”，让我们在秋夜的寒风中感到阵阵暖意。来不及给坚守在一线的他们点赞，王博强也摆起手，秋汛严峻，哪里有什么机关干部，我们都是一个身份，黄河的守护者，我们做的一切都是应该的！

正是一步一步坚定扎实的步伐，丈量出了黄河人护卫人民安全的责任；正是一件一件感人至深的“小事”，汇流成黄河人抗击黄河秋汛的担当！

一心一念，汇聚力量

已经夜间九点了，预置满载的自卸车列阵整齐、安静地停放在白鹤0坝不远处。驾驶室内的灯还亮着。驾驶员师傅精神抖擞，看到我们走过去，和我们打起了招呼。自卸车前面“依法防汛 科学防汛 全民防汛”的宣传条幅在灯光下格外醒目。他们也是在接到紧急通知后，便迅速开赴各处工程，并保证24小时车不离人，随时准备投入抗洪抢险。

夜静人不眠。同样保持24小时警醒的还有沿黄、沁河的群防队伍。他们既是大河安澜要守护的人，也是积极投身防汛、守护大河安澜的人。督察组下午在花园镇控导工程班附近，偶然遇到了前来了解夜间巡堤查险注意事项的村民。“我们村的群防队伍要值守夜间防汛任务，所以来提早问问清楚。虽说培训过，但我回去再给大家讲讲，心中更有底儿，才能不误事！”花园镇控导工程班带班人员不仅耐心地讲解了巡堤查险的知识，还把巡堤查险明白卡放到大姐手中——“巡堤查险的基本知识都在这张卡上了，如果巡堤查险中有什么不明白的，还可以随时看”。大姐点点头，目光看向正在巡堤查险的队伍——一名专业人员，三名当地群众。

大河上下共风雨，战“汛”何须分你我。面对这次“33年来最大洪水、近80年来同期最大洪水”，上至水利部、下至沿黄两岸各乡镇村民，2.4万余防汛人在坚守、在奋战！人民至上、生命至上，是我们共同的信念，保护人民生命财产安全，是我们共同的使命，洪水不退、我们不回，是我们共同的誓言！风雨来，我们一起迎战，洪水至，我们携手抗击。防御黄河秋汛洪水这场硬仗，我们必胜！

一封来自黄河女职工的《请愿书》

黄　政

10 月 9 日 7:07，豫西河务局党群科李素红科长的微信上，收到了一张图片。打开细看，是一封手写的《请愿书》。请愿书中，一行行工整的字迹映入眼帘：“敬爱的党组织：我们是豫西河务局机关第一批自愿下沉抗洪抢险一线的职工，目前正在孟津花园镇控导工程，同奋战在一线的基层班组的职工一起巡坝查险……光虽微弱，心却坚强；坚守一线，吾心所向！特此恳请党组织批准我们继续留在一线工作。我们一定服从工作安排，保证完成任务。洪水不退，我们不退！”下方整齐的签着五个名字：赵晓文、索艳云、陈洁、张海燕、尚雪平，每个名字之上，鲜红的指印如同火热的心脏一般，在纸上跳动着。

看着五个熟悉的名字，李科长的心中感到无比的赞许和欣慰，但更多的，是发自内心的感动和心疼。她清楚地知道，这封请愿书的分量——那是 5 名女职工努力干事创业的坚定决心，是黄河儿女对母亲河的无限深情，也是共产党员对党的无限忠诚！

“她们每个人都是好样儿的！”李科长想。

按指印

而这封请愿书的背后，不止是 5 名女职工的无私奉献，更有 5 个家庭的全力付出。

赵晓文的老家在三门峡市渑池县，与豫西河务局驻地洛阳市仅有几十公里的路程。然而就是这咫尺之遥，她也抽不出空回去探望。家里，有年迈的父母，还有正在上学的孩子。

索艳云带领群防人员巡查

尚雪平带领群防人员巡查

索艳云是今年新入职的大学生，老家鹤壁的她，从第一天来单位报到直到现在，就再也没回过家。这次下沉一线，已经是她上班以来第二次下沉了，上次是在“8·22”强降雨期间。

“前两天听家人说，鹤壁浚县的汛情更严峻，心里挺担心老家的乡亲，但作为治黄人，我们必须坚守在岗位上。”索艳云说，“保大家，其实就是护小家。我守护在豫西，而我的家乡，有其他人守护。”

陈洁的孩子今年刚刚2岁，正是“黏”妈妈的时候。但面对多年不遇的严重秋汛洪水，她把时间和精力都留在了单位。“期待汛情尽快过去，到时候就能回去好好陪陪孩子啦。”陈洁说。她的眼睛里，有闪亮的光。我们相信，这闪亮的光不是思亲的眼泪，而是对战胜洪水的坚定信心。

还有尚雪平、张海燕……5位巾帼女将，5名治黄尖兵！

李科长把请愿书的照片转发给局领导，报请党组研究决定。她心想，这5名女职工，其实就是5名直面秋汛洪水奋勇冲杀的战士，也是寒风里高高飘扬的鲜艳旗帜。在那旗帜上，金色的镰刀锤头正闪耀着夺目的光芒！

下沉“初体验”：一线职工很辛苦 人民群众很暖心

为做好此次秋汛洪水防御工作，

党旗下宣誓

10月5日，豫西河务局号召机关干部职工下沉一线，广大党员干部职工纷纷报名。最终，赵晓文等5名女职工与其他同志一起，成为局机关首批自愿下沉一线人员，驻守孟津县花园镇控导工程开展工作。

“到最艰苦的地方去，不管是进行巡坝查险、水情观测，还是参加除险加固、涉水安全宣传，都是在为防汛工作出力。按照任务分工，我们负责从20至29坝这10道丁坝的巡查工作。”赵晓文告诉笔者，“10道坝分成3个责任段，每段由4名同志负责，带领群防队员进行巡坝查险，并对近水群众进行劝离。”

在请愿书里，有这样一句话：“河边风雨，让我们切身体会到一线职工的辛苦、责任、奉献；一线战汛，让我们深刻感受到治黄人的使命感、责任感、荣誉感。”

赵晓文说，平时虽也经常为工作来到一线，但从未像这次一样，真真切切感受到了一线职工长年累月的劳动和付出。“花园工程班的吴炎峰班长，数年如一日守在工程上，皮肤都晒得黝黑，真的很辛苦。”赵晓文说。

在下沉一线的这些日子里，有一个场景让索艳云记忆犹新。

10月5日下午，她和赵晓文两人在完成巡查任务后，站在路边休息。一名来自汝阳的游客看到坝顶上的备防石，好奇地询问：“那是做什么用的？”

两名女职工当即认真为对方讲解了备防石的用途、当前黄河面临的严峻防汛形势等内容，并对其劝说道：“黄河岸边到处都是美景，但现在水流量很大，近水活动不安全，请您远离河道，同时也欢迎您在汛情结束后，再来看咱的母亲河！”

“你们是当兵的吗？”游客问。

“不是，但和当兵的一样，都是黄河守护人。”索艳云答。

这名游客随即抬起右手，郑重地、庄严地、充满敬佩地，向眼前的这两名姑娘敬了一个礼，然后离开。

对于陈洁来说，类似的经历也如同烙印一般，深深刻在了她的脑海里：“在孟津黄河沿线还没有封闭的时候，有一次，一位村民抱着一个大概2岁多的小女孩。

小女孩远远地看到我们，就兴奋地挥着手，喊着‘解放军阿姨！解放军阿姨……’”

陈洁一边回忆，一边对笔者说：“当时真的是特别激动，也特别感动——虽然我们不是军人，但和军人做的事情是一样的，那就是坚守在自己的岗位上，为确保人民群众生命财产安全而努力着。”

由于尚雪平正在巡坝查险，笔者只能以电话采访的办法了解她在下沉工作期间的经历和感受。出乎意料的是，这次采访“失败”了。电话那头的尚雪平只说了两句话：“没有感觉累啊，干着可有劲儿！不说了，我得巡查去了。”

只是，这次采访真的“失败”了吗？她的两句话，胜过千言万语！

感谢你们，守护黄河的人，有了你们的付出，我们才有了幸福安稳。

感谢你们，勤劳朴实的人民，有了你们的理解，我们的付出才更有意义。

请愿亦请战：我拿巾帼心　与子同袍裳

为了让首批自愿下沉的同志能够得到暂时休整，10 月 8 日下午，豫西河务局发出通知，号召驻守在机关的同志自愿报名，作为第二批下沉人员，替换目前守在一线的同志们。通知一经发出，立刻得到了广大干部职工的积极响应。至当天下午 18:00，报名人数已经远远超出需要下沉的人数。看到工作群里长长的报名人员名单，赵晓文找到几个姐妹们，商量是否可以继续守在一线，为巡查工作再多出一份力。她的想法一提出来，另外几名女职工立刻表示赞同。

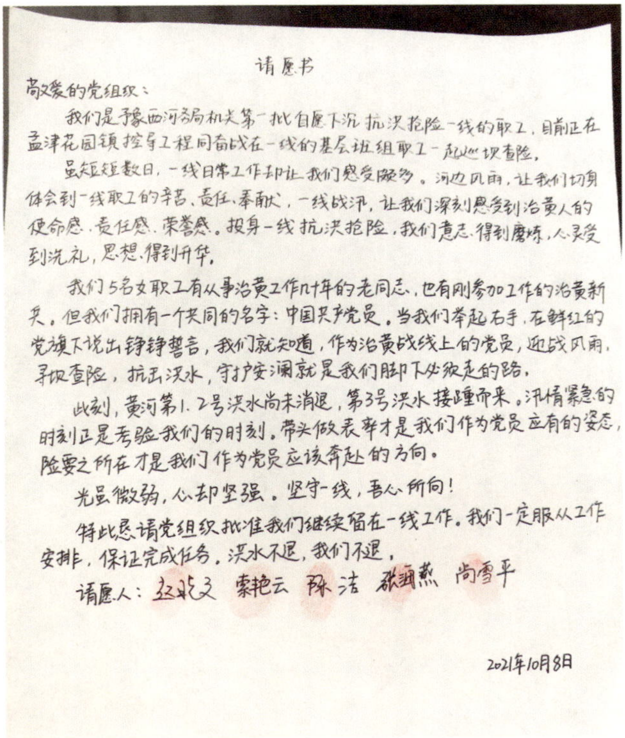
请愿书

敬爱的党组织：

我们是豫西河务局机关第一批自愿下沉抗洪抢险一线的职工，目前正在孟津花园镇控导工程同奋战在一线的基层班组职工一起巡坝查险。

虽短短数日，一线日常工作却让我们感受颇多。河边风雨，让我们切身体会到一线职工的辛苦、责任、奉献，一线战汛，让我们深刻感受到治黄人的使命感、责任感、荣誉感。投身一线抗洪抢险，我们意志得到磨炼，心灵受到洗礼，思想得到升华。

我们5名女职工有从事治黄工作几十年的老同志，也有刚参加工作的治黄新兵，但我们拥有一个共同的名字：中国共产党员。当我们举起右手，在鲜红的党旗下说出铮铮誓言，我们就知道，作为治黄战线上的党员，迎战风雨，寻坝查险，抗击洪水，守护安澜就是我们脚下必须走的路。

此刻，黄河第1、2号洪水尚未消退，第3号洪水接踵而来。汛情紧急的时刻正是考验我们的时刻。带头做表率才是我们作为党员应有的姿态，险要之所在才是我们作为党员应该奔赴的方向。

光虽微弱，心却坚强。坚守一线，吾心所向！

特此恳请党组织批准我们继续留在一线工作。我们一定服从工作安排，保证完成任务。洪水不退，我们不退。

请愿人：赵晓文　索艳云　陈洁　张[illegible]燕　尚雪平

2021年10月8日

请愿书

可是，要怎样才能表达自己的意愿呢？

于是，经过再三斟酌修改，一封《请愿书》被写了出来，带着她们为民守大河的决心，带着河边清冷的秋风，展现在了大家眼前。

“这是请愿，也是请

战。”索艳云说，“我们愿意与其他同志一起，并肩战斗在防汛一线。”

10 月 9 日下午 15:31，豫西河务局工作群里发出决定：局党组对 5 名女职工的行为给予高度赞许，叮嘱她们要保重身体，在确保身体能够满足工作需要的前提下，可以继续留在一线工作。并号召全局干部职工，特别是党员干部，向她们学习，大力弘扬建党精神、抗洪精神、黄河精神，按照上级有关部署，恪尽职守、英勇奋斗，坚决打赢这场黄河秋汛洪水防御的硬仗。

很快，一排排竖起的大拇指表达了全局职工的态度。其中，该局副局长石红波发表了一句评论，他这样写到：“有国才有家，家是最小国。以局为家，家人团结，家和万事兴！”

我们相信，对于每一名黄河儿女来说，这句话，都是他们从心底里迸发出的时代最强音！

今天是 10 月 10 日，一大早，陈洁的朋友圈发了一条动态：“红日升在东方，其大道满霞光”，配图是正一面鲜艳的党旗，正在迎风飘扬。

风雨三人组

——开封第二河务局后勤保障小分队时刻在路上

林一凡

10 月 1 日，祖国的第 72 个生日，为应对历史罕见的黄河秋汛，开封第二河务局再次发出动员令，机关职工除个别值班人员外，全部下沉一线，一场决胜黄河秋汛防御的攻坚战全面拉开序幕。

兵马未动，粮草先行！接到命令后，后勤保障组迅速召开会议，按照预案进行人员调整，大部分人员下沉到一线，参与巡河查险。任务重、人手紧，在经过短暂的商议后，我和郑慧博、付博组成了后勤保障小分队，负责一线下沉人员的后勤保障工作。

一辆皮卡车，3 个年轻人。说是年轻人，其实也都不年轻了。3 人当中，我最小，也已过了而立之年，慧博年龄居中，付博最大，马上就 40 了，是我们的司机。这样的组合，在单位的留守人员中，已经是最年轻的了。除此之外，还有一台皮卡车，对我们来说，这既是运载工具，也是我们的阵地。

3 处控导，138 名驻守人员。开封第二河务局三处控导工程全部靠河，合计下沉人员 138 名，他们要日夜坚守在黄河防汛的第一线。如何做好保障，对我们来说，压力很大。衣、食、住、行，让他们能够没有后顾之忧专心开展黄河巡查防守工作，是我们三个人的共同信念。

我们征求了各工地带班科长意见和建议，将大家的意见和建议一条条进行了整理，随身带着小本子进行记录，在车上随时进行商量，争取考虑充分，少跑趟，及时快速为大家提供保障服务。

10个日夜，3500公里风雨。从10月1日到10月10日，我们的小皮卡已经奔波了3500公里路程。这些天，几乎一直是在下雨中，白天还好些。到了晚上，视线很差，豆大的雨珠“噼里啪啦”敲打着玻璃，与车内的沉寂形成了强烈的反差，已是老司机的付博紧紧握着方向盘，挺直了腰杆，紧盯着前方，我和慧博虽然紧紧抓着车里的把手，可泥泞坎坷的颠簸免不了让我们的脑袋和膝盖时不时地与车顶和座椅来回碰撞，磕的通红。

来回搬运物资穿着雨衣着实不便，又要护着物资不被雨水打湿，每次都要弄的浑身湿透，只能在回到车上的时候用空调吹干……秋风冷雨，那种感觉，或许一辈子都忘不了。

1个烧饼夹菜，1包牛奶。他俩总跟我开玩笑叫我“烧饼侠”。因为这些天来，特别是刚开始几天，保障压力大，我们每顿的午餐基本上只能在车里解决，1个烧饼夹菜配着车里备的牛奶，方便快捷。有时候送东西太晚了再来一个当作夜宵，简单省事。当然，有时候能遇到的话，我们也会每人增加一个烤香肠。不管愿意不愿意，烧饼夹菜在这些天里，成了我们的最爱。

3个家庭，1个信念。为了支援我们的工作，付博的白衣天使媳妇在疫情稍缓的假期本来打算放松一下的计划泡汤了，只能一边上班一边带着孩子。慧博的妻子临盆在即，却也只能一个人去医院做检查，还不忘发信息告诉他一切安好，不要操心。我还好些，把孩子交给父母带着，可每当小孩儿在电话里面问“爸爸你什么时候能回家，我都好久没看到你了”的时候，心中仍不免升起一阵酸楚。

这些天来，我们在看到风雨中大河波涛壮丽的同时，也看到了深夜中一盏盏照亮坝垛的明灯、一车车时刻待命的防汛料物，看到了一张张沾满雨水的脸庞、一双双熬得通红的双眼和一个个疲惫却依然刚毅的背影，更看到了鲜红的党旗在风雨中飘扬、整齐的步伐在泥泞中前行， 无数的感人瞬间和难忘画面，无一不展示着黄河人的坚韧和倔强：洪水不退，我们不退！

看到这些，我们三个也默默地下着决心：后勤有我们，请大家放心！洪水不退，我们也坚决不退！

枕戈待旦防大汛　齐心协力保安澜

王　超

近期华西秋雨连绵不绝，自 9 月 27 日十余天的时间里，黄河中下游连续发生 3 次编号洪水，黄委及时启动并维持黄河中下游水旱灾害防御应急响应Ⅲ级。目前黄河花园口水文站流量已持续多日保持在 4700 立方米每秒左右，中下游干支流水库高水位运行，河道长时间处于大流量行洪状态，多种不利因素叠加，黄河中下游防汛形势异常严峻。

黄河新乡段地处黄河下游上首，历史上黄河在这里曾经多次决口，甚至改道，是典型的黄河“豆腐腰”。面对罕见的黄河秋汛，这个千年治黄的主战场，今秋再次旌旗猎猎，战鼓雷鸣。

巡河人，用双脚第一时间传递汛情

明者见危于无形，智者见祸于未萌。险情只有早发现才能早抢护，不至于发生更大的灾难。巡坝查险就是需要巡河人用双脚走遍工程每个角落，去探查每一处潜在的隐患，第一时间传递汛情。

新乡长垣，在黄河岸边的防汛现场，有两位头发花白的老人正和两名年轻人一同沿坝垛边缘开展巡查。

我们走过去向他们询问：“大爷，您多大了？还在现场防汛！”

“71 了……”一位老人边说，边用手比划出一个 71 的手势。

“我 69 了，我们都是老防汛员了。”另一位在旁边的老人接着说道，“在黄河边长这么大，还是头一次见 10 月份还这么大的水，听说政府招防汛员，俺俩商量着就过来了。只让年轻人来，不放心啊！”“这不，政府把俩年轻人跟俺俩编到一块了，这里面还有一个河务局的小伙子呢。”

在新乡，在 17 处靠河工程的 487 道坝（垛）上，分布着的不仅有 497 名各级河务干部，还有像两位老人一样的 1491 人群防队员。他们是沿黄的乡镇干部，是农闲的滩区群众，是听说家乡告急而赶回来的生意人……但他们都有一个目的，守护黄河，守护家乡，守护心中这份责任和牵挂。

守河人，尽锐出战护安澜

车行至原阳三官庙控导工程上，远远便传来机械的轰鸣，循声望去十几名身着橙红色救生衣的抢险队员，正在忙碌地指挥机械，向坝垛的迎水面抛投石料。

一车石料刚被抛下河，就听其中一名汉子喊道：“装笼！”随即走出 4 名抢险员，打开一张折叠的铅丝网片，各拉一角，奋力把网片扯平、上扬、下摔，伴着网片在地上的摔打，队员们口中发出有节奏的号子，“嘿！嘿！嘿！……”

走近一看，这些抢险队员领头的队长正是陈彦来，因为工作的原因我很早便与他熟识。陈队长可算得上新乡黄河抢险队有名的专家，在今年新乡发生的“7·21”特大暴雨中他就作为抢险专家参与指导卫河和共产主义渠的险情抢护。

见我们走过来，他热情地向我们打着招呼。交谈中，我们得知随着大流量洪水持续演进，三官庙控导工程原有几处旱工的坝垛逐渐靠河，由于根基浅，需要不断的抛投石料进行预加固，才不至于出现大的险情。听他介绍，从 9 月 21 日他们就进驻三官庙控导工程了，目前已经连续奋战超过半个多月了。从站一会就浑身是汗的炎炎烈日一直忙碌到到晚上穿着棉衣都要打寒战的凛冽秋夜。

我明知道答案，却还是问了一个显而易见的问题：“大家，累不累，苦不苦？”

“不苦！不累！洪水不退，我们不退！”这几乎是在场所有抢险队员异口同声地回答。

在送我们离开的时候，陈彦来小声对我说：“咋会不累！下雨的时候淋成落汤鸡、不下雨的时候蚊虫特别多，队员们都叮得一身包。这些小伙子怕是要面子呦。”我与他相视一笑，转身不免一阵感动和心酸。

黄河边，有这样的一群“守河人”日夜奋战、不计得失，只为黄河安澜，百姓安心……

追光者，点亮黄河人巡查路

如果说，白天在黄河边巡查、抢险十分的辛苦，那么晚上不仅辛苦而且危险。作为 8 月中旬机关下沉一线的亲历者，对此我颇有感触，连日的大雨已让坝体接近饱和，一脚踩下去，一不留神大半只脚就陷进了泥水里。若是雨水没有积在坝面上，而是冲走土体，形成水沟浪窝，那么这就是夜晚埋在黄河人巡查路上的一个个“陷阱”。为了保障夜间巡查安全，黄委专门对工程照明进行了安排部署。

作为此行检查的重点，督察组专门选择了晚上来到原阳毛庵控导工程查看夜间照明情况。进入工程，每一个坝垛都灯火通明，犹如白昼，控导上的石垛排列整齐，像守护母亲河的卫兵，在灯光的照映下显得格外雄伟挺拔。

现场我们还见到了国网原阳县供电公司的电力保障人员，他向我们介绍，10 月 1 日，在接到原阳县防指的紧急通知后，该公司立即组织 50 余名员工，成立党员突击队，紧急准备线路、灯具、车辆、施工工具等必备用品。当日 13 时，由该公司领导带队指挥，全体工作人员到达指定工作现场开始施工，对黄河原阳段控导工程指定地点安装应急照明。经过 10 余个小时的持续奋战，直到次日凌晨，防汛所需的 20 余公里照明线路全部架通。

介绍完上述情况后，电网的保障人员还向我们展示了控导通电后，无人机航拍的画面。通过画面，我们看到一条由灯光组成的长龙，沿着母亲河流淌的方向，依偎在她的身边，也照亮了黄河人巡查的路。

今年黄河秋汛发生后，新乡市委、市政府高度重视，市县党政主要领导和分管领导，沿黄市县乡有关部门党员干部都取消了国庆长假，全力迎战黄河秋汛。防指成员单位更是通力合作、全力应对，公安部门组织沿黄交警、特警、巡防、看护等警种 300 余名警力值守防汛，在黄河大堤沿线进行观察警戒、巡查防范、劝返游客等工作；新乡消防支队预置消防救援抢险队伍 714 人，随时准备应急处突；通信部门将 5G 移动应急通讯车辆直接开到控导工程上，保证信息传输通道的畅通……

汛情仍在持续，严峻的考验或许还在后头，但一路走来，我们有信心，有能力确保黄河安澜，确保人民群众生命财产安全！这信心来自于英勇无畏、技术精湛的专业抢险队伍，来自于爱河护河、无私奉献的滩区百姓，来自于众志成城、团结一心的防指成员单位……更来自于有党和国家做我们坚强后盾的底气！

黄河边的那盏“灯”

——河南开封第一河务局运行观测科科长井海杰小记

白云鹏骞

“听说井科长晕倒被送去医院了，现在好些了吗？”

“好一些了。另外检查出来肠胃还有问题，这一段确实太忙了，他很少能按时吃饭。”

10月10日，走在柳园口险工巡坝查险路上，河南开封第一河务局运行观测科副科长蔡松芬这样告诉笔者。

我们谈到的井科长名叫井海杰，是个有着26年工龄的“老黄河”，工作勤恳踏实、勇于担当。近年来，他立足治黄后勤保障业务，先后完成《铅丝网片打捆机》《自走式发电照明一体车》《环网路由切换器》等创新项目，分别荣获河南河务局科技进步奖，多次被评为县局先进工作者。

降雨、降雨、强降雨……今年伏秋期间，黄河中下游雨情频发、汛情严峻、工情告急，开封黄河人发扬连续作战精神，昼夜巡查、全力防守。作为运行观测科科长，井海杰带领一班人负责防汛物资供应和前后方供电照明、通信保障工作。

如果说巡坝查险、除险加固是与洪水直接“交火对战”，那么物资就是“弹药”，照明就是“眼睛”，通信就是沟通整个“战场”的“神经”，无论哪一处“掉链子”，都会直接影响防汛“战况”。这也正如井海杰和运行观测人员所说所做的那样，“无论遇到什么困难，都要第一时间克服，全力保障到位”。

“喂，井科长，我们这儿电话信号不好。”

“井科长，为了方便夜间抢护，同时保证干部职工夜间查险安全，除了现有的应急照明车，还要抓紧增加电杆。”

……

一个电话就是一道指令，一处需求就是一个“战场”。入汛以来，井海杰带领运行观测人员，运送料物，调度设备，助力抢险人员及时对工程进行预加固、预抢护，强力抵御洪水的一轮轮“进攻”；架设线路，加密电杆，增加灯具，把光明送到每一个险工坝头，为巡坝查险和抢险人员系上又一道“安全绳”；巡查线路，排查隐患，消除通信故障，确保防汛信息上下左右畅通无阻，为防汛决策提供重要保障。一位同事说：“井科长真是认真负责，头天夜里还在一线加班，第二天一早又赶到机关处理电路问题。”

一连几个月，井海杰和运行观测人员左右应对、来往奔忙，像一只不停旋转的“陀螺”。他们和战斗在“前线”的巡查、抢险人员一样，召之即来、来之能战、战之必胜，眼里心里只有黄河防汛安全，全然没了时间概念，午饭吃到下午、晚饭吃到半夜更是“家常便饭”。

“不只是我们在忙，为了防汛安全，从领导到一线职工，都在日夜坚守。和他们比起来，我们这不算啥。”井海杰说。

连续的忙碌，让这个铁打的汉子也有点扛不住了。10 月 9 日一早，他赶赴机关不久便出现眩晕现象，想到还要检查通信线路，他便定了定神，照常走进办公室，但后来便晕倒在地，被紧急送往医院救治，目前身体逐渐好转。他说：“大家都在为防汛忙碌，我是个党员，更不能松懈。”

是夜，黑暗笼罩，风雨凄冷。走在黑岗口险工坝头上，望着河边的一盏盏灯，那些井海杰带领运行观测人员架设的灯，笔者忽然觉得，井海杰也是其中的一盏灯，走在前、亮在前。在大河上下，也正是有了像井海杰这样成千上万的“黄河之灯”的坚强守护，我们的母亲河才走过一次次防汛大考，迎来了人民安居乐业的岁岁安澜。

“大拇指”背后的正能量

陈旭昭　张　悦

10 月 10 日晚，原阳河务局工作群被一个个“大拇指”刷屏了，大家纷纷为群里的一则消息点赞，究竟发生了什么事呢？

“文案拟的真好！”

“咱们局的人才太专业了！”

“为我们坚守一线的同志们点赞！”

……

原来是有人将在一线拍摄的视频并加以制作，以诗朗诵的形式发到了群里。看了这一“诗朗诵”，工作群里的同志们无一不加以赞叹。

受近期持续强降雨影响，黄河中下游秋汛汛情日趋严峻，逐渐形成 1 号、2 号、3 号洪水，这是一场突如其来的大考，更是一场没有硝烟的“战争”。

夜幕已深，寒风凛冽。面对着这来势汹汹的洪水，无论是坚守在一线的黄河职工还是留守机关人员，刚刚度过充实又忙碌的一天，看到这一致敬视频仍然意犹未尽，兴致勃发，深夜里伴随着“大拇指”的刷屏，在群里火热交流着。

“洪水不退，我们不退！”

“生活不止眼前的苟且，还有诗和远方的田野。”

“待云霄雨霁，待彩彻区明，待英雄归来，乘风好去，九曲万里，直下看山河。”

尽管工作让人倍感疲劳，但无妨每个人心中深藏的理想和远方。

最近在防汛之余，在群里晒每日步数、晒工作中拍到的黄河风貌，成了原阳河务局工作群坚守一线职工们的乐趣之一。每每有什么精彩的照片或者视频一经发出，从心底散发出的真情“大拇指”都会不约而至，成为工作群中一道由正能量汇聚而成的亮丽风景。

自此次黄河形成编号洪水以来，全局职工放弃假期，坚守岗位，更有甚者主动缩水“婚假”，只为迎战供水贡献力量。一线机关两边跑的局长；顶着狂风暴雨主动请缨下一线的“巾帼玫瑰”；喊着震天号角，配合机械装铅丝笼的技术人员；深夜奔赴黄河大坝拍取素材的宣传人员；巡坝之余，连夜整理材料的驻村书记；真情暖人心，做出热腾腾饭菜的食堂师傅；正是这自上而下汇聚的正能量，早已形成的良好工作氛围，致使不论是“黄河老职工”，还是“黄河新青年”，都能在这个关键的时候站得出来，顶得上去！

每一次风雨兼程，必定阳光满天；每一次乘风破浪，必定直挂云帆；每一次坦荡迎战，必定凯旋！

纸上的文章已经画上句号，正能量的故事还在继续。黄河坝上红旗飘扬，我们的精神与之共鸣，我们的心与之振奋！正能量背后的，是黄河人不可磨灭的赤子之心！

把“苦差事”干出甜味来

王姝懿　王　峰　张春锋

“古有大禹理百川，儿啼不窥家。今有万千黄河人，守河佑安澜。”

面对当前异常严峻的秋汛，武陟第一河务局还有一群“隐形人”，他们虽然没有冲在防汛最前线，但随时都可以看到他们四处奔波的身影。他们虽然分工不同，但是他们都有一个共同的目标——全力以赴做好秋汛期间后勤保障任务。

后勤工作，一直都是一线人员眼中不折不扣的“苦差事”，曝光度低、干活又杂又累，还容易遭受误解。可武陟第一河务局防汛后勤保障组兢兢业业、恪尽职守，面对复杂、繁琐的“苦差事”，他们甘之如饴，硬是干出了甜味来。

轻伤不下火线的坚持

“高主任，帮我把这个图片彩印出来吧，我发你微信了”，“峰哥，你看市局QQ 群发的通知，这个东西是怎么报的啊？”，“峰哥，我的打印机不工作了”，“高主任，咱们这周的周工作会是几点开？”

作为后勤保障组的“总调度员”，高峰每天面对的不仅仅是防汛一线的后勤保障，单位内部电路维修、办公设备调试这种“小问题”，也同样需要日复一日、殚精竭虑的坚持。可他却甘为“老黄牛”乐做“活雷锋”，每天带着快乐在工作，用自己的乐观感染着身边的每一个人。

“帮助一个人就像点亮一盏灯，在帮助他人的过程中，自身也可以收获快乐”。这是高峰常挂在嘴边的一句话。

“咳咳咳……”

这一段时间，高峰总是带病上班。有人劝他说：“你是病人，可以休息一下，工作先让其他人替一下”。他却坚决说：“我是一名党员，而且工作经验比他们几个丰富，关键时刻我不能退”。

哪里有困难，哪里就有高峰。他用自己的实际行动践行一名共产党员的初心与使命。

车辆调度的“洪荒之力”

车辆保障，在防汛后勤保障中，占据着很重要的位置。

任何防汛物资、一线人员换岗、食品药品的配送，都是“十万火急”，需要有车辆随时待命。

在这场看不到硝烟的战斗中，冯新民和他负责的车辆调度不分日夜的工作，为前线输送“粮草”、运送人员、和一线抗洪“战士”们一道，为防汛工作不懈奋斗。

“毛哥呢？不在办公室吗？”

“他跟财务科去险工点送油去了”

“诶？毛哥呢？”

“他跟领导去班组送慰问品了”

……

每天忙忙碌碌的，几乎看不到冯新民的身影，从汛期开始直到现在，他未曾有一丝一毫懈怠，全力保人员运送到位、保车辆安全，毫不夸张地讲，已经用尽了“洪荒之力”，主要负责着车班工作的他，把人和车的能量发挥到了极致。

他奔波于一线班组与机关办公楼之间，40 多岁的冯新民，因为长期开车，腰椎一直不好。有一次他刚从大堤上回来，因为一路颠簸，腰疼的老毛病又犯了，正准备坐在办公室的椅子上休息一下，就接到紧急通知，因为机关内车班里的其他人都被派出去了，他只能忍着疼痛继续工作。

他虽然身体疲惫，但他内心却充满力量，虽然他的岗位平凡，但却发挥着不平凡的作用。

厨师班全力保障“粮草”

机关食堂是后勤队伍里的一支特殊团队，他们是一线士气和战斗力的基础，虽然没有冲锋在一线，但一直奔赴在后勤保障的前线。

在这场“战争”中，餐饮服务是否跟得上，也是决定战“汛”胜利的重要因素，他们除了保障机关内职工的饮食，还承担着为一线班组送食材的任务，用辛勤的付出保障着一线职工的用餐。用最大努力为防汛在一线的每一位战士提供充足保障。

“我们给他们多买点肉，再买点青菜，这样荤素搭配才更营养科学”，司务长拿着列好的清单跟采购人员说着。

他们每天天刚灰灰亮的时候就起床，只为让机关职工吃上热乎饭，只为让一线职工每天吃上新鲜的食材。他们不辞辛苦，只为让职工真切感受到暖心服务，感受到家的温暖，全身心投入到防汛中。

无论是在嘉应观班组、老田庵班组，还是在三阳班组、小董班组，后勤保障都得到加强，饭菜质量都有了明显提升。除此之外，还定期运送方便面、火腿肠、矿泉水等各种食材。

“让一线职工吃好睡好”，这是大家在做后勤保障工作时最朴素的话语。

“谢谢你们每天来送东西，辛苦了……”

每当听到防汛一线职工的感谢和赞美，每一个后勤保障组的人听起来，都像比吃了蜂蜜还甜。

大汛当前，武陟第一河务局后勤保障组没有豪言壮语，却用实际行动书写着水利人的忠诚与担当，将“苦差事”做得甘之如饴，以青春为砖，以信念为石，筑牢红色堤坝，护佑我们共同的家园！

“守河”朋友圈

姜丽娜

从秋汛大洪水肆虐以来，在惠金河务局干部职工的微信朋友圈，不是晒国庆旅游的美景，不是晒家人朋友聚餐的美食，也不是运动健身的身影，取而代之的是一条条黄河防汛最新消息，一张张以坝为家，日夜坚守黄河的图片和视频，一段段朴实无华的工作感言。

中流砥柱

“马渡险工 21 垛迎水面受大溜顶冲，出现根石坍塌，急需抢护！”

10 月 3 日晚 22 时 30 分，惠金河务局防汛办公室值班室灯火通明，值班的李萍
守河“朋友圈”
接到来自马渡险工守险班翟国学的报险电话。

“德龙，迅速调集 1 部装载机、1 部挖掘机、1 部自卸车就近拉石料，抢险队员 10 分钟内到位，采取抢抛铅丝笼的方法对险情进行加固处理”分管防汛工作的惠金河务局副局长陆相荣迅速做出部署。

陆相荣在一线

时针拨回到 2021 年 9 月 28 日，黄委发布黄河下游干流河段洪水蓝色预警，作为一名有着 26 年工龄的老黄河人，陆相荣预感到将有一场硬仗要打。接连召开的党组会上，他坚定地请缨，“汛情就是命令，防汛就是责任，我分管防汛工作，情况更熟悉，马渡险工及马渡下延控导常

年靠河，出险概率大，守险任务重，就让我去马渡吧！我一定会带领同志们守好岗，履好责，洪水不退，我们坚决不撤！”

大家都很清楚，郑州河段处于“悬河”豆腐腰河段，而惠金所辖河段正是黄河下游“地上悬河”的起点，该河段洪水形成快、来势猛、预见期短，河势游荡多变，主流摆动频繁，如果决口，淹没范围广，破坏性大，工程出险难以预料，洪水防守压力可想而知。而马渡险工和马渡下延工程是所辖河段 5 个工程中守险难度最大，最难啃的硬骨头。

在这位现年 43 岁，主抓惠金河务局防办、工管科、抢险队业务的副局长身上，彰显的是责任和担当。单就“防汛”来说，简单二字的背后是繁重庞杂的业务内容，陆相荣身上的责任与担子的确不小。郑州“7 · 20 暴雨”、郑州几轮强降雨应对，再到本次防御秋汛大洪水。全局秋汛防御部署，“思想、组织、技术、料物、责任”，简单八个字背后需要大量的具体工作和协调。

第一时间内，460 名机关下沉干部和群防队员来了，第一时间内，协调国家电网安装的 314 盏照明灯亮了，第一时间内，54 台预设机械设备满载土方稳稳地停在了靠河工程上，第一时间，所辖河段 10 套发电机设备投入运行，第一时间内除险加固施工全面铺开，第一时间内印制巡查明白卡和培训手册，开展群防队伍巡堤查险培训，第一时间内加强与属地公网的对接联络，实现堤防守险班、控导工程等区域公网信号的全覆盖，第一时间内协调中国移动为防汛抗洪的人员送流量，便于信息的及时传递，第一时间内协助地方政府迅速搭建应急移动信息平台，通过公网专线形式建立起市政府、河务部门、地方防汛抢险前线指挥部三级视频会商室……这些第一时间的背后，是严谨的工作作风的体现，是细致入微的工作内容的体现，更是一个基层治黄工作者对治黄事业无限热爱的体现。

在工作中他是几个部门的“领军人物”，在生活上他还是一个 13 岁男孩儿的父亲，由于夫妻双方都在黄河河务部门工作，同一时间段工作节奏大体相同，忙起来两个人都顾不了孩子，尤其他这做父亲的，孩子幼儿园至初中二年级这十年里的家长会一次也没有参加过，就没有见过老师的面儿。过来人都知道，3 岁至 15 岁是孩子健全性格的关键时期，哪个做父亲的不希望与班主任面对面交流孩子的学习成长情况呢？哪个做父亲的又不希望参加孩子的诗朗诵比赛、歌咏比赛、运动会呢？但是，繁忙的工作和孩子面前，有的只是无奈。

“唉，今年的防汛形势异常严峻，洪水持续时间长，工作再忙再累都能挺住，就是觉得挺亏欠孩子的，孩子面前，我不是个合格的父亲。不过，同志们团结协作，各项工作都很顺利，希望这场洪水顺利过境。”陆相荣提起孩子满脸的愧疚，说起工作时面露喜悦。

他的朋友圈这样写道“谁不渴望尽享天伦之乐，谁不渴望每天都看到孩子天真烂漫的笑脸，但防汛工作离不开与风雨洪水相伴，精细部署是责任，坚守一线是责任，洪水终将退去，须晴日，看我大河无恙，国泰民安，黄河卫士尽开颜。”

忙碌的前浪

“辛辛苦苦，兢兢业业，为了什么？为了心中那份痴念，好累！晚安全世界”在荥阳枣树沟控导工程连续奋战两天两夜后，在抢险的间隙里，疲惫的刘德龙躺在临时居住的大巴车上发了一条朋友圈。

刘德龙所在的抢险队挂着两块牌子：河南黄河防汛应急抢险队和郑州黄河河务局黄河专业机动抢险队，因此挑的担子更重。从“7·20”暴雨成灾、“8·22”大暴雨，再到“9·27”黄河秋汛大洪水，从荥阳枣树沟抢险 2 次、中牟九堡抢险 1 次，再到惠金河段除险加固，刘德龙和他的抢险队员们一直没有回过家，忙碌得像转动的陀螺。

“第二小组抢险队员，穿戴好迷彩服、救生衣，拿好雨衣雨鞋，10 分钟后楼下集合，赶赴荥阳枣树沟控导工程支援。”

10 月 9 日晚 21 时许，得到荥阳枣树沟控导工程再次出现大险， 16 坝出险，17 坝出险，18 坝出险，19 坝又出险。险情就是命令，抢险就是责任。郑州黄河专业机动抢险队迅速集结，刘德龙队长率领 20 名抢险队员火速奔赴枣树沟，与 10 月 8 日先期到达的林涛所带领的 10 人小组会合，这是抢险队继第一批抢险队员赴荥阳除险加固现场后的第二次增援了。

晚 22 时许，抵达抢险现场。队员们没有休息一分钟就迅速投入到抢险中。夜幕中，大家团结一致、各司其职，有的铺笼，有的捆笼，有的装车。一个个 8 立方米的大型汽车铅丝笼陆续成型，装进自卸车，快速驶向加固地点。

深夜气温突降，寒风骤起，这些都全然顾不上，抢险队员熟练地用捆扎棒给铅丝笼封口。

“轰隆隆……”随着巨大的声音，自卸车将一个个的 8 立方米的大型汽车铅丝笼倒进出险部位……

不知不觉间，已是凌晨 1 时。由于第二天还要继续奋战，他们就索性睡在了停靠在坝岸附近的大巴车上。

10 月 10 日的一整天，枣树沟控导工程除险加固处于白热化阶段，抢险队员们

刘德龙在抢险

的早餐和午餐是队员们坐在抢险块石上解决的。老天爷也不给力，秋雨又来凑热闹，从早晨起，淅淅沥沥的小雨就下个不停，队员们只得穿上胶鞋，踩着泥泞的坝面摊铺、捆扎铅丝石笼，配合着自卸车一车一车进占加固。

下午，小雨逐渐转为中雨，险情还未有效控制，抢险队员们就冒着中雨持续作战，汗水、雨水、泥水交织在一起，党员骨干更是发挥模范带头作用，一声声：“跟我来……，我先上……” 除险加固一直持续到10月11日晚19时，在全体参战抢险队员的共同努力下，经过两天两夜的昼夜鏖战，枣树沟险情终于得以稳定。

笔者多次拨通刘德龙的电话，首次是10月10日晚21时，刘德龙说正在枣树沟抢险，“姐，你写写其他人吧，实在是没有时间”没有时间详细聊。第二次拨通电话时，他又奔赴中牟九堡抢险现场，第三次拨通电话时，他又忙碌在惠金河段马渡险工22垛出险加固的现场。刘德龙是标准的黄三代，爷爷和父亲都是老黄河，而他也是27年工龄的一名“老黄河”了。

当笔者让他发一张他本人抢险或者施工的工作照时，他不禁难为情起来，说“这可难住我了，没有啊，我们抢险时都是全体队员齐上阵，只顾着赶快把险抢住，很少能想起来拍照片啊。”

“秋汛刚开始时大家还穿着短袖，现在都穿棉大衣了，这么长时间了，你说谁家能没有个事儿呢？”当笔者和他电话上聊起时。

“谁家能没有事儿呢，张琦、杨琨、林涛等队员都是上有老人，下有两个幼小的孩子，宋超杰家老父亲身患癌症，未婚的年轻队员顾不上谈女朋友……”刘德龙说起他的队员如数家珍，而对自己的情况只字不提，我从侧面了解到他唯一的女儿今年考大学，从陪考、选志愿、报志愿等，他都没时间管。

成长的后浪

李灿近距离地巡查在马渡下延控导工程106坝前，湍急的水流拍打着郑济高铁

李灿工程巡查

桥桥墩发出的“隆隆”声，让他从最初的害怕，改变为惦念。

“黄河坝岸的风浪历练了我的胆量，巡坝查险增长了我的实践能力，经历了这场黄河秋汛，我似乎已经不是那个青涩的黄河新兵蛋子了，收获满满，哈哈”。10月26日20时，2020年才参加工作的治黄新兵李灿观测完马渡下延水位后在朋友圈发了一条这样的微信。

秋汛来袭，汛情就是命令，接到通知的李灿没有犹豫，立即从巩义家中返回单位。值守期间，他承担着马渡下延控导工程102坝至106坝的工程巡查任务，由于需要观测的水尺刚好也在此范围内，因此大洪水时除承担每6个小时一个班次的工程巡查外，期间还要承担每2个小时一次的水位观测任务。工程巡查的一个班次为6个小时，要巡查6次，需要把马渡下延控导工程102坝至106坝全部走一遍，测量工程出水高度，查勘河势，查看有无根石坍塌、墩蛰的险情等，往往转一遍也就一个小时过去了，再加上需要掐着点观测水尺读数，李灿往往采取定闹钟加一路小跑的办法来应对，这样一个班儿下来，意味着6个小时基本没有休息的时候。按照专业人员与群防队员1 ：3的比例进行巡坝查险，为迅速承担起师傅的角色，李灿勤学好问，拿着书本学，向同组的前辈们请教：如何判断根石走失？水尺如何读数？如何操作探水竿？在不断的学习实践中，他不但接过“接力棒”，从“我不懂”成长为“我能行，”迅速熟练地带领群防队员开展工作了。将近30天的值守过程里，有打杂跑腿的活儿他都是主动请缨，深受老同志们的称赞。

“李灿，现在水小了，水尺观测频次减少了，轻松些了吧？”

“已经习惯了，猛一少还不适应呢”这是笔者和他在电话里的一番对话。

“像李灿这样的刚参加工作的年轻人在这场洪水里得到了锻炼，并迅速成长了起来，他们就是治黄工作的接班人，是治黄事业的希望啊。”带领他的“老黄河”欣慰地赞叹。

深夜守河人

徐刚强

10月11日20时30分，从机关办公楼出发驱车前往黄河范县段大堤，穿过灯火通明的城市大道，公园里人们合着音乐欢快的舞蹈，车辆快速驶上蜿蜒平坦的堤防道路，转过一道弯来到李桥险工工程36坝。

站在雄伟的工程坝头上，河风呼啸而过不由得打起寒颤，波涛汹涌的洪水咆哮着拍打着石块，让人害怕而紧张。远远望去点点灯光串成弧线的应急灯照射着浩瀚的大河，给这个夜晚增添了些许温暖。

最美丽的身影

“要注意安全，查看要仔细，不能漏掉一处险情隐患。”循声望去，范县河务局专业技术人员黄中民身穿救生服、手持手电筒，带领3名人员正在李桥工程上巡查值守，不时提醒和叮嘱一同巡查的人员。

黄中民，一线工作20多年，是名防汛经验的“老兵”。“今年接连发生3次编号洪水，范县河段已大流量、高水位运行了10多天，工程运行达到了极限，极易出现各类险情。”他说，虽然在黄河上工作了许多年，却是第一次经历这么大的水，心里还是非常紧张的，只有在坝上守着才会踏实些。

按照巡查责任制要求，每个巡查点4个班，6小时一轮换，每班由1名技术人员和3名群防人员组成，每小时巡查一次，24小时不间断，主要查看河势变化以及坝体是否有折陷、坍塌、裂缝等情况。“夜晚光线暗，巡查难度大，一遍下来就要大半个小时，数据上报完新一轮巡查又开始了，一晚上几乎不休息。”

我们简单聊了几句后，他又向下一道责任坝走去，渐行渐远的背影消失在深秋的夜里，直至留下一道灯光在不停晃动。

最潇洒的动作

22 点 10 分，我们来到彭楼险工 16 坝，崔师坤正在带领人员进行根石探测，他腰系安全绳，身着救生衣，整个身子向前倾斜，双手紧紧握住长长的探水杆，用力插入激流的水中，由于洪水流速大，杆子在水中晃动，他使劲地定了定力，来回探测了 4、5 下后，才把探水杆从水中拔了出来。

“一切正常，没有根石走失。收拾一下工具，去下一个探测点。”他向同行的人说，“判断根石有没有走失，关键是要通过看、听、摸的方式辨别，‘看’主溜有没有冲击坝体，根坦石有没有下蛰、表面有无新出裂缝现象，‘听’水下有没有石头呼噜噜的移动声，‘摸’水下根石坡度和水的深度。”

受大溜顶冲和风浪淘刷，工程上跨角、坝前头、迎水面容易出现根石走失、坦石下蛰等险情，若不能及时发现和处置，整个坝体就会出现危险。“基本上是一个小时探测一次，每个点一晚上就要探测 6、7 次，这样才能保证及时发现问题、快速采取措施。”

一根探水杆长 10 米，有 6、7 斤重，平时巡查时几个人一起拿着，探测根石时却是一人持杆操作，更何况是在湍急的洪水中，操作难度更大。“根石探测不但是技术活，还是个体力活嘞。”该局机关下沉职工何占耀说。

崔师坤，范县河务局河道修防工高级技师，全国首席技师林喜才工作室重要技术人员，每年伏秋大汛，大堤上、坝头上总有他奔波的身影。在防汛工作中，他带领年轻职工一起巡查和探测，现场传授防汛技能和经验，帮助黄河“后浪”快速成长，使其尽快成为独当一面的行家能手。

“大家感觉辛苦吗？”

“要说不辛苦那是假话，中秋国庆到现在都一直在坝上，一个多月没有休息了。不过我们就是干这个的，再苦再累也要坚持，洪水不退，我们不撤！”说话间，崔师坤和同事们拿起探水杆，迈着坚定的步伐匆匆离开。

最动听的声音

23 时 40 分，邢庙险工 13 坝上，机器声轰鸣作响，王海滨喊着口号，正在对工

程进行除险加固作业。

“嘿呦！嘿呦！嘿呦！”作业人员分别抓住铅丝网片的四个角，应着响亮的口号声，齐力高高抛起，再狠狠摔在地上，灯光中尘土飞扬，反复摔打几次后，网片舒展开来，孔眼变大，铺展在工程坝头上。挖掘机的铲头挖起石块，发出强烈的碰撞声，随后哗啦啦倾倒在网片上，大家对折网片后，用摽棒转圈封口。最后在技术人员的指挥下，挖掘机长长的手臂探入水中，把铅丝笼精准投入坝体根石处。

“面对罕见的秋汛洪水，不断加大工程加固力度，哪儿易出险就及时加固哪儿，不管白天还是夜晚。”王海滨告诉笔者，截至目前，已对李桥控导、吴老家控导、彭楼险工、杨楼控导、邢庙险工5处工程61道坝进行加固，减小了洪水对坝体根石的冲刷，起到了有效的除险加固作用。

王海滨，范县河务局主抓防汛的副局长，曾多次参与防汛抢险工作。提起防汛工作来，他如数家珍：在6处靠河工程预置挖掘机、装载机、满载自卸车等大型机械设备60台，预置铅丝1000公斤、110根木桩、28捆麻绳、500个编织袋和铅丝网片400片。河道工程落实专业和群防人员532人，24小时坚守在防汛抢险第一线……

“数字都记得这么清楚？”

“这是最基本的，做到心中有数，才能有的放矢，以万全之策应对洪水险情。”面对笔者的疑问，他笑着说，每天都会对消耗的料物进行统计，及时采取措施补充到位，确保险情发生时能够及时快速处置。

工程加固作业完工后，王海滨又走进防汛值守点的帐篷里，与驻守在这里的乡镇领导开碰头会，通报当前黄河水情和河势，分析研判洪水演进过程，总结一天的巡查防守工作，明确下一步工作和防守重点。

探访结束后，已是凌晨1点多，分散在工程上的帐篷里依然亮着灯光。回到县城时路灯已经熄灭，整个县城黑乎乎一片，市民们早已进入梦乡，唯有范县河务局的机关大楼灯火通明、无眠无休。

一名治黄新兵的内心独白

张 莳 王 舒 柳 平

我是一名刚刚加入治黄队伍的新兵。2021 年 8 月，带着要亲眼看一看“九曲黄河万里沙，浪淘风簸自天涯”画面的憧憬，我来到开封河务局，成为了一名“黄河人”。

初到单位，我不仅对所有工作都是新奇的，更是无比盼望着去看一看黄河，去深切地感受母亲河的开阔、磅礴。可是入职一个月了，我还在办公室忙碌着处理文电，学习各种讲话精神，一直没机会看到梦想中的黄河。同事告诉我，“七下八上”的主汛期已过，按往年惯例，我可能到明年才能去一线看到黄河了，心里不禁有些失望。

没想到我“看黄河”的梦想实现的这么快，甚至可以说实现的这么猛烈。

受“华西秋雨”影响，黄河中游、下游先后产生 2021 年 1 号、2 号洪水，为应对即将到来的洪水，9 月 26 日晚，开封河务局机关启动了全员岗位责任制。我还来不及哀叹自己期盼已久的“十一”假期泡汤了，就又得知自己要作为下沉人员赶赴防洪工程一线。霎时间，对自己能力的怀疑盖过了能看到黄河的惊喜。想想自己作为一名新员工，还未上过黄河大堤，缺乏经验的我能做好吗？

10 月 1 日，黑岗口下延控导工程 11 坝是我下沉一线的第一站。站在坝头最靠河的地方，看着湍急的河水流势，还来不及感慨和害怕，耳边就响起了挖掘机的轰鸣声。为了提前预置抢险料物，大堤上的抢险工作人员和各种抢险设备已经开始争分夺秒的工作了。10 月初的天气，夏天的暑气却仍未褪去，烈日当空下，为了能及时应对突发出险情况，抢护人员分秒必争的扎铅丝笼、捆墩袋、确定堤上备石情况等。看到有人高温下仍穿着长袖，我不禁好奇，这么热的天，穿短袖不凉快么？询问下得知，这是为了避免在烈日下晒伤。我默默的看了一眼自己暴露在阳光下的胳膊，在心底狠狠自我鄙视了一下，真是个“治黄小白”！

在连日紧张的一线工作中，我逐渐听懂了“坦石下蛰、大溜顶冲、回溜淘刷、河势上提、河势下挫……”这些专业术语，也开始了解黄河防汛抢险需要做的各种工作，诸如险情抢护要抛铅丝笼，易出险河段要提前预置抢险料物和设备，靠河工程要 24 小时巡坝查险，甚至在上堤路口要设置卡点劝返河边游玩群众……

跟着下沉工作组穿梭于各险点、险段，听着带队局长和抢险专家们分析河势、雨情、出险情况、加固情况，讨论如何进行预加固、如何保障群众不伤亡。边听、边记、边学习，这一刻，我对尽快融入抢险大军的渴望，已经超越了最初感受黄河的诗情画意。

10月4日，一场突如其来的秋雨和大风给我上了一节新课。黄河大堤上从烈日炎炎变成寒风凛冽，好像一夜就从夏天进入了冬天。

刚到单位，同事就嘱咐我，上堤一定要多穿点衣服，什么棉袄、冲锋衣呀，有啥就要穿啥。我还不以为意，才10月初，堤上随便能有多冷？这会穿羽绒服还不被人笑死啊。可刚上大堤我就后悔了，真冷啊！风一直刮，似乎能把我刮得“风簸天涯”；雨一直下，冷冷的雨水胡乱地拍在脸上。一时间委屈、难过的情绪涌了上来，真的很想问一问，有那么多老职工比我经验丰富，有那么多男职工还在机关，为什么要选我下沉一线呢？每天不停地在大堤上跑来跑去，天热时晒得头晕脑胀，天冷时吹得瑟瑟发抖，天晴一身土，下雨一身泥，甚至怕上厕所不方便一整天都不敢多喝一口水，大堤上、坝头上只有我一个小姑娘在来回穿梭，我更觉得委屈了。

风还在在不停地吼叫，雨也在哗哗地下个不停，像是宣泄着我受伤的心情，直到来到黑下延控导11坝上，我想象中避避雨、躲躲风的景象并没有出现，那些抢险队员们，人随险动，一直坚守一线，24小时不间断抢险、巡查、值守，无论风雨都坚守在黄河边、坚守在坝头上，永远奋战在防汛第一线。一边是“黄河怒浪连天来，大响谹谹如殷雷”的景象，另一边是汛情不解除，队伍不解散，人员不撤退的坚持。这一刻，我真切的感受到了，什么是“战汛”。我的委屈瞬间烟消云散，我为我曾经的委屈而羞愧。因为我明白了，汛情就是集结号，冲锋在前就是治黄人的使命和担当，确保黄河安澜就是治黄人的初心。

黄河防汛依然面临着长时间、高水位、大流量的考验，作为一名治黄新兵，我也将继续坚守岗位，冲锋在前，洪水不退我不退，为打赢黄河秋季防汛贡献自己的力量。

杜甫曾“安得广厦千万间”，作为一名黄河人，我更愿这条古老的河流岁岁安澜，造福人民。

拜师“学艺记”

孙大治　贾　超

“河流中流速最大、流动态势凶猛的就是主溜，你看那儿，正前方冲着坝头过来的就是主溜……”马铺险工低滩工程，一名50多岁的老职工正在给旁边一名中年汉子认真讲解着水情知识。

笔者经过询问了解，原来这位老职工不是别人，正是沁阳河务局抢险队老队长、技术专家——杜鹏生。

“杜队长不仅业务熟、经验多，别看他年纪大了，工作可是一点也不含糊，一干起来就啥也不顾上了……”一位曾和杜队长一块工作过的职工说道。

经了解，杜队长从事治河工作几十年了，大半辈子的光阴岁月都奉献给了黄（沁）河，不仅积累了很多治河方面的土经验、好办法，也乐于传帮带，在“坝头”上经常能看到他给一些年轻的治河人讲经验、授方法。

杜队长从来不缺“徒弟”，这不，站在他旁边的那位“准弟子”，正是沁阳河务局副局长孙大治。

“杜队长，您当我的老师吧，把您那点绝活都交给我吧。”

说这话的人，正是那位“准弟子”，他今年刚40出头，是一名入职不久的县局班子成员，虽然说在电脑操作、公文写作、现代化办公、预案编制、专业理论等方面精通一些，但是在这些传统的查勘河势、巡堤查险、险情辨别、险情抢护等方面确实是短板一块。

“毕竟上班20多年没有经历过这么大的洪水，还望杜队长能多教我几招啊！”

“没问题，只要您愿意学，我就愿意教，咱们就先从最基本的巡堤查险开始吧……”

“河势观测也是一门技术活，这里面有很多的土经验，都是那些老职工、老黄河，也是我的师傅在实践中总结出来，传授给我的，很实用，比如说迎溜角应该这么看……送溜角应该那么看……”

“杜队长，谢谢您，书本上的东西比较抽象，经您这样一指点，真是事半功倍啊！”

这一对“新师徒”站在坝头上高兴地交谈着。

在今年超长的汛期中，这对师徒只是众多“师徒金搭档”中的一对。沁阳河务局从大局出发、从长远考虑、从青年干部职工成长考虑，鼓励年轻干部职工紧紧抓住这次汛期实战难得的机会，主动到一线去、到最艰苦的环境中去锻炼锤打自己，同时，积极组织开展“以老带新”“传承技艺”等活动。通过这样的“以战代训”，磨炼了年轻干部职工的意志、增强了心理素质、提升了传统技能、丰富了治河经验，让他们在复杂的环境中能够尽快适应、快速成长。

突发事件的应对、通宵的巡堤查险、紧急险情的抢护……通过这一个个真实的场面，沁阳河务局干部职工在实战中积累了丰富经验、传承了黄河精神、获得了快速成长。今后的路虽然还很长，但是有老职工的“诲人不倦”、新职工的“好学肯思”、全局上下的“团结协作”，未来，当再次遇到这样罕见的大洪水时，这些“新兵们”必然能够做到“胸有成竹、运筹帷幄、心中不乱，手中不慌”，定能决战决胜洪峰，守护沁河安澜、守护百姓平安。

一台应急照明灯的自白书

吴　绘

天边终于开始泛白，又工作了一个雨夜的我有种能量供应不足之感，又累又困，可是他们却依然精神抖擞地忙碌着，为黄河的安澜奋斗着……

我是一台发电式移动应急照明灯。他们是守护母亲河的“黄河铁军”们。

9 月 30 日黄昏，几个穿着印有“黄河防汛”字样救生衣的荥阳河务局职工，把我从黑漆漆的防汛仓库拉到黄河边，随后我就正式上岗了。

别看我身材不大，凭借可以随意移动这个优势，成功挤进黄河防汛队伍。当然，我也是很厉害的，我发出的光亮可以帮助他们准确研判重点河段、重点工程和薄弱环节的水情工情，为所有的巡坝查险人员和防洪抢险工作保驾护航。

10 月 5 日下午，国网供电公司荥阳分公司的施工队伍来了，他们在蒙蒙细雨中不停的拉线、接线、立杆……紧急架设照明线路，一直忙到第二天凌晨 5 点，一夜之间点亮黄河大堤。于是，我又多出近 300 个兄弟姐妹，他们身材高挑，通过电缆线手拉手屹立在每道坝的背河面，为打赢秋汛攻坚战提供了坚强的能源保障。

黄河岸边的风特别狂，一阵风刮来，吹得我摇头晃脑。可是相比起黄河职工，我的这点苦不算啥，他们无论白天黑夜，不论刮风下雨，都得按时巡坝查险，来来回回，有时雨特别大，他们就穿上雨衣、打着伞也要不停去巡查。6 小时换班后就在坝头的小帐篷里稍作休整，如果遇到有出险苗头的防洪工程，就会打电话叫人、上机械对其进行除险加固。

10 月 2 日上午，金沟控导工程巡坝查险人员在 30 坝进行根石探测

听他们议论，因为枣树沟控导工程河势比较急，水势猛，在 16 坝又河道变窄，

党员干部带领群防队伍正在开展巡坝查险

形成急流，大溜顶冲16—21坝，致使该坝段频繁出险。

每天夜里，我都能看到一批批身穿橘色、红色救生衣的守河人，拿着手电筒在坝上走来走去，巡查河势水情。最近的雨特别多，淅淅沥沥下个不停，但他们好像没感觉似的，脸上的雨珠遮挡不住巡河的视线，脚下的淤泥也阻拦不了前行的步伐。他们六个小时一轮班，一组四个人，巡查四条坝，一刻不停，不时还会听见专业查险人员边走边给群防队伍讲解如何看河势、观汛情，把自己所知道的巡坝查险经验毫无保留地传授给这群“外来的和尚”。

10月10日21时32分，荥阳河务局的徐博、许彪和青跃伸在巡坝查险时，发现我所在的枣树沟18坝迎水面有根石走失、坦石下滑现象，于是立即拿出手机逐级上报。

22时10分，来了一支身穿迷彩服和印有“荥阳民兵”字样救生衣的20人队伍，同时来的还有挖掘机、装载机和推土机等大型机械设备。

我一晃神的功夫，坝上就热闹起来了。寒风吹过的呼呼声、大河翻滚撞击岩石的啪啪声、抢险队员们伸展铅丝笼的口号声、大型机械施工作业的轰轰声……奏出了这个夜间黄河岸边最动人的交响乐。

忽然一声隆隆巨响，只见挖掘机将大块石头倒入铺好的铅丝网片中，抢险队员们再配合把网片给拧紧聚成笼石，在推土机和铲车的助力下，一笼又一笼的石头顺着险点被抛入黄河……

11日凌晨3时40分，经过6个小时的努力，在向出险点抛投近50个笼石后，这次险情总算是得到有效控制，抢险队员也被累瘫在坝头上。

在我工作的这半个月里，目光所及之处都是：一面面鲜红的旗帜随风飘扬，一个个忙碌的身影往来穿梭，一车车的装满石头不断向坝头驶来，一张张铅丝网片堆摞成小山，一辆辆长臂挖掘机扬起笼石抛投入河……多少次宵衣旰食，多少个通宵达旦，不惧风吹雨打，不畏风餐露宿，坚守在防汛一线的无数守河人，始终抱定“一

家不圆万家圆，万家圆时心方安”的决心，风雨逆行、众志成城，只为守护黄河安澜。

雨还在淅淅沥沥地下着，他们一个个虽满身泥巴、面容憔悴，却目光坚定、步履铿锵，始终有着坚定的信念，用“洪水不退、战斗到底”的决心扛起黄河人的使命担当。此时的我仿佛也被他们这种强大的精神力量感染，身体似乎被注入了无穷的能量，照射出的光柱也格外闪亮。

作为一台小小的防洪应急照明灯，有幸能为黄河安澜奉献自己的光亮，我感到无比光荣和自豪。

百里长堤绽芳华

——焦作河务局巾帼抗洪素描

冯艳玲

你在前线我在后方，我们目光所向皆是前方；你是人妻我是儿娘，洪水面前我们只比飒爽；你是先锋我是战士，迎风战雨我们初心守望；你有柔情我有红妆，风雨之后我们百炼成钢。

——致敬所有奋战在抗洪抢险一线的巾帼英雄

2021年这场连绵不断的秋雨给人们带来了太多的揪心与忧愁。

10月13日，焦作河务局党组书记、局长李杲开完防汛会商会已经是次日凌晨1点，他以一条微信朋友圈迎接新一天的到来——决战防汛之九十四天。

从“7·11”丹河洪水、“7·20”沁河洪水、“8·23”强降雨、“9·19”伊洛河洪水、“9·24”沁河洪水到“9·26”黄（沁）河秋汛洪水，焦作河务局全体干部职工已经持续打了94天的各类洪水防御战，而当下仍处于决战决胜的防汛抢险关键时期。在这场“持久战”中，焦作河务局女职工积极响应，投身抗洪抢险一线，巾帼助抗洪，柔肩写担当，谱写了一曲巾帼抗洪赞歌。

“乘风破浪的姐姐”

9月底以来，受多年罕见华西秋雨影响，黄河已出现3次编号洪水，干支流部分站点发生了历史同期最大洪水。

2021年9月27日15:24，武陟水文站流量2000立方米每秒，刷新了1982年以来沁河洪峰纪录。

9月26日，焦作河务局第六次启动全员岗位责任制。

9月28日凌晨0点30分，焦作河务局机关三楼党员活动室灯火通明，正在召开紧急防汛会商会议，安排机关人员下沉一线参与抗洪抢险工作。

9月28日凌晨1点多，焦作河务局的多个工作群发布紧急通知，统计报名下沉一线参与防洪抢险的机关人员名单，征求有没有特殊情况不能下沉的人员。

“我报名”“我参加”“坚决执行命令”“没有任何问题”……

一时间，各个工作群里被类似这样士气满满、能量爆棚的回复霸屏。

9月28日8:00，在留够机关防汛职能组成员基础上，焦作河务局机关56名干部职工准时集结到位。25名机关女职工一个个像“乘风破浪的姐姐”，脱下高跟鞋，换下俊俏装，身着迷彩服，紧急奔赴防汛抢险一线。在其背后，有的身在外地出差，接到命令连夜赶回；有的连夜从老家把父母召集回来照看孩子；有的推迟了与医生的预约；有的家中父母需要照顾，甚至来不及妥善安排，先交给邻居照看，在奔赴前线的路上再想办法……

风雨中彰显女性意志，危急时汇聚起巾帼力量。与此同时，一场全力以赴迎战黄（沁）河秋汛的攻坚战疫在焦作河务局再次打响。

女子能顶半边天

脚下是坚实的大堤，身旁是滔滔的河水。黝黑的脸庞，专注的目光，被风吹乱的长发。她们身着橘红色的救生衣，胳膊上别着“巡查”红色袖章，胸前还佩戴着闪亮的党徽。这便是行走在焦作黄（沁）河大堤上女巡堤巡坝查险人员的素描像。

据了解，加上各个县局机关下沉女职工，焦作河务局此次共有200余名女职工下沉至各个工程一线，参与巡堤查险工作。

焦作河务局财务科科长岳娟娟、党办主任曹阳、审计科科长杨芳芳、经管局副局长刘彩虹，4名女同志身为科室负责人，每天“双线”作战，每天在完成一线巡堤巡坝查险任务的基础上，还要忙里聚焦“主业”，挤时间安排处理科室业务工作。用她们的话说，防汛抢险和科室业务都是“责任田”，哪一个都不能出问题。

郑方圆，在焦作河务局机关办公室工作六年的宣传老兵，初次在风雨交加、浊浪滚滚的沁河一线成为防汛新兵，开启了边学边练的“学徒”生涯。她虚心向一线职工拜师学艺，作答水尺观测、巡坝查险、雨毁修复等防汛试题。

在一些人眼中，年轻人没吃过什么苦，经不住风浪，挑不起重担。慕沁滨、顾雅丽、解鑫等，这些一参加工作就在机关的“90后”女孩，都是家里“独生女”，从小在父母的精心呵护中长大。接到下沉一线命令后，她们转瞬间都化身成为独立勇敢的“黄河战士”。

“穿上迷彩服，我就不是个孩子了。”“这个时候，我们不上谁上？”“干工作男女平等，任务该咋分就咋分。”在防汛抢险危急时刻，她们从不退缩、不彷徨。

来自局财务科的“开心果”罗睿，某一天巡河归来，还绕有兴趣的改编了革命歌曲《打靶归来》：日落西山红霞飞，战士巡河把营归，把营归，胸前红花映彩霞，查险的人们满堤飞……

谁说女子不如男

此次黄（沁）河秋汛洪水防御战可谓是步步惊心、夜夜惊魂。

从“7 · 11”至今，焦作市境内的黄沁河河段水量大、水位高、历时长，堤防工程长期靠河偎水，风险多、出险概率高，防汛抢险形势异常严峻。

古有花木兰替父去从军，今有娘子军守堤为人民。防汛抢险工作并没有为女同志“开绿灯”。

9 月 29 日，在沁河新右堤杨庄段，武陟第二河务局运行观测科科长张艳彬正指挥装载机、自卸车装运石头，运往朱原村险工进行除险加固。奔涌的河水、轰鸣的机械、厚重的备防石，此情此景，不由让人想到“铿锵玫瑰”这个词。

陈静，焦作河务局办公室主任。办公室工作本就是一年 365 天事无巨细的忙。在防御大洪水期间，办公室面临的工作任务和压力倍增，重重考验、道道关卡接踵而来。在她娇小的身体里，似乎蕴藏着用不完的能量，时而在机关协调开会部署，时而在一线协调领导们督战督导，始终从容淡定、元气满满。

王书会，焦作河务局防办副主任。这位年轻的女防办主任，言语不多，性格温和，做起事儿来始终有条有理，忙而不乱。工作期间，她没有太多的话语，始终以严谨的工作态度，过硬的专业能力，带动着身边人，成为大家心目中的榜样。她的家虽然就在市区，可是从 7 月份至今，她基本吃住在办公室，期间儿子几次生病，她都没能好好陪在身边。10 月 4 日是她儿子的 3 岁生日，本来答应儿子那天要回家好好陪他过生日的，最终还是因为在单位处理紧急防汛事务而“爽约”。

在这场秋汛洪水防御攻坚战中，在各条战线、各个角落，都有女职工们忙碌的身影。她们是风里雨里参与巡堤查险的女侦察员，是奔走在防汛一线参与宣传报道的新闻记者，是守候在机关提供食宿保障的后勤管家，是全天无休保障防汛物资紧急调拨的仓库总管……

无数个“铿锵玫瑰”迎风斗雨，在百里长堤上傲然绽放。

“大防办”里故事多

焦作河务局机关 4 楼的防汛会商室，在此次迎战黄沁河秋汛洪水期间又别生出一个新的名字——“大防办”。“大防办”里，综合组、水情组、工情组、物资组等集中办公，每日里，各类数据统计分析及报告材料编写工作都在这里紧锣密鼓、有条不紊地开展。这种联合办公模式，进一步增加了职能组间的工作交流，实现各类数据互通共享，合力为领导指挥决策做好参谋。

特殊时期，无论前线后方，都是战场。坚守在后方“大防办”里的基本都是女同志，仅就“大防办”职能组几个人来说，就有好几对共同作战的防汛“夫妻档”。文电组的仓博、综合组的田甜、工情组的任玉苗，此次“战秋汛”期间，她们的丈夫都一直下沉在一线。她们都被逼成了“当家的女人”，每日里忙完单位忙家里，有时候在单位一忙就是一个通宵，早上五六点身心疲惫回到家里，还得马不停蹄地掐着点送孩子去上学。

“只有半个小时，抓紧准备会商材料”“会议纪要一个小时之内整理下发”“十分钟内工情、险情数据报上来”，类似于这样的紧张时刻，在“大防办”里算是常态。上班靠跑、吃饭靠捎、睡觉时间靠挤、比一比谁最能熬，这就是大家总结出的“大防办三靠一比”工作法。

“大防办”里温暖多。每到饭点，总会有几个忙手头工作连去食堂吃饭时间都没有的人，每每这个时候总会有人主动询问为大家带饭；工情组接险报险频繁时，忙的连喝水时间都没有，每每这个时候总会有人起身给每个同志面前的水杯里倒上水，提醒大家喝口水；高强度的工作经常有人生病或身体疼痛，每每这个时候总会有人给大家分享保健治疗常识。

对于大家来说，经历抗洪抢险“百日大战”都是人生第一次，参与其中是机缘使然，勇于担当是使命责任。凡人凡事照亮不凡之路，微光成炬汇聚星辰大海。将来回首再看，虽然苦过、累过，哭过，但无怨无悔。

不惧风雨来，我辈请长缨！在这个极不平静的汛期里，巾帼上沙场，齐心战秋汛。她们怀着必胜的信心，洪水不退我不退，守护百里长堤，鏖战各类险情。一个个橘红色的身影如同一抹抹红云，嵌入绿堤、描入黄河，定格成一幅幅美丽画卷，留在了母亲河畔。

菊月的十二时辰

张 悦 陈旭昭

鸟叫虫鸣是自然韵味，键盘敲击也是另一种美。黄河滩上震天的号子声，传递出黄河人的铮铮铁骨；会议室中坚定的上情下达声，展现出黄河人的使命担当。

青年勇向上，黄河永向前

卯时，天蒙蒙亮，露水浸湿植物的叶，一只小鸟从一个枝桠飞到另一个枝桠，打掉几片落叶。此时，原阳河务局防汛办公室，一阵电话声打破了寂静。

“你好，请班组上报六点水尺情况，我们需要录入系统，谢谢配合！”防办人开始了二十四小时的工作。她们“哒哒哒”的脚步声回荡在走廊中，给值守人员心中蓄满了力量。

“诶，我把昨天的石料统计、铅丝网使用情况都统计好报上去了，你掌握一下动态信息。”防办工情组成员赵菡一边接热水时一边说道。这个小姑娘是今年新入职的大学生，才来到防汛办公室工作不到三个月，已经把工作内容、专业名词了解的一清二楚。

防汛值班

查看资料

此时，前来接班的人员走了过来，同样是新人，刚刚步入工作岗位不满一年的女职工姜珂，专业与稚嫩都浮现在她的脸上。

有人问到“裤子怎么这么短，露着脚踝不冷吗？”她摇摇头，“自从中秋以来就没回过家，没有拿厚点的裤子，只能先穿着这条九分裤。虽然气温低，但是开始工作就不冷了，忙起来还出汗呢！”一句话还未听完，她已经坐到电脑前开始工作了。

风雨也兼程，真情暖人心

辰时，随着“签到机”报时声音响起，休息了八个小时的机关开始“忙碌”了起来。

财务科科长艾亚娟踏着匆忙的步伐走进副主任吴亚楠的办公室，“跟局领导商量了之后购买了一批保温杯准备给一线驻守人员送过去，咱们找调度安排辆车送过去！”艾亚娟说道。

“现在车有点紧张，公车基本都在一线班组上。”吴亚楠回道。

“天这么冷，得早点让咱驻守的职工一天 24 小时都能喝上热水啊！”艾亚娟当机立断。

“中，你别管了，我尽快协调。等会我跟你一起去，也能帮忙搬搬保温杯。”

……

不到一小时，就看到她们两个带着后勤保障组的女同志们开始把一箱又一箱保温杯搬上车，风风火火地赶往六个一线班组。

午时，半巷犬吠，半楼饭香。正在整理会议内容的办公室职工，正在清算防汛物资的财务科职工，正在记录水尺的防办职工，纷纷凑到窗户边，“毛师傅，今个啥饭呀？真香啊！”

毛师傅满脸笑容的答道：“土豆炖牛肉！快点忙完来吃饭吧！”

没等他话落，楼道里脚步声就已响起。这是上午工作完成的欣喜，也是饥肠辘辘奔向食物的本能，更是温暖肠胃与人心的感动。

在这场持久的秋汛防卫战中，有这样一群人，虽然在大坝上很少见到她们的身影，但在后方，在最寒冷的时刻，总会为驻守人员送去最温暖的装备；在最需要“充电”的时刻，做上一锅锅热腾腾的饭菜。吾有所爱，其名黄河；吾有吾名，其曰“后勤人”！

运筹帷幄中，决胜十里外

“樊主任，今天咱们局六个控导工程的工情水情雨情有没有什么新动态，昨天的抢险资料留存了没有？”原阳河务局机关值守局长江修明问道。

“江局长，我正要去给你送呢，今日动态已经更新整理好了。昨天抢险拍了一些影像资料，也整理好了。”防汛办公室主任樊好奇回应道。

“那就好，咱们机关一定要及时掌握动态信息，及时给市局上报，资料也一定要留存好。另外提醒各班负责人、技术人员一定在巡坝查险、抢险的过程中注意自身安全！”江局长细心叮嘱道。

自从秋汛到来，江局长就一直坚守在机关，做着上情下达、统筹安排工作的同时，也不忘关心一线职工的安全问题。

“江局长，今天晚上九点省局召开视频防汛会商会议。”

“好的，通知各职能组按时参加。”这样干净利落、斩钉截铁的对话自秋汛以来已经出现了太多太多次，虽然听起来再平常不过，但重要的是可以使人内心更为坚定。

会商结束后，江局长又急忙整理出来会议要点及精神，确保第一时间能够传达给一线各指挥长、班长、以及技术人员。

“每个人都要清楚自己所在控导工程的工情、水情以及群防力量，切实的负起责任！”

忙完之后，已是子时，这位年过半百的老同志，终于休息了。白天叽叽喳喳的鸟叫声早已沉寂，万物都像是按了“暂停键”，万籁俱寂。

暗夜终有破晓时

子时一刻，原阳河务局二楼办公室还亮着灯。

“诶，赵祎哥、常成哥，你俩还在呢！”

“对，白天出去拍了点素材，我看看赶快给它剪出来，要不然就过了时效了。新闻就是‘新’才叫新闻，咱宣传报道工作一定要注重时效性。”宣传报道组成员赵祎边制作边向一旁入职不满三个月的新人张悦传授着经验。

深夜拍摄素材

“常成，你看我这段加点什么文案好一点？我感觉这不够应景。”

“你把这点亮应急灯的片段剪到这句歌词上，是不是会好一点。”一个出谋划策，一个画龙点睛，两人配合，必出精品。

回过头来到防汛会商值班室，一进屋就是一股浓浓的咖啡香味。

“我直接把一瓶黑咖啡拿过来了，大家都喝点提提神，要守一夜呢！”值班人员刘畅说道。

“姐，你别用杯子了，你直接往咖啡罐里接水，更提神！”有人调侃道。一阵“哈哈哈哈”声音响起，既活跃了气氛，也振奋了精神。

镜头再次转到防汛值班室，两个高大的身影出现，一位坐在电脑前，一位站在旁边。

“哥，今天樊主任说毛庵、三官庙为秋汛防守重点，要进行除险加固。”今年入职的小伙子郑李昂说道。

“是的，咱俩抓紧时间把表格做出来，不能耽误一线工作。”坐在电脑前的小伙子一脸疲惫，但眼神却闪闪发光。

不知不觉，又到卯时。

“哥，你看！天边那朵云真好看。有种‘破晓’的感觉。”

“我引用《瓦尔登湖》中的一句话：‘日出未必意味着光明，太阳也无非是一颗辰星而已，只有我们醒着，才是真正的破晓。’干活吧，兄弟。”参加工作已有几年的青年干部高攀浩如是说。

大风泱泱，大河滂滂，天地朗朗。地球自西向东转动，从日出到日落，分给每个人的时间都是24小时。如果说秋汛是一场大考，考验的是黄河人坚守的决心与毅力，那么回想这几个月的艰辛历程，“7 · 20”“德尔塔”“8 · 22”、1号洪水、2号洪水、3号洪水，无论面对什么样的困难与挑战，原阳黄河人始终勠力同心，砥砺前行，用黄河精神和坚毅身躯凝聚起一道坚不可摧的安澜长城！时代创造了我们，我们背负时代前进。你我，吾辈，青年，壮年，当破晓而生，踏浪而行！

最美巾帼力量　扛起“硬核担当”

——记中牟河务局防御秋汛洪水典型人物朱卫红

宋琳琳

她坚强隐忍，稳稳扛起防办大旗；她坚韧果敢，巾帼不让须眉；她开拓进取，从不停止前进的步伐；她温柔细腻，用爱拥抱身边的每一个人。她——便是在中牟黄河秋汛洪水防御战大考中脱颖而出的防办负责人朱卫红。

雷厉风行，撑起“硬核担当”

“险情资料都整理好了吗？前两天申报的物资到位没有？”

“已经安排人正在整理。向地方报的铅丝笼已经到位了……”

推开防办的门，笔者看到今天的采访对象和主管领导沟通着防汛工作的进展情况。笔者轻声掩上门，悄然站立一旁，仔细观察着：满桌的文件、亮屏的电脑，还有响个不停的电话。再看看端坐办公桌旁头脑清晰、语速飞快，时而夹杂几声猛烈地咳嗽声的她：嘴角冒泡、两眼布满血丝、眼皮肿胀，一张清瘦的脸上写满了疲惫。

从 9 月 27 日晚上，河南黄河河务局防汛会商结束，全局启动全员岗位责任制至今，整整 14 天，336 个小时，朱主任每天要接到或打出各种协调沟通电话至少 60 个，每天指导报送固定防汛报表 25 个、临时报表至少 10 个，下午 5 点县局固定会商会，晚上省局会商、市局会商，结束后还要整理当日防汛情况总结报告……等一切忙完，已是第二天的一两点钟，在办公室简单支个小床，就和衣睡了。繁重的工作任务和身体长时间超负荷运转，让朱主任最终患上了严重的感冒，她拖着病体坚守岗位，没有请过一次假。这就是一个身在基层的女防办负责人秋汛期间工作状态的真实写照。

迎难而上，打通“硬核壁垒”

一个瘦小的身体，怎会爆发出这么大的能量？要知道一个女性，置身在河务部门防汛岗位的风口浪尖上，没点实实在在的“内核”真是不行。

“是什么支撑着您不断向前呢？”笔者忍不住问道。

“单位交给我这么重要的工作，是对我的信任，只有干好工作，才对得起这份信任啊。”朱主任是这样说的，也是这样做的。

各种汛情物资数字脱口而出、汇报问询对答如流、电话回复耐心细致，多年的历练，让她从普遍走向卓越，每一次成长的背后都是汗水和泪水的总和，她用更有力量的内在展现了黄河女性别样的风采。

今日之秋汛不仅考验着黄河工程的承载力，也在全方位考验着黄河人的素质能力。如何高效与政府部门联系沟通？对初任防办负责人不到一年的朱主任来说，这是个来不及好好研究的新课题。跟地方上联系会遇到很多的障碍，很多事情他们也是第一次遇到，也需要层层上报请示。为此，朱主任没少碰壁，很多需地方协助、配合的工作无法开展。没办法，派人上门沟通、多次电话催促，各种软泡硬施，“有志者，事竟成”，经过朱主任和主要领导的不懈的努力和大力争取，我们与地方的关系更加紧密，对话渠道畅通无阻，物资支持空前增多，群防队伍落实到位，黄河的高质量发展之路在无数名像朱卫红主任一样的黄河人的共同努力下，越走越宽阔。

知人善察，成就“硬核团队”

优秀的管理者能够用人所长，补人所短。为了更合理地调配科室人员，发挥各人长处，秋汛期间，她统筹部署落实各项工作和上级要求，使科室每位职工的工作效率最大化，保证了各项防汛工作有序开展。

在防办文电组、后勤组、水情组、综合协调组各司其职，有条不紊地开展工作。技术能手也可“变身”写作强兵，写作小白也可升级“打怪”，朱主任要求科室人员要加强历练，迎难而上，培养多面手能力，在朱主任的严管下，防办人人都可堪以重任。

她很忙，一个简短的采访，只是五分钟就被三个电话、五个来访打断；她很忙，多数时候都顾不上吃饭，饿了就吃碗泡面简单应付；她很忙，家属楼就在办公楼的百米之内都没回过家。她用自己的坚守付出和一点一滴影响，给了团队的榜样。提起朱主任，科室人人都竖起大拇指。

黄河下游大流量过程还在持续，战斗远未结束。笔者问朱主任，汛情结束最想干的事情是什么？她笑着打趣道：“好好陪陪家人，然后睡上个三天三夜”。还未说完，又一个电话铃声响起了……

急难险重显身手

——2021年河南黄河秋汛防御侧记

崔卿杰

今年9月中旬以来，黄河中下游地区密集发生3次大范围降水过程，雨日偏多，落区重叠、强度较大，加之前期降水造成土壤水分饱和，导致黄河中下游干支流来水显著增多，形成严重秋汛。受降雨影响，黄河的主要支流渭河、伊洛河、沁河均发生有实测以来最大的同期洪水，黄河流域降雨较常年同期偏多98%，黄河中下游防汛形势非常严峻。严峻到什么程度？一组数据可以表现。

黄河主要支流渭河流域来水为多年平均值的2倍；伊洛河流域来水为多年平均值的5.7倍；沁河为多年平均值的5.9倍。

黄河干流潼关站发生了1935年有实测资料以来同期最大洪水，伊洛河、沁河发生1950年以来有实测资料以来同期最大洪水，花园口站发生了1996年以来最大洪水。

有人说，来水了，不是有水库么？

目前，黄河中游主要有三门峡水库、小浪底水库、河口村水库、故县水库及陆浑水库等5座水库。三门峡水库由于潼关高程及渭河淤积问题，不参与蓄洪、泄洪。而每年七月、八月主汛期后，九月、十月一般为后汛期，这个时段，水库会逐步蓄水，以完成非汛期蓄水抗旱作用。简单来说，每年这个时候水库一般都开始蓄水了。今年这次洪水来的非常不巧，各水库基本上已经蓄好水了，突然来两次洪水，水库基本上没有库容了，突然又来了3号洪水，而且比前两次更大，水库调节压力非常大。目前，小浪底水库、河口村水库、故县水库及陆浑水库均超汛限水位，其中，小浪底最高一度超汛限水位24.58米。

又有人说，水多了，直接往下游排不就行了么？

目前，河南、山东的黄河滩区生活着近200万人民群众，如果直接往下排，会造成洪水进入滩区造成漫滩。若洪水漫滩，将危及到滩区内群众生命财产安全。本着“人民至上、生命至上”的原则，保证下游河道不漫滩，就要精准调度各个水库，确保滩区人民生命安全和财产安全。

汛情就是命令，责任重于泰山，黄河系统上下全体动员，主动放弃中秋国庆假期，投入到紧张的抗洪抢险战斗之中。

黄河是中华民族的母亲河，作为郑州市后花园的黄河大堤历来到黄河岸边游玩的人很多。又恰逢国庆中秋假期，受疫情影响不宜出省旅游，身边的朋友很多都有去黄河边游玩的打算。花园口风景区、黄河记事广场、黄河文化公园、古柏渡飞黄旅游区都是黄河岸边的旅游胜地。

9 月 28 日起，河南沿黄河各地市分别发布通知，为保障防洪抢险车辆顺利通行和保护人民群众生命财产安全，对黄河大堤道路进行交通管制，对到黄河大堤游玩的行人进行劝返。在国庆假期，花园口风景区黄河大堤上，以往游人如织的堤顶道路除了往来巡查的工作人员就是疾驰而过的防汛车辆。顺着大堤一路过来，同事们发出这样的感慨：从来没有见到过如此冷清的黄河大堤，也从没见过如此繁忙的黄河岸边。路边一排排抢险机械整齐待命，一排排自卸车满载抢险物资整装待发。消防救援、电力保障、通信保障各种应急车辆在道路两侧有序停放，巡坝查险人员、消防救援队员、应急抢险演部队纷纷在黄河大堤上集结待命。防洪抢险，河务局全体职工严阵以待。

当前，河南黄河河道流量已连续 19 天超过 4000 立方米每秒，未来大流量过程还将持续 10 天以上。黄河两岸防洪工程受大流量、长时间浸泡，部分工程还受大水顶冲，随时都可能有险情发生，防汛形势极其严峻。为切实保障安全生产，沿黄河两岸所有靠河工程均已架起照明设备。夜晚的黄河两岸，灯火通明。有专群结合、4 人一组的巡坝查险队伍，有往来穿梭运送料物的自卸车辆，有专业熟练的抢险队伍，有时刻待命的公安、消防以及应急救援队伍，一座坚如磐石的抗洪抢险堤坝正矗立在黄河两岸，严阵以待。

本次秋汛洪水以来，截至 10 月 13 日，河南黄河段累计 58 处工程 308 道坝出险 1781 次，累计抢险用石约 35.5 万立方米，土方约 8000 立方米。在河南省委省政府统一部署下，黄河水利委员会综合调度，按照“政府领导、应急统筹、河务支撑、部门协调、群防群控”的黄河抢险机制，各部门联动配合，及时进行抢护，提前对工程进行根石加固，发现险情及时处理，抢早抢小，切实做到“不死人、不漫滩、不跑坝”。截至 10 月 10 日，河南黄河河务部门和沿黄各县区领导干部靠前指挥，分包坝段，已落实 2300 多名专业技术人员，1.2 万名群防人员坚守在抗洪一线，部署 1000 多台套挖掘机、装载机、自卸车等大型抢险设备，随时投入抗洪抢险。

河南省委省政府高度重视河南黄河秋汛防洪工作，领导多次到现场视察，召开会议下发通知，安排部署黄河防汛工作。河南省防汛抗旱指挥部下发通知，要求每处河道工程巡查防守按坝垛编号以每4道坝为一个基本巡查单位，至少配备16人（专业人员，群防人员按1∶3配备）；每个巡查单位分4班，每6小时一班，每班4人，每小时巡查一遍。且每处靠河工程预置2部挖掘机、2部装载机、5部自卸车，目前各工程点人员、设备均已到位。沿黄河各地市分别成立了黄河防洪抢险前线指挥部，各地市主要负责人坐镇防汛一线、靠前指挥，第一时间发现问题、解决问题。

专业队伍人员不够怎么办？黄委上下各级组织动员机关干部下沉一线参与巡坝查险工作。黄委机关及委属各单位纷纷下沉一线，参与防洪抢险各项工作。以河南黄河河务局为例，全局累计派出下沉一线干部职工2300余人，派出六个防汛指导工作组分赴局属六个市局，派出四个防汛抢险专家组分赴抗洪抢险一线，指导险情抢护工作。

群防队伍人员素质不高怎么办？郑州市金水区抽调19个政府部门共264人下沉辖区内各工程点，分段负责、分工防守，极大提高了巡坝查险工作能力和水平。有的县区直接抽调预备役战士参加抗洪抢险，在有关部门的指导下，能够迅速开展抢险作业，极大的提升了抢险速度和效率。

以前，黄河抢险用的是扎捆柳石枕，浪费时间和人力，效率也不高。现在都是用铅丝笼包裹石料，用大型机械设备抛铅丝笼，效率大大提高。

以前，黄河抢险夜晚没有灯光，人人头顶一把火炬，安全措施也不到位。现在每处靠河工程都是灯火通明，人人穿戴救生衣，有的还需要佩戴安全帽进行抢险作业，安全生产有保障。

以前，险情发现不及时，很容易出现较大险情。或者发现险情，却没有抢险设备、没有抢险队伍甚至没有抢险物资，只能眼睁睁看着由小险变大险。现在有24小时巡查的人员，有随时待命的抢险队伍，机械设备、抢险物资一应俱全，我们誓要打赢黄河秋汛这场硬仗！

当前，河南黄河河道流量接近下游卡口河段平滩流量，将持续较长时间，秋汛洪水防御工作已经到了最吃紧、最关键的时刻。专业技术人员和群防队员24小时不间断巡堤巡坝查险；河南黄河抢险人员不分昼夜，栉风沐雨加紧对大溜顶冲、靠溜紧和根石走失严重坝垛的除险加固；应急保障部门结合抢险需要，加快抢险石料的采运、补充，严防靠溜坝垛出现备石不足；电力部门已架设照明线路200千米，落实应急照明车100辆；通信部门沿堤布设光缆，保障信号畅通；490多顶帐篷安置在抗洪抢险一线，为抗洪抢险人员挡风遮雨，临时休憩；沿黄 15 个县区预置了消防救援抢险队伍 2000 余人，随时增援抢险。

岁月静好，是有人在负重前行；花好月圆，是有守护者流汗水。我们要为河南河务局各级干部职工“团结、务实、开拓、拼搏、奉献”的黄河精神点赞，要向奋战在一线的各级领导和干部职工致敬！

大河之弯“守护人”

朱勇攀

“雷局，我们找您报到！”9 月 29 日，笔者下沉一线的第一天，远远看见从东控导 5 坝疾步走来的雷晓明，脸上带着被烈日暴晒过的痕迹。

“好呀，这下我们南工地的力量又强大了一些！”

“雷局，几天不见咋看着您黑了不少呢？我感觉在一线很舒服啊，空气好，风景也好！”刚下沉一线的笔者带着些许稚嫩，笑着问道。

“哈哈，空气好，风景美，都是真的，但这次任务重啊，小伙子，做好打硬仗的准备！”雷晓明拍了拍笔者的肩膀。

截至今日，距离笔者下沉一线第一天已半月有余，在此期间，笔者沉默了数次，只因被这次秋汛防御工作中一线人员的辛苦和默默奉献而震撼。

兰考黄河段，河道全长 25 公里，有四处靠河工程，南工地就占了 3 处，目前高滩区还有 1.27 万老百姓居住，三处靠河工程的防守任务十分繁重。

“南工地防守任务重，事情多，为什么您一直在这里值守啊？”10 月 3 日，寂静的夜里，笔者与雷晓明一起值夜班，站在东控导 5 坝坝头询问道。东坝头控导工程 5 坝，长 1073 米，坝头长长的延伸在河道边，站在坝头上，伴着呼呼的北风，翻着浊浪的黄河水不停地向前奔涌着。

“说实话，来南工地，我有私心，南工地防守三个靠河工程，这三个工程护的就是黄河最后一次自然决口改道的地方，黄河的多次决口改道，为曾经的兰考人民带来了无尽的苦难，我们的老一辈，都饱受贫穷之苦啊。后来，是焦裕禄书记带领兰考人民探流沙，查封口，以敢叫日月换新天的决心和信念战胜“三害”，才带领兰考人民逐步走出了苦日子。我是兰考局的党总支书记，这个地方时刻警醒着我啊，我想带领大家在最难守护的地方拼一拼，关键时刻顶得上，急难险重冲在前，这本就是党员分内嘛。”夜晚的光线很暗，看不清雷晓明脸上的表情，只听他语调平稳，铮铮有力。

笔者感觉浑身升腾出一股热量，刹那间驱散了寒冷和黑暗，默默感到震撼：党

员干部干工作不挑肥拣瘦，但是却在用肩扛着最重的任务啊。

10 月 5 日夜间，秋雨来袭，黄河岸边北风呼呼的吹着，雨滴落在脸上啪啪作响，生疼。“不值班的党员都出来！穿上厚衣服，咱们一起去各值守点加固帐篷”。雷晓明话音落地，兰考黄河抗洪抢险第一临时党支部党员迅速在南工地院内集结。

雷晓明带领大家查看了各值守点的帐篷，发现情况比预估的还要严峻，帐篷在大风中摇摆不定，帐篷内呼呼灌风，一旦被风刮走，值守人员连个歇脚的地方都没，尤其是夹河滩 4 护岸的帐篷距离河边不到 3 米，安全隐患极大。

“张建国，你那个角的铁丝一定要拧紧，对，就是这样再紧两圈。”“常超，压帐篷的石头找好了没，压过之后别忘了再盖一圈土”“陈波，看一下帐篷顶上还有没有积水”“……”随着一条条命令的下达，帐篷在大风中安静了下来。对护岸值守人员交待了安全注意事项后，雷晓明就带着党员们马不停蹄的赶往下一个值守点。夜间 10 点，所有的帐篷加固完毕，大家拖着疲惫的身躯结队回班组休息，雷晓明与大家“分道扬镳”，他要在夜间将南工地 18 个值守点再走一遍，看看工程是否安全，看看值守点的帐篷是否牢固，摸一摸帐篷内的被子是否温暖……凌晨 1 点，是新一天的开始，但对他来说，却是前一天的守护还尚未结束。

10 月 14 日，当雷晓明迎着簌簌的秋风，带领兰考黄河抗洪抢险第一临时党支部党员伴着滔滔的黄河水声，面向党旗，举起右拳，庄严宣誓“我志愿加入中国共产党……随时准备为党和人民牺牲一切，永不叛党”时，笔者感慨万千，他入党时的铮铮誓言，在这场历史罕见的黄河秋汛防御战中得到了最好的检验。

明暗交织护大河

王炜宸

夜幕之下，巩义河务局所辖四处控导工程坝头照明齐备，时不时出现的几点橙光在照明灯下拉出长长的影子，随后又隐入连坝路的深处。市区机关楼内，有两处长久不灭的灯光，仿佛在诉说着这个秋日的不易，键盘敲击声混着电话铃声从这里传出，鲜有人语，却满是忙碌。

“灯火长明”的两个房间

22点30分，三楼会议室。

巩义河务局领导班子和几位中层脚步匆匆，视频连接已经由网络管理员提前调试好，待大家落座后，每日不定时的防汛会商会议开始。

从9月26日开始，为应对严峻的防汛形势，河南河务局建立“1+6+26”防汛会商模式，保障各防汛单位24小时在线视频会商。巩义河务局严格按照上级要求，配备8名会商室值班员，在进行简单培训后迅速上阵，昼夜轮转，24小时保障视频在线，确保该局能够及时准确进行防汛会商。

防汛会商室俨然成了巩义河务局的“中枢神经”，参与上级会商，向全局传达最新防汛工作要求，收集每日防汛新问题并研判解决方案，将指令传至机关各科室和一线坝头，确保各项防汛工作高效有序开展。

“站好每一班岗，切忌麻痹大意，坚决取得秋汛洪水防御战的最终胜利。”凌晨2时，这一天的防汛会商会议结束，值班员随即到岗，从喧闹转入寂静的会商室明亮依旧。

凌晨2时15分，二楼防汛值班室。

“叮铃铃……”，电话响起不到三声就被接起，不多时，市局发过来的传真就被值班员拍照发往带班领导处以及工作群内。由于大部分职工都被安排到一线参与巡坝防守工作，机关所剩人员寥寥无几，因此，每日防汛值班的重任就落在了办公室、工管、防办职工组成的“临时防汛办公室4人组”的肩上。

发布气象、水情信息、向上级和地方报送每日雨情、水情、工情、汛情、统计防汛物资使用、料物储备情况等等，整个汛期，防汛办公室的职能无疑是重中之重，无论黑夜白天，防办人都要坚守岗位，严格遵守防汛值班纪律，确保高效率完成各项防汛任务。

9 月 27 日，黄河接连形成了 1 号、2 号编号洪水，防汛形势愈加严峻，接上级通知和局领导要求，防办值班人员需要每两小时在工作群内通报一次水情，同时记录该时段水尺录入水情系统。即使在深夜里，值班员也不会有丝毫懈怠，收发传真、记录水尺、上报水情，有他们在，防汛的大后方就有了坚实保障。

黑夜中的“漫漫长路”

时针走完了又一轮的 12 时辰，黑夜中它再次指向“1”，一线巡坝查险人员重新裹上军大衣、穿好救生衣、带上手电筒和专业设备，走出坝头帐篷，再一次用眼、用耳、用心、用脚、用手去观察、去倾听、去关注、去测量、去守护母亲河的安澜！24 小时不间断的巡查，巡查人员正如时针一样毫不懈怠。

“你们见过凌晨 2 点的黄河吗？我就见过。”巩义河务局下沉一线巡坝查险的职工王晓东戏谑道，虽是一句玩笑话，可是却透露出了一线巡坝工作的艰苦之处。

在秋风萧瑟的雨夜里，一线巡坝人员迎着坝头的灯光，撑着雨伞在泥泞中艰难前行。他们拿着手电照看根石，查看是否有走失；集聚几束灯光，查看坦石是否有塌陷。虽然辛苦，却没有人喊累，每个人都在巡坝中全面细致检查，目的只有一个，确保这个汛期能够万无一失，安全度过。

9 月下旬以来，巩义河务局机关下沉一线已近 20 天，每日巡坝查险成了他们的常态工作，而每个人更是暗自下定决心，为保黄河安宁，他们时刻做好了冲锋在前的准备。

夜晚的河面下暗流涌动，而巩义治黄人正如萤火，在黑夜中发出守护的光亮，照向大河，筑起防线，只待胜利之时的到来。

最可爱的人

——记长垣榆林控导工程运行观测班班长邢少杰

皇甫育冰　张　昆　冯军虎

10 月 1 日上午 9 点，长垣榆林控导工程班的邢少杰刚结束巡坝查险回到班内，准备填写观测记录时，手颤颤巍巍，无法握笔，一旁的同事察觉到，赶紧将他送往医院，经诊断为急性脑梗。

9 月 30 日下午，邢少杰已经感到身体不适，头晕、乏力，他想着不碍事，为了不耽误工作，自己默默忍受，晚上继续巡查观测。

今年 53 岁的邢少杰是长垣河务局运行观测科的一名普通职工，1990 年，22 岁的他接过父辈手中的接力棒，成为了一名治黄人。2006 年，他来到了榆林控导工程管理班，经过 5 年的成长历练，当上了运行观测班的班长，这一干就是十年。“榆林控导工程所辖 44 道坝，连坝路全长 5179 米……”说起榆林控导工程，邢少杰如数家珍。

由于运行观测人员少，分摊到每个人身上的任务比较重，他们不仅要负责巡坝查险、探摸根石、查勘河势等日常性工作，汛期来临时还要承担防溺亡宣传等任务。根据分工，他们每人负责 11 道坝，而作为班长，邢少杰主动多认领了几道坝的观测任务，放在平时，每天需要观测 3 ～ 5 次，现在秋汛异常严峻，9 月下旬水情工作加密至每小时报送，每次出任务时都需要观测每道坝的临河、坝体、背河三个地方，工作量十分巨大。

邢少杰还要同地方政府群防队伍进行对接，带领群防队员开展巡查工作。要完成好这些看似“琐碎”的工作，耗时耗力是必然的，但邢少杰干工作不讲条件、不计得失，从不喊累叫苦，他总是笑着说：“这点辛苦算不上什么，咱干的就是这活，守卫黄河，义不容辞！”

秋汛以来，邢少杰主动放弃休息，不分昼夜地坚守在自己的岗位上，忙得连轴转，连续一个多月都没有回过家。一个多月的时间里，他既当指挥员，又当战斗员，一门心思扑在防汛抢险工作上，从早到晚不停地奔走于坝垛间，不放过每一处可能出险的地方。

榆林控导工程35坝至44坝的坝头本不靠河，今年大流量洪水水位猛涨，导致这些底部根石不牢固的新坝也全部靠河，第一次受到河水的冲击，邢少杰不放心，坚持定时巡坝观察水位，亲自查看根石情况，时刻掌握最新动态，对每个坝的具体情况了然于胸。

在医院时，邢少杰还不忘把观测记录传达给同事，这也为后续的抛笼固坝提供了宝贵的一手资料。

邢少杰住院后，榆林控导工程班有些安静，“他早上起来没事总喜欢在院子里吼上两嗓子，这一生病，班里少了点欢声笑语。”他的老搭档养护班班长吕付坤告诉我们。

邢少杰平日里喜欢唱歌、唱豫剧，性格活泼，但做事细腻、干净规矩，班组也被他打理的井井有条。榆林控导工程管理班在邢少杰的带领下，曾先后获评“黄委模范职工小家”“省局优秀班组”“市局先进班组”等荣誉称号。

秋汛以来，市县局机关干部职工陆续下沉一线、进驻工程，和一线职工一同巡坝查险，邢班长自然成为了他们的老师。“什么是上（下）跨角？水尺应该怎么看？为什么会出现回流淘刷？”面对下沉职工抛出的问题，他总是不厌其烦地一一进行解答。在进行根石探摸时，他亲身示范，凭借着多年的经验，他能通过一根小小的探测杆对下面根石的情况进行“把脉问诊”。邢少杰手把手地教给下沉职工，指导的同时还不忘一遍一遍叮嘱，“现在黄河水深流急，操作时一定要注意自身安全。”

邢少杰的宿舍里，雨衣和救生衣上挂着雨珠，桌子上整齐的摆放着《值班日志》《工程巡查记录》《险情观测日志》等记录本。5名下沉职工住进了邢班长的房间，接过他手中的手电，穿上他穿过的雨衣，继续坚守在邢班长的岗位上，“我们住着邢班长的房间，干着邢班长的工作，请他放心，我们人在阵地在！”“请邢班长放心！”“请他放心！”

我们在医院见到邢少杰，因脑梗导致嘴角有点歪，说话还是有些不利索，断断续续地说：“因为我每天都在关注工作群，看到同事们都很辛苦，我对榆林班的情况最熟悉，作为班长，很多工作我还是放不下心，就想为他们分担一点。”

看着同事们都在防汛一线奔走，自己却躺在病床上什么都不能做，邢少杰觉得十分愧疚。“领导们都很关心我，我想赶快恢复身体，出院后第一时间回到工作岗位。”

邢少杰的妻子守在一旁，满眼心疼地说：“理解他的工作，在黄河上干了一辈子了，一到汛期就没回过家，现在希望他好好养病，养好身体后抓紧时间回去工作。”

邢少杰，这个最可爱的人，用自己的实际行动感染并带动着一代又一代黄河儿女投身治黄事业，在新乡黄河防汛抗洪面前就像一面鲜活耀眼的旗帜，高高飘扬在抗洪抢险的最前线！

黄河安澜，离不开每一位一线工作者的辛勤奉献，他们时刻守护在黄河母亲的身边，扑下身子，义无反顾、不畏劳苦、风雨无阻、勤勉尽职，用脚踏实地传承着一代又一代黄河人的“根”与“魂”！

战秋汛，闪耀在大坝上的“橄榄绿”

庞倩楠

他们从脱掉军装的那一天起到兰考河务局做一名治黄工作者，他们退伍不褪色，把军人的优良作风带到工作中，每逢汛期他们总能冲锋在前，奋斗在抗洪抢险一线，不断维护防洪工程安全，确保黄河岁岁安澜。2021 年入汛以来，受持续强降雨影响，黄河中下游干支流普遍涨水，黄河相继出现 3 次编号洪水，汛情牵动着每个人的心。面对严峻的防汛形势，兰考河务局迅速行动，及时成立了由党员干部、退伍军人组成的抗洪抢险突击队，奔赴防汛一线，勇挑重担，迎难而上，彰显“退伍不退志、退役不褪色”的军人本色，践行“若有战、召必回”的铮铮誓言。

主动请缨奔赴一线

兰考局副局长雷晓明作为一名党员干部，汛情当前，他主动请缨奔赴防汛抗洪一线。“洪水不退，我们不撤，不胜洪水誓不还。”副局长雷晓明说。近日，笔者在大坝上看到他身着迷彩服，配上橘红色的救生衣，依然精神抖擞，步伐稳健有力。“雷局长，你还是保持军人的作风啊！”“是啊，现在大坝就是战场，赢得时间就赢得防秋汛的主动权。”自驻守一线工地以来，既是指挥员，又是战斗员，带领抢险突击队员日夜坚守、风雨无阻，始终深入一线，靠前指挥。哪里最关键，他就出现在哪里；哪里险情大，他就奋战在哪里；越是艰险越向前，打赢了各类洪水防御战。他说：“现在要多做工程除险加固工作，为落水期做好准备，战胜洪水的关键时期更不能掉以轻心，要继续弘扬伟大抗洪精神，永葆军人本色，以必胜的信心和决心打赢黄河秋汛防御这场硬仗。”

洪水面前义不容辞

防汛办公室副主任常世超，也是一名突击队员。面对险情，他挺身而出，彰显军人永不褪色的使命和担当。“作为一名新时代的治黄人，又是抢险突击队的一名成员，我有信心，有能力守护好防洪工程的安全，请领导放心，请兰考人民放心。”

防汛办公室副主任常世超说。自进入汛期以来，他与队员一直驻守在东坝头控导工程，每天按照分工和大家认真做好巡坝查险、观测河势等工作，发现隐患问题及早抢护。他凭借着多年积累的抢险经验在面对复杂险情时沉着冷静，结合实际制定出科学的抢护方法，特别是在复杂的险情隐患抢护中，他采用传统抢险与现代抢险技术相结合的方法进行抢护，人工捆扎柳石枕，利用大型机械抛枕，这种方法不仅省时省力省料还能快速控制险情。当我问他在大坝上坚守这么多天你不想家吗？“想啊，本打算国庆节带他们去游玩，由于汛期结果还是食言了。”孩子有些失望吧，“失望肯定会有的，但当知道我在抗洪一线保护滩区群众生命财产安全时，他感到非常的骄傲和自豪，还跟同学们说我是英雄。”

老骥伏枥勇于担当

司机高合法师傅是一名退伍老兵。“洪水不退我绝不回家。”司机高合法说。50 多岁的他驻守在蔡集控导工程守险点，是后勤保障组一名司机（兼司务长），他也是在部队摸爬滚打出来的老兵，一直保持吃苦耐劳、甘于奉献的优良作风。为保障车辆安全行驶，高合法不但苦练驾驶技术，还养成了车到哪里，车辆就保养到哪里的习惯。他在抗洪抢险一线工地，始终认真驾驶，保障安全出行。日常工作中，他除完成好出车任务外，还协助搞好驻守点的伙食工作。每天早上起床后，都到菜市场采购新鲜食材，回来后与炊事员一起为职工做好后勤保障。为了搞好食堂卫生，他每天都把锅、碗等器具刷得干干净净，把厨房收拾得井井有条。同时，他还想方设法改善伙食，满足大家的胃口，让大家吃得放心。提起家人，他有说不完的话，家里上有 80 多岁父母，下有幼小的孙子，儿子也日夜奋战在防汛一线，最近家里的负担全都落在爱人一个人身上，当兵时不能回家，现因工作性质还不能回家帮她分担家务，他的爱人也非常理解和支持。“这些都不是事，等洪水退后在回家补偿她吧。”从这简短而又朴实的话语中，让我看到了他作为军人冲锋在前的作风和对治黄事业的热爱与执着。

在兰考黄河抗洪一线，一个个像雷晓明、常世超、高合法一样穿着迷彩服的身影在大坝上忙碌着，他们以责任和担当铸就不跨的堤坝，用永不褪色的“橄榄绿”全力守护母亲河和沿黄群众的生命财产安全。

逐汛而行　与河共舞

——焦作河务局战胜2021年黄沁河洪水综述

杨保红

沁河洪水过境

2021，注定是不同寻常的一年，历时百日的沁河长汛、罕见的黄河秋汛，担负着黄河、沁河两副防汛担子的焦作河务局，经历了严峻的考验。6次启动全员岗位责任制，5次启动防洪运行机制，焦作黄河人向党和人民交出了合格的答卷。

“7·11” 丹沁并涨　沉着应对

时间进入2021年7月，一次强降雨过程开始在沁河流域酝酿，雨区主要集中在沁河下游及其支流丹河。

7月11日13时30分，沁河山里泉水文站出现3800立方米每秒的洪峰流量，为建站以来最大。

当日15时54分，沁河支流丹河山路平水文站出现1170立方米每秒的洪峰流量，为1957年以来最大流量，排建站以来第四位。

面对突如其来的汛情，焦作河务局领导班子成员分别带领6个工作组，下沉防汛一线，这一做法后来被广泛运用于河南黄河防汛工作中。

7月11日，焦作河务局协助河南省防指在沁河白马沟班组建立指挥部。焦作市县防指按照防汛预案从容应对，按照“停、降、关、撤、拆、转”的要求，在所有进滩、上堤路口设置关卡，确保沿河群众涉水安全。

群防队员对上堤路口进行管制

此次洪水特点是：一是降雨集中。二是涨势猛，沁河山里泉站从起涨到洪峰3个小时，丹河山路坪站从起涨到洪峰仅30分钟。

然而，由于沁河下游河道多年来未有大流量行洪过程，河道干枯，且有较多杂物堆积，造成行洪不够通畅，延长传播时间。至7月13日7时，武陟站出现最高洪峰流量为368立方米每秒。

在2020年防御黄河5500立方米每秒洪水过程中，焦作首创交通管制的方法。在这次洪水过程中，焦作沿河5县（市）对黄沁河防汛相关的重要路口安排公安人员把守，所有进滩、上堤路口都有群防队员，确保防汛现场没有一个闲杂人员。

“7·23”洪汛再起　除险加固

沁河首次洪峰过后，气象部门预计沁河流域后续仍有强降雨，焦作沿沁河各县（市）政府与河务部门强化各项措施，严阵以待，迎战可能出现的暴雨洪水。严格24小时值班，执行战时纪律，坚持24小时不间断开展“一堤一滩一河”网格化巡查巡险。

据气象专家分析，由于大气环流形势稳定，水汽条件充沛，地形降水效应显著，对流“列车效应”明显，沁河流域持续降雨，7月19日以后，沁河流量持续加大。

面对沁河罕见汛情，焦作河务局密切关注天气、雨水情变化，坚持每日会商，滚动研判汛情，牢牢把握防汛主动权；及时发布洪水预警，以市防指名义下发防汛指令15份。

焦作河务局领导班子驻守在一线、抢险队伍备战在一线、料物机械集结在一线、抢险专家下沉在一线、工作要求落实在一线、后勤物资保障在一线，全面压实“最后一公里”责任。

沿沁河务部门职工246人开展巡坝查险，21处水位观测站每30分钟观测1次河道水位，启用14个断面加强滩岸观测；应急抢险队驻守险点险段，随时做好抢大险准备；每座涵闸明确1名县级领导责任人，落实150人的护闸队；组织沿河群防队伍1.1万人上堤防守，近年来首次大规模使用群防队伍进行下查险。

7 月 23 日 3 时 12 分，沁河下游武陟水文站出现 1510 立方米每秒最大流量。在焦作沿沁政府、河务部门、人民群众的共同努力下，洪水顺利进入黄河。

此次行洪期间，焦作河务局对沁河险工、险段和风险隐患进行再排查，累计排查整改隐患 602 项。安排大型机械 50 余台，按照“抢早、抢小”的原则，对有出险苗头的 21 处工程果断抛石加固，保障了洪水期工程运行正常。

“8·23”暴雨来袭　严阵以待

7 月 31 日起，郑州发生新一轮新冠疫情，“8 · 23”强降雨来临时，疫情尚未完全结束。

为全面防御黄河流域新一轮强降雨，黄委根据当前防汛形势于 8 月 21 日 12 时发布黄河中下游汛情黄色预警，启动黄河水旱灾害防御 III 级应急响应。

8 月 21 日晚，在河南河务局防汛视频会商会后，焦作河务局召开紧急防汛视频会商会，专题部署本轮强降雨应对工作。根据全员岗位责任制相关要求，各职能组全部到位，机关下沉人员 22 日迅速到位。

8 月 22 日至 23 日，焦作河务局按照上级要求，组织市局机关 131 人（总人数 86%）、县局 475 人（总人数 89%）下沉一线，与一线巡查人员 204 人、群防队伍 2080 人开展巡堤查险，全力做好各类灾害防御工作，确保焦作黄沁河防洪安全。

在此次迎战强降雨可能带来洪水的过程中，焦作河务局率先按照省局要求，按照 1 ： 3 的比例落实群防队员，

在黄沁河防洪工程一线，焦作河务局党员骨干、中层干部、班子成员组成了“党员先锋队”，主动承担值班值守任务。防汛业务骨干、机动抢险队员加大防洪工程巡坝查险，及时上报水情工情等信息。在河务部门与沿河群防队伍共同努力下，焦作黄沁河又一次成功度过了暴雨过程。

“9·27”迎战秋汛　枕戈待旦

进入 9 月，正当人们想松一口气时，受新一轮降雨和河口村水库泄洪影响，沁河下游迎来新一轮洪水过程，9 月 27 日 15 时 24 分时，武陟水文站流量 2000 立方米每秒，刷新 1982 年以来沁河洪峰纪录。

同时，黄河流量也在加大。从 9 月 27 日到 10 月 5 日，9 天之内黄河发生了 3 次编号洪水。

焦作河务局 9 月 26 日第 6 次启动全员岗位责任制，机关人员继续下沉一线。全

下沉人员在黄河老田庵控导33坝查看水尺

黄河控导工程除险加固作业

局动员，在防汛一线成立临时党支部，以实现“人员不伤亡、滩区不漫滩、工程不跑坝”为防御目标，发扬连续作战的工作作风，压紧落实各项责任。

充分利用焦作市防指机构平台，建立“1+3+5+N”指挥体系，河务局、应急局、水利局密切配合，在沿河5个县成立抢险指挥部，与公安、消防、电力、武警等部门的沟通协作，预置抢险队伍、严格交通管制、保障电力供应，高效落实防汛责任和防汛指令。

在37处重点控导、险工工程，配备挖掘机、装载机、自卸车共202台套；沿河各县（市）预置5支抢险救援队伍。认真盘点石料、铅丝等主要抢险物料的消耗情况，协调地方政府及时补充防汛物料。

对防洪工程薄弱部位、易出险部位提前进行除险加固，9月26日以来，对黄河6处工程的69道坝、沁河13处工程39道坝垛进行除险加固，提升工程抗洪能力，确保不出现较大以上险情。

积极协调电力部门做好重点防洪工程网线供电保障，在34处重点防守工程架设电力线路25公里，布设57台发电照明设备和138处路灯。

在黄河6处工程安排公交车、救护车，方便一线人员的生活，保障医疗卫生。

为坚守防洪一线的党员配发红袖章，让一线党员亮明身份戴“章”上岗，一面面活的“党旗”高高飘扬在抗洪抢险的最前沿；成立决战临时党支部，以党旗引领战旗，筑牢战斗堡垒。14个基层党组织、19支党员突击队、11支党员志愿服务队、300余名党员始终奋战在焦作黄（沁）河防汛抗洪最前沿。

黄河秋汛防御战当前已进入决胜期，焦作黄河人将用专业和坚守，全力夺取黄沁河防汛最后的胜利！

暖心公交车开进黄河防汛一线

张雪颖　边　巴

防汛抢险车

2021 年黄河经历罕见秋汛，9 月 27 日以来相继出现三次编号洪水，黄河岸边风急浪高、波涛汹涌。近期，兰考县气温骤降，为确保下沉一线人员御寒保暖，县公交公司为驻守人员提供了一个遮风避雨的“港湾”——暖心公交车。

在兰考河段，每一处重点靠河工程都停靠着一辆挂有“防汛抢险车”条幅的公交车。笔者缓缓迈步往车前走，这时，忽然从车上走下一名熟悉的身影—兰考河务局防办副主任常世超，便连忙加快步伐走上前去。

“超哥，咱们的暖心公交车可起了大作用吧！”

常世超睡眼惺忪、满脸疲惫，揉了揉布满血丝的双眼，突然精神说“县里支援我们的公交车让我们在寒风凛冽、北风呼啸的堤坝上有个抵挡风雨的场所，可真是雪中送炭啊！”

笔者随常世超走进公交车，环顾车厢内部，车内搭设有行军床、救生装备及加热设备，配备有食物和矿泉水，以便巡查人员能量补给和替换班之间小憩。前方挡风玻璃板旁放置着水尺记录册、值班日志和一本黄河巡堤查险办法手册。望向后排，还有两个消防官兵盖着棉衣在简易行军床上熟睡。

常世超小声提醒道“你动作轻点，那两位同志刚巡查了一夜，让他们多休息会儿吧！”

太阳慢慢透过云霞，驱散着飞云和流雾。笔者小心翼翼地走下车，拉紧了棉衣

与常世超交谈（左一为常世超）

把手缩进袖子，东控导六坝的堤岸边虽冷风刺骨，但笔者内心却是温暖的，在这场秋汛洪水中，政府、消防、人武、退役军人等各方力量伸出援手，多方联动、共克时艰，仿佛在这个交替的季节驱散了所有的严寒。

太阳升起了，阳光洒在笔者身上，像温暖的手抚摸着肩膀。蔡集控导工程 25 坝旁的公交车上，笔者看到新入职只有 3 个月的工管科新兵——闫俊，在严峻的抗洪形势中他主动请缨来到一线参与黄河秋汛防御战。他既是一名水情探测员，又是巡坝查险值守战士兼应急抢险队员。

“刚上班就下沉一线抗洪抢险，生活还习惯吗？”笔者问到。

“挺好的，和咱局的一线职工还有消防官兵们同吃同住，没有什么不习惯的。现在有了坝边停靠的公交车，冻得受不了了就上去喝点热水、吃点东西继续投入‘战斗’！有多方力量的支援和暖心公交车让我感到不只是河务职工在守护黄河，社会多方都在关注和支援着黄河防汛，这么多部门人员积极主动高质量配合完成防汛工作任务，更坚定了我守卫黄河、势必要夺取防御洪水保卫战胜利的决心！”眼前的小伙眼神坚毅，铿锵有力地说道。

我望着眼前这个面容稚嫩的男孩，他比刚上班时瘦了一圈，皮肤也晒黑了，驻守蔡集班组已半月有余，提起工作，他还是精神昂扬、充满干劲。

暖心公交车开进防洪一线是兰考县深入贯彻“政府领导、应急统筹、河务支撑、部门协同、群防群控”的黄河抢险机制的生动体现，也是企事联动、社会多方力量关注并支持河务部门抗洪抢险工作的真实写照，更是中华民族“一方有难、八方支援”守望相助良好美德的深刻诠释。

在这场没有硝烟的“战斗”中，不仅有每年都驻守在一线抗洪抢险的治黄老兵，也有更多的抗洪新兵正在栉风沐雨中不断锤炼成长，为兰考黄河安全度汛贡献着青春力量！兰考河务局全体职工秉持“洪水不退人不下堤、洪水不退心弦不松”的坚定信念，发扬凝心聚力、勇挑重担、连续作战精神，站好最后一班岗，护佑兰考黄河安澜。

我·“河”·你

——焦作河务局一线职工百日抗洪侧记

冯艳玲

我和你，心连心，共筑安全堤。

为梦想，为安澜，相会在这里。

一盏灯

我是一盏抢险照明灯，总在深夜里出行。我在你的手里，不仅是你前行安全的保障，还是你手中的武器，照向水面看河势，照向坝体看险情，照向大堤看隐患……

我是黄河的朗读者，我要把你们“坚守”的故事讲给大家听。

秋风萧瑟，洪波涌起。10 月 9 日凌晨 2 时，驻守在武陟老田庵控导工程的侯保卫准时到岗，开启了新一天的巡堤查险工作。他的责任段是老田庵控导工程 32－35 坝，他将在凌晨 2 点到早上 8 点期间，带领 3 名群防队员，每 1 小时将这 4 道坝巡查一遍。

伴随着黄河水浪撞击河岸翻卷的声音，他们身穿救生衣、手持探水杆、腰系安全绳，一字排开，艰难行走在漆黑如墨的堤肩坝头……前面有一线光明映照，随着“笃笃笃”根石和竹竿发出的碰撞声，他们便可判定是否有隐患，是否有险情。

“你怕吗？”有人问他。

“怕。怕我们的堤防出险，怕有愧于人民的重托。”雨水虽然模糊了他们的视线，但是模糊不了他们的意志，一次又一次，一夜又一夜，他们用日复一日的坚守，守护着黄河安澜的第一道“关卡”。

9 月 26 日，黄河秋汛再次袭击山阳大地。焦作河务局启动第 6 次全员岗位责任制和第 2 次“机关下沉一线”应急机制，市县两级迅速组建起一支 683 人的专业巡查队伍，在 253 公里黄、沁河堤防上“排兵布阵”，驻扎坚守。

“姑娘，刚才培训的时候说的巡查‘五时’啥意思？没记住啊。”

“老乡，五时就是黎明时、吃饭换班时、黑夜时、狂风暴雨时、落水时，这些时候人容易疏忽忙乱遗漏险情，咱们必须要提高警惕。我编了句顺口溜您试着记记：天黑刮风又下雨，落水巡查别犹豫，黎明吃饭换班要谨记。”

“你这一说，俺可记清楚了，一定配合好！”

这一幕发生在博爱白马沟险工，群防老乡口中的姑娘就是焦作河务局机关下沉人员郑方圆。

10月19日，郑方圆的“一线日志”已经记到了第25天，此时的她已经由一名“学徒”成长为“师傅”。

10月19日，是侯保卫在一线坚守，开展巡堤查险的第100天，也是焦作黄河人今年自迎战“7·11”沁河洪水以来连续战斗的第100天，大家都称这一天为“抗洪百日纪念日”。

一面旗

我是一面鲜红的党旗，骄傲地飘扬在抗洪抢险一线。抗洪抢险前线指挥部里有我，防洪工程抢险加固现场有我，巡堤查险的驻扎帐篷前有我……

人们都说，我指引了方向，散发着力量。我想说，我的骄傲来自于我身上的“中国红”。党员突击队、党员志愿队、临时党组织，各种红色的旗帜插在河岸坝头，红袖章、红党徽、红戎装，各种红色标识亮明在黄河人身上。百里长堤一片红，那便是信念的颜色。

我是黄河的朗读者，我要把你们“战斗”的故事讲给大家听。

10月17日，坚守在焦作河务局各个抗洪抢险一线的干部职工听到一个振奋人心的消息——水利部部长李国英在河南省检查黄河防汛工作，并慰问坚守在一线的干部职工。从9月26日以来，“人民至上、生命至上”“人员不伤亡、滩区不漫滩、工程不跑坝”“防住为王”，这些字眼已经深深印刻在每个一线职工的心上。

10月17日晚9点，焦作河务局党组书记、局长李杲通过该局“1+6+16”视频会商系统，带领广大干部职工第一时间学习李国英部长检查黄河防汛讲话精神，并就李部长提出的下步工作“六点要求”，细化为17项具体工作落实措施。

有一种战斗叫连续作战。10月12日，温县大玉兰控导工程一天之内出险3次，8点56分24坝出险，10点17分24坝再次出险，14点54分25坝又出险。

见到王铎时，已经是下午3点，他和其他抢险队员们正蹲在坝头吃饭。饭是班组配送的肉包子和鸡蛋西红柿汤。王铎，是温县河务局抢险队装载机操作手，1米8

的大个儿，举手投足中透着黄河人的果敢和坚毅。装载机就是他的阵地，驾驶室仅有 1.2 平方，关上驾驶门，耳边只能听见轰隆隆的机器吼叫声，这里就变成了一个临时“孤岛”，而他在这个岗位上一干就是 19 年，“快、准、好”是大家对他操作技能的一致评价，被同事亲切的称为“孤岛尖兵”。前后不到 5 分钟，王铎和他的队友们便风卷残云般把这顿饭解决了，顾不上休整，继续上车，装抛铅丝石笼，对这些受到“创伤”的防洪工程再加固。

有一种浪漫叫并肩战斗。2006 年参加工作的郭超，曾作为武陟第二河务局抢险队队长，多次参与黄河防汛工程重要险情抢护，被授予“全国技术能手”荣誉称号。

“观测水尺的时候一定要注意安全，读数要准确无误，确保不出现任何问题。”郭超对妻子张梦禹不停地交代。自从启动防汛应急响应以来，张梦禹和郭超这对“夫妻档”就到了该局沁河堤防工程上，成了驻守在一线防汛队伍中的一员。

夫妻二人都上堤，孩子怎么办？谈及孩子，张梦禹眼泛泪花。

“我俩是夫妻亦是战友，入党誓词不是说说而已，这种关键时候，就该履行承诺。”郭超张梦禹夫妇表示，将始终牢记党员初心与使命，坚持战斗到抗洪抢险全面胜利的那一天。

焦作河务局在此次迎战黄河秋汛的关键时期，黄、沁河每天出险平均都在 20 个以上，特别是 10 月 10 日，黄、沁河一天之内出现大小险情 42 个。这 42 个险情能够最快抢护的背后，是 1500 余人倾其所能的全身心付出。

一棵柳

我是生长在黄河岸边的一棵红柳，我心上的风景就是身边的这条大河。往年，我独守在无人光顾的河岸，以淡然的心态审视着黄河的性情。今年，我守候在众人之中，看他们把自己站成一道“城墙”，我在风雨中向他们致敬和鼓掌。

我是黄河的朗读者，我要把你们“守护”的故事讲给大家听。

“雨衣比较滑，安全绳多打几个结。”博爱白马沟班组“80 后”党员梁春杰一边自己在腰间系着安全绳，一边叮嘱着巡查的同志们。随后，他手持一根六米长的探测杆，尽最大努力把探测杆伸到水中。

“凌晨 2 时至上午 8 时的巡坝查险班天冷难熬，我们党员来值守。”孟州河务局逯村班组里，马志伟、周利峰、杨治义、岳瑞琳等几名党员走上前说到。

“巡堤查险时，要严格做到‘四到、五时、三清、三快’。”武陟第二河务局办公室下沉一线的王艳红每天都要将这些专业知识无限循环地讲给群防队员听。连续高强度的工作，王艳红的嗓音变得嘶哑，说话都困难，十几天了，一直好不了。

“什么？被堵在高速上过不来？能不能想想别的办法啊？”

“城里开门的都找了，没人会修这个大家伙。”

在沁阳马铺险工抢险工地，发挥巨大作用的抢险照明车出了故障，修理厂家的工程师被堵在了高速上，沁阳市内没有找到会维修的厂家。沁阳河务局司机马强听到这个消息，自告奋勇走上前来“我来试试吧”。

一个多小时后，抢险照明车恢复照明。“都是自己人，不说外气话，都是为了防汛工作嘛。”马强说完便又去执行其他任务了。

我是抢险照明的那盏灯，始终对你有几分的愧疚，因为你只要和我在一起，便不得不舍弃亲人来护河守堤。

我是抢险现场的那面旗，你让我感到无限荣光，我陪着你一起用脚步丈量堤防，你用忘我和付出绘出了最美的中国红。

我是黄河岸边的那棵柳，我对你充满着期待，期待着与你的下一次相约，到那时，一定是清风徐来，大河无恙！

100天的执着与坚守，我们和“黄河人”风雨同行，日夜相守，我们看到了他们的铮铮铁骨和巍然挺立。他们是夜空中最亮的星，守护大河安澜，照亮生命前行！

大河一日行，挥洒怀川情；波涛风浪急，险情即战情；
黄河集铁军，威武长堤行；巡坝查险细，搂厢推枕急；
抢险加固忙，物料设备齐；劳军后勤暖，前线督察严；
百里半九十，坚持再坚持；牢记金标准，初心护河安；
待到全胜日，千里红旗展。

——致敬所有奋战在抗洪抢险第一线的黄河卫士

秋汛夜督记

袁冬青

2021 年的秋汛来势汹汹！ 9 月 27 日至今，黄河干流连续出现 3 场编号洪水，小浪底水库蓄水量达到历史极值，调蓄库容殆尽，黄河中下游防洪形势异常严峻。黄河防总、河南省防指、地方防指等层层吹响决战秋汛的集结号。

决定夜查

10 月 14 日夜，11:45，巩义河务局防汛会商室内，局长徐啸，副局长史杰，办公室主任袁冬青、副主任程华，防班部门负责人王子芸等人，还在讨论着如何落实刚刚结束的几个防汛会商会议的要求。

河南省黄河防汛视频会上武国定副省长提出了六个“进一步”，河南河务局防汛会商会提出了“两不五再”七条建议，郑州河务局防汛会商会强调了九条细化措施。总之，各级领导高度关注黄河秋汛洪水防御工作，巡查防守、料物补充、险情抢护、安全管理等各项工作安排的细之又细。

基层一线是决策的执行者，是落实各项防汛抗洪责任的“最后一公里”。“必须给全体干部职工，包括上级单位、地方水利局下沉一线的干部职工强调到位——慎终如始、高度警惕，必须不折不扣贯彻落实各项防汛责任！今晚我们督查一次，给巡坝查险工作再紧紧弦”！徐啸说到。

巩义河务局机关 28 名干部职工下沉一线，12 名“留守”人员承担着 13 个防汛职能组的职责，夜间参会人员组成了临时的“督导组”，徐啸、史杰、袁冬青和司机尚亚杰去一线，王子芸、程华、刘晴守着“后方”。高强度的工作状态，使一向鲜少生病的史杰感冒了，第一次见到他面色浮肿、有气无力的样子，但这丝毫不影响他工作的热情。王子芸 2018 年主汛期做过心脏瓣膜修复手术，秋汛期间她工作不分白昼，经常忙得精疲力尽。

10 月 15 日 00:09，又一阵豆大的雨点噼里啪啦降落下来。王子芸冒雨去防汛仓库为大家取来了手电、雨伞等，并目送着车辆离开。

裴峪工程

雨夜漆黑，蜿蜒曲折的进滩村道上唯有一辆日产 SUV 稳稳地行进着，它频繁的挥动着雨刷，明亮的车灯刺破黑夜，把泥泞不住地甩在身后，它依旧坚定前行！

00:43，车辆越过灯火通明的裴峪控导工程班组管理房，直接驶上 26 坝。袁冬青拿出巡坝查险值班表，说到：“今夜 26 坝 0 点至 6 点值班的专业队员是小辉（巩义河务局水政监察大队专职副大队长王辉，是汛期驻守裴峪控导工程的带班科长）”。

每一次，查看根石台是否完好，坦石是否有坍塌或墩蛰，坝裆是否后溃，如此下来，王辉他们走完 4 道坝大概需要 30 分钟。3 名群防队员进帐篷内短暂休息，王辉则坐到停放在 22 坝连坝路上的车上，将巡查情况记录下来，用手机定了 01:00 的闹钟后，开始半躺在副驾驶上闭目休整。他之所以坐到车上休息，只是为了随时关注 22 坝的工情。白日巡查时他看到迎水面坝根处有一棵柳树倒进水中，因担心柳树彻底被水冲走后，连带根石台松动，几乎整夜里，他的耳朵都保持着高度地警惕！督查车辆的灯光扫过坝头车辆时，王辉立刻从车上走下来。

“河势、工情咋样？”徐啸问到。

“整个裴峪工程河段河势稳定、平顺，靠河情况没有较大变化，工程运行也良好，没有出险情况。上级督查要求整改的 7 坝排水管道问题，基本解决了。”王辉答到。

徐啸又问了一些巡坝查险要求执行的情况，并边说边轻声走近 26 坝坝面上的帐篷，掀起门帘看到 3 名群防队员和衣休息。大家心照不宣未打扰他们，虽然再有 10 余分钟他们要开始下一轮的巡查，但能让大家多休息几分钟算几分钟。

督查车辆折返向上延工程驶去，路过 7 坝正好碰到夜巡的王晓东一行。他们的橘色救生衣耀眼地反射着灯光，黑夜中让人感觉无比安心。

与群防队员谈话

2 坝坝顶，一顶迷彩军用帐篷透着明亮的光。里边 4 个人或站在地上，或坐在行军床上聊天。01:32，他们刚刚巡查完当夜的第二遍。

巩义河务局财务人员汤磊看到局长一行进来，给群防队员介绍了一下。

“这个班都是精壮劳力啊！”徐啸看到 3 位群防队员全部是身强体壮的年轻小伙子赞叹到。

“徐局长好，怎么大半夜来查河呢？”坐在上铺一位健谈的小伙子开了口。

“现在可是防汛的关键期呢，我们以市防指黄河防办的名义来督查，看看大家巡坝查险的情况。”徐啸说着话并与小伙子及其他群防队员握了手。

“现在是关键期，我们都知道的！咱们发的巡坝查险明白卡我们都看过了，0点我们几个接的班，现在已经巡查了2遍，1个小时去全面查1次。”

“你们辛苦了！”

“你们河务局才辛苦呢，不都还是为了保护我们这些沿黄村的人和滩地？应该谢谢你们！”

“我们一样，都是为了保护黄河安澜！”

凌晨3点，天空无月一片漆黑，而往日寂寥的大河工程上灯光灼灼，如月如星。督导车辆从神堤控导工程24坝联坝路驶出，带着收获和安心，带着反思和新措。

一盏灯　一个门　一条河　一辈子

贯　超　朱命龙

不同的岗位、一样的初心，一件事、一辈子，这本身就是极不平凡的事……

在沁阳河务局，有这样 3 名老职工，他们在不同的岗位，用不改的初心、一样的坚守书写了一生的“平凡”，今年，他们即将退休，离开奋斗一生、挚爱一生的岗位，但他们的故事，还值得后来者细细品味、学思践悟……

老班长：“多面手”

刘永祯，沁阳河务局水电班老班长。干的工作在我们看来，都是“技术活”。机关大院、走廊、办公室……只要和水电有关联的地方，总能看见他的身影。

“7·11”以来，汛情紧急，一盏灯对于一线巡堤查险人员来说，是希望、是动力、是前行的方向。老班长深知责任重大，他主动请缨，紧急前往一线班组，在马铺险工、仓库旁，一守就是 100 多天，这期间，架设线路、修照明设备……很多工作都离不开他。

“9·26”以来，黄河出现多次洪水，汛情一度告急，紧急的工作，他顾不上休息，身体多次吃不消，但也坚决不撤，累了倦了，就在备防石上睡一会，起来接着干。10 月 3 日晚上，照明线路出现问题，沿沁大堤上，抢险巡查工作受到影响，一个电话、老班长迅速赶来，一会儿的功夫，照明设备恢复运转，众人纷纷点赞。这就是老班长。

老门岗：一件事做到极致

机关门岗，很普通的一个岗位，但他却做到了极致，一件快递、一份登记表、一部电话……干得清清楚楚、记得明明白白，他就是肖兴文，机关“保卫员”。

疫情期间，机关防疫是头等大事，肖兴文作为单位的门岗，测体温、扫码、登记……守的是“第一道门”，护的是平安与健康。

“你这个表格登记的不对，按照我们的要求，应该这样登记。”

“办公室吗？今天的报纸刚到，我已经分发好了。”

“小陈吗？这里有你一个快递，看见是重要件，我给你单独放好了，记得有空下来拿。”

每一件小事，干得都有条有理，丝毫不乱。

入汛以来，特别是“9·26”以来，主动请战，前往一线，与年轻职工一起工作、一同防守，多次冒雨参与巡堤查险，没有休息、只有坚守，这就是老门岗。

老职工：一线战场上的“活地图”

他是一名一线养护职工，从风华正茂到两鬓斑白，几十年的光阴奉献给了怀川大地、滔滔沁河。哪里易出险、哪处是防守重点、怎样处置效果好、甚至哪些地方有几棵树、哪些堤段该除杂草……这样的小事，都能记在脑子里。他就是沁阳河务局老养护职工——刘占祥。

“7·11”以来，刘占祥日夜坚守一线，认真细致排查责任段安全，百余天的坚守，他和他的养护职工兄弟们在大堤上从夏到秋，错过了中秋、没赶上国庆，但却以这样一种另外的方式守百姓平安、为祖国庆生。

一盏灯、一扇门、一条河、一辈子，初心所向，一生不渝，这是一声誓言、一份责任、一种使命，值得一生守护、一世践行。他们已临近退休，但灯光还照后来人、门前还观后来景、大河又有守护人，前行的路，你们仍与我们一路前行，无论栉风沐雨，都将一往无前！

在黄河的 15219 天

高璐瑶

2021 年注定是一个不平凡的年份。数场暴风骤雨入河，滚滚波涛携沙拍岸。湍急奔涌的黄河水咆哮着直冲一道道险工。10 月，黄河铁军正扑向洪流，用智慧与实力迅速筑起牢固的“钢铁长城”，在大堤、在坝头、在河边，一首雄浑交响曲正在唱响。未雨绸缪，那是汛前准备“组网架梁”；勠力同心，那是责任落实系牢“安全带”；全力以赴，那是防汛保安构建“防火墙”。在这其中有一个身影，坚毅而勇猛，果决而低调，已经为巍巍黄河奉献了 15219 天，只因理想信念，仍守执着初心——他就是郑州河务局机关原二级调研员，李长群。

追云逐雨

当风雨来临，行人匆匆往家赶的时候，当电闪雷鸣，人人躲之不及的时候，当惊涛拍浪，河水暴涨暗流涌动的时候，他们不畏风雨雷电，不畏严寒酷暑，越是危险越向前冲，他们无论男女老少、无论艰难困苦，持续奋斗在一线。

作为一名有几十年经验的“老黄河”，主动请战已经是刻在骨子里的条件反射。在中牟驻扎已经超过 15 天，由于曾经在县局担任过局长，李长群凭借丰富的理论知识和实战经验，在马渡、九堡等控导工程勘查堤坝、检查险情、对巡查人员及驻守干部进行现场督导。在水深溜急、容易出险的重点坝段，与基层河务局共同会商研判，协助制定有针对性的除险加固方案，指导防汛抢险。“李局他啊，凌晨三点没睡过！五六十岁的人了，我真心佩服他。”驻郑东新区中牟县督导组成员孙玉庆这样告诉笔者。“9 月 28

日那天，我算是见识他有多拼了。”据了解，当天中牟县持续暴雨，李长群带领职工和下沉干部及群防队员在一线拉网式排查隐患，一直坚持到凌晨。风大雨大，在堤上人都站不稳。为方便工作，李长群穿了速干衣裤。暴雨中浑身被淋湿，避雨时靠体温自行蒸发。这一干一湿，难免不会生病，同事让他回去换身衣服，他却连连摆手，“没事儿，老李我身子骨硬得很！”同一天，中牟县邢留印副书记前去视察，李长群详细汇报了中牟县的防汛形势，对着坝头如数家珍，邢书记直竖大拇指，“有你这样的干部并肩作战，郑州黄河人，真中。”

驻扎时，黄委工会主席王健曾前往中牟督导郑州防汛工作并开展慰问，发现李长群在巡堤查险，便惊讶地说：“老李，你还没退休啊”。李长群笑道，“王主席不也没退休，你没歇我怎么能歇着，撸起袖子加油干呗。”二人交谈中得知是同一个月退休。“退休不退岗，默契啊。”在他的指导和帮助下，黄河中牟段河势已经趋于平稳，险情发生可能性也已降低。

一声响亮的铃声陡然冲进了浪声里，不等听清旋律，霎时被打断，“老李，荥阳的状况……”“太巧了！我正要跟你打电话，让我去吧。”连续奋战令人筋疲力竭，但黄河精神永不停歇。挂了电话，李长群顾不上回家休整，便立刻奔赴下一个需要他的地方——荥阳枣树沟。

倚马仗剑

“古人打仗骑着马配着剑，现在治理黄河，靠的是这些‘机械马’和黄河铁军。”在荥阳枣树沟，李长群指着坝头向笔者介绍着。9 月 28 日以来，荥阳枣树沟段水量持续上涨，河势紧张，为及时支援当地防汛工作，李长群驻扎的地点从中牟移到荥阳。

“这儿的水特别急，我曾经坐船去对岸观察，证实了在这里黄河主流直冲大坝。”大流顶冲，压力骤增。全力以赴保重点坝的安全，是抢险的主场任务。为防止坝头掏刷形成 U 形窝，目前采用的是针对性抛石加固。人站在坝头，能清晰地感受到脚下阵阵激流的拍打，水猛时气势如虹，向人类宣告着大自然的力量。

“河务局，防汛是主业，水再大也不怕，我们肯干、会干、能干。”自从来到荥阳枣树沟，李长群不分白昼黑夜与一线职工共同奋战，凭借着惊人的毅力，每晚都坚守在防汛现场，凭借“老黄河”的工作经验提出了很多技术性意见，及时发现并处置多处险情，在协调联络地方政府及上级抢险支援等方面做了很多工作，至今已经连续驻守近 20 天。郑州河务局机动抢险队林涛告诉笔者，“李局他十几年前就在这儿抢险了，当初在咱们这指导机动抢险队建设，夏季集训、秋季实战，特别认真细致，是用绣花的细功夫打造出一支能吃苦、善钻研、扛大旗的青年防汛铁军。这次知道他来坐镇，我们都可安心，更有劲儿了。”

看着正在作业的一辆辆装载机、挖掘机，林涛介绍到，“黄河防汛，拼的就是专业。不是有机器设备和人员就能成事儿的，地方支援的队伍平常没干过，车开不到河边。咱们的职工编铅丝网片迅速高效，咱们的自卸车水平稳定，能直接开到坝头边儿抛铅丝笼，这都是练出来的真本事。”机动抢险队临战冷静、技能熟练、互相配合共同协作，紧张有序，卓越的表现受到了上级部门及地方政府的多次认可。

看到刚完成阶段性作业的一名抢险队员从车上走下，笔者在说明来意后，他笑着回答。“李局来以后，帮了不少大忙啦。”经了解，李长群不仅防汛内业专业，还注重与地方政府沟通，了解人民所需，为黄河防汛牵线搭桥。在荥阳工作时，经常在防汛抢险中跟地方政府打交道，及时反馈，形成良性循环的工作态势。为迅速高效地应对此次洪水，在李长群的积极推动下，得到了荥阳市政府在石料、机械、人员、防汛物资配备等方面的大力支持。在实地抢险作业中，李长群发现未安装防汛照明设施的现场一片漆黑，巡坝查险人员夜间全靠手电筒照明，视野狭窄，不易第一时间发现险情，并存在人身安全隐患。他将此情况汇报给荥阳市常务副市长杜朋懿，由于前期构建良好的沟通网络，双方迅速达成了“闪电合作”，一切以人民群众安全为重，在防洪大堤上紧急架设临时照明线路，为打赢防汛抗灾战役提供了坚强的能源保障。

笑对大河

“李局，床单粘好了，你看还挺结实。”“多谢老弟了，你先去睡会吧，我待命都中。”在采访的过程中，笔者来到李长群驻扎枣树沟班组的宿舍，所谓宿舍，无非就是一间空房子里放了两张简易床。没有桌椅、没有衣架，连牙缸脸盆都只能放在地上。窗户还没来得及安装窗帘，鲁广伍将床单对着，用透明胶带粘在了窗框上。“特殊时期，俺们都理解，有个能临时歇着的地儿就中了。”说着他把床上的外套披在身上，“没地方放衣服，这样还暖和，一举两得。”

“那你们怎么吃饭呢？”笔者又问道，“吃饭也在这儿，别看这个地方小，现在可有五六十号人呢。大家心往一处想，劲儿往一处使，单位也关心我们，今天还给发了御寒物资，能让大河安澜，这都不算啥。”李长群笑着说道。

“不讲条件”反映的是一种对待任务的精神状态，是完成任务的重要保证。面对险情，郑州河务局几乎全体职工下沉，没有抱怨、没有推诿、闻“汛”而动。“不讲条件”体现的是一种担当勇气。人民的需要在哪里，交给的任务在哪里，我们就要义无反顾奔向哪里，不为个人利益而斤斤计较，这就是郑州黄河铁军战斗力的保证。

一切以人民为出发点，在任务面前争扛红旗、在困难面前敢逞英雄，心无旁骛、攻坚克难，坚决完成好上级赋予的每一项任务。李长群作为黄河铁军的排头兵，自驻扎之日起，坚持每天巡堤查险，针对不同地段制订有区别性的抢护方案。将未雨绸缪做到极致。他以专家的身份冲锋在前，将管理智慧和抢险经验应用于实践中，提出在坝头预置备埽体，万一有险情即刻实施作业，将出险遏制在发生时。荥阳局的职工们都说，李长群是大家的“安全密码”，方法多、起作用、敢担责，摸得清河水规律，工程坝况心中明镜似的。

裹挟着泥沙，积蓄着异于往常的猛烈势头，黄河向着下游奔腾而去。在陪伴黄河的 15219 天里，李长群忘却个人得失，兢兢业业，守住大河，守住初心，奉献自我。而像李长群一样的“老黄河”们，有无数个 15219 天，他们以对人民高度负责的态度，把防汛责任放在心上、扛在肩上、坚决克服麻痹思想和侥幸心理，发扬连续作战作风，毫不松懈，继续在大河之岸全力以赴！

病床上的牵挂

——记封丘河务局局长鲁成伟

杨 勇

"老齐，现在咱们各处靠河工程的河势怎么样？有没有大溜顶冲？工程加固得咋样啦？"

病床上刚刚做完手术的鲁成伟，趁着麻药劲头儿还没过，硬撑着给封丘河务局抢险技术小组组长齐爱民拨通了电话，一连串问了好几个问题。

作为封丘河务局的党组书记、局长，鲁成伟此时此刻人虽然在医院，心却飞到了百里之外的黄河岸，一段段堤防、一道道坝垛，仿佛就在眼前，那里是他的"阵地"，更是他最深的牵挂。

坚守——轻伤不下"火线"

疾风知劲草，烈火炼真金。

从"7·20"特大暴雨，到"8·22"持续强降雨，再到此次黄河罕见秋汛，封丘河务局全体干部职工始终坚守工作岗位，作为单位主要负责人的鲁成伟更是身先士卒，连续两个多月没有回过一次家。

在封丘河务局工作的 14 年时间里，"工作认真、细致、负责"是同事们对鲁成伟最深刻的印象。哪处工程修建于哪一年，什么时候改扩建，哪个班组都有谁，铜瓦厢决口的故事，曹岗险工的历史……他都能随口说出。

从负责防汛物资调配的财务科科长，到主管防汛工作的副局长，再到统筹全局的"一把手"，每到汛情期间，鲁成伟总是一头扎进工作中，整天风风火火，一副"拼命三郎"的架势，饮食作息极不规律。车上、卧室习惯性备有饼干、面包、矿泉水，凑到饭点就在一线班组的餐厅吃一顿，过了饭点就随便吃些东西垫垫。最忙碌的时候，一天仅接打电话的数量就能达到七八十个，嗓子总是沙哑着。他自己常说，"每一天的工作不忙完，睡觉都睡不踏实"。据机关门卫回忆，总是能看到鲁成伟办公室或卧室的灯一直亮到很晚。

从 10 月 2 日开始，鲁成伟隐隐觉得肚子有点儿疼，最初他以为可能是淋雨受寒，或者是慢性肠胃炎，没有放在心上，一忙碌起来就又不觉得疼了。

秋雨连绵，黄河水流量越来越大。渐渐地，疼痛也变得越来越激烈。鲁成伟迫不得已去了距离单位最近的诊所，医生诊断为阑尾炎，建议他去大医院做进一步的检查，可他却说："当前黄河防汛形势这么严峻，离开一会儿我也不放心！大夫，您给我拿点药吧，不是特别疼，我能忍！"医生拗不过他，给他开了药。

就这样，一边吃着药，鲁成伟仍坚持早出晚归，白天去黄河一线各处工程检查督导防汛工作，晚上参加防汛视频会商。药吃完以后，病情却不见好转，为了尽量不耽误工作，他又开始利用中午和晚上的时间进行输液治疗，始终不愿离开自己的工作岗位。

"岗位，不仅仅是一份工作，更是一份信任，一份责任！"鲁成伟是这样说的，也是这样做的。2020 年年初，新冠肺炎疫情爆发期间，他从 1 月底到 4 月初，连续两个多月带班值守，吃住都在单位，亲自参与局机关和家属院的疫情防控工作并带头捐款捐物。2020 年年底，为了不耽误工作，他强忍着疼痛，硬是把预约好的肾结石手术接连推迟了 3 次。

坚持——严格保守秘密

病来如山倒，半点不由人。

10 月 7 日，随着病情的进一步恶化，从黄河一线回来后，鲁成伟已疼得直不起腰，额头上渗出了密密麻麻的汗珠，身边同事立即将他送到新乡市第 83 集团军医院进行治疗。

检查结果出来之后，在场所有人都深吸一口凉气——阑尾已穿孔化脓！必须马上进行手术！否则非常危险！

鲁成伟却还在反复询问恳求医生："现在能不能采取吃药、输液等保守方式治疗？等过了这段汛期我再来做手术行不行？"当医生告诉鲁成伟，以他现在的身体状况，根本无法再继续工作，必须进行手术时，他才算彻底放弃马上回到工作岗位的念头。

由于鲁成伟的爱人需要每天照顾年迈的父亲，儿子鲁子毅是原阳河务局下沉一线的职工，为了不让家人们担心，不让同事们分心，他反复嘱咐知情人员一定要保守这个"秘密"，只让自己的发小在医院陪护。直到上级领导去医院慰问的信息发布之后，他的家人和同事们才知道鲁成伟生病住院的消息。

即使躺在病床上，鲁成伟照样闲不住，捧着手机时刻关注着单位工作群的最新动态，一会儿传达上级工作要求，一会儿电话联系石料运送，一会儿询问河势水情，一会儿又安排后勤保障……

医生、护士都劝他要多休息，可他却笑着说，“只有忙起来，心里才最踏实！”

坚决——迅速重返“战场”

黄河岸边人与事，日日夜夜最挂怀，才下眉头，又上心头。

病床上的鲁成伟，问医生最多的问题就是自己什么时候可以出院。

10月17日，上午输完液体，下午伤口拆线，医生建议再住院输液并观察两天，但鲁成伟不顾劝阻，拆线后不到30分钟便坐上了回单位的车，刚下车随即又参加了晚上的视频会商会议。

参加会议的同事们都诧异不已：“鲁局长，您不是生病住院了？怎么不多休息几天？”

鲁成伟满脸愧疚，“这几天大家辛苦啦！在医院里的每一分、每一秒，对我来说都是一种煎熬，整天坐立不安，我早就想回来了，还是待在这里最安心！”

“好几天了，他就属今天笑容最多。”鲁成伟的爱人站在一旁，眼里闪烁着晶莹的泪花。一家三口，两个都是黄河人，作为黄河职工的家属，她最能理解丈夫和儿子的那份坚守和执着。

浩浩洪流，漫漫长堤，无论是冰冷的风雨里，抑或是长夜的灯光下，总能看到黄河人坚定的脚步，挺立的身躯，默默无闻，慎终如始。

愿护安澜酬壮志，甘守黄河度春秋。他们，每一个人都是平凡而伟大的英雄！

黄河人这样跑赢汛情

——迎战秋汛郑州河务局党员干部职工群像扫描

闫嘉慧

这是一场突如其来的遭遇战，入秋以来，北方地区遭遇多轮强降雨过程，接踵而至的洪水，不断刷新骨干水库最高水位，也加剧了下游防守压力。

这更是一场众志成城的保卫战，洪魔面前，党旗猎猎，郑州河务局党员干部职工当尖兵、打头阵，以“汛”为令、向险而行。

他们，未必是洪峰中的长堤，但一定是挡在风雨中的第一道防线。都有钢的骨，亦有柔的情，鏖战在惊涛之中，却常常只留给家人万般牵挂——或是巡查在一线，或是“把脉”在堤边，或是坚守在机关……正是郑州河务局广大党员干部职工不辱职责使命、不负人民重托，于浪高水急处保卫黄河安澜，在雨大风狂中守护万家灯火，让“忠诚、干净、担当，科学、求实、创新”的水利精神熠熠生辉。

响亮而坚定的声音　立下誓言，重复着同一个信念

“我志愿加入中国共产党，拥护党的纲领，遵守党的章程，履行党员义务……”10月7日，驻守在赵口、九堡一线的两个临时党支部50名新老党员迎风而立，面对党旗重温入党誓词。铮铮誓言响彻四方，气势不输咫尺之外滔滔奔流的河水。

彼时的黄河流域，防汛形势异常严峻。河南黄河下游河道已连续十余天处于大流量过程，新一轮强降雨仍在持续，干支流洪水正在继续上涨，面对历史罕见的大流量秋汛，如何扎实做好各项防御工作，守得住、守得好？

一面面高扬的党旗回答了一切。河岸边，6个临时党支部、7个临时党小组火速组建，无惧风雨守土而战。郑州河务局机关33名人员临危受命，下沉一线参与巡坝查险，士气昂扬：“洪水不退，我们不退！”

十月的黄河依然风高浪急，行走在秋雨中更是寒冷刺骨，但巡堤查险、根石加固一刻也不敢放松。脚，酸胀；喉咙，发干；眼，红肿……昼夜奔波在防汛一线的

王洪利在一线巡查

郑州黄河人都是同样的风尘仆仆，却也同样的坚定执着。

——去巡坝，步履不停守护大河安澜！堤段上，总是能看到一抹橙色的身影：一名河务人员带领三名群防队员不间断巡查薄弱环节，守住安全底线。共产党员王洪利，自9月28日下沉以来，先后值守在马渡和金沟控导工程。作为郑州河务局工务处处长的他称得上是资深技术人员，每到一处，他都发挥专业优势，组织开展河道工程巡查知识及安全操作培训，带领大家进行巡坝查险实操，现场指出存在的问题并立行立改，极大地提高了防汛队伍的安全意识和巡查工作能力。既要巡好坝、查好险，又要进行技术指导，王洪利每天行走的步数都在两万步以上，总能轻轻松松占领微信运动封面，但他却从未叫过苦。

共产党员李强，已有13年党龄。李强说，上班以来就没有见过今年这样的秋汛，他每天6小时轮一次班，每1小时巡查一次责任河段，食堂距驻守大堤有1公里，几乎没有按点吃上过饭。除了一线的巡堤任务，李强还负责着郑州河务局财务工作，每天“双线”作战，牺牲休息时间安排处理科室业务工作。用他的话说，防汛抢险和科室业务都是“责任田”，哪一个都不能出问题。被工作占满的生活忙碌而充实，唯独提到孩子，李强的话语中充满了歉疚：“孩子还小，正是需要陪的时候，但从6月份开始我就没怎么管过了。一线通信信号不好，每天能打给家里的电话寥寥无几。我只能安慰自己，在河边好好工作，就是为家人、为百姓守护好黄河安澜。”

——在现场，离得越近越要将战讯传播出去！共产党员张森，办公室宣传工作的中坚力量，这次下沉带上了照相机、摄影机、无人机。作为最前方的记录者，张森坚持“战斗在哪里，宣传就跟到哪里”，用真实的声音、动感的画面向外展现黄河人一如既往、勇往直前的形象。每天巡查结束，当队员们进入梦乡时，张森又开始扮演起第二个角色——“一线通讯员”。或是构思宣传角度，或是精心编辑视频，或是直接背起“长枪短炮”，沿着大堤搜集素材。河边信号差，与张森协同的后方

张森在一线巡查

宣传组同事笑言“张森只要一在线，就是在传视频；只要一不在线，那准是在寻找信号的路上”。短短十天的时间，张森就已经购买了两次手机流量包。大河奔腾而过，而岸边战秋汛的飒爽英姿都被张森捕捉在了光影之中：下沉期间，他在工作之余拍摄照片200余张，视频十余个，制作新媒体作品在中国水利网、黄河报（网）等媒体发布，形成了多个爆款宣传产品，其中微视频《直击枣树沟控导工程防守一线》在黄河报社抖音号上取得278.3万的点击量及2.2万的点赞量，位列账号总作品数第一。

在抢险救灾一线，他们离危险不远，却离初心很近。

宽厚或柔弱的肩 扛起责任，撑起安澜的希望

这个秋季，防汛的“哨音”在一个个惊险瞬间吹响：受“华西秋雨”影响，9月份以来黄河中下游已相继发生3场编号洪水，场次之多、过程之长、量级之大历史罕见。

要“精锐”尽出！防汛抗洪，人是关键，人才是关键。不讲方法、不安策略、不尊重防汛工作规律，一味蛮干，只能堵得了洪水的一时肆虐，并不能有效地根除险情，只有集聚专家、老同志经验智慧，精心研判，找准问题所在，对症下药，科学排险，才能做到事半功倍。

郑州河务局在今年防汛之初，便十分重视专家人才的作用，主动邀请从事多年防汛工作、经验丰富的老领导、老专家们担任防汛顾问以“老”带“新”，在关键时刻参与预案审查、会商研判、河势查勘、险情抢护等。

到最危险的地方去，了解最真实的汛情险情，督导解决一线的突出问题。国庆假期期间，郑州河务局副局长张汝印带领郑州河务局原调研员张治安、原二级调研员杨玲组成专家组，自巩义至中牟，依次巡查赵沟、裴峪、神堤、金沟、枣树沟、马渡、九堡等控导工程，沿着辖区河道一路“把脉问诊”。

查看河势工情。每至一处，张治安与杨玲都坚持“眼到、耳到、手到、脚到、

退休防汛专家对辖区河道把脉问诊

工具随身到”，并同现场的巡堤人员深入交谈，了解工程巡查情况、管理情况。共同会商研判。在水深溜急、易出险险情的重点坝段，市局县局两代专家齐聚，你来我往热烈讨论，制订除险加固方案，确保工程安全。进行现场培训——专家组带去的不仅是专业建议，还有严谨认真的态度与务实详尽的指导。“人工水位怎样观测？”“巡堤时应该携带哪些工具？”在河岸边，专家们先对巡查人员、驻守干部“小测”了一把，随后就如何抢险、报险开展培训。用他们的话来说，就是“借助过去的经验，指导现在的抢险，培养将来的水利骨干”。

“还记得以前的基层，条件艰苦，在河边搭帐篷、铺麦草，那可真是‘以大地为床，以月亮为灯’。”专家们一路走一路传授，看到一座座坚固的移动板房、一架架明亮的照明设备，不禁感慨万千，“这是第几次去一线防汛我记不清了，我这一辈子都在防汛，现在条件好了，技术更得跟上，我希望能将自己几十年的防汛经验都传授给年青一代，让他们这一代将来能够代替我们继续守护……”

莫道桑榆晚，为霞尚满天。他们或许已经两鬓斑白，但仍然拥有对黄河的赤诚之爱与奉献之心，依然愿用宽厚或柔弱的肩膀，扛起责任，撑起安澜的希望。

坚定且温暖的眼 守望万家灯火，舍了一家团圆

10 月 17 日，是海涵唯一想请假的日子。自 9 月 26 日启动第六次全员岗位责任制以来，作为郑州河务局办公室副主任的她已经坚守岗位 20 余天。全力为郑州黄河保护治理事业营造良好的舆论氛围，树立黄河职工良好的外部形象，是她的目标与追求，稿件的审核、修改，媒体的联络、对接，新闻报道追求时效性，她总是争分夺秒。所以 17 日那天，当已经难受了两天的女儿病情再次加重时，海涵只是利用午休时间，匆匆带孩子去了趟医院。

海涵的丈夫长期驻扎在花园口闸班组，平时本就值班多、任务重的他此次秋汛期间更是见不到人影，单位的繁重工作、家里的大事小情，就这样“双肩挑”在了

海涵身上。太多的任务亟待解决，“这时候哪顾得上女儿啊。”

在风雨交织的战场，有太多像海涵一样的党员干部职工，他们把党和人民关心关切的问题放在心上，却无暇顾及自己和家人：办公室主任贾红飞，郑州河务局的“大管家”，几乎每天都要陪同局领导外出考察调研、迎接上级检查，哪里出现问题第一时间就要奔赴哪里，无论白天黑夜；防办主任陈冬冬，作为综合组组长，在省局县局、不同职能组和地方政府之间指挥调度，千头万绪的协调工作使他少有空闲，凌晨入睡，5 点起床，梦里也是河势水情；办公室副主任祝文静，防办出身的她既懂业务又善文字，承担起文件起草的重任，不规律的饮食让她的胃炎犯了又犯，强忍着疼痛依旧笔耕不辍，省局汇报、政府调度、公文转发，一篇篇出色的文字材料都出自她的笔下；工务处副处长温素金，在处长下沉期间一肩担起工务处日常业务，一肩扛起工险情组各项工作，工程推进、接险报险，哪一项都不能马虎，工险情数据报告要求每日 14:30 之前发出，温素金和小组成员们常常顾不上吃饭，一份外卖从热得冒气到凉得扎心，他们惦记的不是一餐一食，而是那份热腾腾的材料能不能及时传送出去……

黄河人手中的线，连着风急雨骤、水湍浪高，连着沿岸的很多个家，他们，却总忘了连上自己。

“洪”字怎么写？是三点水加一个“共”，代表着大家要共同行动、迎战洪魔。2021 年对黄河人来说注定是不平凡的一年，自调水调沙到迎战秋汛，我们经历了重重考验，每个人都在自己平凡的岗位上干成了“英雄”。惊涛淬精兵，鏖战显本色，正是郑州河务局广大党员干部职工日夜奋战在防汛一线，不辱职责使命、不负人民重托，于洪峰来袭时勇斗滔天巨浪，在狂风暴雨中守护万家灯火，用责任和担当谱写了一曲曲感天动地的红色赞歌。

“两个小爸爸”的黄河情

姜丽娜

王玉夜间认真工程巡查

王玉是个 2013 年才在惠金黄河河务局参加工作的小伙子，今年 31 岁，不但能说、会讲还擅演，是单位里公认的“秀才”和文艺骨干，由于口才出众，脱颖而出，目前是单位里专职的黄河工程讲解员。他整天在黄河花园口游览区做讲解，搞接待，对工程情况了如指掌，单位组织兼职的工程讲解员队伍，王玉顺理成章的成了一帮年轻讲解员的师傅。同事们都亲切地喊他“黄河边的秀才”。 今年 7 月份，王玉又再为人父，喜得一个可爱的儿子，成了两个孩子的父亲。

这次秋汛，“王秀才”可真是钉在了黄河边儿了，按照单位整体部署，机关男同志下沉一线，编班到一线进行巡堤查险，王玉承担起马渡险工 31 坝至 34 垛的工程巡查任务。由于承担的巡查时间段儿为 6:00 ～ 12:00，他每天 4 时许就要起床，然后早早出发，6 时准时交接班。穿好救生衣，拿上探水杆。天晴倒好，刮大风，下暴雨的时候，可要全副武装了，救生衣、雨衣、雨裤、胶鞋，一样不能少，要不然根本无法进行巡查。一个班次为 6 个小时，要巡查 6 次，往往转一遍也就一个小时过去了。意味着 6 个小时基本没有休息的时候。一次巡查，要把马渡险工 31 坝、32 护、33 垛、34 垛全部走一遍，测量工程出水高度，查勘河势，查看有无根石坍塌、墩蛰的险情等。虽然从参加工作以来，还是第一次遇到这么大的黄河洪水，但他认真细致，虚心向老黄河请教，认真琢磨，很快就成了“小师傅”，不但能带领着群访队员巡查，

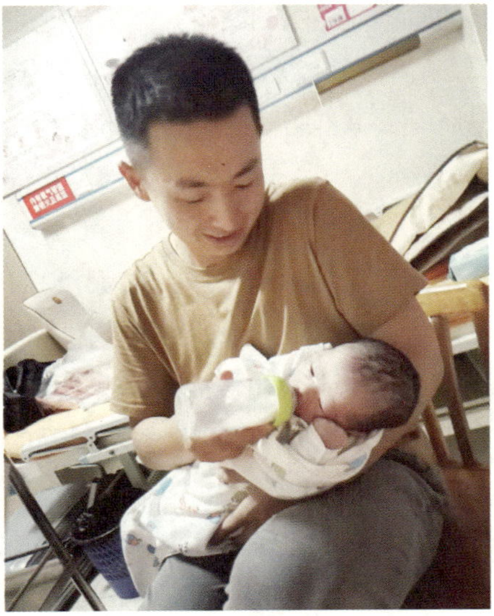

王玉慈爱地抱起儿子

魏咏夜巡坝岸

还能发挥口才好的优势，给群防队员们边查边讲，不但介绍工程情况，讲解巡查注意事项，还宣传黄河文化，真成了一名真正意义的讲解员。

尽管地方政府对主要的上堤路口进行了封闭，但是还是有个别群众关心黄河汛情，来到黄河岸边，王玉看到时总是第一时间上前劝阻，并主动说上几句，以满足群众对黄河的关爱之情。

巡查的间隙里，王玉总是忍不住拿出手机看看儿子的照片和小视频。有的视频里小宝儿好像是刚刚睡醒，精神头十足，歪着小脸儿，浅浅地笑；有的视频里小宝儿仰着小脸儿，瞪眼儿看着镜头，乖乖的样子很可爱，好像似懂非懂似的，像是要给守河的爸爸打个招呼，要一个亲切的拥抱。想起还不足百天的儿子，王玉的心里总是暖暖的，很幸福。

魏咏比王玉参加工作时间稍长，是惠金黄河河务局防汛办公室的技术干部，小伙子素质全面，对人事劳动工资、水政管理、防汛工作都非常熟悉，内业、外业都是好手，还是一个运动健将，篮球场上时常有他活跃的身影，他热心助人，谁有个事儿他总会鼎力相助，是单位里公认的“热心肠”。今年4月份，魏咏初为人父，喜得一个宝贝的女儿，成了一个“小奶爸”。

秋汛大洪水，“小奶爸”魏咏也随着机关下沉大部队来到一线巡堤查险，编班到马渡险工，承担起马渡险工23坝至26坝的工程巡查任务。由于承担的巡查时间段儿为0:00～6:00，马渡距离局机关还有15公里，干脆时不时地就住在了守险班，确保0:00能准时交接班。10月6日至8日连续下了三天的雨，巡查的时间段雨仍然下个不停，“狂风暴雨时”也是出险不

魏咏抱起女儿憧憬未来

容易判断的时候。还不到交班儿时间点儿，他就雨衣、雨裤、胶鞋、救生衣全套武装起来，拎起手电筒，去喊群防队员，冒雨带领 3 名群防队员开始巡查了，责任在肩，丝毫马虎不得。

当前，王玉和魏咏更忙了，10 月 20 日进入黄河秋汛退水期，退水期水压下降，河道工程经过 20 多天高水位浸泡，根基已经完全水分饱和，这是防洪工程出险概率最高的时期，最容易发生滑坡、坍塌险情。所以要更细致地进行巡查，尤其是对责任段与责任段的交叉点部位、大溜长期淘刷的最危险部位进行重点巡查，必要时还得定点蹲守，任何的麻痹大意都会造成极大的隐患。

王玉和魏咏都很爱自己小小的宝贝儿，但他们更爱大大的黄河，黄河在他们心中重重的。或许等到孩子长大懂事的某一天，他们会牵着孩子的手说："你很小的时候啊，2021 年的秋天里，黄河上发生了秋汛大洪水，流量特别大，当时俺们黄河上几万人放弃了国庆休假，坚守岗位，严防死守，力保黄河安全呢。"因为怕孩子听不懂，或许他们呀，还要停下来解释一下洪水的"洪"是"水"加一个"共"，就是大水来了，爸爸和许许多多超级厉害的叔叔阿姨们一起，共同打败了洪水老妖！"

"爸爸，你们那么厉害呀，比齐天大圣孙悟空都厉害吗？""是呀！"

那一刻，相信他们和孩子都会开心地笑了。

秋雨连绵洪兽汇　黄河铁军缚苍龙

——濮阳河务局2021年秋汛洪水防御纪实

王天昊

9月末以来，黄河连续出现编号洪水，中下游秋汛严重，濮阳黄河河道大流量过程长时间持续，水位居高不下，防汛形势极其严峻，给沿黄人民群众生命财产安全带来严重威胁。面对来势汹汹的洪水猛兽，濮阳河务局精锐尽出，第一时间奔赴抗洪抢险一线，发扬连续作战精神，以最饱满的精神、最高昂的斗志，决战姿态迎战秋汛洪水，唱响了一曲坚决打赢秋汛洪水防御攻坚战、持久战的壮丽赞歌，确保黄河安全度汛，确保沿黄人民群众生命财产安全。

闻“汛”而动

9月26日，受黄河流域中下游持续降水影响，三花间干、支流普遍涨水。晚上6点，濮阳河务局宣布启动2021年第五次全员岗位责任制，拉开了濮阳黄河本次秋汛洪水防御的序幕。

27日，黄河接连出现2021年第1号、第2号洪水，黄委发布黄河下游干流河段洪水蓝色预警。汛情就是命令，党组书记、局长仵海英主持召开紧急防汛会商视频会议，传达上级防汛会议精神和有关要求，就防汛重点工作进行安排部署。市、县局职工全员上岗，取消“十一”假期，严格按照上级防汛工作有关要求和部署，全面落实各项防守措施。

战幕拉开，濮阳河务局三名领导班子成员连夜带领工作组分赴沿黄三县督导防汛工作；市县局机关和企业人员下沉一线，增添防守力量；4支机动抢险队迅速集结待命，随时听候指令投入抗洪抢险；群防队伍严格按照河务职工和群防人员1：3比例落实，开展24小时不间断巡查，及时抢护险情；9个职能组各司其职、互相配合，确保秋汛洪水防御各项工作整体、有序、高效进行。1500余名黄河铁军集结待命，扎实做好了迎战洪水的各项工作准备。

“十一”鏖战

“十一”长假如期而至，黄河防汛形势也越来越严峻。10月5日23时，黄河中游干流潼关站流量涨至5090立方米每秒，形成黄河2021年第3号洪水，秋汛防御工作到了最紧张、最关键的时刻。全局上下把洪水防御作为压倒一切的政治任务，以强烈的责任感、使命感冲锋在防汛最前沿，把责任压到最基层，持续巩固防汛工作成效，以“水不退、人不退”的责任担当和实际行动，严防死守、全力以赴，牢牢守住了“三个确保”红线。

位于台前县夹河乡白铺村南的白铺控导护滩工程，是黄河下游河道最狭窄的护滩工程，虽然已有近50年历史，但因靠河时间短，抢险加固少，故坝体基础浅，御水抗冲刷能力差，是濮阳黄河秋汛防御的关键区域和薄弱环节，防守难度极大。秋汛发生以来，河南省副省长武国定，黄委主任汪安南、副主任苏茂林、牛玉国，河南河务局局长张群波、党组书记司毅铭都曾到这里指挥调度防汛工作，白铺之险，可见一斑。

白铺村曾经是打更人集聚地，他们日落而作，日出而息，在此聚集成村，因此得名“白铺”。而今，这里成了黄河人不分昼夜，24小时坚守的防汛战场。9月末以来的连续降雨给这里带来的不只有洪水威胁，还造成了道路泥泞湿滑，多处积水难以通行。机动车行驶在道路上车轮空转打滑，物资运输极为不便；疾风骤雨连日不停，给巡查防守、水位观测带来很大困难。10月2日，台前河务局在这里成立白铺护滩临时党支部，成为秋汛期间濮阳河务局第一个前线临时党支部。支部7名党员、2名入党积极分子组成党员突击队，火线驰援白铺抗洪抢险。

台前河务局人事科副科长郭勋，担任临时党支部的支部书记。自9月27日以来，他再未离开白铺险滩一步。

“你们吃住在哪？”

“喏，吃住都在那里。观河听涛，美得很。”郭勋指了指离河岸不到20米的防汛帐篷。

“这有啥美的，你小子莫不是看这雨大风急嫌吃苦，在说反话？”

听到这里，郭勋收起了笑容，正色道：“你看咱这身腱子肉，这点苦算啥？倒是这雨一直不停，穿着雨衣，影响咱搬石头的效率啊。”说着，他整理了一下身上的雨具，坚毅的目光望向大河，像极了甲胄齐整待出征的沙场勇士。

秋汛期间，临时支部党员和抢险队员坚持24小时不间断巡查，每小时观测水位，全长 1270 米的护滩工程，被他们加固了 900 米，其中重点加固 350 米。仅“十一”期间，9 名支部党员就编织了铅丝笼 328 个。

“第二战场”

沿黄一线，防汛“战事”正酣。留守机关的相关职能工作组值班人员，也在 24 小时坚守工作岗位，按照责任分工，统筹协作，认真履行职责，共同完成防汛工作任务。这里俨然成为了防御秋汛洪水的“第二战场”。指挥调度组成员张北恒，就是他们中的一员。

“喂？晚上 9:00 召开防汛会商会议？”

“好的，我马上赶到！”

张北恒放下电话，来不及扒拉两口饭，就连忙起身赶回单位参加防汛会商会议，这已经是张北恒连续奋战的第 24 天了。为了充分发挥指挥调度组上传下达作用，及时掌握上级和机关防汛会商会议精神，自启动第五次全员岗位责任制起，每晚的防汛会商会议，指挥调度组都有人负责记录整理会议资料。因家离单位较近，张北恒主动承担起每日的汛情信息汇总、会议资料整理工作，不管多晚，只要接到会议通知，他总能第一时间赶到会场。

“你们中有的离家远，有的孩子还小需要照顾，正好我家里离单位近，三五分钟就能到，保证不耽误工作。再说了，我作为咱们调度组年轻人中的‘老大哥’，理应打头阵。”在指挥调度组接到工作任务之初，张北恒就就大包大揽，“毫不客气”地把这项工作承揽下来。9 月 29 日晚，张北恒在接到夜里 12:00 要召开紧急防汛会商会的通知后，和往常一样穿上外套第一时间赶到单位。要不是第二天偶然听到他打给妻子询问病情的电话，大家还都不知道，头一天晚上状态拉满，深夜整理会议记录、核对有关数据的“老大哥”，妻子因感染风寒，那时正在发着高烧，几乎一夜无眠。

在机关，像张北恒这样舍小家顾大家，为防汛工作默默奉献的人还有很多。信息保障组的杨深，负责视频会商系统通信保障工作，近一个月来，每次会前会后，都能看到他忙碌的身影，他也因此和张北恒被并称为“会议保障二人组”。

后方亦是战场。张北恒和杨深，只是众多全员岗位责任制职能组成员的一个缩影。正是这些人的坚守奉献，铸就了秋汛洪水防御工作牢不可破的坚固“后院”，为大河安澜保驾护航。

决胜时刻

10月20日，小浪底水库下泄流量降至3800方米每秒，黄河秋汛洪水进入落水期。这场持续近一个月的秋汛洪水防御攻坚战，正在走向决胜时刻。落水期并不意味着秋汛防御的结束，战“汛”期间，广大干部职工长时间投入防汛抢险战斗，控导工程长时间受到洪水冲刷浸泡，干部职工和河道工程都经历了严峻考验，堪称人困马乏。而且退水期正是险情多发时段，防守重点转变，需要抗洪抢险人员及时“变阵”，防汛形势依然复杂。

濮阳河务局慎终如始，不松懈、不轻视，围绕落水期重点工程防守制订工作方案，进一步加强人员配置，提前做出了工作部署。沿黄三县正按照“缺多少补多少”的原则备足防汛物料，披坚执锐，众志成城向秋汛洪水发起最后总攻，为最终夺取秋汛洪水防御工作的全面胜利枕戈待旦。

“水不退，人不退！”防汛一线黄河卫士们的誓言犹在耳边，正可谓：衣背霞明锹照霜，秋风走马出濮阳。洪兽苍龙未得缚，不拟回头望故乡。

白铺护滩工程抢险纪实

郭　勋　周海生

当前，黄河遭遇历史罕见秋汛，台前县地处河南黄河最下游，是黄河下游的“卡口段”，滩区大多属于低滩区，经过连续暴雨，加之连续高水位运行，防洪形势异常严峻。

台前河务局全员备战，主要负责人靠前指挥，班子成员深入一线，科级干部巡查值守，以决胜姿态投入到黄河秋汛防御中。

周密部署聚合力

汛情就是命令，防汛就是责任。台前河务局严格贯彻落实上级指示，迅速启动防汛预案，在重点河段和薄弱部位提前安置大型机械、照明设施和抢险物料。在控导险工工程、生产堤偎水段架设照明线路，安装照明设备，配备应急照明车，挖掘机、装载机和运输车辆等机械设备 24 小时待命，做好随时抢险准备。巡查人员 24 小时不间断监测险情，加强对关键部位进行除险加固，加密巡坝查险次数。

同时，台前河务局对一线职工进行专题培训，加强巡查人员安全防护，做好洪水期间涉水安全管理，配备相应医疗、救生设备，确保一线人员人身安全。积极配合当地政府，将监测数据及时通报沿黄乡镇组织群防队伍，及时劝阻靠河工程附近群众，关闭靠河旅游区，拆除黄河浮桥，确保滩区群众生命财产安全。

布置任务

专业抢险保安全

航拍白铺护滩

捆铅丝笼

摔铅丝网片

白铺护滩工程位于台前县夹河乡白铺村南，是河南黄河下游最狭窄险段之一。工程距离黄河大堤最近处仅200米，一旦失守将改变河势，直接威胁黄河大堤。

9月27日，台前河务局派驻专业技术人员和带班科长进驻白铺护滩开展水位比测、巡堤查险、记录出水高度等相关工作。

9月29日10时，专业技术人员在巡堤查险时发现大溜靠近导致路基塌陷，台前河务局闻汛而动，随即抛投砂石袋以及大块石压覆；13时，针对工程上首大溜顶冲险情，采用传统方法抛投柳石枕进行抢护，险情得到控制。

10月2日14时至次日清晨，台前河务局连夜奋战，对护滩工程900米范围内的临河部分进行除险加固。

10月4日，大河流量达到5100立方米每秒，出现大溜顶冲险情。台前河务局连续奋战8个小时，通过抛投铅丝石笼形成一个笼墩控导水势，险情得到基本控制。

10月5日，继续对原有笼墩抛笼至出线部位350米再次加固，并在附近构建三个笼墩，防止大溜对护滩工程根部淘刷，险情得到有效控制。

目前，台前河务局继续对形成的四个笼墩加密观测，并每天对出现墩蛰险情的部分抛投铅丝石笼，有效保证白铺护滩工程河势稳定。

临时支部不“临时”

值守

“现场所有人，是党员的站出来！”台前河务局一线带班科长郭勋说。

经过上级党组织批准，台前河务局白铺护滩工程临时党支部成立。在临时党支部的9名成员中，有4名县局机关科室下沉一线人员，1名市局基层锻炼的大学生，4名一线班组的成员，共同形成了白铺护滩工程防汛抢险的强大合力。

当基层锻炼的大学生被问及是不是很辛苦时，他说：“白铺有我，请党放心，没问题，扛得住！”

临时党支部成立后，先后完成了1270米工程的24小时不间断巡查、水情工情险情信息上报、900米工程除险加固、抛投328个铅丝石笼，形成4个笼墩控导水流，并及时对笼墩墩蛰部分进行抢险加固；累计抛投石方量7000余立方米；2台挖掘机、2台装载机、20台自卸车24小时待命，在护滩工程方圆5公里内备下1.4万立方米石料。

当前，大流量、长历时的秋汛洪水还在演进，白铺护滩工程临时党支部全体党员干部正以实际行动践行初心使命，全力确保洪水不漫滩、生产堤不决口、控导工程不跑坝。

黄河沙场秋点兵

谷长风

10 月 9 日，雨后初晴，黄河濮阳段尹庄控导工程。

机动船、挖掘机、自卸车的轰鸣声，“嗨！嗨！嗨！”的号子声，交织一起响彻云霄，一面印有“濮阳第一河务局防汛抢险第一临时党支部”的红旗迎风招展，数十名抢险队员集结奋战，一场水中进占除险加固已经进行到了第 4 天。

濮阳第一河务局管辖的 61 千米黄河河道，恰是最典型的“豆腐腰”段，“二级悬河”形势严峻，是历年来黄河防汛的重点防守堤段。自 9 月 27 日以来，经历高水位、大流量、长时间洪水过程的防洪工程，极易出现大溜顶冲、回溜淘刷等险情。

“尹庄控导工程 1 坝至 2 坝之间坝裆长 293 米，为防止坝距过长造成回溜淘刷堤岸，技术指导小组与地方政府商讨后，决定采用土工布大包进占，外抛散石、柳石搂厢进占，抛铅丝笼固根等抢护方法，在 1 坝至 2 坝坝裆加修坝垛。”在现场指挥抢护的濮阳第一河务局副局长吴东兴告诉记者。

脚下的滩地依然泥泞，抢险人员丝毫不受影响，装土袋、拉柳料、捆柳石枕，迅疾娴熟、一气呵成，前方的机动船只固定进占位置，船上架设龙骨、拴底钩绳，坝垛处打间距 1 米的顶桩，系连子绳一头在顶桩、一头在龙骨，形成网兜状，再往里铺柳料……

白铺护滩加固

巡坝查险

不远处，一个5人小组，穿着救生衣，拿着探摸杆、记录簿等，在堤坝上巡查。据濮阳第一河务局防汛办公室副主任孟令勇介绍，巡坝查险工作四班倒，每班15人，每班分为3个组，由一名乡里的科级干部带队，每组负责一道坝，每小时巡查一次，24小时不间断。

沙场秋点兵，挡住洪水的不只是堤坝，更是黄河人的坚守。连他们自己都不知道，这是坚守在工程现场的第几天了。面对严峻的防汛形势，濮阳第一河务局领导班子成员带领工作组以最快的速度奔赴防汛一线，分段驻扎、靠前指挥，督导各项防汛责任措施落实，100多名机关党员干部全部连夜下沉，与一线职工共同奋战，秋汛防御工作有条不紊、高效推进。为充分发挥党支部战斗堡垒和党员先锋模范作用，该局还在一线成立了4个临时党支部，切实打造"主心骨"，当好"主力军"。

"到抢险一线去，到群众最需要的地方去！""请党放心，守护黄河安澜，我们能行！""洪水不退，我不退！"在近一周的时间里，秋雨绵绵，绿色的雨衣、橘色的救生衣、泥泞不堪的胶鞋成了他们的标配，饿了啃方便面，渴了喝矿泉水，倦极就在潮湿的帐篷里和衣打个盹。连续作战中，大家心往一处想，劲往一处使，个个斗志昂扬，没有人喊累，更没有人退缩。

"汛情就是号令，安澜就是大局，我们要发扬连续作战、敢打硬仗的精神，毫不懈怠地做好防秋汛各项工作，全力以赴坚决打赢秋汛防御战。"与濮阳县副县长刘冰一同前来督导防汛工作的濮阳第一河务局局长郭鹏的话语，满是坚定。

同为本次秋汛防守重点的白铺护滩工程，位于台前县夹河乡白铺村南，工程背后多是农田，距离黄河大堤最近处仅200米。10月10日9时，记者来到此处，只

尹庄进占施工

见堆积高低不一的石料沿护滩延伸，距护滩工程相差不到50厘米处，大河湍急而过。

“白铺护滩工程全长1270米，针对大溜顶冲等薄弱堤段，目前已完成加固800多米。”台前河务局副局长梁东波说。

令他印象最深刻的，当属10月2日15时一直持续到3日5时的一次突击。当时巡查队员发现护滩工程的路基有坍塌迹象，短短十几分钟内，一支由河务局专业人员和群防队伍组成的抢险队就集结完毕。河务部门党员干部带头，伐柳、捆桩、装沙袋、抛石，所有人一夜没合眼。

“滩存而堤固！”梁东波的话掷地有声。自10月2日至今，通过抛柳石枕、铅丝笼等手段，白铺护滩工程的“厚度”在不断增大，全速直冲堤防的黄河水流被挑离堤脚。“距离工程5千米以内，我局已备下1.4万立方米防洪石料。河水不上滩的任务，我们坚决完成。”

交谈被装载机的轰鸣声打断，几名抢险队员打开一张折叠网片，喊着号子，用力上扬、下摔，竭力把网片扯平、使孔洞张开，再把两张网片对接再紧紧拧为一体，装载机轰隆隆鸣叫着，铲起几斗备防石倾倒在网片上。

由30名黄河职工组成的专业技术指导队伍，在工程现场穿梭往来，无需言语，默契十足。台前河务局人事科副科长郭勋就是其中一员，“自我们下沉一线以来，不敢离开大堤半步，只有24小时守在这里，心里才踏实。”郭勋说。

自9月26日台前河务局启动全员岗位责任制以来，该局干部职工无论年龄大小，第一时间响应号召，保持冲锋姿态，扛牢扛实责任担当，24小时在黄河坝岸值守，将责任落实到防汛抗灾各个环节。每天都有100余人坚守在白铺护滩工程一线，通过眼看、手摸、耳听、脚探，“把脉”水位、流速变化，对症施治，确保大河安澜。

支部建在工程上、党旗插在帐篷上、党员冲在最前线，在洪水中筑起冲不垮的“堤坝”。

黄河边上黄河人

王　晓

"秋风秋雨愁煞人，寒宵独坐心如捣"，数百年前清朝诗人陶宗亮的诗句道尽了秋天的悲凉肃杀，写出了秋季风雨中夜不能寐的惆怅悲凉。而如今，在同样的秋天中，有一群忙碌在黄河边上的黄河人风雨坚守、寒宵不眠，守护着沿黄人民的良宵美梦、安宁家园。

老骥伏枥守黄河

当我们见到李桥工程班老班长李福庆时，他正在李桥30号坝的坝头指挥挖掘机进行根石加固。看着身形挺拔的老班长站在萧瑟秋风中忘我工作，完全想不到他是一位即将退休的老黄河。刚一聊起来李班长就介绍起了李桥工程班的情况。

"李桥工程班有专业巡防队员14人，按1∶3的专业巡防和群防队员的比例四人一组，一天四班，一班六小时，24小时不间断的进行堤坝巡查，包括李桥控导和邢庙险工共28道坝。"当我们问起这样繁重的工作是否人手不足时，李班长说道："人手肯定是紧张的，前几天张天翼在指挥抛根石时被石头砸伤了脚，只是检查一下确定没骨折后就继续上堤巡查，一天也没休息。最忙的时候不管是负责后勤的还是巡查的都上堤拉铅丝笼、抛根石。这都是大家该干的，俺们班没有一句抱怨话，都是一人多职，互相帮忙，干工作这方面咱李桥班一直都是先进！"

听着李班长声音洪亮，条理清晰的介绍工程和班组情况，我们不禁感慨李班长身体真好。李班长却苦笑道："身体还真不大好了，前几年犯过脑梗，一直在吃着药，还有高血压。从七月份洪水来了以后一直在堤上忙个不停，堤上人多事多，晚上躺在床上还要想着明天怎么安排工作。再加上年龄大了睡眠不好，一天最多能睡五六个小时，这高血压就控制不住了。开始吃一颗降压药，后来加到两颗三颗，这样不时加大药量才维持住了血压。"

当我们嘱咐道等洪水退去李班长一定要好好休息休息时。李班长的回答却出乎意料，他道："洪水退了就要赶紧准备十一月底的工程检查，李桥工程班管着两处工程，工程检查顺利结束这一年的工作大事才算有个结尾了。”

在十多分钟谈话中李班长的电话一再响起，通过这次简短的谈话，我们了解并看到了一线班组的繁忙，也感受到了黄河人对战胜这次洪水的信心。

笔耕不辍宣安澜

“一颗，两颗，三颗……”在范县河务局办公室里，身形消瘦的秘书徐刚强正从成兜的黑色塑料袋里数出各色药丸。当同事们关心地问起他怎么吃这么多药时，身为办公室中流砥柱的他只能无奈苦笑到：“哎，老毛病了，肠胃炎又犯了。这是刚在附近门诊上拿的药，吃了能缓解不少疼痛。”当同事们劝他去医院好好检查治疗一番时，他却毅然道：“那怎么行，现在是全员岗位责任制期间，24小时值班两人一班。我若去看病岗位少个人，别人的压力就大一分，我可不能请假。”

徐秘书所言非虚，自9月26日启动第五次全员岗位责任制至今已近一个月，所有人都在坚守岗位、持续作战，他身为办公室秘书更是肩负着公文处理、新闻宣传、一线采访等多重重任。最近，因为短视频的兴起，为了占领短视频宣传的阵地，他又自学起了短视频剪辑。这让本就工作饱和的他更是天天加班，三餐不规律、休息不足，最终导致再次犯了肠胃炎。但这样的小毛病没能让他停下休息，依然早出晚归、加班加点，写出一篇篇黄河人与洪水抗争的华彩篇章。

和他并肩同担繁重工作的同事一样没有退缩，他们有的是刚参加工作就赶上长汛期、大流量、高水位的95后外地小姑娘；有刚结束产假就离开幼子回到岗位连轴转的新手妈妈；有爱人在外地工作只能把孩子托付给亲友，市县两地奔波的妈妈。他们没有怨言、没有退缩，用自己的行动履行着黄河人的责任与担当。

以忠表孝卫河安

自古忠孝难两全，许多黄河人放弃中秋、国庆假期与家人团聚的机会，依然坚守在工作岗位上，默默付出，无怨无悔。

树欲静而风不止，子欲养而亲不待。范县水政科孙云杰对母亲的一片孝心却在这个秋雨不断的季节再也无法表达。外表柔弱，说话温声细语的她，在工作中从没有因自己是一名女队员有任何懈怠。日常跟同事上堤巡查、劝说游人远离河道、监督浮桥拆除，回到办公室后负责整理内业工作。家在外地的她参加工作三年以来很少回家，虽然她有着对家最深的依恋，但是只有逢长假才能在家多呆几天。

当她接到母亲病危的电话一路赶到医院时母亲却已陷入昏迷，并在三天后溘然长逝，孙云杰的心中充满了对母亲的愧疚和遗憾。作为母亲最疼爱的小女儿因为工作平时不能侍奉在身患癌症的母亲身边，甚至因为洪水的到来而没有让母亲在最后一个中秋节看到全家的团圆。但她相信母亲不会责怪她，因为母亲总是电话叮嘱她好好工作，忠于值守、忠于岗位。

君问归期未有期，巴山夜雨涨秋池。高水位洪水还在运行，无数的黄河人仍奋战在黄河两岸。孙云杰在母亲葬礼后第二天就回到了工作岗位，她知道还有无数像她一样的黄河人因为洪水的到来无法守在父母身边，她和他们一样以忠诚表达自己孝心，守护黄河安澜。

像李福庆、徐刚强、孙云杰一样的千千万万黄河人，他们是父母、子女、妻子、丈夫，但在洪水面前，他们就是守护人民群众的黄河卫士。舍小家为大家，黄河人用自己的行动和付出诠释着“团结、务实、开拓、拼搏、奉献”的黄河精神，践行着“要把黄河的事情办好”的铮铮誓言。

枫叶、荻花与粉黛

——致战“汛”的兄弟姐妹

刘遂林

堤上的枫叶红了，似火一样的炽热，河边的荻花白了，像铁一样的挺立，坝上的粉黛紫了，如雾一般的迷幻。

从热火朝天到尘埃落定，从洪峰流量 4980 立方米每秒到 2600 立方米每秒，极大的落差，荡然在这秋的岁月里，一个月的奋斗，枫叶从绿的颜色转变成火样的红色，从汗流浃背到瑟瑟发抖，惊艳了时光、惊艳了岁月、惊艳了这片世界。

枫叶红了，人要散了，荻花白了，人要去了，粉黛紫了，人要别了。一念枫叶红，一念荻花白，一念粉黛紫，不想散去，无奈汛已过，秋已至，总感太过匆匆。在这个秋天思念的季节里，用我们的泪水和汗水换来了惠金黄河的安澜，岁月的静好。史上罕见的秋汛，就这么如过客般夹着他不光彩的尾巴，在这些秋天的勇士面前悄无声息地逃走了。挖掘机的齿尖依然锋利，铅丝笼笨壮的伟岸身躯在河边，以胜利者的姿态不屑地瞅着那远去的尾巴。“胜者为王”，在这静的秋夜，那伟岸的笼石如勇士一般，躺在岸边，在狂风洪流中他坚如磐石。

漫天的枫叶飞舞，一叶落下，落在了笼石的咯吱窝，落在他的大腿间，他笑了，不经意间已是深秋，笑得灿烂。

这是一场相聚，有苦涩，有幸福，苦涩的汗水泪水换就幸福的一季清秋，你安好，我无恙。

堤上的枫叶红的像一团火，在阳光下闪闪发光，秋风拂过，一片、两片随风飘舞，那是经霜的浪漫，那是寒冷中的火热。他们经历了酷热、风雨、阳光、阴霾，他们成熟了。他们奔向生他养他的大堤，浑然不觉他们的生命已戛然而止。恰恰是成熟了的青春，以一种热烈投入到新的生命轮回，忘我奉献，将我身献黄河，不负韶华，充满浪漫“小枫一夜偷天酒，却倩孤松掩醉容。”

那成片的粉黛，如梦如幻，白天，黑夜风姿绰约，在这瑟瑟的秋风中，显得妖娆，但更多的是她们的坚强。风声起，仍然昂头向上，那柔韧的身躯却带着一种刚烈。雨水中，纤细的身条，迷人的腰段，挺立着，颜色更加的朝霞映雪。杨贵妃的宛转娥眉，马嵬坡前的痛哭流涕，只能暗然失色在这万千的刚烈粉黛面前。

火一样的热情任由时光剪裁，如云似雾，若焰犹霞，她们是河边最美的风景，你们装扮着大堤，在大堤挺拔，骨感的身躯上，用你的云雾，轻盈，柔和，带来大堤不一样的炽热和曲线。

几处白头的荻花在河边挺立，他们是战汛的定海神针，他们是险情的参照物，他们是晚秋里的风向标，“秋风忽起溪滩白，零落岸边芦荻花。”他们不事雕琢，淡然如秋。他们心中无憾，固守白首之心。他们常和笼石撞个满怀。人间忽晚，大河已秋。等到荻花吹尽，枫叶已成往，粉黛也会暗然神伤。晚秋有他们在，那是最后的风景。

枫叶，荻花，粉黛终然要奔向大堤而去，那是生养他们的土地。落花归去，秋风瑟瑟，所有的浪漫和美好都要怆然而去。我想借这场秋汛，拾一片枫叶，写上我的祝福。抓一把荻花，撒向精神的园。和粉黛留个影，静待荻花白！

多年以后，我相信会依然深深记得这个枫叶、荻花、粉黛飘零的晚秋。

党旗高扬　党徽闪耀

——河南河务局党员干部防御黄河秋汛工作掠影

孙欣华

初心如炬，使命如磐。时代在变，中国共产党人的初心永远不变，本色永远不变。

越是关键时刻，越是见初心；越是紧要关头，越能显本色。

哪里有困难，哪里就有党旗飘扬；哪里有需要，哪里就有党徽闪耀。

一个支部就是一座堡垒，一名党员就是一面旗帜。

共产党员应该有共产党员的样子。平常时候看得出来、关键时刻站得出来、危急关头豁得出来，才是真正的共产党员。

——题记

9月下旬以来，黄河第1、2、3编号洪水接踵而至，面对高水位、大流量、长历时的严峻秋汛，河南河务局各级党组织自觉提高政治站位，坚决扛牢政治责任，深入贯彻落实习近平总书记关于防汛救灾工作的重要指示和李克强总理对应对秋汛工作作出的批示精神，全面落实水利部、河南省委省政府、黄委及局党组决策部署，把黄河秋汛洪水防御工作作为重大政治责任和当前工作第一任务，广大党员干部大力弘扬伟大建党精神和伟大抗洪精神，将党史学习教育成效转化为攻坚克难的强大动力，冲锋在前，恪尽职守，积极投身抗洪抢险第一线，全力以赴打赢黄河秋汛洪水防御战。

闻汛而动，迎汛而上

初心就是力量，使命就是方向。此番秋汛初始，河南河务局就紧急启动全员防汛抗洪机制，锚定“人员不伤亡、滩区不漫滩、工程不跑坝”的防御目标，全体干部职工全员进入战时状态，把保障人民群众生命财产安全放在第一位，实行省、市、县三级河务部门24小时视频连线会商，科学研判，精准施策，落细落实“政府领导、

应急统筹、河务支撑、部门协调、群防群控”防汛工作机制。局党组团结一心、分工协作，快速反应、主动作为，把责任扛在肩上、把措施抓在手上，强化督导指导、尽锐出战，在洪水防御大考中践行初心使命；局领导率先垂范、靠前指挥，6名局领导带队6个防汛指导工作组，分别下沉濮阳、郑州、开封、豫西、新乡、焦作等地一线督导黄（沁）河防汛工作；多名抢险技术专家组成4个防汛抢险专家组，奔赴现场巡回指导险情抢护；局机关及局直单位抽调300余名业务（技术）骨干组成突击队，结合基层需要精准下沉；6个局属河务局派出21个工作组驻扎一线，现场跟进指导；全局各级2300余名党员干部职工下沉一线加强巡查防守，昼夜奋战，与风雨搏击，与洪水较量，坚守防汛一线，确保大河安澜。

“我是党员，我先上！”

“洪水不退，我们不回！”

“守护大河安澜是我们黄河人的责任和使命！”

“光虽微弱，心却坚强；坚守一线，吾心所向！恳请党组织批准我们继续留在一线工作！”

“作为一名党员，我将时刻铭记党员身份，关键时刻冲锋在前，全力做好工程巡查防守，誓保黄河安澜！”

闻“汛”而动、迎“汛”而上，一句句誓言、一声声请战，彰显的既是河南黄河人一往无前的坚毅决绝，更是河南河务局广大共产党员践行初心使命的为民本色。

党旗所指，党员所向

守土有责、守土尽责，闻令而动、遵令而行。面对此番秋汛的复杂性、紧迫性和严峻性，全局各级党组织和广大党员干部充分发挥战斗堡垒和先锋模范作用，把支部建到班坝一线，把党旗插在抢险前沿。一时间，水利先锋党支部、黄河先锋党支部、临时党支部、临时党小组、党员突击队等一面面鲜红的旗帜在河岸坝头上方

迎风飘扬；党员先锋岗、党员责任段、党员志愿者等一个个红色袖章和胸前的党员徽章亮明了忙碌中的巡堤（坝）查险及抢险队员的党员身份。无论是晨光微曦还是夜色深沉，哪里有困难，哪里就有党旗飘扬；哪里有需要，哪里就有党徽闪耀。

台前白铺控导护滩工程，是黄河下游河道最狭窄的护滩工程，也是濮阳黄河秋汛防御的关键区域和薄弱环节。10 月 2 日，台前河务局在这里成立白铺护滩临时党支部，支部 7 名党员、2 名入党积极分子组成党员突击队，和抢险队员坚持 24 小时不间断巡查，每小时观测水位，全长 1270 米的护滩工程被他们加固了 900 米，有效保证了白铺护滩工程河势稳定。

秋汛以来，开封黑岗口下延控导工程 7—13 坝受大溜顶冲，险情不断，驻守在此处的开封第一河务局党员突击队队长张飞和他突击队员们自 9 月 24 日起就没回过家，堤坝就是他们的战场。“河势险恶，工程防洪压力大，我们 24 小时值守，一直在对工程进行除险加固，洪水不退，我们一定会战斗到底。”张飞斗志满满的如是说。

此次秋汛中，黄河主要支流沁河最大洪峰流量达 2000 立方米每秒，刷新了 1982 年以来记录。焦作河务局为确保黄（沁）河安澜，率先在关键河段、防汛重要位置成立 6 个临时党支部、17 个临时党小组，300 余名党员驻守所辖工程一线，充分发挥党组织战斗堡垒和共产党员先锋模范作用。广大党员面向党旗庄严宣誓，纷纷表示，“身为共产党员，我们将发扬伟大抗洪精神和艰苦奋斗作风，做到特别能吃苦、特别能战斗、特别能奉献，保证完成巡坝查险、抢险等任务，以毫不松懈的昂扬斗志，争做抗击洪水的铁军勇士，坚决打赢黄河秋汛洪水防御攻坚战。”

类似这样的临时党支部和党员突击队在河南黄河秋汛洪水防御战的千里长堤上比比皆是，据不完全统计，此次黄河秋汛防御攻坚战中，河南河务局各级共下沉党员干部 4219 人次，成立了 59 个临时党支部，55 个临时党小组，组建了 59 支党员突击队，162 个党员先锋岗，334 个党员责任段。一个支部就是一座堡垒，一名党员就是一面旗帜。正是这一座座坚强的堡垒和一面面鲜红的旗帜让防汛一线有了“主心骨”，为全面夺取秋汛洪水防御战的胜利提供了坚强保证。

担当作为，共护安澜

沧海横流，方显英雄本色；勇毅担当，则无惧艰难险阻。习近平总书记深刻指出："任何事业都离不开共产党员的先锋模范作用。只要共产党员首先站出来、敢于冲上去，就能把群众带动起来、凝聚起来、组织起来，打开一片天地，干出一番事业。"在此次秋汛洪水防御战中，河南河务局广大党员干部用自己的行动注解了真正的共产党员应该有的样子，那就是平常时候看得出来、关键时刻站得出来、危急关头豁得出来。

中共党员、长垣榆林控导工程班班长邢少杰，因连续多日巡坝查险、探摸根石、查勘河势等高强度工作，突发脑梗住院，即便身在医院病床的他，心里依然牵挂着班组的工作，见到前去医院探望他的同事时，说话还有些不利索的他表示"出院后第一时间回到工作岗位"。

中共党员、郑州河务局二级调研员李长群，原本 9 月份已到退休年龄的他，面对来势汹汹的秋汛洪水，主动请战到郑州局辖区最易出险的工程，辗转多日不分昼夜与一线职工共同奋战，凭借他多年"老黄河"的工作经验，指导防汛抢险，确保了工程不发生大的险情。

中共党员、封丘河务局副局长杨建萍带头下沉禅房控导工程，在严峻的防汛抗洪工作面前毫不退缩、勇挑重担，"风刮到脸上睁不开眼，连脑袋都被吹得嗡嗡疼"，即便是男同志也有点吃不消，但她表示"我是党员，必须带头"，坚决要在一线和大家共同抵御这次黄河大汛，严寒风雨中坚持在一线驻守了十多天。

中共党员、河南河务局核算中心副主任张利平，顾不上伺候患病住院的母亲，自 10 月 1 日接到通知后便义无反顾的下沉至豫西河务局洪水防御一线，和她一起下沉的干部已换防了三四轮，但她始终坚守在巡堤查险一线，即使是患了重感冒她也不换防休整，这一坚持就是 23 天，直至最后撤防。

在防御黄河秋汛洪水的战场上，还有许许多多像邢少杰、李长群、

杨建萍、张利平这样的“他”和“她”，他们或是父子兵、亲兄弟、姐妹花、夫妻档，亦或是干了几十年的“老黄河”、刚参加工作的“职场小白”等等，为了保护大河安澜和人民群众生命财产安全，他们舍小家、弃团圆，带病坚守、任劳任怨，默默无闻、乐于奉献，或许不能一一喊出他们的姓名，但却知道他们拥有一个共同且响亮的名字——中共党员。也正是由于无数的“他”和“她”，充分展示出新时代党员干部敢担当、善作为的良好政治品格，第一时间响应号召，保持冲锋姿态，扛牢扛实责任担当，日夜在黄河坝岸值守，将责任落实到防汛抗灾各个环节，在洪水中筑起一道冲不垮的“红色堤坝”。

触摸黄河“温度”

王进强　李润庭

黄河，是有温度的！

君不见，深秋时节，大河奔涌，战鼓催更，车辚辚、马萧萧，沙场秋点兵，黄河人披星戴月、枕戈待旦，顶风冒雨、披甲执剑，列阵大河之畔。让我们跟随河南焦作黄河铁军的脚步，在斗洪水战激流中，一起触碰黄河温度。

战斗的温度：如火如荼

有“百川口、悬河头”之称的河南焦作，位于黄河中下游分界的结合处，承担着黄河及支流沁河两条重要河流的防洪任务。打赢今年这场防汛硬仗，焦作黄河人面临的考验主要有三个特殊之处。

位置特殊。辖区黄河河道形态复杂，洪水出小浪底水库 2 小时左右即入境，洪水猛涨、河势突变、工程出大险等情况发生概率大；所辖沁河堤防虽经治理但未经大洪水考验，黄河发生大洪水时，对沁河极易形成倒灌，一旦堤防决口，影响范围达 3.3 万平方公里，防守任务极其艰巨。

三线受敌。黄河和沁河交织出现大流量洪水过程，强降雨与洪水过程高度重叠。以 9 月 27 日为例，15 时 24 分沁河武陟站洪峰流量达 2000 立方米每秒，15 时 48 分黄河发生第 1 号洪水，21 时黄河出现第 2 号洪水，27 日至 28 日焦作市出现大雨、部分地区暴雨，最大小时雨强 30 毫米，防守形势极其严峻。

历时长。自 6 月 18 日，该局已先后 5 次启动防洪运行机制，6 次启动全员岗位责任制，历经“7 · 11”“7 · 23”“8 · 23”“9 · 19”“9 · 24”等强降雨、大流量洪水考验，又于 9 月 26 日转战秋汛防御。至 10 月 24 日，焦作黄河人已奋战在防洪一线 129 天，这对焦作黄河人的防守意志也是严峻考验。

黄河万里触山动，盘涡毂转秦地雷。

面对及其严峻的秋汛形势，焦作黄河铁军始终坚持人民至上、生命至上，立足“防大汛、抗大洪、抢大险、救大灾”，坚持关口前移，下足“绣花”功夫，作实预报、预警、预演、预案“四预”工作，严防死守，牢牢把握洪水防御主动权。

防汛机制高效运作。充分利用焦作市防指机构平台，按照“政府领导、应急统筹、河务支撑、部门协同、群防群控”防汛抢险机制，在沿河5个县市成立前线抢险指挥部，河务与应急、水利密切配合，与公安、消防、电力、武警等部门通力协作，高效落实防汛责任和防汛指令。

下好除险加固“先手棋”。该局果断对防洪工程薄弱部位、易出险部位提前进行除险加固。10月14日，根据汛情、河势变化，安排专家组对黄河所有靠河坝档进行逐一摸排，提前制订坝档加固方案。截至目前，累计对黄河7处76道坝、沁河13处39道坝垛进行除险加固，用石5.5万立方米。通过除险加固，提升工程抗洪能力，确保了焦作辖区未出现较大险情。

坚持防御措施“金标准”。在这场防御战中，近7000名沿河群众参战，有202台套挖掘机等大型抢险设备预置在37处重点险工险段，800余名专业救援人员枕戈待旦，如何发挥好防洪一线现场管理参谋作用，高效开展各项防御工作，对焦作河务局是一个不小挑战。根据工作实际，设置水情与灾情组、工情与险情组、用水调度及控制组、物资与资金保障组等9个职能组，形成反应迅速、处置有序的防汛应急系统；突出抓好巡坝查险这一防汛现场管理重点环节，对群防人员开展巡坝查险业务和安全生产培训，发放防汛安全明白卡，在每个巡查单位都张贴巡查人员公示牌、值班时段和巡堤查险“五不准”“五必须”告知牌，以每4道坝为1个基本巡查单位，每个巡查单位分4班，每班1名专业人员和3名群防队员共4人，每1小时沿堤巡查一遍，确保了整个一线防御工作规范高效、井然有序。

织紧织密安全保障网。携手沿河各县（市）发布交通管制令，对进滩、上堤关键路口实施交通管制；加密河道内涉水物体巡查频次，严格落实锚固措施；在34处重点防守工程架设电力线路25公里，布设57台发电照明设备和138处路灯，保障夜间巡查抢险安全。

加强科技支撑。建立“1+6+16”防汛视频会商系统，打通市、县、一线班组会商通道；自主研发水位自动生成系统和洪水演进系统，为防汛决策提供支撑；自主研制并广泛应有的抛石排，被誉为除险加固神器；利用沿河视频监控和无人机对洪峰、河势、偎堤以及漫滩情况进行全面视频信息采集，为防汛决策提供详实参考。

秋光有尽意无尽，万马奔腾河作阵。

10月20日，河南黄河洪水水位开始回落。但根据多年来的规律，黄河落水期恰恰是防洪工程出险概率最高的时期，秋汛防御到了最危险、最关键时期。焦作黄河铁军继续咬定“人员不伤亡、滩区不漫滩、工程不跑坝”防御目标，严防死守，慎终如始，坚决打赢秋汛防御这场硬仗。

信念的温度：铄石流金

有一种精神叫特别能战斗！

1925 年 12 月，毛泽东在《中国社会各阶级的分析》一文中盛赞焦作煤矿工人“特别能战斗”。从此，“特别能战斗”的精神就成为焦作人民的精神财富，也成为融入焦作黄河铁军血液的红色基因。

疾风知劲草，激流见砥柱。面对秋汛大考，焦作黄河铁军只有一个信念，那就是必胜！他们以决战之姿态、越是艰险越向前之作风，在战洪水斗激流中践行着初心使命，生动诠释着焦作黄河人特别能战斗的责任担当。

有一种冲锋叫跟我上。除值班人员外，该局领导班子成员、各县局班子成员及副科级以上干部赶赴一线，驻扎在各险工险段，以身作则，靠前作战，急、难、险、重面前，总能看见他们冲锋在前。

有一种承诺叫我是党员我先上。成立决战秋汛临时党支部，以党旗引领战旗，14 个基层党组织、19 支党员突击队、11 支党员志愿服务队，成为一个个坚强的战斗堡垒，300 余名党员配发红袖章，亮明身份戴“章”上岗，一面面鲜活的“党旗”高高飘扬在抗洪抢险的最前沿。

有一种气魄叫舍我其谁。10 月 1 日，武陟老田庵运行观测班班长王晓刚结束右侧锁骨下动脉血管扩张手术复查，就又急匆匆赶赴岗位；10 月 12 日温县大玉兰控导工程一天之内出险 3 次，褚华锋和他的除险加固小分队，连续作战抛投铅丝笼 70 个，石料 180 立方米；10 月 20 日沁阳河务局肖兴文接到了退休批复通知，他说：“这场秋汛不结束，咱坚决不撤！站好最后一班岗，不给自己留遗憾！”

有一种绽放叫黄河玫瑰。在秋汛洪水防御各条战线上，到处都有女职工们忙碌的身影。她们是风里雨里参与巡堤查险的女侦察员，是奔走在防汛一线参与宣传报道的新闻记者，是全天无休保障防汛物资紧急调拨的仓库总管，两百余名“铿锵玫瑰”迎风斗雨，在百里长堤上傲然绽放。

不相信有完不成的任务，不相信有克服不了的困难，不相信有战胜不了的洪水。在这场历史罕见、旷日持久的秋汛防御战中，焦作黄河铁军以信念为笔，以风雨泥石为墨，把忠诚与担当镌刻在巍巍长堤之上！

爱的温度：十月流火

历中秋、度国庆，寒露已过，霜降又至。

焦作市气象台10月15日9时55分发布寒潮蓝色预警：预计未来48小时内，最低气温将下降8摄氏度以上，最低气温降至2～4摄氏度。

10月14日，驻守在武陟老田庵控导工程一线职工许志强说道："9月26日来的时候，我们还穿着短袖，现在都穿上了羽绒服了。"

一线职工冷暖始终牵挂着焦作河务局党组的心。一线工作环境复杂，就为全体一线职工购买了人身意外保险；气温骤降，就先后采购冲锋衣、羽绒服等防寒物品第一时间送达，让一线职工"穿暖"；一线职工体能消耗大，就为一线班组送去肉类、蛋类、水果等食品，让一线职工"吃饱"；一线职工长时间作战，就根据汛情变化，及时调整值班轮休，让一线职工"睡好"……

各级后勤保障工作组在保障一线"衣、食、住、行"上更是尽心尽力，送雨衣、雨靴，送棉被、手套，每个值守点配备暖水壶，24小时供应热水、热食。10月14日，博爱河务局后方值守职工为一线职工制作了美味的饺子连夜送到一线……

职工家属们也以不同方式在为防汛工作尽上一份心意，有的在朋友圈积极转发防汛消息，展现黄河人风采，有的家里老人孩子生病了，却对在前线的他们只字不提。10月16日，孟州河务局职工高延涛的妻子到一线为连续奋战抗洪的职工义务理发……

有一种大爱叫守望相助。

全河一家亲。9月28日，焦作河务局机关60人与所属6个县（市）局211名机关下沉人员来到了一线，10月1日，黄委和河南河务局下沉的同志们来了，10月8日黄委设计院下沉的同志们来了。岂曰无衣，与子同袍，只因他们有一个共同的名字——黄河人。

河地一家亲。严峻的防汛形势也牵动着社会各界的心，大家自觉自发支持抗洪抢险工作。沿河老百姓有的自发参加抢险工作，有的送来了自家烙饼、鸡蛋，沿河政府在黄河6处工程安排了公交车、医疗车，方便一线人员的生活，保障医疗卫生。

这个深秋，防洪一线不太冷！

没有一个冬天不会过去，没有一个春天不会到来。面对这场防汛大考，焦作黄河铁军始终坚信胜利的曙光终将到来，待大河无恙，人间皆安时，笑声必将遍布祖国山河。

黄河的温度，就是中国的温度，2021年注定不凡！

“跛行侠”守河记

袁冬青

傍晚 6 点，深秋的黄河河畔已被灰黑的夜色笼罩，急溜潺潺，寒风瑟瑟，神堤控导工程 16 坝坝头照明灯下，一个一走一跛的橘黄色身影，用手电仔细探照着根石、坦坡徐徐巡查……

他是陈峰——郑州河务局供水局副局长。2021 年黄河秋汛防御工作中下沉在巩义河务局巡坝查险第一线，期间因腰椎间盘突出压迫神经，导致左腿疼痛行走颠簸，但他依旧默默坚守岗位。每日下午 6 点到夜间 12 点，神堤控导工程靠河的 13 — 16 坝上，总能看到他一瘸一拐来来回回巡坝查险的身影。

是块砖，哪里需要哪里搬

9 月 28 日凌晨 2 点，陈峰接到了下沉至巩义河务局所辖金沟控导工程开展巡坝查险工作的指令。清晨 6 点多，他就赶到单位，处理了一下紧急工作，便轻车熟路地带着 8 月 22 日下沉一线时单位派发的雨衣、胶鞋，直接奔赴秋汛防御的最前线。

初到金沟控导工程，陈峰巡坝查险之余热心地帮助群防队员搭建帐篷。“大家用力撑起来，一起用力向东南方向扯！”陈峰猫着腰使劲拉住帐篷布的一角，同时喊着“一、二、三”，指导群防队员共同用力将布罩笼起来。但当布罩搭到龙骨上时，陈峰突然感觉自己的腰扭一下，随即左腿便感觉麻胀，走路有点用不上力气。

10 月 6 日，巩义河务局对一线专业巡查队员进行调整，需要将下沉金沟的几名干部调往神堤控导工程。巩义河务局办公室在通知陈峰时，起初心有顾虑，“陈局长对金沟比较熟悉，况且金沟班组的食宿条件也比神堤好，现在突然调整让他去神堤，他是否会愿意？”但当工作人员拨通陈峰的电话说出调整计划后，陈峰爽朗地笑着说：“没问题，坚决服从安排！我就是一块砖，哪里需要哪里搬！现在我就通知大家收拾行李去。”

坚决守好自己的“萝卜坑”

10月8日晚上，陈峰巡坝查险攀爬坦坡时，才发现自己的左腿根本用不上力，小小的一个坦坡，他2次差点摔倒。

同行的群防队员伸手将他拉了上去，询问他要不要休息一下。“还行，先把这一班岗站完再说！”陈峰在坝顶上反复抬着左腿试着用力，等一阵麻劲缓和之后，他又带着群防队员一道坝一道坝开始巡查。直到夜里12点，下一组人员接班。

“晚上睡觉就像烙饼一样，左翻右翻就是睡不着。头吹点风，后脑勺感觉跳着疼，这左腿又麻又胀，咋样睡都不舒服！”次日，陈峰破天荒地睡到了上午9点半，他向巩义河务局带班科长李崇峰描述着自己的症状，“感觉越来越不对劲，我得抓紧时间去找医生看一下！”

向局里和巩义河务局防办报备后，陈峰趁着休息之余，抓紧赶到巩义市区找医生治疗。诊断结果为1～4节腰椎间盘突出，医生建议他每日扎针、理疗，并注意休息，避免剧烈运动。

“每日扎针、理疗我做不到！我正在黄河一线防秋汛，走不开！”陈峰直接拒绝了医生好心的建议。

“身体是你自己的！你不爱惜谁还爱惜？每日扎针、理疗做不到的话，只能贴膏药、吃药缓慢调节，效果会比较慢！”

“膏药多久换一次？”陈峰对贴膏药过敏，但此时他最在意是否需要频繁更换，因为他怕自己没有时间总往医院跑。

室外温度只有13摄氏度，陈峰坐在班组休息室内却只穿了一件短袖，但他的额头还在不住冒汗，“腿疼呀！左腿现在贴了17块膏药，不麻了，但疼的厉害，疼的我冒汗，也省得开暖气了！”他依旧保持着爱开玩笑的风格，眉头微皱却故作轻松地笑着给大家说，“单位现在正是用人的时候，每个岗都是一个萝卜一个坑，我要现在请假回去，单位还得想方设法挪动其他岗位的人来补缺。临时休息吧，别的同志还要分担我的值守任务，大家都很累，咱不能给组织添麻烦啊！再说医生说腿疼比腿麻的症状要轻，我这是快好了，不会影响工作！咱是20多年党龄的老党员了，咋样都不能给咱郑州河务局丢人吧！”

男儿也柔情

“爸爸？”

每天晚上 7 点多，陈峰的爱人与 2 个女儿会用微信和陈峰视频。因为已经 27 天没有回过家，加上坝头灯光相对较暗，2 岁的小女儿在镜头前歪着头辨认了半天，才奶声奶气的叫了一句爸爸，但小眼神里写满了疑惑——这难道是爸爸，他怎么不回家，他怎么看着黑了瘦了，他怎么看着像但又不像自己的爸爸了呢？

陈峰此时恨不得立刻飞回去好好亲一亲、抱一抱自己的女儿，用胡子碰碰她柔软的小脸，把她举得高高的，听她咯咯地大笑，听她不停地叫着爸爸。

“好了，不多说了，还有 3 个伯伯、叔叔等着爸爸一起巡坝查险呢，你们要听妈妈的话，姐姐写作业，妹妹自己玩一会儿。”铁汉柔情，对家人的思念很重，但依旧没忘记自己的职责，他又对着镜头中的爱人说，“厨房灯坏了，先将就用着吧，我估计快回去了，等我回去了修！”

“感觉你明显就是瘦了，你身体没事吧？要不明天周六，我带孩子去看看你！”

“不用，不用，我很好，你自己带两个孩子，千万别来回跑！这里正在拉石头、一路上都是大车，不安全，你们也进不来！”说完，陈峰赶紧挂了电话。他腿疼的事情至今瞒着家人，怎么能让他们知道而担心呢？

“你们河务局的下沉干部，不孬！”群防队员老赵目露赞许感慨到。

如陈峰自己所言，“自己做该做的事情，跛着腿儿查河也没啥不同的，这次秋汛许多黄河人不都是克服各种困难坚守岗位吗？”

但关键时候不打折扣坚守职责，不就是一种不凡吗？

一件救生衣的自述

张　悦　马秋明

我在仓库里尘封了许久，听着其他兄弟讲述着我从未见过的世界，但我从不羡慕，因为我知道我虽从未见过阳光，但那代表着我们所守护的黄河母亲，她的岁岁安澜。

十年饮冰，难凉热血

这天，封锁我的大门被推开，几位魁梧的汉子一边数着我们一共多少个兄弟，一边将我们排列整齐，口中振振有词："这次编号洪水来势汹汹，上级已经作出重要指示，确保不跑坝、不漫滩、不死人，坚持人民至上，生命至上。我们把救生衣数量清点清楚，每位技术人员上坝前都要穿上救生衣，确保安全！"

我突然有点懵，前段时间回来的兄弟还讲"七下八上"的关键期已经过去了，当时我们都松了一口气，上次秋汛还是我的爷爷见识过……我还没想完，就已经被抬出去了，当雨水滴在我的身上，我意识到，我要为守护黄河母亲贡献自己的力量了！一股热血直冲脑门，我被一位女同志选中，"这件救生衣看起来格外耀眼，那它以后就陪着我巡坝吧！"我暗自握紧拳头，心想：你看起来这么年轻，我就叫你"小黄河"吧！我们联手一起合力保护好黄河母亲！

我被分在了一个有装载机兄弟工作的坝头，我已经安静地躺了许久，震天的"一、二、三"的号角声，机器与石头碰撞发出的轰鸣声让我不太适应。我和其他三位群防兄弟一起，在四个坝头来回穿梭，我看到了我从未看到过

的黄河母亲。她不像平常看起来那么安静、那么慈祥。她自西向东流淌，她卷起层层水浪，她一下又一下叩击着坝下的石头，她仿佛很急切地想要奔跑入海。一张黝黑的面孔映入眼帘，“没见过这么大的水吧，那边抢险队在配合机械把石头装进铅丝笼里，把石头投下去加固坝垛，这样可以有效防止险情出现。”说完之后，他就朝着装载机兄弟去了，在他的指挥下，几位抢险队员配合着装载机兄弟，他们一下又一下抬起有力的臂膀，坚定而稳重。

身着橙衣，心有千里

刚下过雨，小黄河穿着我深一脚浅一脚的在坝头上查看根石，“李处，您来了”小黄河说道。

我抬眼看去，这位已经56岁的李忠新李处长骑着一辆自行车过来，询问道，“怎么样，没有什么情况吧？咱这几个坝头比较窄，就是他们一直说的‘豆腐腰’，主溜对坝面冲击比较大，容易出现险情。”

“我刚带着群防队员巡查过了，没情况，加固的很牢固，您放心有情况我一定及时上报！”小黄河回答道。

“那就行！”李处长抬脚上了自行车，“我再去前面的坝头看看。”说着便摇摇晃晃地蹬着脚踏车，疲惫且坚定，走远了。一股热泪几乎快要涌出我的眼眶，这位年过半百的老同志，不论谁在岗在位，不论白天还是夜晚，他都穿着我的救生衣兄弟一起在双井控导工程的每个坝头上穿梭，对同志嘘寒问暖，对群防队员倍加关心，对黄河母亲坚定守护。

深夜两点，依旧能够看到他借着手机的微弱灯光查看资料，确定每一道坝都有黄河人的身影之后，才放心睡去。“老骥伏枥、志在千里。”我想，这是对他最好的诠释。

浮舟沧海，立马昆仑

我常听前辈们说，生活没有标准答案，每个人都有自己的注脚。“卧薪尝胆，三千越甲可吞吴”是选择，“老牛自知夕阳晚，不用扬鞭奋自蹄”是选择，“苟利国家生死以，岂因祸福避趋之”也是选择。面对困难、面对洪水，每一位黄河人，都有他们的选择。他们选择戴上安全帽，穿上救生衣，拿上探照灯，别人看到的是他们巡坝查险的背影、记录资料的背影、蹲在地上吃饭的背影。看起来摇摇晃晃，拍拍身上的泥土，眼神依旧看向前方，温柔且坚定。

夜幕降临，今夜的风格外刺骨，月亮悄悄爬上枝梢，为这个晚上又添了一份寒意。我与小黄河一起在联坝上走着，小黄河对我说她有些想家，但是她不能回去，她的任务还没有完成。我在心里安慰她：不怕，太阳会出来，乌云会散去，她会带着胜利回家。

不远处的月色下，景观桥上坐着两个人，我一眼认出这是双井班上的李班长。走近来看，旁边坐着他的妻子。见我们走进，李班长有些不好意思地站起来对我们笑了笑，急忙拍了拍身上的灰。简单打过招呼后，我给小黄河讲了李班长的故事：他是双井班运行班长李文军，这个班长自从秋汛防御工作开始之后就没有回过家，把双井控导工程的每一道坝走上几遍是他每日的工作常态。今天李班长的妻子过来看望他，晚饭过后，他们喜欢在黄河边吹吹风，聊聊心里话。小黄河想了想对我说，铁汉也柔情，每一位黄河人坚强的外表下都藏着一颗温柔的心。正是有无数个像李班长这样不舍昼夜坚守黄河的人一齐用力，在艰险时刻选择逆行，我们才能打退洪水，守护母亲黄河和人民。

听完小黄河这一番话，我不由得心生敬意。向前望去，坝上起起伏伏的橙色身影，一盏盏明亮的路灯，这就是了，这就是我从未见过的坚实“堤坝”！

日拱一卒，功不唐捐

小黄河巡查结束了，当我躺在床板上休息的时候，旁边的救生衣兄弟问道：“这都十几天了，怎么洪水还没有退去？这跟以前怎么不一样啊？”我陷入沉思，要说这次秋汛最大的特点，应该就是持续时间长了。日复一日的高强度除险、巡查，让每个战友都疲惫不堪。可是，听说 5 处控导工程的 55 道坝都进行了除险加固，有效提高了工程抗冲刷能力，洪水见到我们都绕着走呢。我又将笑容挂在嘴边，其他兄弟纷纷调侃道，“看他笑的合不拢嘴，是因为跟女孩子做战友嘛？”我反驳道，“别乱说，我只是觉得大家都朝着同一个目标努力的样子，我很喜欢。”

“哥，你们收拾东西干什么？是要走了嘛？不吃晚饭嘛？”小黄河对着一个抢险队员问道。

“咱双井的大部分除险加固工作完成了，我们赶着去其他工程上加固呢，就不吃饭了，早过去一天就能早加固一个坝”他回答道。日拱一卒无有尽，功不唐捐终入海。说着，他们把行李搬上车，随着汽车发动的声音，他们踏着星辰，朝向远方。

晨光撕开黑暗，黄河永远向前

小黄河突然蹦蹦跳跳地告诉我“从今天开始进入退水期了！”忽的又停下来，面色凝重，“按以往经验，退水期任务依旧艰巨，我们不能松懈，再陪我站好最后一班岗吧。”我告诉她，这一路驰骋的日子，终不会辜负沉潜的力量。

我最喜欢做的事，就是和小黄河查看坝头根石之后，看她在风中掏出哆哆嗦嗦的手，在记录本上写下“无险情发生”。

我最喜欢做的事，就是和小黄河一起站在坝头上，看远处的太阳，打破黎明前的黑暗，慢慢超越地平线，洒满滔滔黄水。

我最喜欢做的事，就是和小黄河一起追随着风中张扬的红旗，追随着炽热的信仰，迎接拨开乌云的那缕曙光。

在所有人都期待超级英雄的降临，是一个又一个普通人把自己的毅力拼凑起来，然后就有了撕开黑夜的破晓。一个又一个黄河人将自己的脊梁拼凑起来，就能够平安地将黄河水送入大海。

治黄新兵，在风雨洗礼中破茧蜕变

王 玉

对于郑州这座城市来说，2021 年的秋，是一个“多事之秋”。刚刚扫除“7 · 20”强降雨裹挟的阴霾，驱散笼罩在心头又一轮疫情带来的肃杀氛围，黄河，这条穿境而过为郑州带来无限生机与活力的母亲河突然“发脾气了”。一场罕见的“华西秋雨”在短时间内形成了黄河 3 次编号洪水，全河上下面都临着一场惊心动魄的考验。李灿，这名 2020 年参加工作的治黄新兵适逢其会，在这场风雨洪水的洗礼中，褪尽青涩，迅速成长为一名成熟的治黄人。

走出“舒适区”，从“我不敢”到“让我来”

9 月 19 日上午 10 时，为迎战黄河花园口 3500 立方米每秒洪水，惠金河务局启动了 2021 年第四次防洪运行机制。17 时，启动 2021 年度第六次全员岗位责任制，要求全体职工立即返回工作岗位。这天是中秋节假期的第二天，汛情就是命令，接到通知的李灿没有犹豫，收拾好行囊，告别了家人就准备奔赴岗位。

“不行，你一个人开车我不放心，要不然还是我送你去单位吧”！

“放心吧，妈，我一个人能行，路上我开慢点，到了给你报平安”。

临出家门，李灿信誓旦旦的向妈妈保证着，宽慰着妈妈，用满怀自信的笑容掩盖内心充斥着的忐忑和紧张。毕竟这是他取得驾驶证以来第一次独自一个人驾驶车辆，而且还是从巩义到郑州这样一个“长途”。此刻他还不知道，接下来的一个月，等待他的是无数个人生中的第一次。

第一次参加防汛值守、第一次在坝头上睡在车里过夜、第一次学会看水尺、第一次拿起探水杆探摸水深……

这些突如其来的第一次对于李灿来说有点“可怕”！

生活中的李灿是一个谨小慎微的人，“李灿，你胆子咋恁小了！”办公室的老大姐顾凯总是这样调侃他。

刚刚走出象牙塔的李灿自有属于年轻人的特长，无论是制作多媒体文稿，还是

李灿填写巡查记录表

剪辑微视频他都信手拈来。但是，一旦涉及到没有接触过的领域，他总会不自觉的说出那句口头禅“可怕”。正如他早已取得驾驶证却从不敢一个人开车上路一般。

然而这一次，在人生第一次面对这滚滚洪流时，李灿没有退缩。按照局党组统一部署，他坚定的踏上属于自己的阵地——马渡下延控导工程，一守就是三十多天。马渡下延控导工程坝前河槽窄，水流急，洪峰过境波涛翻涌让人目眩，尤其在106坝处河水拍打郑济高铁桥墩激起的浪花、回响起的隆隆波涛声更是震慑心神。

“巡查的时候，四个人要齐头并进，在最外侧沿着水边走的人，要用探水杆不断探摸根石，这是最危险的位置，也是难度最大的位置”，值守的第一天，同组的老大哥陈保军向大家嘱咐。

李灿听罢举起右手，一如当年在课堂上回答老师问题般：“让我来吧，这里我最年轻，最危险的位置交给我”。

“哈哈，年轻人勇气可嘉，有更重要的任务交给你”陈保军被面前这个年轻人紧张的表情逗的一乐。

“保证完成任务”李灿严肃的回答道。

陈保军紧了紧系在腰上的安全绳，把另一头交在了李灿手中：“可要拉紧了，我的安全可都在你们手里了”。随后，转身便带领队伍出发了。李灿明白，老同志看出了他的紧张不安，这是对他的照顾。

“第一次近距离看到这样洪水害怕吗？”听到笔者的问题，这个大男孩儿不好意思的笑了笑说到：怕，怎么不怕，刚开始腿肚子都打哆嗦。但看着手里握着的安全绳，看身边站着的前辈，再想想到我们守护的是一座城市，是千百万的同胞，我就不怕了。说着，他指了指印着鲜明“黄河”两个字的救生衣说，穿上这身“战甲”，守护这条大河安澜，就是我的使命。

接过“接力棒”，从“我不懂”到“我能行”

“10 月 23 日 20 时，马渡下延水尺读数 2.65，水位 88.17，较 18 时下降 0.05”站在悬于河面上的水尺观测架上，李灿熟练的记录下水位信息，然后一手扶着栏杆，一手拉着安全绳慢慢走向根石台。在把水位信息报送局防办后他对坝上来自金水区农业局的队员说到：“流量和水位都在持续下降，但是还不能松懈啊，退水期反倒容易发生险情”。在队员不解的疑问声中李灿把巡坝查险的“五时”“五到”“三清”“三快”普及了一下，全然没有了一个月之前“新兵蛋子”的模样。

巡坝查险是一项技术活。李灿能够在短时间里迅速成长与他勤学善问是分不开的。值守开始的几天里，他不停的向同组的前辈们请教着：怎么判断根石走失了没有？水尺怎么读数？探水杆我这样操作规范吗？在不断的学习实践中，他的专业水平随之提高。

10 月 4 日，黄河中游新一轮降雨天气，让下游防洪形势更加严峻。按照河南防总部署，惠金河务局辖区靠河位置要进一步加密巡查。郑州市惠济区、金水区政府各防汛职能单位安排人员，作为群防队伍，在黄河河务部门技术人员指导下，参与到一线值守工作中。按照每 4 个工程单位一组，4 名巡查人员的设置，李灿与同组的几名前辈需要要分别带领 3 名群防队伍独立开展巡查工作。

在认领队员分赴各自责任段的时候，老大哥陈保军找到李灿：“怎么样，一个人行吗？你的责任段可是有水尺观测点的，教你的都学会了吗？”李灿拍拍胸口自信的说：“没问题，我能行”。

李灿在马渡下延 102 坝观测水位

“我们看到的马渡下延控导工程是 100 米的标准坝，坝身从下而上分别是根石、坦石、沿子石，我们巡查要注意的是查看根石有没有走失，和坦石有没有下蛰…”在对群防队员开展巡查前培训时，李灿已经能侃侃而谈。

“我们河南黄河已经基本建成‘上拦下排，两岸分滞’的防洪工程体系，这次洪水形成原因是…”面对询问，李灿也能把洪水形成、演变过程说的头头是道。俨然一副“治黄老兵”做派。

10月24日8时，黄河花园口流量1980立方米每秒，这意味着2021年黄河秋汛防御战已经进入尾声，胜利在望。当问起李灿值守结束后最想干什么时，他回答到：我想去看《长津湖》，我想知道那群最可爱的人是凭着怎样的意志，才能在最惨烈的战场上，克服最艰苦卓绝的困难战胜当时世界上最强大的敌人。然后用我收集的照片、视频资料，剪辑一场属于我们自己的“电影”，我觉得，在这场没有硝烟的洪水防御战中，参与其中的每个人都是英雄……

没错，参与其中的每个人都是英雄！这同样包括李灿，包括在这数千公里的战线上完成蜕变的新兵们。他们，在耳濡目染的传承下，正源源不断的为这支新时代黄河铁军注入新鲜血液，让我们拥有更强大的力量，继往开来去奋力实现“让黄河成为造福人民的幸福河”的伟大历史使命。

我的老班长

赵伟丽

10 月 20 号上午，再次来到范县河务局吴老家控导工程班，距离上次全员下沉一线，笔者作为“新黄河人”第一次来到这里，已经过去 59 天，刺骨的寒风把人吹得瑟瑟发抖、鼻红耳鸣，犹记得上次来还是微薄长袖，现已棉袄加身。坝上现已迅速的进入了冬季，秋季好像只是瞥了一眼就头也不回的走了。

王永华，吴老家控导工程班班长，刚从坝上巡查回来，正双手捧着水杯，轻抿杯里的热水，以此来驱走身上的寒意。王班长作为黄二代已经在职 32 年，明年就到了退休年龄，他即使心脏带着支架，每天药物不断，仍然跟年轻职工一样坚守着岗位，履行着身为班长的职责。早上六点便要到坝上巡查一圈，夜间无论多晚，睡前也总要去坝上转一圈，目的为了对坝上的一切了如指掌，做到心中有数，始终以“洪水不退，我不退”的坚定信念，守护黄河安澜、山河无恙。

“晚上，我们会开个小会，得为明天工作做准备，哪里抛石啊，哪里需要调石，还有车辆人员的调控，都要商量好。提前安排下去，不能耽误明天的工作啊。”

“巡坝最重要的是安全，不能离坝太近，用手电筒照着，出险的话，白天好看，看看有没有裂缝，夜里不好观察，就听，听有没有石头咕噜咕噜滚落的响声，一般有险情，肯定会有声响的。”

6 月 2 号汛期刚刚开始，王班长就坚守在坝上。经验丰富的他尽职尽责的管理好坝上的一切，说起巡查抢险也是如数家珍，不管是看水尺、测滩唇、看出险等都能娓娓道来，笔者在今天的采访中学到了很多，细致生动的讲解使笔者这个小新人受益匪浅。

“等水退了，回家还有二亩地嘞，得收庄稼，水稻现在还在地里嘞。耽误种麦子，也没有法儿，咱这职工好多家都是，这一年重要时期，谁也不敢离职啊。班上好多人都是带病上岗的，生物钟啥的也都乱了，前阵子班上的人基本都感冒了，也是买点药，熬过来的，岗位上也离不开人啊，这本就是咱的本职工作，养兵千日，用兵一时，就是干这嘞，关键时期，离职咋能行啦。”

对于工作的辛苦，王班长从未有过抱怨，他的坚守在自己看来是对得起国家的这碗饭，是自己的本职工作，当笔者问道他明年退休后的生活，他也表示“每年到这个时候还是得惦记着黄河，毕竟我这都干了一辈子了。”正是他和他们的尽职尽责、辛苦坚守，守护了一代代人民的生命财产安全，带来了山河无恙、岁月安好。

“叮叮——赶上好日子红红——”“喂——”

这已经是我们采访期间王班长接到的第四个电话了，短短的半个多小时，不停歇地电话昭示王班长的忙碌。作为领头羊的他，从汛期开始就再未归家。在班组中就如一块砖，哪里需要往哪里搬，管理班组里的大小事件，带领防汛人员恪尽职守、坚守岗位。这样的他让笔者切实的感受到了什么是“岁月静好、山河无恙，只是有人在为我们负重前行。”

瞳孔中的“党旗红”

——中牟河务局党员领导干部奋战黄河秋汛洪水纪实

尚雨珂

“黄河落天走东海，万里写入胸怀间。”是诗人李白对黄河一泻万里，奔流入海的豪迈写照。近期以来，在这黄河长时间地落天走东海的同时，携泥裹沙，浩浩汤汤，不舍昼夜，给黄河中下游的安全度汛带来了前所未有的层层考验和防御困难。

防御黄河秋汛洪水以来，中牟河务局党员领导干部靠前指挥、昼夜奋战，他们带领着广大党员将鲜红的党旗牢牢的树在中牟黄河大堤，双眼中的红血丝在宣示着打赢防御秋汛洪水的必胜决心。

“实力派”党组 冲锋在前

楚大夫沉吟泽畔，九死不悔；魏武帝扬鞭东指，壮心不已；中牟河务局党组义无反顾冲在抗洪最前线，共同再造了一个激情燃烧干事创业的火红十月。这是使命的选择，是执着的选择，是豪壮的选择。

中牟河务局以局党组书记、局长蒋胜军同志为班长的7名党组成员，自“7·20”暴雨以来未曾休息，秉持“舍我其谁挑重担，为管奇景上高山”的担当，坚守岗位，这“中牟黄河七壮士”各有特点，党组书记蒋胜军无悔“剃发”明志，誓打持久战；副局长丁长栓两鬓斑白却斗志昂扬地驻守在九堡控导，每天拍摄“抖音”，老骥伏枥“抖”出来的全是正能量；副局长谢爱红快人快语，用实干诠释巾帼斗志；交流干部副局长王亚涛家住山西，心却牢牢挂在赵口险工；副局长庞竞精通工程，事事留心负责；挂职副局长江杰精打细算，运筹后方财政支出；纪检组长贺纲领业务全面，应急处突冲在前线。而蒋胜军同志用巨大的引领力汇聚了班子凝聚力，使得如今的防御秋汛洪水获得阶段性的胜利。

那是一个凌晨3:00，在机关楼内，一位身着蓝色皮夹克，鞋上沾满泥泞，拎着公文包的背影缓慢的爬楼梯，到达3楼时身体虚晃了一下……

“蒋局，您没事吧？”路过的一位同志赶忙扶住他。

“没啥事，就是晕乎了一下，你赶紧休息吧，太晚了”蒋胜军抬起手臂摆摆手说到。

作为党组书记，他没日没夜的往返机关一线，倘若哪个工程出现险情，你必然会在十分钟内看到他的身影在工程上奔忙，至今为止，从来没有听过他有任何怨言。

“您赶紧休息吧，铁人也撑不住三天不合眼啊”带班科长说到。

“不碍事，害怕高水位高流量工程出问题，我压根睡不着，盯着也好。”

多少个日日夜夜，无休无止，他早已熬红了双眼，嘶哑了嗓音，晒黑了皮肤。他长期不回家，顾不上理发，古有蓄发明志，今有剃光头打持久战的决心，他毫不犹豫抽空直奔理发店把头发剃光。近期的大幅降温，他闷声不吭，一件短袖穿了整整九天。他血糖血压双高，药瓶时刻揣在兜里，为防同事担心，他总在无人时悄悄服下。深夜里，他嘴里念念有词，睡在同一屋檐下的同志一听，他竟然还在指导着抢险。

蒋胜军同志身心高度凝聚在工作当中，真正把党和人民的事业深埋心底，近乎魔怔，对于他来说在保卫黄河的路上，有风有雨是常态，风雨无阻是心态，风雨兼程是状态。

中牟黄河有这样日日行不怕千万里，天天讲不吝千万言，时时做不惧千万事的“领头雁”，绝无失败可言。

“求实派”机关党委　乘势而上

中共中牟河务局机关党委，在九月份才刚刚完成书记、副书记和委员补选，注入新鲜血液的机关党委，面对洪水来袭，毫不退缩，7 名委员有 5 名驻守一线，2 名驻守机关，而带头驻守一线的，正是局纪检组长、机关党委书记——贺纲领。

10 月 6 日，贺纲领同志接到局党组让他去一线协助地方政府成立中牟县黄河抗洪抢险前线指挥部的命令，他秉着保障有力，规范有序和出色的统筹协调能力，两天完成了前线指挥部的筹建和运行，并被任命为中牟县黄河抗洪抢险前线指挥部办公室副主任、业务指导组和后勤保障组组长、中牟县委成立的前线指挥部临时党委河务局临时党支部副书记。

“县防指要求报各单位 10 月份在前线指挥部的带班局长名单及联系方式，贺组长您看都报谁？”

“都写成我，我身体好”贺纲领坚定的说道。短短四个字，掷地有声，在普通人看来，这人真傻的可爱，哪儿有人撑得了这么长时间的，但当时听到这句话的同志都沉默了，因为他们都知道，“都写成我”意味着他要在高强度的脑力工作下持续到防御秋汛洪水胜利为止；“都写成我”意味着一名基层机关党委书记奋战洪水到底的决心。

在之后的十几天里，你总能在中牟县黄河抗洪抢险前线指挥部看到一位无论白天黑夜都身着迷彩服的男同志，左胸时刻佩戴着党员徽章，一双炯炯有神的大眼睛时刻环顾着指挥部的每一个角落，困了就轻倚椅子闭目歇息几分钟，累了就出门吹吹凉风清醒一下。是的，他就是贺纲领同志，每时每刻他都保持着高度集中的状态，他也永远不会让你看到他的任何疲惫。

贺纲领同志身兼数职。他作为河务部门带班局长兼任指挥部办公室主任，身上责任重大，他为指挥部的指挥长提供业务指导，统筹协调各局委联勤保障和防汛物料补充。同时作为局纪检组长的他还要不定时对巡查人员在岗情况开展监督检查，作为机关党委书记的他在 10 月 4 日决定在大堤一线上迅速成立两个临时党支部，凝聚党员向心力。

贺纲领同志用实际行动再一次诠释了一名黄委劳动模范、黄委优秀共产党员的精神境界与责任担当。

“热血派”党员干部　满腔激情

“尘雾之微补益山海，荧烛末光增辉日月”，中牟河务局 60 名党员干部常驻一线，成立两个临时党支部，砥砺前行，将党旗牢牢树在堤防之上，向洪水示威！

“防汛有我，请党放心！我将无我，不负人民！”嘹亮的红色声音响彻在大河之上，60 名党员瞳孔中映照着“党旗红”，个人的理想奋斗融入党组织的万倾“红”流，形成无往不前之势共同拼抢了一个大河安澜、人民安全的黄金十月。

“能行能行，只要确保石料到位就行”一位身着浅色衬衣、胡子拉碴的带着憨厚山西口音的男同志站在堤防上讨论着工作。他就是中牟河务局的党组成员、副局长王亚涛，也是一名普通的党员。

很难想象到，平常那么爱干净的一个人操劳到胡子都来不及刮，自秋汛以来，王亚涛同志便驻守在赵口险工，在赵口险工 8 坝上的绿色薄帐篷架上后，他便不回班组了，索性直接住在帐篷中，对蚊虫叮咬过敏的他身上早已叮满了红包。在堤上时间久，衣服来不及增添被冻感冒，嗓子嘶哑到话都说不出。

王亚涛同志家住太原，来中牟河务局交流的第二个月儿子便出生了，两年内只抱过 2 次儿子，说起儿子时他神情中满满的愧疚和歉意，随即便被坚毅取代。

“一个有前途的国家不能没有先锋，作为一名党员，定要舍小家顾大家”，他还说到党员要向一颗微不足道的星星学习：可以微弱，但要有光，时刻紧张备战，敢于热血奋战。

但他不知道的是，他已经成为了周围党员心中的标杆与先锋，脚上沾满泥巴，心底却清澈如湖；看起来是个文气书生，但说起工程抢护来却滔滔不绝。为了确保中牟黄河段工程安全，他带着一腔热血咬牙坚持在温度多变的十月，秉承着“风雨不动安如山”的定力与“越是艰难越向前”的担当坚守一线岗位。

艰难方显勇毅，磨砺使得玉成，正是有许许多多满腔激情保护人民生命安全的党员干部在，防御秋汛洪水的道路上才能看到胜利的光芒。大河岸边的“党旗红”，扬雄风，挺傲骨，惊艳了时光，沉淀了，为人民服务的灵魂！

勠力同心战秋汛，日夜鏖战护河安

焦 昆 冯 晓

入秋以来，黄河中下游地区持续降雨，9 天内发生了 3 次编号洪水，水位频频接近警戒线，洪水场次多、过程长、量级大为历史罕见。兰考黄河段地理位置独特，处于万里黄河的最后一个大拐弯处，东坝头险工以下“二级悬河”发育典型，河道宽浅散乱，河势游荡多变，极易发生横河、斜河，素有“豆腐腰”之称，是下游防守的重中之重，更是建设幸福河的关键之处。为抗击此次秋汛，兰考河务局积极响应号召，不折不扣的贯彻落实上级防汛救灾各项指示精神和工作部署，坚持人民至上、生命至上，传承弘扬焦裕禄精神，联合属地政府，构建“政府领导、应急统筹、河务支撑、部门协同、群防群控”的黄河抢险机制，确保了兰考县 83 万百姓及下游滩区数十万人民的生命财产安全，以实际行动践行着共产党人的初心使命和“治河为民”的责任担当。

党政重视 构建护河新模式

兰考黄河滩区内现有耕地面积 13.23 万亩，自然村 11 个，常住人口约 1.27 万人。大河内是滚滚东逝的洪水，大河外是百姓赖以生存的家园。自接到黄河编号洪水通知后，兰考河务局充分发挥专业领域参谋助手作用，协助兰考县政府第一时间搭建了“1+3+N”防汛指挥体系，建立了以县委、县政府主要负责人任指挥长的县级黄河抗洪抢险前线指挥部、以乡镇为单位成立 3 个以分包乡（镇）县领导为指挥长的乡（镇）抗洪抢险前线指挥部，应急、河务、交通、水利、纪检、督察等多部门协同，坚持每天一会商，确保指挥调度运转有力。

洪水防御期间，兰考县政协主席吴长胜在县黄河抗洪抢险前线指挥部坐镇指挥，24 小时驻扎黄河岸边，白天在靠河工程巡查，协调处理突发情况，夜间汇总问题，分析研判，确保洪水防御调度时走好“一针一线”，用好“一兵一卒”。10 月 7 日下午，雨急风骤，刺骨的寒风从河面上吹来，岸边的柳树受不住狂风的袭击，左右摇曳。“变天了，要下大雨，快！咱们去看看工程情况。”吴长胜对工程防守的带班同志说着，拿起雨具就走了出去。顶着簌簌寒风，吴长胜披着雨衣，穿着胶鞋，踩着泥泞奔走在兰考黄河靠河工程上，雨水顺着脸庞往下滴落。每到一个值守点，吴长胜都会与值守人员进行详细的交谈，拉一拉帐篷的隔水层，摸一摸帐篷内的被褥，对防汛措施、值班值守等工作再次进行叮嘱，107道坝垛走下来，吴长胜的嗓子已嘶哑，嘴巴已干裂。

“你怎么还不回来啊，一家人都等着你呢。”10月8日，他的爱人着急的打了个电话。原来这一天是吴长胜的生日，家人给他准备了可口的饭菜，小外孙在家中嚷嚷着等他回去。

“这边忙，回不去，你们在家吃吧。”此时的吴长胜正冒雨在蔡集控导工程27坝查看根石冲刷情况。

“你这个老头子，明年就60了，马上就该退休了，还拼着老命在黄河边干呀！”他爱人的语气中带着无奈。

“我这一生啊，都跟黄河有着割不断的联系，我在乡镇任职的时候，兜兜转转就在沿黄三个乡镇，后来我回到县里工作，赶上了“03 · 8”蔡集抢险，我带领大家抗洪，洪水的无情给我留下了极为深刻的印象。如今，在临退休之际，又与大家一同抗击洪水，我了解兰考黄河的重要性，做好兰考黄河防汛工作不仅是保护兰考的群众，还有下游滩区10余万的人民，能做这些，是我的荣光啊。”

同频共振 上下联动护河安

为压紧压实秋汛防御责任，兰考黄河25公里的河道划分了26个工程防守责任段，逐坝段明确了责任人，此次洪水防御期间，528人的专群巡防队伍24小时不间断巡查；25名观测人员在3个滩岸观测值守点驻守；交警与乡镇志愿者联合对滩区各防汛路口实行交通管制；消防救援抢险队、退役军人抢险队、乡镇应急抢险队、民兵防汛应急连先后投入防洪工程除险加固和铅丝网片编制工作中，一场秋季洪水防御阻击战在兰考黄河岸边轰轰烈烈打响。

自卸车及购置的应急备石

凌晨 1 点，兰考河务局防汛会商室灯火通明，人来人去，步履匆匆。“小浪底流量已经接近 4000 立方米每秒，伊洛河、沁河支流的水汇入，到兰考要接近 4800 立方米每秒，此次秋汛来势凶猛，防汛形势极其严峻，河务部门传递的雨水情信息，每一个数字都代表着一份责任，大家要打起十二分的精神，在传递信息的时候，要犹如高考交卷一般谨慎，确保各项工作万无一失。”兰考河务局党组书记、局长胡云英在兰考河务局防汛会商室强调。

胡云英 1994 年参加治黄工作，经历了“96·8”洪水、“03·8”蔡集抢险，积累了丰富的抗洪抢险经验，在此次秋汛洪水防御期间，身材瘦小的她白天奔赴一线，靠前指挥，身影遍布兰考黄河的 107 道靠河坝垛；夜间分析研判，统筹协调，带领全局上下奋勇抗战。

其丈夫也是一名治黄工作者，为应对此次严峻秋汛已下沉至防洪一线，这对伉俪夫妻已二十余天未见，正在读高中的女儿，“中秋”和“十一”假期一直待在年迈的姥爷家里。患有慢性病的年迈父亲是位“老黄河”，深知黄河防汛工作的特殊性，为不打扰女儿的工作，常常瞒着女儿独自一人拿药、检查。提起家人，胡云英总是湿红眼圈，言语哽咽，家人微信群里每天夜晚的一句“一切安好”是一家人对胡云英最好的支持和鼓励。

凌晨 3 点，秋雨来袭，寒风刺骨，兰考黄河岸边守坝人穿着胶鞋、披着雨衣，带着工具开展巡坝查险、河势水位观测工作。朱培利是“黄委劳动模范”获得者，长年坚守在兰考蔡集控导工程 1 — 35 坝，几十年如一日开展巡坝查险与工程维修养护工作。10 月 5 日，风雨交加，在巡坝查险过程中，朱培利踩到一块防汛石，滑倒在地，崴了脚，脚踝瞬间瘀血黑青，疼痛难忍，在同事的搀扶下回到班组，仍然坚持做记录，他说：“防汛值守就是我的职责。”在他的巡查记录里详细写着河势、水情、工情变化，哪里需要加固，哪里会出险情，为防汛抢险决策提供给了实时准确的一手汛情资料。

夜间安装照明设施

10 月 4 日下午，夹河

滩护滩工程 18 护岸河势突然上提，形成回溜淘刷，工程存在安全隐患。“立即抢护，挖掘机、铲车马上进场，抛铅丝石笼、散抛石护根，立即启动照明设备，现场人员注意安全。”对讲机里不断发出一道道防护指令。

张建国（左一）指挥抢险

凛冽的北风呼呼的刮着，怒吼着，像针一般地刺着他们的肌肤。挖掘机轰鸣着抓石放石，铲车开足马力推笼入河，激起了巨大的浪花，抢险队员的鞋上、裤子上、衣服上、脸上布满了泥浆，棉织手套已看不出原本的颜色，抢险队员的加油声与机械移动声交织在一起，在寒冷的夜里升腾起一股股热气。在灯光的照耀下，大家的脸颊泛着红光，张着嘴巴呼呼的喘着粗气。突然，一条长铅丝划伤了兰考河务局经管办主任张建国的胳膊，血顺着胳膊滴落下来，张建国的额头瞬间渗出了细细的汗珠，表情扭曲在了一起，本就疲乏的脸庞因为剧痛而变得通红，一旁的抢险队员急忙用碘伏为他紧急消毒，简单包扎，随后劝他到医院就医。

“简单包一下就行了，这点伤算啥，赶紧走吧。我们要守好这个工程啊，身后有着一村子的人，我们是共产党员，在河边守着，他们晚上才能睡个安稳觉啊！一旦出险，他们连家都没了！”张建国带着“责备”的话语说道，再次投入到除险加固工作中。

付全力强举措，闻汛即备保安澜

由县防指牵头主持召开的兰考黄河抗洪抢险每日会商会议成为传递兰考黄河汛情的主要地点，兰考河务局局长胡云英及时传达上级防汛指示精神，就抢险物资储备、抢险设备调用以及装备保障情况与防指成员单位及时沟通协调，兰考县委县政府不断加大对黄河防汛工作的支持力度，及时调整防汛料物补给方案，拨付 845.66 万元采购应急备石 2.5 万方 ,4 处靠河控导工程架设交流照明线路 19666 米，安装照明灯 163 处，落实移动灯塔式照明设备 9 台，实现了重点靠河坝垛护岸夜间照明全覆盖；

26 个蹲守执勤点配备了帐篷、折叠床、强光手电、铁锨、探水杆、应急灯，16 辆爱心公交车开进了防洪工程，供一线巡查人员御寒修整，扎实的防汛举措、充足的料物储备为此次秋汛打下了坚持的基础，更为一线巡查防守人员提供了可靠的工作生活保障。

10 月 10 日夜间 9 时 50 分，秋雨淅淅沥沥的下个不停，北风呼啸，一辆越野车开进了蔡集控导工程管理班，一个脚踩胶鞋、身披雨衣，头发湿漉漉的人从车上下来走进了值班室，正在夜班值守的人定睛一看，俨然吓了一跳，这位湿漉漉的“黑衣人”正是黄委主任汪安南，他在管理班详细查看了工程巡查记录等资料，又走进休息室查看了值守人员的住宿条件，对兰考黄河段的防守工作给予了充分肯定。

10 月 16 日，国家防总副总指挥、水利部部长李国英到兰考视察黄河下游秋汛防御工作，对兰考黄河防御举措充分肯定，并表示兰考黄河作为下游防守的重中之重，要始终坚持“防住为王”及“防住为王者为王”的防守理念，扎实做好秋汛洪水防御工作。

大河安澜泽两岸，黄河岸边万物生，在此次秋汛洪水防御战中，兰考治黄人充分发扬焦裕禄“三股劲”精神，老中青治黄队伍齐上战场，资深骨干传、帮、带全线贯通，青年新兵主动请战，秉承着“黄河有我，大河无恙”的信念，共同绘就了薪火传递、技艺传授、共护安澜的治河图卷。

黄河会记住你的

蔡松芬

2021年的黄河秋汛，9天内的时间，黄河形成3次编号洪水，一次强比一次，侵蚀着堤坝的硬度，也考验着黄河人的硬气——我在，河安！

进入10月份以来，气温骤降，从短袖一下跨进羽绒服的温差，平地尚且如此，黄河岸边可想而知。在这场黄河保卫战中，开封第一河务局全体上下戮力同心、奋楫笃行，全力展开秋汛防御工作，给沿黄群众注入强大信心。与此同时，一个个感人的故事轮番上演，时时戳中我的心。

95后来了！00后来了！26岁的白云鹏骞和24的李鑫主动请战到防汛一线，每天跟着老黄河24小时不间断巡查，刮风下雨，披星戴月，没说过苦，没喊过累；“多大了？看到顶着黑眼圈忙工作00后小姑娘王珏，我不由发问：“工情组24小时值班，不停地统计、上报水情、工情、河势，能吃得消吗？”“能！”小姑娘坚定的回答；95后的李洪平在防汛办公室过了人生中最有意义的一次生日，许下的愿望是洪水早退……青春经受住考验，扛起这副担子。他们的脸庞还很稚嫩，神情却无比坚定，这群最具有个性的90后、00后的青年，汇入到了秋汛防御的大军之中。戴上袖章，曾经的兴趣与爱好放下了，他们是守护堤坝安全的突击队员；拿起笔杆，曾经的个性与张扬不见了，他们是捍卫沿黄群众生命财产安全的钢铁战士；穿上迷彩服，曾经的自由与不羁消失了，他们是冲风破浪的勇担当的防洪英雄。

娘子军来了！老黄河来了！这里当浓墨重笔的便是防汛战线上的那抹“巾帼红”。坚持连续作战，尽显巾帼担当的副局长赵洁，“功成不必在我，功成必定有我”，轻伤不下火线；柔肩扛重担，无畏践初心的物料保障组副组长李金香，昼夜守在一线收抢险石料；工作认真、干劲十足的焦瑞琴、丁莉娟；真诚待人、不怕吃苦的吕宝红；身材娇小、但骨子里充满力量的孟雅雅……她们舍小家为大家，甘于牺牲，奋勇争先，绘就防汛战线上最美的风景。即将退休的任志勇、王琦、贾传峰三位同志老当益壮，深夜走一线督导巡坝查险工作，指正工作中存在的不足，以期全面确保工程人员更安全。

“老翟，你手术做过还不三个月，这次能不能找领导说说不去工地啊？”翟玉军的爱人深知拦不住他，但因他的病还是忍不住说出来。“谁都有谁的岗位，该干啥的就到哪，安排好了的，不能挑，两三天就过去了，放心吧！”翟玉军安慰道。随着汛情一天一天严竣，他爱人也只能一遍又一遍地嘱咐：“别忘吃药！”“河边夜里更冷，穿厚的！”“下雨了，有雨衣吗？”“药还有吗？我给你送去吧！”这是抢险组的翟玉军，已年过五十，大病还处在康复期，为巡坝查险人员的安全，为抢险队员的安全，为机械设务的安全，为防汛料物能准确抛投到位，任寒风凛冽秋雨潇潇，一人一灯傲立在黑岗口下延控导出险的坝头；像他一样带病坚持的还有仓库人员杨曜远，日夜防守在一线的老同志何翔 。

“蔡科长，我销假！”信息保障组的陈涛，刚办完母亲的后事便赶回岗位上。还有料物保障组的鲁芳，防汛紧张，父亲去世，顾不上安慰陪伴悲伤的母亲，匆忙返岗；“子龙，你父亲最近咋样？”“昨天电话里说好点了。我知道他们也是光报喜不报忧，等防汛结束了就好好陪陪他。”这是张子龙，顾不上病床上动了手术的父亲。还有他，无法照顾家中患病的妻子；还有经常“私车公用”胖杨洋和冯磊，他们一人为防守人员吃好穿暖，一人为争分夺秒保障抢险料物的供应。

……

还有许多的人，他们很平凡，岗位很普通。他们爱岗敬业，默默奉献，共同守护这条母亲河。

洪水退去，胜利在望。向所有防御秋汛的黄河人致敬——黄河会记住你们的！

鏖战，我们众志成城

李留刚

渭河上涨、伊河上涨、沁河上涨……

受黄河中游大范围持续降雨和干支流水库调度影响，9 月 24 日以来，黄河中下游经历了大水量、高水位、长历时秋汛，黄河干流先后出现 3 次编号洪水，至 10 月底秋汛结束，花园口站 4000 立方米每秒流量以上洪水达 25 天，最高流量达 4950 立方米每秒，洪水总量达 127.29 亿立方米，为 1982 年大洪水期间 7 日洪水总量的 2.53 倍，黄河防汛工作面临前所未有的挑战。秋汛中，新乡市党政军民众志成城，紧紧围绕“人员不伤亡、滩区不漫滩、工程不跑坝”的既定目标，牺牲中秋、国庆假期，顶风冒雨连续奋战一个月，取得了新乡黄河秋汛防御战的最终胜利。

党政领导高度重视

9 月 27 日晚 0 时，新乡河务局二楼的防汛会商中心依然灯火通明。降雨区域叠加、黄河干支流暴涨、水库进多出少、库区水位居高不下……参加会商的每一位同志都深知，此次秋汛来势汹汹，非同寻常。面对突出起来的洪水和已经提升至Ⅲ级的河南黄河防汛应急响应，市委市政府领导也高度重视，立即召开紧急会议进行部署，要求沿黄县（市）区政府取消国庆长假，一场关乎新乡黄河安危的黄河秋汛防御战随即全面打响。

沿黄县（市、区）紧急成立 4 个前线防汛指挥部，四大班子领导轮流坐镇一线指挥。应急、水利、消防、电力、公安、交通等部门通力协作，按照防汛责任分工各司其职，形成了较为完善的责任体系，有力地保证了防御秋汛洪水的顺利进行。市县河务部门及时启动防洪运行机制和全员岗位责任制，畅通与沿黄党政主要领导和相关部门的沟通渠道，坚持每日“早碰头、晚会商”工作机制，会商研究解决洪水防御工作。

在“领导督导、部门督查、河务指导”的督促检查机制下，市委、市政府领导多次赴一线督促指导，市长魏建平 9 天 4 次开展督导，主管市长武胜军几乎天天守在了黄河边，对照明线路架设、群防队伍落实、班坝责任制落实、抢险机械预置等防汛重点工作进行督促，现场解决问题。市防指成立三支由应急、河务、水利组成的联合督察组开展督促检查，严肃防汛纪律，落实重点工作，每日反馈督察情况；新乡河务局派出三个指导组，进驻防汛一线，指导防汛工作；市局相关部门采取电话查岗的方式，对一线人员在岗在位情况开展不定期抽查，确保了各项秋汛防御工作的顺利推进。

部门协同高效给力

五指成拳方成合力。

接到架设工程线路的的通知后，市电力部门紧急行动，在短短的两天时间内，连夜架设照明线路61千米，超额完成了48千米的定额任务，为秋汛防御提供了夜间照明保障。

与此同时，依照“政府领导、应急统筹、河务支撑、部门联动、群防群控”机制要求，气象、河务、应急等部门切实履行本部门职责，加强沟通协作，保证了抗洪抢险各项工作有序推进。气象局全程对黄河中下游地区天气情况进行分析预警；河务部门班子成员亲率三个指导组进驻一线，并安排机关、一线461人开展巡防；水利局防汛抢险队集结待命，随时做好物资调运准备；市消防支队组建4支65人防汛抢险轻型突击分队，前置备勤开展4次演练；电力部门预置抢修人员263人、电力抢修车辆37辆、发电车11台；公安部门出动民辅警350名，沿河开展巡逻防控，划定禁行区域并进行值守；沿黄政府紧急安排1653人群防队伍开展巡防。

为全面做好此次秋汛防御工作的物资供应和后勤保障，在料物补充上，市长魏建平亲自安排市、县政府筹资分3批拨付石料14.77万立方米、铅丝157吨，其调拨数量和调拨速度均为全省沿黄市区第一；在后勤保障上，沿黄政府、河务部门在第一时间落实帐篷、板房152个和手电、探水杆、救生衣等物资，依照“谁出人、谁保障”的原则，做好了前线2000余人的后勤保障；针对大幅度降温天气，省局及时为一线人员送来御寒衣1292件，县局自购棉衣1008件，解决了职工保暖问题；黄委、省局和市、县局还组织开展一线慰问，为一线送去了大量的生活用品。长垣宏瑞集团、银河公司、卫华集团、大方集团、宇达制衣等公司也纷纷伸出爱心之手，开展慰问援助。

“预”字当先科学防御

科学的防御是打赢黄河秋汛防御战的基础。

早在汛前，新乡河务局就修订完善了防洪预案，召开新乡黄河超标准洪水防御、堤防堵口预案修订座谈会，并重点修改完善了滩区、北金堤滞洪区蓄滞洪运用预案，对原阳仁村堤护滩工程进行了全线加固，根据2020年滩唇过水深度，提前修建三段4.7公里防护工程子埝。

秋汛期间，该局坚持每日“早碰头、晚会商”工作机制，每天早上带班局长与综合水情组、灾情抢险组、物资与资金保障组、行洪障碍组、后勤保障组、宣传报道组等进行碰头，明确当日工作重点、完成部门和时限；每日晚会商，解决工作存在问题，确保了秋汛洪水防御工作高效有序开展。期间，提前完善制订了不同流量级滩区和蓄滞洪区群众转移安置方案，开展迁安救护演练，保证大洪水时群众能够安全撤退和快速安置。对重点工程、险工险段等提前进行加固，先后主动除险加固14处工程151道坝垛。退水期对长时间大溜顶冲、极易发生河势变化的5处工程、6道坝垛开展蹲查防守，并分别制订应急处置方案，保证了洪水的安全下泄。

10月29日18时，新乡河务局全员岗位运行机制正式结束，秋汛防御，胜利凯旋。

整个秋汛未出现一次较大以上险情，不仅圆满实现了“人员不伤亡、滩区不漫滩、工程不跑坝”的防汛目标，还加固了工程，确保了黄河安澜，规顺了河势，消除了困扰多年畸形河势问题……

风雨不动安如山。看，黄河工程依然坚如磐石。

奔流到海不复回。看，滔滔洪水已安全送出新乡，汇入大海！

昼夜驰骋　使命必达

——河南黄河防御秋汛洪水车辆保障工作侧记

丁文宇

后勤不后，永远向前。

在河南黄河有这样一群特殊的人群，吃苦耐劳、兢兢业业、不善言辞，但迅猛敏捷、雷厉风行、果敢担当，关键时刻总能像军人一样拉得出、冲得上、打得赢。

他们就是河南黄河后勤战线的驾驶员们，一群来自导弹部队、海军部队、武警部队、消防部队等退役军人组成的特殊群体。

他们以军人特有的坚韧、顽强、果敢、忠诚为打赢黄河秋汛洪水防御战挥洒汗水、纵横驰骋。

小家与大家：舍小家顾大家

张建军，一位有着二十多年驾龄的驾驶员，不无感慨的说“十几年没有遇到这样紧急的情形了”。

“9 月 25 日那天，接到紧急命令，从那天出来之后，一天也没有回家，每天都在大堤上跑着”“好久没有见到孩子了，想和孩子视频，没想到竟然不理我了”“家里还有老娘，身体不好，很牵挂，但是要坚守岗位”……

家是每一个人不得不牵挂的地方，但为了打赢黄河秋汛洪水防御

攻坚战，保护更多的家庭，他们和全体黄河人一起奋战着，不得不暂时忘掉自己的小家。

全员防汛岗位责任制启动以来，河南河务局机关全体驾驶员取消休假，始终做到全员待命在岗。有的同志家里有老人身患重病，有的孩子正在生病，有的两地分居迟迟未能探家，但没有人因任何事请假，他们始终雷厉风行的奋战在工作第一线。

这就是“军人”本色，无论在什么岗位从事什么工作，保家卫国的情怀永不褪色。

吃苦与享受：吃苦永远在前

刘建华，驾驶员里一名年轻的老党员，从来不喊苦不喊累。

“这几十天以来，我们经常晚上接到紧急任务，要求奔赴一线进行督导检查，有时候冒着雨一连要跑好几个地方，晚上十二点才能回来，第二天一早必须要准时出发。”“溜河风真是冷，快冻透了，出来的时候穿的短袖，本来三天的任务，一下怼了十几天”“我是一名老党员，这个身份永远不能忘了，无论再苦只要组织安排去哪里，都义不容辞。”

榜样的力量是无穷的。全员防汛岗位责任制启动以来，全体党员积极发挥先锋模范作用，响应委党组号召，不忘初心、牢记使命，始终冲锋在第一线、战斗在最前沿，哪里任务险重哪里就有党员当先锋作表率。只要接到出车任务，他们第一时间到岗，第一时间赶赴抗洪一线。他们经常早出晚归，往往刚刚洗漱好准备睡下，出车任务的电话又来了，但他们无怨无悔。

秋汛洪水虽已退去，但“弓在弦，剑在鞘”，他们依然时刻准备着，听从组织的召唤。

速度与安全：安全永远第一

熊诗杰，河南黄河第二督察组的驾驶员，28天的时间里连续奔波8000多公里。

“无论多忙多累，我们永远把安全放在第一位，把同志们安全送达各个战斗岗位，是我们的第一任务”“每辆车每天的行驶里程是500公里，基本上天天都要跑完一箱油”“荒

郊野地里，没有维修点没有洗车的，每次停车休息靠自己检查维护，每辆车都要体检到。”

全员防汛岗位责任制启动以来，他们在黄河两岸昼夜驰骋，面对雨天道路湿滑、夜间路况难辨等复杂情况，始终以如履薄冰、如临深渊的谨慎态度和冷静沉着、机智灵活的驾驶技术圆满完成了每一次出车任务。累计出车 400 余台次，安全行驶 9 万余公里，未发生任何行车事故，全部车辆和人员安全及时到达战斗岗位。

同时，为有效应对防汛期间出车频率高、用车紧张问题，河南局机关服务中心采取统一调度局直单位应急车辆和灵活协调第三方车辆服务公司，有力保障了防汛用车需求。

“疾风知劲草，烈火见真金。”

面对今年历史罕见的严重秋汛，河南黄河服务中心主任叶世忠多次强调：“防汛就是责任，汛情检验担当。要发扬“7 · 20”以来不怕吃苦、连续作战的顽强作风，为治黄大局提供强有力的后勤支撑和服务保障。”

河南黄河启动防汛抗洪应急机制以来，该局服务中心坚决贯彻落实委党组部署要求，勇当洪水防御后勤兵，严守后勤保障阵地，坚持服务至上、职工至上、生命至上，确保了河南黄河后勤队伍关键时刻始终拉得出、冲得上、打得赢。

联络员刘玉成的心事

李　锟

10 月 1 日，国庆节当天，见到刘玉成的时候，他显得有些心事重重。“明天水利部黄河秋汛防御工作指导组就要来郑州，我被局里派去当联络员，有点忐忑……”我打趣道：“见的都是部领导，服务好就行啦，这方面你有充分经验。”刘玉成表情严肃：“虽然参加工作时间不短了，不过这么多年从事的都是水资源管理、工程管理和安全生产工作，险情抢护见得少，咱们局的工程还没有跑遍，做联络员，还得多熟悉情况才行哩。”

时间一转就是将近 20 天。在这 20 天里，全局 6000 多名在职职工放弃休假，和沿黄军民一起，始终坚守在河南黄河千里堤防，我们都是一样忙得晕头转向，除了在朋友圈里偶尔见他发点河边抢险的视频外，也没有多问什么。

22 日晚上，我值夜班，到食堂吃饭，刚坐下，就被他喊住。“哈哈，回来了！你这高兴样，看来这联络员干的不赖！”一上来，我就问他。刘玉成一脸兴奋：“走的时候还是满腹心事，现在回来了，大河里水也落了，收获可是不小！”

第二天，我的微信上，就传来了他的秋汛感受，连文字带表格，长达几千字，让我有些吃惊，在惊异的同时，我也透过他的笔触，再次对这次河南黄河秋汛防御工作的变与不变有了更为深入的体味。

变与不变

不变的是黄河铁军坚守黄河、无私奉献的精神，变的是河务与地方融合前所未有地紧密。在防御黄河秋汛洪水的战场上，属地党政机关、应急、消防、电力等部门协同作战，河务专业力量和地方群防人员联合巡查，营造了“上下一盘棋，河地一条心”的生动局面，筑起一道守护黄河安澜的铜墙铁壁。

在河南黄河南北两岸来回跑了 20 天，让刘玉成记忆犹新的事情还真是不少。焦作武陟县推行“三长三班六有”黄河防汛工作机制。县防指下设防线长、防段长、组长，形成了“三长”指挥体系，确保指令畅通、一抓到底；防线长、防段长实行 AB 岗，一人忙时由其他县乡级干部顶班，各责任组组长和值守人员，实行“三班”“四轮”防汛值守制，有效解决了厌战心理和疲劳作战问题；通过自身防护有保障、及时清滩有措施、巡堤查险有日志、应急救援有工具、抗洪抢险有机械、现场指挥有标识等“六有”举措，确保人员安全、应急有力。

濮阳台前河务局白铺护滩工程克服靠河时间短、抢险加固少、坝体基础浅、御水抗冲刷能力差的情况，10 月 2 日技术人员在巡查时及时发现险情及时处置，河地协同，迅速成立临时党支部，充分发挥基层党组织的战斗壁垒作用，全体党员干部不畏严寒不惧风雨，通过抛投柳石枕、铅丝石笼，抛散石形成四个笼墩，持续观测，并对出现的墩蛰部分继续加固，实现了抢点固线的目的，全力确保了秋汛洪水安全过境。

“这次秋汛防御，连公交车都开上了大堤，你说这算不算河地融合的亮点？”刘玉成说，“兰考县县委副书记坐镇黄河防汛前线指挥部，全力支持黄河防汛抢险，县交通运输局落实 15 辆公交车作为防汛值守点，为夜间巡查人员提供御寒场所，他们还新调度落实 20 辆全新自卸车，投入除险加固。大家一条心，共同防御黄河秋汛洪水，达到了不分你我的境界。”刘玉成深有感触。

谈及这次秋汛防御，我们深刻感受到，关键时刻，指挥中枢的指挥真是神来之笔！省防指指挥长 4 号令和省防指 53 号明电的下发，明确河南黄河抢险机制和安排活动板房轮班值守，要求做好迁安救护准备等工作，成为秋汛防御战役的关键一招。此外，10 月 7 日，省局迅速部署制作《河南河务局防汛安全明白卡》，这张涵盖巡坝查险、抢险加固、后勤生活等内容的明白卡，一天之内即完成对所有下沉一线人员的发放和签署，有效促进岗前安全培训，确保了忙而不乱，整个防御秋汛期间河南黄河一线值守和抢险人员 1.5 万余人未出现任何生产安全事故，为“人员不伤亡、滩区不漫滩、工程不跑坝”防御目标实现奠定了基础。

一种精神

“人是要有一点精神的”。65 年前，毛泽东曾经这样说过。

精神对于人来说是最宝贵的，它不仅是一种思想信仰，是一种人生态度，更是一种气概情怀。伟大的精神成就伟大的业绩。今年入汛以来，河南黄河人经历了“超长待机”，很多职工说，“汛期从穿短袖到披上棉袄，几十年没有见过这种情况”，话语朴素，却饱含热情，铺陈情愫。黄河职工对母亲河的爱，对追索大河安澜的真炽的感情，不深入其中，难以体会。

“无数普普通通的工作人员，迎风冒雨，在坝头温度低至零下 8 摄氏度、帐篷四面漏风的恶劣工作环境下，有的蹲着小马扎，有的坐在石堆上，坚持反复巡查值守，守护母亲河安澜。他们用实际行动继承和弘扬了‘忠诚、干净、担当，科学、求实、创新’的新时代水利精神和‘团结、务实、开拓、拼搏、奉献’的黄河精神！”刘玉成的感受颇深。

在他发给我的表格里，共有 136 次巡查记录。河南沿黄 6 个地市、21 个县（区）的 74 处河道工程、生产堤、护滩，他们跑了 136 遍。数字是枯燥而又朴素的，正是这些数字，以及这些数字背后河南黄河人的付出与奉献，最近，我们在编辑一本这次秋汛的实录，一名基层职工用《水归槽　剑入鞘　人还家》作为文章的标题。我想，这样的标题，不正是河南黄河人共同期盼的么？

我问刘玉成，“跑了这么久，对河南黄河工程布局算是了然于心了吧？”“不仅是工程，各种防汛抢险方法和技术要点也得到了学习，以前总是听说说河势演变‘大水趋直，小水走弯’、坝裆观测‘涨水起沫，落水起波。涨水无声，落水有声’、抢险抛石‘够不够三丈六’，这些治河俗语和规律，这次是亲眼所见，亲身体验，开阔了眼界，提升了能力。”他答道。

我想，这个时候，他的心事已了，而我们前行的道路，还很长，那就振奋精神再出发吧。

黄河秋汛暗访记

李 锟

夜 11 时，郑州柳林高速口，两辆车会合之后，就向黄河马渡险工疾驰而去。

这是 10 月 18 日的深夜，室外温度接近 3 摄氏度，寒风呼啸。这场多年未遇的黄河流域罕见秋汛，使河南黄河已经高水位运行 21 天，且还将持续多日，未来一段时间将是黄河险情高发期，防汛形势极为严峻。

我所在的车上，有司机小衡、机关党委专职副书记濮华林，再就是河南电视台新闻中心的两位记者王瑞麟和申健了。一路上，濮书记对二位颇有些耳提面命的味道，交待着各种注意事项。

其实，今晚的目的很明确，就是按照省领导的安排，和河南省防汛指挥部第二督导组一道，采用“四不两直”方式，对郑州、开封两地黄河秋汛防御工作就行暗访，王、申两位记者，就是这场暗访的记录人。

“公示上墙，责任担当”

时间已是凌晨，位于马渡黄河岸边的金水区黄河防汛前线指挥部的临时板房里，却是灯火通明。室外，严格按照专业人员和群防人员 1 ∶ 3 配备标准比例，巡查技术人员和群防力量正在连续不断巡查。由河务、消防救援、群防力量组成的 3 支一线抗洪抢险突击队，轮班 24 小时驻守抢险一线。此外，金水区还预置群防队伍作为三线抢险力量，形成了分梯次、多层级的黄河防汛抢险防御体系。

带队的河南河务局纪检组长甘保恩和省应急厅、水利厅的人员走进指挥部，区级带班领导迎上来介绍说，他们实行区领导 24 小时带班制度，指挥部下设巡查防守、险情抢护、迁安救护、后勤保障等工作组，每天对黄河工情、险情进行会商研判，制订科学有效的抢险方案。墙上的显著位置，带班领导是谁，谁是白班，谁是夜班，每个单位都负责哪几道坝，清清楚楚，一目了然。用带班领导的话，就是“公示上墙，责任担当”。督导组认真询问控导工程运行、人员值班值守、险工险段排查等情况，叮嘱值班人员克服麻痹大意思想，发扬连续作战作风，加强夜间重点时段巡查，确保险情早发现早处置，“这场仗我们一定得打赢”，“那是一定的！”摄像机准确记录了马渡值守的一幕幕。

“看看我这三句话总结的准确不准确”

过赵口，经九堡，沿着黄河大堤，我们一行直奔开封黑岗口下延控导工程，这里的 9 坝几天前受大溜顶冲，出现根石走失，发生上跨角到坝前头坦石入水险情。经过现场指挥人员和抢险队员 4 个多小时的连续奋战，险情得到控制。

开封第一河务局局长潘家良正在坝上值守，连续多日的现场抢护，一线指挥，让他的面容看起来有些疲惫。不过，交谈起来，却仍是尽头十足，介绍了最近几天的情况之后，他说，“我总结了几句话，也请领导们看看准确不准确。”大家很好奇，想知道这位老黄河又总结了什么“高招”。“结合抢险实际，我们提出要始终把隐患当作险情去处置，做到‘谋在河势变化之前，抢在险情发生之初，护在工程重点部位’，今年的秋汛，我们就是这样做的，这样做了，还真是确保了工程安全。”

9 月 27 日以来，黑岗口河段河势上提下挫，出现了上宽下窄的喇叭“卡口”河段。河面窄、流速大，工程 7 号坝至 13 号坝受大溜顶冲及回溜淘刷影响，坝前冲刷坑深达 15 米左右，根坦石滑塌险情交替出现。真是险象环生，危机一触即发。随着出险频次不断增加，巡查防守力度也越来越大。河务和乡镇带班领导均在一线值守，现场专群队伍齐备，及时开展巡堤查险工作。河务局作为技术支撑，白天主动进攻，夜间严防死守，用空间换时间、打好“主动仗”，对坝体迎水面进行除险加固，坦坡石料由 1 米加厚至 3 米；在坦坡底部抛投铅丝笼，出水高度 60 公分以上；在裂缝险象部位喷涂标记，安排专人观察险象发展变化，为险情会商研判提供依据，将险情消灭在萌芽状态。

“老潘抢险还真是有一套，希望你们的黑岗口继续固若金汤。”在互道再见之后，我们奔赴下一个目的地。

“蔡集抢险我都亲身经历了，今年能够再次参战，算是老兵了”

从开封黑岗口到兰考东坝头，我们跑了将近一个半小时，时间已近凌晨 2 时了。

东坝头的名气很大，这几年建设的也很是气派。而我们走近的时候，发现这里消失了往日的平静与祥和。风大浪急，坝上也是一派繁忙的景象。电力部门架设的照明线路和照明设备灯火辉煌，确保夜间抢险安全，自卸汽车、备用铲车、挖掘机、运输车正在待命，群防队伍巡堤查险忙个不停。

在坝上，我们见到了兰考县政协主席吴长胜，他也是今年黄河防汛指挥部副指挥长。刚刚攀谈，他就说，“2003年，蔡集抢险我都亲身经历了，今年能够再次参战，算是老兵了。”一下子把大家的思绪拉回到18年前，是啊，那也是场罕见的秋汛！当年8月下旬，黄河中下游降水不断，水位陡涨，黄河兰考段主河道向南岸滚动严重。9月12日和20日，黄河兰考段蔡集控导工程出险，导致山东、河南黄河滩区100多个村庄的10多万群众被洪水围困。全省军民万众一心，众志成城，于10月29日凌晨0时实现合龙，解除了洪水对黄河大堤的威胁，确保了黄河大堤安然无恙。

“蔡集就在谷营镇，我在那里当过党委书记，情况是再熟悉不过。”2003年秋汛，蔡集抢险，吴长胜曾经亲身经历。“我当副县长的时候，负责的就是农业、农村和黄河防汛工作，今年各级各单位牢固树立了一盘棋思想，我最大的感受，就是‘政府领导、应急统筹、河务支撑、部门协同、群防群控’的黄河抢险机制确确实实落实的很到位，控导工程不垮塌、生产堤不决口、滩区不漫滩、人员不死亡的目标一定能够实现。”这是一位黄河防汛“老兵”，从他坚定的话语里，我们感受到的是踏实，是稳固，一如黄河大堤，稳稳站立。

结束兰考的暗访，我们开始返程，两位记者要赶回台里处理稿子，当天播发，我们也要开始新一天的工作。到达郑州已是凌晨4点，岁月不居，时节如流，在这个深秋的季节里，更让人深深体会那种忙碌与充实。看着平静的郑州，夜幕行将褪去，黎明也要到来，繁华与忙碌的都市，会因为我们各自的努力而更加出彩。

记录岁月拔节的声音

刘君瑜

2021 年秋汛防御战的胜利是靠黄河人用初心守出来的。

9 月 27 日，滚滚黄水，浊流宛转，咆哮而来。漫漫长堤，上万名黄河人抱着“我为人民守堤坝”的决心，奋勇向前。彼时，工作六年的郑方圆，就是其中之一。

职责所在 使命所托

下沉通知突然，因为家里有个两岁半的孩子长时间没有出过长差，最初郑方圆并没有做好心理准备。从接到通知到从家出发的短短两个小时内，她匆匆安顿了孩子，与亲人告别，打包了一周的衣服，到机关与 80 余名同事出发了。就这样，当时还穿着薄长袖的他们，载着护河安澜的责任驶向远方。

距离上次近距离接触黄河已经六年了。当时，刚大学毕业的郑方圆作为新入职大学生到一线进行了为期两个月的锻炼。“当时我在沁河班组的主要任务是进行日常养护、工程管理，和这次完全不同，这么大的水是第一次见，任务自然也更重、更细。”郑方圆说。

作为办公室负责宣传的工作人员，刚刚获得黄河报（网）新闻宣传工作先进个人的她急需增进防汛抢险一线知识和体验，借此机会，她转变心情，提振士气，带着求学和成长的态度来到班组。伏下身，潜心学，笔耕不辍，每天巡查六小时，先后在两个班组，坚守了 29 天。

“第一时间接到通知后我是懵的，但作为黄河人，防汛是每个人的工作，更是我的本职工作！宣传写作不能只是在办公室闭门造车，更要到最前线和一线职工一起巡查工作，这是一次难得的学习机会，我要好好把握！”郑方圆说。穿上反光背心，扛起探水杆，戴上救生圈，“弃笔从戎、改头换面”，她逐渐适应了一线班组的工作和生活。

以手写心 翩然蜕变

阳光照射在郑方圆的“一线日志”上，诉说着28天的抽丝拔节。从9月28日至10月25日，郑方圆认真记录着每天的所学所得。

来一线之前，郑方圆也写过不少宣传稿：作为2020年黄河防御大洪水焦作局的宣传主力，她从民生、党建、防汛、地方支持多个角度宣传过那次惊心动魄的抗洪过程，时至今日，当时赶稿子的紧急时刻还历历在目。“在办公室的认识是浮于表面的，之前宣传的都是典型人物和事件，但下沉之后发现更扎实的工作在于平凡、细节里面，很多人可能并没有被看到，但每一个普通职工的坚守都是很了不起的。”郑方圆情不自禁地讲起了自己在一线的新感悟。

编号1号洪水、2号洪水、3号洪水，黄河花园口流量达4820立方米每秒……这些冰冷而抽象的数据是无法真正触动他人的，亲眼目睹后，才会对洪水产生真正的感触。“河水掏刷堤岸，河道内树木歪斜，我亲眼看到了水逼近大堤，真实感受到了防汛形势的严峻，这和之前表面化的文字完全不同。”

在郑方圆的“一线日志”中，记载着她边学边练的“学徒”生涯，详实仔细的填写巡查记录，向一线职工拜师学艺，作答水尺观测、巡坝查险、雨毁修复等防汛试题……一个月来，郑方圆逐渐由一名“学徒”成长为“师傅”，日志也越记越多，还有了自己的小创新。“巡查的五时就是黎明时、吃饭换班时、黑夜时、狂风暴雨时、落水时，这些时候人容易疏忽忙乱遗漏险情，咱们必须要提高警惕。我编了句顺口溜，天黑刮风又下雨，落水巡查别犹豫，黎明吃饭换班要谨记。”像这样的讲解，每次接班时郑方圆都会重复一遍。

郑方圆将记录日志当成了自己的习惯，她说，“我毕竟长期是做文字工作的，能做的就是把每件事记录好，学以致用，再传授给别人。”交谈过程中，郑方圆提到正在参与编写《焦作黄沁河2021年防汛随想录》，也是给自己的“一线日志”画上一个圆满的句号。

平凡之处 希望之光

下沉前，郑方圆不知道巡查工作要求这么细，也从未想过班组工作辛苦但也枯燥。她说道，“每天的工作可能会重复、枯燥，因此起到了很重要磨练心性的作用。小险情其实就是在很细的地方出现的，它不是靠设备发现，是巡查人员一步一步走出来的，是一班接一班的盯出来的，这其实就是我们常说的工匠精神，于细微之处见真章，于平凡之处出功夫。”

10 月 8 日，寒露时节，夜晚的黄河岸边变得难以入眠，家属们接连从家里寄来了棉袄等防寒物资。回想起二十多个日夜的接续值班，她说最辛苦的还是男同事，把夜班都扛了下来，个个成了昼伏夜出的“猫头鹰”，党办的同事一个个值守点的给大家插红旗、贴袖标，财务科的同事忙里抽闲核算工资，填报预算，办公室的同事利用巡查休息时间剪辑出一个个一线生动的视频……但大家从没抱怨过，这是她在一线看到的黄河精神。

“黄河精神”听起来似乎是个很大的概念，但在危机时刻，所有黄河人拧成一股绳、劲往一处使，各司其职，勇挑重担，着就是黄河精神的如实诠释。不华丽、不张扬，平凡的黄河人做着普通的黄河事，汇成了一条条希望之舟，在滔滔浪涌中筑起坚而不摧的生命线。

秋汛防御以来，黄河大堤被无数灯光点亮，这一个个光点，既是巡防查守人员的电筒，也是昼夜不停运送物资的机械车队，更是重点险工坝段架起的应急照明灯。这亮光，还出自抢险一线人员坚毅的眼神和践行治河为民的心房，照亮了河南黄河秋汛防御工作的前路。“只要精神在，希望就在！”郑方圆最后说道，没错，精神在，希望就在，这灯光就永不会熄灭。

如今，秋汛防御工作取得了决定性胜利，下沉人员也全部回到了自己的工作岗位，而这一幕幕清晰地记录着他们成长的历程、拔节的声音。幸福，从来不只属于笑容洋溢，它还存在于责任与坚守；岁月，也从来不只属于顺遂静好，它还存在于奋不顾身。

决战“豆腐腰”

贾金鹏

一场场昼夜鏖战，见证了这个多事之“秋”。

一次次会商研判，指引了这场攻坚战斗。

一面面鲜艳党旗，抒写了这份忠诚坚守。

一颗颗赤子初心，抵御了这股浊浪洪流。

地处黄河下游“豆腐腰”上最危险的工程——河南开封黑岗口下延控导工程，是防御黄河秋汛洪水的重点防守工程也是确保开封黑岗口段黄河大堤和滩区安全的第一道屏障。

秋汛来势汹汹！ 9 月 27 日以来，黄河下游持续大流量洪水过程达 25 天，开封第一河务局黑岗口河段河势上提下挫，出现了上宽下窄的喇叭“卡口”河段。河面窄、流速大，多处工程受大溜顶冲及回溜淘刷影响，根坦石滑塌险情交替出现。截至 10 月 24 日，仅黑岗口下延控导 1 处工程，累计出险就达 179 次。

为坚决打赢秋汛洪水防御战，开封第一河务局牢固树立底线思维，克服疲劳厌战思想，坚决做到不松懈、不麻痹、不大意，做到“把隐患当作险情”一样去处置，实现了“人员不伤亡、滩区不漫滩、工程不跑坝”的防汛目标，确保了黄河安澜。

河南河务局党组书记司毅铭对开封第一河务局秋汛防御工作给予高度评价：河势最为凶险、出险次数最多、抢险任务最重、政府支持力度最大、抢护效果最好。

那么，开封第一河务局是如何下足“绣花”功夫，做好“防汛”功课，夯实安全“堤坝”，答好秋汛洪水防御这份“综合卷”。

创新防汛机制　强化统筹协调

凡事预则立。

为有效应对即将到来的大流量、高水位、长历时洪水，坚决实现“人员不伤亡、滩区不漫滩、工程不跑坝”的防汛目标，开封第一河务局积极同开封市城乡一体化示范区（下称示范区）沟通协调，创新提出并实施了“政府领导、应急统筹、河务支撑、部门协同、群防群控”黄河防汛抢险应急机制。

——政府领导。示范区成立了黄河防汛指挥部，并在黑岗口控导工程成立了前线指挥部，实行县级领导 24 小时带班制度。指挥部下设巡查防守、险情抢护、迁安救护、后勤保障等工作组。每天对黄河工情、险情进行会商研判，制订科学有效的抢险方案。增加力量对靠河工程的巡查防守，实行 24 小时对每道坝换班蹲点驻守。

——应急统筹。应急部门充分发挥统筹协调作用，积极协调以消防救援部门为主的抗洪抢险突击队 20 人。公安部门在抢险现场维护治安、交通秩序。电力部门架设照明线路 4500 米，安装照明设备 41 处，确保夜间抢险安全。交通运输部门协调石料运输沿线交通卡点，为石料运输打通绿色通道。国有平台公司落实自卸汽车 35 台，建设临时加气站，保障石料转运，水稻乡各社区备用铲车 20 台，挖掘机 22 台、运输车 65 辆随时待命。8 个乡（场）办事处，出动群防、应急、消防救援力量 24 小时巡查防守。

——河务支撑。河务部门发挥技术统领作用，做到“谋在河势变化之前，抢在险情发生之初，护在工程重点部位”，白天主动进攻，夜间严防死守，用空间换时间、打好“主动仗”，对坝体迎水面进行除险加固，坦坡石料由 1 米加厚至 3 米。在坦坡底部抛投铅丝笼，出水高度 60 公分以上。在裂缝险象部位喷涂标记，安排专人观察险象发展变化，为险情会商研判提供依据。加强对抢险、巡查人员的业务、安全培训，将巡查内容制成“明白卡”，照单巡查防守。

——联防联控。构筑区（县）、乡（办事处）、村（社区）三级黄河防汛抢险力量体系，制作“黄河防汛抢险作战图”，严格按照专业人员和群防人员 1 ：3 配备标准比例，逐坝段落实巡查技术人员和群防力量 288 人。在上下堤路口设立卡点，严格管控无关人员和车辆进入抢险区域。成立由河务、消防救援、群防力量组成的 3 支一线抗洪抢险突击队，轮班 24 小时驻守抢险一线。预置 30 名基干民兵作为二线抢险力量随时待命，预置群防队伍 550 名作为三线抢险力量。形成了分梯次、多层级的黄河防汛抢险防御体系。

各尽其能、各负其责、服务大局。在罕见的秋汛到来之际，充分彰显了以行政首长负责制为核心的各项防汛责任制的制度优势，开封黄河儿女上下同心，攻坚克难，迸发出不屈不挠、勇往直前的抗洪精神！

筑牢“红色堡垒”　凝聚抗洪合力

搏击洪流显担当，共护河安践初心。

汛情紧急，考验责任担当，抗洪抢险，见证初心使命。

面对严峻的防汛形式，开封第一河务局“闻讯而动”，打响了一场上下同心、河地协作的秋汛洪水防御攻坚战，尤其是作为巡查防守主战场的黑岗口下延控导工程，一位位党员干部和群众肩并肩，在洪水面前筑起了一座坚实的“红色堤坝”。

汛情就是集结号。在开封黑岗口迎战 2021 黄河秋汛应急指挥部，示范区党工委副书记、管委会主任杨峰向全区干部党员发出了动员令：把支部建在坝头上，要做到哪里有急难险重任务，哪里就有共产党员发挥作用，让党旗在秋汛洪水防御一线高高飘扬。

把“堡垒”筑在防汛抢险最前沿，做到关键时刻有组织、关键岗位有党员，确保巡查防守到位、险情抢护到位，在黑岗口下延控导工程，一面面党旗迎风飘扬，一个个党员冲锋在前，哪里有险情，哪里就有党员的身影；哪里任务重，哪里就闪耀着党徽的光芒。

领导干部挺在一线。开封河务局局长殷民强、副局长胡云鹏多次到黑岗口下延控导，检查指导秋汛防御工作，现场研判河势，制订抢险方案；示范区党工委副书记李玉廷、示范区常务副主任梁中贤轮流坚守在一线，指挥协调各方力量；开封第一河务局局长潘佳良日夜坚守在坝头上，既是指挥员，又是战斗员，组织抢险人员、调集抢险机械和料物。各级领导干部靠前指挥，不仅提高了抢险技术水平，还极大鼓舞了抢险队员的作战士气。

临时党支部建在一线。把支部建在坝头上，让党旗迎风飘扬。在重点防守工程——黑岗口下延控导工程 1 — 13 坝成立 13 个临时党支部，每道坝一个党支部，把决战黄河秋汛的人防建成战斗堡垒，把决战黄河秋汛的工防建成防守堡垒，为夺取迎战黄河秋汛的全面胜利提供了坚强的组织保障。

党员抗洪抢险突击队守在一线。为确保工程安全，开封第一河务局成立党员抗洪突击队，日夜坚守在坝头上，用最快的速度，最精的技术，最佳的方案，抢早抢小，将隐患消灭在萌芽状态。10 月 12 日，黄河开封段流量 4820 立方米每秒。下午 3 时，由于黑岗口下延控导工程 9 坝受大溜顶冲，出现根石走失，发生上跨角到坝前头坦石入水险情。

险情发生后，开封第一河务局局长潘佳良同现场技术人员研判后，决定先抛投铅丝笼点固根，然后再抛散石抢护坦坡的方法进行抢护。经过现场指挥人员和抢险队员 4 个多小时的连续奋战，累计抛投铅丝石笼 150 多个，险情终于得到控制。

像这样的黄河人还有太多太多，涌现出的可歌可泣的事迹不胜枚举。他们没有豪言壮语，有的只有实际行动和对党和人民的绝对忠诚！

把支部建在坝头上，把初心写在党旗上，把使命落在岗位上，临时党支部的建立，充分发挥了黄河秋汛防御一线的战斗堡垒作用，吹响了全力守护人民生命财产安全的战斗号角，筑起了一道道坚不可摧的红色防线！

唯有运筹帷幄　方能决胜千里

明者防祸于未萌，智者图患于将来。

既要有防范险情隐患的先手，也要有应对和化解险情的高招；既要有“见之于未萌、识之于未发”的远见，也要有“下好先手棋、打好主动仗”的准备。开封第一河务局始终把隐患当作险情去处置，做到“谋在河势变化之前，抢在险情发生之初，护在工程重点部位”，确保了工程安全。

据了解，黑岗口下延控导工程所处河段为典型的游荡性河道，主溜摆动频繁。9月27日以来，黄河下游持续大流量洪水过程，黑岗口河段河势上提下挫，出现了上宽下窄的喇叭“卡口”河段。河面窄、流速大，工程7号坝至13号坝受大溜顶冲及回溜淘刷影响，坝前冲刷坑深达15米左右，根坦石滑塌险情交替出现。

随着出险频次不断增加，巡查防守力度也越来越大。为确保隐患及时发现，及时上报，前线应急指挥部立即召开紧急会议，对重点防守工程由每小时巡查1次改为每半小时巡查1次，并且增派群防力量实行24小时对每道坝换班蹲点驻守，做到24小时巡查防守。10辆自卸车在黑岗口下延控导工程满载待命，2台铲车随时听候调遣，6台自卸车时刻备勤，并调配车辆驾驶人员在抢险一线值守。从河务、消防救援及群防人员各抽调8名抢险队员，夜间驻守一线，做到24小时随时抢险，将险情消灭在萌芽状态，确保工程安全。

无人机在观测河势，预判险情工作中发挥了巨大作用。该局每天利用无人机对黑岗口下延控导工程进行航拍勘查，通过视频资料分析河势变化趋势，预判防洪工程出险部位，并提前对易受大溜顶冲工程的迎水面、上下跨角及坝前头抛投铅丝笼进行预加固，起到了很好的抗冲刷效果，为险情抢护争取了宝贵时间。

洪水安然入海，大河复归平静。那一面面鲜红的旗帜、一支支昂扬的队伍、一遍遍仔细地巡查、一次次精心地研判、一双双熬红的双眼、一个个疲惫的身影汇聚成一股股硬核力量，阻击了滚滚洪流，确保了大河安澜！

水归槽 剑入鞘 人还家

王姝懿 贾双成

10月27日12时，黄河中下游河道流量全线回落至2000立方米每秒以下，汛情整体趋于平稳，黄委于终止黄河中下游水旱灾害防御Ⅳ级应急响应。

29日18时起，武陟第一河务局结束全员岗位运行机制，转入正常防汛值守状态。这标志着，该局持续了一个多月的黄河秋汛防御战，最终取得了全面的胜利。

水已归槽，剑已入鞘，在沁河一线防御洪水一个多月的英雄们默默转身，深藏功与名，终于到了回家的时候。

秋汛伊始，很多人还穿着短袖，此刻水退还家时，却早已经是毛衣、羽绒服等冬装在身。

“值班结束后回家，我女儿都会数数了！”武陟一局的武发扬一脸兴奋的在办公室跟同事说道。

他离开家去值班的时候，女儿还刚刚会喊爸爸，等他回去时，女儿竟然惊奇的会数数字到二十了，可想而知他是多久没有回家了。

自去堤上值班以来，他就不曾回家，吃住都在单位，办公桌也是餐桌，又是休息桌。

一轮又一轮的上堤值班，他从来没有缺席过，车内时常装着值班所需的被褥、枕头、泡面、暖水壶等，他知道这一去就是好几天，所以尽量把东西备齐。

每次从堤上值班回到机关，能明显感觉到他的眼睛里泛着红血丝，每次防汛值班他都会冲锋在前，与一线职工一起巡堤查险，为防汛抗洪贡献青春的力量，展现年轻干部的个性与风采。

“汛期正是人民群众需要我们的时候，作为年轻干部，必须履行好自己的职责，把人民群众护在身后，时刻保证他们的生命财产安全”。这是武发扬对自己的要求。

每当办公室同事调侃武发扬：在堤上值班跟坐办公室写材料相比哪个更累?

他回复道：“上堤值班不累是假，但作为一名领导干部，防汛保家是我们义不容辞的责任，这一段特殊又难忘的经历，也将是今后工作中宝贵的财富”。

更难能可贵的是，他不仅在一线值守，同时还主抓着该局的防汛宣传工作，不一样的坚持，却同样的出色。

默默坚守的，除了男职工，也有不少风雨中的“铿锵玫瑰”们。

“唧唧复唧唧，木兰当户织”，花木兰的故事在中国妇孺皆知。而在武陟第一河务局，也有一个巾帼不让须眉的“花木兰”，她就是群科的原君玉。

她的闺女还不到一岁半，由于公婆都不在身边，所以每到她值夜班的时候就会把孩子带在自己的身边。

凌晨五点，她来接防汛会商视频值班，在与笔者交接班的时候，一阵婴儿哭声打破了寂静的夜晚。交谈几句之后便得知她是带着孩子来的，因为妈妈的起床惊醒了沉睡着的孩子。

“姐，要不我替你一会儿吧”？

“不用，不用，怪冷的，你快回去睡觉吧，我过去再哄哄她就睡着了”。

“带着孩子不方便，她还那么小，你怎么不跟其他同事换个班啊？”

“其实跟在防汛一线的同志们相比起来，我们在后方值班一点也不辛苦，作为河务局的职工我们必须贡献自己的力量，所以要克服自己的困难，值好每一班岗”。

在笔者与她短暂的交谈中感觉到了，女子本弱，为母则刚。作为一名母亲、一位治黄女职工，她把满腔的热情投入到治黄事业上，用青春之笔，蘸满浓浓的情愫，无怨无悔地谱写着美丽工作篇章。

其实还有很多像她这样的女同志，为了不让孩子缺少母亲的陪伴，只能将他们带在身边。正是有了这一群平凡的女同志，正是有了她们为防汛取得决定性胜利添砖加瓦，水利人的干净、担当在她们身上得到了完美的诠释和具体的升华。

无论是昨天、现在，还是未来，他们会一直在平凡的工作岗位上默默奉献着，他们工作换来的，将是治黄事业繁荣似锦的美好明天。

2021 年河南黄河防御秋汛洪水取得胜利后，喜悦的黄河职工们。（惠金河务局　供图）

第四章 视频集锦

守护安澜　献礼祖国

拍摄 / 制作人：于澜

视频说明：

2021 年秋汛，黄河先后出现 3 次编号洪水，防汛形势异常严峻。中秋与国庆期间，河南黄河河务局全体职工放弃休假，舍小家为大家，上下一心，坚守岗位，提前预置抢险力量全力确保洪水安全过境，以黄河安澜向祖国母亲 72 华诞献礼。

本视频真实记录了秋汛期间，河南黄河河务局全体职工用实际行动践行着黄河人的承诺，诠释着黄河人的责任与担当。作者赴武陟等地进行航拍，对除险加固、巡坝查险等一线防汛画面进行拍摄，视频聚焦抢险人员和机械设备，表达全体一线职工坚守防汛一线，充分发扬了黄河人不怕吃苦、敢于战斗和爱岗敬业、忠于职守的精神，用实际行动彰显了黄河人的使命与担当。

默守黄河　奋战国庆

拍摄 / 制作人：原斌斌

视频说明：

2021 年秋汛，黄河流域连续遭受伏汛秋汛，干支流、中下游汛情多区域交织、多场次叠加，孟州河段面临长时间、高水位、大流量考验，防汛形势异常严峻。孟州黄河河务局闻“汛”而动，中秋与国庆期间，全体职工放弃休假，上下一心，坚守岗位，领导干部深入一线，靠前指挥；党员干部迅速进岗到位，枕戈待旦；广大干群勠力同心，众志成城，共同筑就了黄河岁岁安澜的坚强屏障。

本视频真实记录了 2021 年秋汛期间，孟州黄河河务局全体职工默默坚守践行着黄河人的承诺，诠释着建设幸福河的初心与使命。作者赴孟州黄河秋汛防御一线进行拍摄，对除险加固、巡坝查险、生活点滴等一线防汛工作进行视频记录，表现了孟州治黄人不怕苦、敢战斗和爱岗敬业、忠于职守的无私无畏精神，诉说了他们用坚守与意志守护承诺与安澜的长情告白。

祖国颂：我的祖国我的河

拍摄 / 制作人：冯晓　吴永刚

视频说明：

本次秋汛期间，黄河接连出现三次编号洪水，下游秋汛洪水防御形势异常严峻，兰考河务局各级党员干部放弃国庆假期，主动请缨下沉一线，冲锋在前，以切身行动树标杆做表率，生动诠释了黄河人的责任与担当。

本视频围绕歌曲《我的祖国》三段式进行，并结合歌词含义甄选镜头语言，同时融入焦裕禄精神与党建元素，使视频表现更具兰考特色。视频围绕兰考河务局下沉一线干部职工巡坝查险、根石探测等日常工作，结合兰考黄河水利风景区特色景点梳理，整体营造出安静祥和氛围，同时展现出兰考河务局党员干部不畏艰难，护河安澜，用实际行动践行“两个维护”的使命意识与奋斗精神。

国庆　战汛有我

拍摄 / 制作人：尚雨珂、王灵芝、张东波

视频说明：

十月一日正值国庆，中牟河务局全体人员坚守在防汛岗位上，个个斗志昂扬，勇做“逆行者”，不管是工程项目进度，还是班组建设，又或者是防汛工作，都能高质量完成任务。国庆的夜晚，中牟黄河岸边仍旧灯火通明，中牟河务局下沉人员和一线养护人员依旧坚持 24 小时值守和巡坝查险，丝毫不敢懈怠。下沉的两名党组成员带领 43 名党员在一线成立两个防御大洪水临时党支部，将党旗牢牢挂在中牟黄河岸边，迎风而立。中牟黄河人用实际行动诉说着守护祖国、守护黄河、守护人民生命安全的赤胆忠心。

喜迎国庆 72 华诞　护黄河安澜

拍摄／制作人：赵林娜

视频说明：

2021 年 7 月 11 日以来，沁河沿线晋城、济源等地连续遭遇暴雨、特大暴雨，河口村水库入库最大流量达到 3480 立方米每秒，水库先后多次大流量泄洪，沁河济源河段出现多次洪水过程，沁河水位持续上涨，形成当地自 1982 年以来最大洪水，防汛抗洪形势异常严峻。面对严峻防汛形势，济源河务局取消中秋与国庆期间，全体干部职工坚守岗位、严阵以待、逆行风雨，用责任和担当守卫在沁河大堤一线，全力以赴确保洪水安全过境，以护卫黄（沁）河安澜向祖国母亲 72 华诞献礼。

本视频真实记录了国庆期间济源局干部职工守卫在沁河防汛一线，观测水尺、巡堤查险、抢修工程……他们用实际行动践行黄河人的承诺，诠释黄河人的责任与担当。在举国同庆的日子里，他们守护在大河一线为祖国母亲庆生！他们无惧眼前汹涌澎湃的横流洪水，护佑身后太平美满的烟火人间。风口浪尖的济源黄河人，用奉献守初心，用无悔铸忠诚。

直击封丘黄河一线

拍摄/制作人：段骞　曹书宁

视频说明：

2021 年 9 月份以来，黄河先后迎来三次编号洪水。为确保黄河安全度汛，封丘河务局全体干部职工自愿放弃中秋节、国庆节休假，克服困难、主动参战、不顾艰险、勇挑重担，严格履行全员在岗在位，切实做到守土有责、守土尽责、守土担责。

本视频拍摄了封丘顺河街、大宫、古城、曹岗、贯台、禅房 6 处控导工程，记录了下沉一线职工和当地乡镇群防队伍众志成城、夜以继日开展巡坝查险、值班值守、工程加固等各项工作的画面，展现了封丘“黄河人”不怕苦、不怕累的连续奋战精神，他们就像是一条条红色洪流，汇聚成防汛抢险的主力军，为守护封丘黄河安澜贡献出了磅礴力量！

众志成城防秋汛　齐心协力守安澜

拍摄 / 制作人：刘纪安　刘晨阳

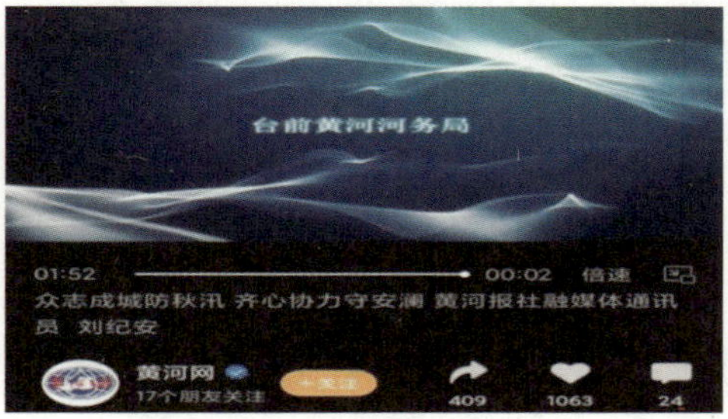

视频说明：

受上游强降雨影响，台前黄河段遭遇了 25 年以来最大过境流量，连续的高水位运行使得防汛形势异常严峻。为确保台前黄河段安全度汛，台前河务局全体职工主动放弃中秋、国庆假期，全部到岗到位，日夜坚守防汛一线，风雨兼程，守卫黄河安澜。

本视频以台前河务局全体职工奋战一线保安澜为主要内容，以白铺护滩工程为主要拍摄点，并结合台前河务局所辖的其他 6 处工程、2 处护滩，集中展示了台前黄河人在本次秋汛过程中涌现出的先进行为与先进事迹，该视频在黄河网视频号播出后，累计获得了 1000 余次点赞和 400 余次转发，向外界发出了台前治黄的“好声音”。

让党旗在防御黄河秋汛洪水一线高高飘扬

拍摄 / 制作人：陈一帆

视频说明：

自入汛以来，受持续强降雨和上游大流量来水影响，沁河水势来势汹汹。水位持续上涨，沁阳河务局全体党员干部严阵以待，在沁河马铺险工段成立临时党支部，让党旗飞舞飘扬在防汛一线的每个角落。

本视频记录了沁阳河务局响应上级有关要求，在沁河马铺险工段、水南关险工段、王曲险工段，成立临时党支部。党员干部深入一线靠前指挥，在党旗引领下，沁阳河务局全体党员干部，克服重重困难，坚守防汛一线，充分发挥党员先锋模范作用，站好每一班岗，守好每一条坝，坚决打赢抗击秋汛的硬仗，誓保沁河安全度汛。

迎风雨　战洪水　守安澜

拍摄 / 制作人：姚斌　杨坤

视频说明：

2021 年 9 月，受华西秋雨影响，渭河中下游、伊洛河、沁河等支流普遍涨水，黄河出现第 1、2、3 号编号洪水，防汛形势极其严峻。开封河务局启动第五次全员岗位责任制，全员上岗、放弃休假、枕戈待旦、齐心协力保障黄河安澜。

本视频真实记录了开封黄河全体职工在防御秋汛大洪水期间的担当作为，既描述开封河务局党组的扛责在肩、科学指挥，又展示一线党员职工的日夜坚守、不畏劳苦，还突出机关职能组值班人员的无私奉献、综合调度，高度展示了共产党员的初心使命，充分展现了黄河儿女的履职尽责。

追光者

拍摄/制作人：赵祎 刘钊

视频说明：

2021 年秋汛，黄河先后出现 3 次编号洪水。关键时刻彰显担当，打退洪水持久战中，原阳河务局全体员工舍小家、为大家风雨无阻，坚守岗位，这是黄河人的守护季，黄河人在这里邂逅了担当。

本视频真实记录了秋汛期间，原阳河务局全体职工下沉一线，与沿黄乡镇群防队伍一道开展 24 小时不间断巡坝查险工作的画面。同时为确保夜间巡查安全，原阳电力部门在控导工程范围内每 50 米安装一个照明灯，照明线路架设 19000 米，照亮了原阳河务局职工的夜间巡坝查险路。夜深人静，走在巡查的路上，望着路灯下的细雨，他们是深夜的追光者，尽管雨水打湿了衣襟，尽管寒风刺骨，黄河人为民服务的决心丝毫不减。

风起·大河之声

拍摄 / 制作人：卫正巍

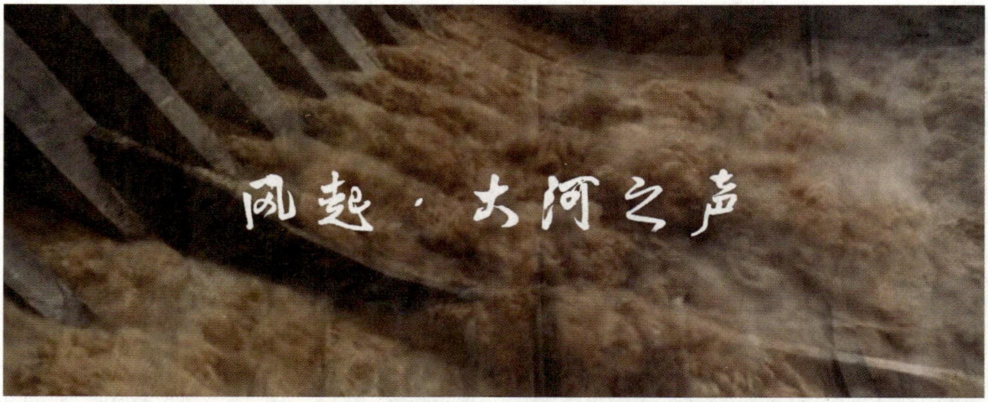

视频说明：

2021 年伏秋汛期，面对多年不遇的严峻汛情，大河上下齐心协力，从端午到中秋，从中秋到国庆，坚守岗位只为河安。

本视频以诗歌朗诵的形式，深情讴歌了黄河人克服常人难以想像的困难、顾不上老迈的父母和年幼的孩子，披星戴月守一线、水不归槽人不还的时代篇章。视频从防汛抢险一线选取鲜活的镜头，音画同步，情深意浓。视频以“是什么样的爱让我们热泪盈眶”开篇，以“是什么样的家、是什么样的国、是什么样的人民、是什么样的党”结尾，全面展示了黄河人爱党、爱国、爱人民的历史担当和深厚情怀。

爱的力量

策划：王灵芝　制作：尚雨珂　拍摄：杨森

视频说明：

在2021年黄河秋汛洪水防御期间，中牟河务局广大一线人员，昼夜坚守岗位，护卫大河安澜，而支撑他们的不仅仅是保护人民生命安全的信念，还有家属的鼎力支持。

视频汇总了7名职工家属的祝福，以职工孩子为主，稚嫩的话语，一声声关怀问候直击人心最柔软的地方，家人的支持是给予黄河防汛战士最大的精神力量，这种力量支撑他们苦战在黄河一线，穷尽一切护卫黄河安澜，保护人民生命安全，他们全力以赴，以必胜的信心打赢黄河秋汛防御决战。

家书寄相思　共护黄河安

拍摄 / 制作人：姚斌　杜明利

视频说明：

面对严峻复杂的秋汛形势，在全力做好秋季洪水防御工作的同时，开封河务局积极开展“微家书”征集和展播活动，深入挖掘治黄家风故事，激励干部职工在秋汛决战中，传承家风，严守纪律，勇于担当。

本视频对征集到“微家书”进行编辑展播，以封封家书寄托职工对家人的牵挂及思念，以字字真情诠释着治黄人“舍小家、护大河”的坚定信念。通过分享展播治黄家风故事，传递优秀治黄家庭正能量。

黄河岸边党旗红

拍摄 / 制作人：孙智盛

视频说明：

今年黄河秋汛形势历史罕见，防汛抢险任务异常艰巨，濮阳第一河务局动员广大党员奔赴黄河防汛抢险一线，成立临时党支部 4 个，组建党员突击队 1 个，设立党员先锋岗 6 个，划分党员责任段 25 个，让党旗在防汛抢险一线高高飘扬。

本视频紧跟黄河秋汛洪水演进过程，深入防汛一线跟踪拍摄，对该局广大党员干部参加巡堤查险、探摸根石、水位观测、值班值守等工作进行全面记录，充分反映了党员干部先锋模范作用和党支部战斗堡垒作用，战斗在防汛抢险第一线，筑牢黄河安全防线，尽最大努力确保黄河安澜和人民群众生命财产安全。

钢铁洪流

拍摄 / 制作人：于澜

视频说明：

防御秋汛期间，在荥阳枣树沟控导工程，自卸车、抢险队员全天奋战。从白天至落日再到黑夜，强烈的时间对比加之倍速镜头、激烈音乐，烘托出抢险的紧张氛围，也预示着除险加固进入了白热化阶段。

视频以宏观镜头叙事，铺笼、捆笼、装车，一个个大型汽车铅丝笼陆续成型。《钢铁洪流》代表着抢险现场无数的机械车，在抢险队员的指挥下，实现了险情得以稳定、大河得以安澜。

中牟黄河边：风雨中的大兵小将

文案、策划：娄清廉　制作：尚雨珂

视频说明：

黄河安危事关大局，在严峻的防汛形势面前，作为常年坚守在黄河一线职工，每时每刻，他们都把黄河的治理开发当作自己的神圣使命，为了不辱这一使命，他们牺牲小我，顾全大我！舍弃小家，奉献大家！用真情书写着黄河人的忠诚与大爱！

凌晨两点！中牟辖区赵口下延工地，灯火通明，三十多辆自卸车排成了长龙，等待过磅，卸车，无数个值守的岗位，无数个黄河职工，都在用奉献和坚守诠释着使命与担当，给人留下了无数的感动瞬间。

同饮河水　共护河安

拍摄 / 制作人：吴永刚　张雪颖

视频说明：

9 月 27 日以来，黄河中游发生强降雨，接连出现 3 次编号洪水，下游秋汛洪水防御形势异常严峻，兰考境内夹河滩水文站洪峰流量高达 4940 立方米每秒。为确保黄河兰考段安澜，兰考河务局积极沟通地方政府、加强属地联合、深化事企联动，对县境内 5 处重点控导、险工工程进行重点布控，切实做好秋汛防御各项工作。

本视频紧跟兰考河段洪水演进过程，运用渐进、动态变焦、蒙太奇等视频拍摄手法，对东坝头险工、东坝头控导工程除险加固及局机关值班值守工作进行了详细的视频描述，并对前来援助的消防官兵捆编铅丝笼工作进行深入刻画，一方面展示出兰考河务局防汛各职能组积极应对此次秋汛洪水精神面貌，另一方面呈现出军民联防，军干联动，“同饮河水　共护河安”的秋汛防御景象。结合背景音乐，通过三段式逐步推进，从而营造出振奋人心、鼓舞士气的强烈氛围。

厉兵秣马筑防线　枕戈待旦战汛情

拍摄／制作人：孙立研　王相川

视频说明：

汛情就是命令，防汛就是责任。2021 年黄河秋汛，长垣河务局闻“汛”而动，提前预置抢险力量，迅速成立一支由 10 名年轻退役军人组成的防汛抗洪党员机动突击队（以下简称：党员突击队），驻守在该局最易出现险情的榆林控导工程，并在确保榆林控导工程安全的前提下，随时支援大留寺、周营上延、周营 3 处控导工程的除险加固工作，以优良的作风和严明的纪律保障长垣黄河防汛抢险工作措施落细落实。

本视频真实记录了秋汛期间，长垣河务局党员突击队全体队员的工作纪实，他们坚守在黄河岸边，用脚步丈量堤防，用热血守护黄河安澜，他们用自己的实际行动阐释着黄河人的使命担当，把忠诚镌刻在泱泱大河之上。作者先后多次前往长垣河务局榆林控导工程、周营控导工程等地进行拍摄，对党员突击队开展的除险加固、巡坝查险等工作场景进行拍摄，视频聚焦党员突击队队员和机械除险作业，表达在防汛抗洪关键时期，队员们士气磅礴、全力以赴确保黄河安澜的决心和信心。

秋雨连绵洪兽汇 黄河铁军缚苍龙

拍摄：王天昊 刘晨阳 孙智盛 制作人：王天昊

范县河务局通过抛投铅丝笼对工程进行除险加固

深夜时分 尹庄控导工程依然灯火通明

视频说明：

9月末以来，黄河连续出现编号洪水，中下游秋汛严重，濮阳河务局第一时间奔赴抗洪抢险一线，发扬连续作战精神，以最饱满的精神、最高昂的斗志，决战姿态迎战秋汛洪水。

本视频从濮阳黄河秋汛防守的重点工程和重要部位着手拍摄，分别选取了台前县白铺护滩工程固滩抢护、范县李桥控导工程除险加固、濮阳县尹庄控导工程土工包进占、马张庄控导工程雨夜巡河、局机关职能组人员坚守岗位等画面，展现了秋汛洪水防御期间濮阳治黄人万众一心、众志成城、坚韧不拔、敢于胜利的精神风貌。

誓言，心愿！

文案、策划：娄清廉　制作：尚雨珂

视频说明：

国庆期间，3场编号洪水，来势汹汹、接踵而至。黄河下游河段正面临：长时间、高水位、大流量考验，黄河防汛形势极为严峻。汛情当前，中牟河务局全体干部职工全员在岗，勠力同心，积极作为，他们，无论年龄高低，或在何种岗位，都义无反顾的选择守护黄河安澜，因为他们深知，防汛责任重于泰山，守护黄河的安澜，是黄河人的天职，他们义不容辞！

视频的最后内容，当被问起汛期过后，他们最想做的一件事是什么的时候，他们争先恐后回答，“睡一觉，振奋一下精神再次投入到工作中”“陪陪儿子”“好好歇一歇再工作”……令人感动不已。

闻“汛”而动，风雨共担

拍摄 / 制作人：张森

视频说明：

2021 年 9 月—10 月，受多轮降雨影响，黄河防秋汛形势严峻。郑州河务局按照上级统一部署，派出机关下沉干部 40 名，赶赴辖区一线，带领群防队伍参与一线巡坝查险工作。

本视频真实记录了郑州河务局下沉干部在一线下沉期间，发扬了黄河人不怕吃苦、敢于战斗和爱岗敬业、忠于职守的精神，用实际行动践行了守护黄河安澜的铮铮誓言，诠释着黄河人的责任与担当。作者作为一名下沉干部，在工作之余，利用手中的设备把这些故事记录了下来，并进行了编辑。

万疆

拍摄 / 制作人：豫西河务局宣传报道组

视频说明：

10 月 1 日，伟大的中华人民共和国一路栉风沐雨、不断铸就辉煌，迎来了自己第 72 个生日！神州处处洋溢着盛世中华的喜悦，目之所及皆是山河锦绣的祝福！汛情就是命令，面对暴雨洪水并行的严峻形势，豫西河务局全体干部职工投入到洪水防御攻坚战中，以坚守岗位为祖国送上祝福！

本视频以河边职工的一曲快闪《万疆》开篇，记录了 30 余天从天蒙蒙亮的清晨、到更深露重的深夜，职工查看河势、测量滩岸高度、水位测报、巡堤查险、值班值守的不同瞬间。作为治黄人，黄河安澜是我们献给祖国华诞最好的礼物，人民至上、生命至上，是我们心中永恒的旋律！

飞跃沁河

拍摄 / 制作人：于澜

视频说明：

进入 9 月，受新一轮降雨和河口村水库泄洪影响，沁河下游再次迎来洪水过程。9 月 27 日 15 时 24 分，武陟水文站流量达 2000 立方米每秒，刷新 1982 年以来洪峰纪录。为确保沁河安澜，沁河 37 处重点控导、险工工程，配备抢险机械 202 台（套），预置 5 支抢险救援队伍；协调地方政府及时补充防汛料物。

本视频紧跟沁河洪水演进过程，赴武陟等地进行航拍，对沁河大桥、老龙湾险工及各级迎战洪水情况进行了拍摄，展示了沁河洪水的特点、防洪工程的气势、各级严密的防汛准备，画面具有很强的冲击力和视觉美感，给人以振奋的力量。

坚决打赢秋汛洪水防御攻坚战

拍摄／制作人：王俊伟

视频说明：

2021年黄河流域连续遭受伏汛秋汛，黄河下游河段面临长时间、高水位、大流量考验。河南温县段黄河大玉兰控导工程全线靠河，防汛形势严峻，温县河务局紧急对工程进行除险加固处理，筑牢安全堤坝，全面提升防洪工程防灾与防洪保障能力。

本视频真实记录了秋汛期间，温县黄河河务局全体职工用实际行动践行着黄河人的承诺，诠释着黄河人的责任与担当。作者在温县进行航拍，对除险加固、巡坝查险等一线防汛画面进行拍摄，视频聚焦抢险人员和机械设备，表达全体一线职工坚守防汛一线，充分发扬了黄河人不怕吃苦、敢于战斗和爱岗敬业、忠于职守的精神，用实际行动彰显了黄河人的使命与担当。

吹响防汛集结号！河地携手共护大河安澜

拍摄：李灿　王继轩　制作：孙金丽

视频说明：

9 月 29 日，河南省郑州市金水区防汛抗旱指挥部组织金水区应急管理局、惠金河务局、区农委、兴达路办事处，在马渡险工 44 坝开展防汛应急抢险演练。受持续强降雨影响，黄河中下游干支流普遍涨水，黄河干流出现 2 次编号洪水。自 9 月 27 日 12 时起，河南黄河防汛Ⅳ应急响应提升至Ⅲ级，为坚决打赢本次洪水防御攻坚战，惠金河务局迅速启动第六次全员岗位责任制，共组织专业巡查及抢险力量 100 余人，落实惠济区、金水区各镇（办）群防队伍 170 余人，属地政府在靠河工程现场预置机械设备 28 台。该局专业巡查队伍与群防巡查力量逐坝段落实责任人，开展 24 小时不间断巡查，确保险情第一时间发现、第一时间抢护。

“战”在一线“督”保安澜

拍摄 / 制作人：姚斌　杜明利

视频说明：

2021 年秋汛，黄河接连出现编号洪水，黄河中下游防汛形势异常严峻。开封河务局严格贯彻各级防汛决策部署，锚定“人员不伤亡、滩区不漫滩、工程不跑坝”防御目标，以高度负责的态度和有力的措施全力打好防御洪水攻坚战。

本视频真实记录了秋汛期间，开封河务局纪检组和各级纪检监察干部紧跟决策部署，立足职能职责，以严明纪律为打赢黄河秋汛洪水防御这场硬仗保驾护航。作者赴黑岗口下延控导工程、王庵控导工程等进行拍摄，聚焦纪检监察干部督查暗访和参与抢险工作，充分展现了新时代黄河纪检监察干部的责任与担当。

直击枣树沟控导防守一线

拍摄 / 制作人：张森

视频说明：

2021 年秋汛，黄河先后出现 3 次编号洪水，防汛形势异常严峻。荥阳枣树沟控导工程受上游来水冲刷，部分防洪工程出现根石走失现场，荥阳河务局联合属地政府，统筹安排、科学部署、严阵以待，展开了一场没有硝烟的秋汛防御攻坚战。实现了“人员不伤亡、滩区不漫滩、工程不跑坝”的防御目标。

视频在创作中，通过与背景音乐完美结合，使整个视频代入感极强。本视频一经发出，受到社会各界关注，短短 2 天内在“黄河报”抖音公众号中点播量达到 273 万次，点赞量达 2.2 万次，转发量达 398 次。同时，在“中国水利”微信公众号、“黄河网”微信视频号同期发布。

风雨坚守护安澜

拍摄 / 制作人：师晓靖

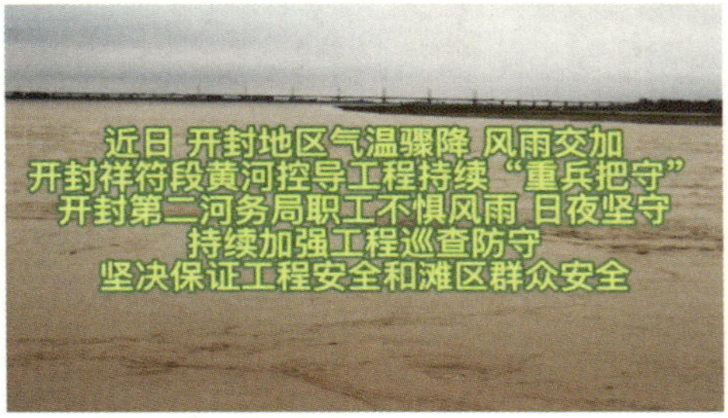

视频说明：

2021 年入秋以来，受“华西秋雨”的影响，黄河遭遇历史罕见秋汛，防汛抗洪形势十分严峻。

本视频真实记录了秋汛期间，开封第二河务局坚守防汛抢险一线人员不惧风雨、不畏艰难，日夜坚守，巡坝查险，保工程之安全，护黄河之安澜。作者赴开封第二河务局三处控导工程，对防汛抢险、除险加固、巡坝查险等一线防汛画面进行追踪拍摄，视频聚焦抢险现场、抢险人员和机械设备，紧张的现场抢险画面配上激扬的音乐，展现了一线防汛抢险人员敢于战斗、勇于战斗的精神风貌，展现了新时代治黄人的责任与担当。

党旗飘扬战秋汛　担当使命筑安澜

拍摄 / 制作人：索艳云　常瑞月

视频说明：

2021 年 10 月 6 日，黄河第 1 号、2 号洪水退水过程尚未结束，第 3 号洪水接踵而至。河道长时间大流量行洪，新一轮强降雨仍在持续……严峻的防汛形势，让黄河人既压力陡增，又必须顶着风浪、奋勇前行、迎接挑战。为充分发挥基层党组织战斗保垒作用，10 月 5 日，豫西河务局将防御秋汛洪水和“我为群众办实事”实践活动相结合，在所辖各一线靠河工程“火线”成立了 5 个临时党支部，覆盖所有巡查值守党员，把党旗牢牢插在了各个堤顶坝头。

本视频记录了豫西河务局花园工程班临时党支部成立之时党员们的铮铮誓言。“我是党员我先上”“洪水不退我不退”……全体党员逆水而行、率先垂范，以险工、坝头为战斗岗位，挂党旗、戴党徽、亮身份，带头开展巡堤查险、水尺观测、河势观测等工作，用初心和使命，在黄河岸边、在党旗之下写就红色诗篇。

凯旋

拍摄/制作人：赵祎　刘钊　张悦　鲁子毅　卜琼

视频说明：

曾经的往事，如散落在记忆长河中的照片，逐渐泛黄，但有些岁月我们终将铭记。

本视频真实记录了原阳黄河秋汛防御期间奋战在各个岗位上的职工群像，用回顾过去、立足当下、展望未来描述黄河人为黄河永远造福中华民族而不懈奋斗的决心。

所谓岁月静好，是有人为你负重前行，一句征战令，政府、河务、通信、消防、电力、公安、卫生、乡镇等多部门协调参与，面对洪水，没有旁观者，无论职业，无论年龄，无论西东。他们徒手接住十月的苦，从中秋到国庆，从机关到一线，从日出到月落。三十余天的坚守，汇成一方宇宙。防汛危急时刻咬牙坚持、英勇无畏的黄河人，就是中国不惧挑战、勇往直前的缩影，我们每个人都是超级英雄，我们用勇气、担当、坚韧、智慧，平安地将秋汛洪水送入大海。穿上救生衣，带上安全帽，接过前辈的行囊，把责任扛在肩上，我们只有一个名字，黄河人。我们踏星辰而去，携日月而归，在这博浪大地上，描绘出人水相搏，战胜洪水的壮丽画卷，当琥珀光影，托起红日闪烁下的五星红旗。我便知道我们的目标是为黄河永远造福中华民族而不懈奋斗。

附录

在 2021 年全局防汛动员会上的讲话

张群波

（2021 年 6 月 1 日）

同志们：

今年是一个特殊的年份，是建党 100 周年，是开启全面建设社会主义现代化国家新征程的第一年，是“十四五”规划开局之年，稳增长、促发展任务十分艰巨，一旦出现重大水旱灾害，必然影响改革发展稳定，甚至对党和国家工作大局形成干扰。中央和上级都对今年防汛工作进行了专门部署和特别要求，特别强调做好今年防汛抗旱工作意义非同寻常，根据上级要求，经审慎研究决定，比往年提前 15 天召开全局防汛动员会，传达贯彻全国防汛抗旱工作电视电话会议、水利部水旱灾害防御工作视频会议、黄河防汛抗旱工作视频会议和全省防汛抗旱工作电视电话会议精神，动员全局上下进一步统一思想，落实责任，全力以赴做好黄河各项防汛工作。今天的动员会标志着全局进入防汛临战状态，各单位各部门要把防汛工作作为当前头等大事，切实抓紧抓细抓实。前一阶段，各有关单位和部门做了大量防汛准备工作，为迎战洪水奠定了基础。下面，我讲三点意见：

一、提高站位，认清形势，坚决贯彻落实习近平总书记重要讲话和重要指示精神

党中央、国务院和各级领导高度重视黄河防汛工作。党的十八大以来，习近平总书记多次就防灾减灾救灾工作发表重要讲话，亲自擘画了黄河流域生态保护和高质量发展重大国家战略；5 月 14 日，习近平总书记在南水北调后续工程调研时，对黄河防汛工作作出重要指示。4 月 14 日，李克强总理对防汛抗旱工作作出重要批示：防汛抗旱事关经济发展和安全稳定大局，要加快补齐防汛抗旱应急能力短板；5 月 11 日，再次对今年防汛工作作出重要批示，胡春华副总理、王勇国务委员也提出明确要求。4 月 30 日召开的河南省防汛抗旱指挥部会议，5 月 18 日召开的全省防汛抗旱工作电视电话会议和黄河防汛抗旱工作视频会议，都对今年黄河防汛工作进行了安排部署。近期，国家防总、黄河防总还将分别对河南黄河防汛工作进行检查。可以说，今年黄河防汛工作关注度之高、要求之严、责任之重，都非同往年。

当前，河南黄河防汛安全依然存在着很多制约因素，还有不少薄弱环节，防洪保安全形势十分严峻，任务更加繁重，对此，各单位各部门必须要有清醒的认识。从天气形势看，据预测，今年汛期黄河流域为北方多雨中心，山陕区间偏多2成左右，泾渭洛河偏多1～2成，黄河山陕区间发生洪涝的可能性较大；我省伊洛河、沁河上游处于多雨区，该区域洪水具有洪峰高、涨势猛、预见期短等特点，对河南省黄河下游防汛极为不利。从洪水规律看，自1982年大水后，黄河没有发生流域性大洪水，大洪水发生概率进一步增大；且小浪底至花园口区间1.8万平方公里无工程控制，自身产生的百年一遇洪水仍达15700立方米每秒，直接威胁黄河下游滩区安全。从工程措施看，河南黄河防洪工程体系、非工程措施还不完善，“二级悬河”依然存在，畸形河势时有发生，一旦发生大洪水，近百万滩区群众迁安救护任务将异常艰巨；此外，近年来滩区各类经济活动和流动人口日渐增多等客观不利因素，也增加了工作难度。从风险管理看，由于多年未来大水，部分行政领导缺乏抗大洪、抢大险实战经验，部分干部群众存在麻痹思想和侥幸心理，对黄河防汛能力盲目乐观。加之，防汛体制机制改革后，各级河务局与应急、水利部门之间的沟通协作机制还正在磨合，各项工作还需要进一步加强沟通协作，这些都为今年防汛工作带来新的挑战。

各单位各部门务必要认清形势、提高站位、高度重视，深刻认识做好今年防汛工作的重大意义，把增强“四个意识”、坚定“四个自信”、做到“两个维护”落实到实际行动中，进一步增强责任感和紧迫感，切实把习近平总书记关于防汛救灾的重要指示精神领会好、贯彻好、落实好，举全局之力，努力取得防汛抗旱工作新胜利。

二、突出重点，狠抓落实，全力做好各项防汛工作

黄河安澜，事关大局。从今天开始，各单位各部门要把防汛工作作为当前和今后一段时期压倒一切的中心任务来抓，积极践行“两个坚持、三个转变”防灾减灾理念，以“四个坚决”为目标（“坚决避免发生重大人员伤亡事件、坚决避免标准内洪水防洪工程失事事件、坚决保障国家重要基础设施安全、坚决保障经济社会发展重点工作安全。”），坚持人民至上、生命至上，坚持建重于防、防重于抢、抢重于救，坚持预字当先、关口前移，坚持依法防控、科学防控，强化“预报、预警、预演、预案”措施，着力固底板，补短板，锻长板，下好风险防控先手棋，守好水旱灾害防御底线，突出抓好以下几方面的工作：

（一）切实抓好防汛责任落实

去年防汛抗旱体制机制已基本理顺，各级要按照省防指统一部署，全力抓好以行政首长负责制为核心的各项防汛抗旱责任制的落实。一是加强与应急、水利等部门的沟通协调，加强协作，切实形成防汛合力。二是根据今年防指成员单位职责调整情况，厘清承担的职责，健全责任体系，细化优化防汛岗位责任。三是加强工作落实，按照职能职责做好各项防汛工作，宁可抓重、不可抓漏，严防出现工作棚架或遗漏情况。四是各单位各部门主要领导要切实担负起防汛第一责任人职责，按照思想、组织、责任、措施、物资“五到位”的要求，认真落实岗位、班坝、抢险等各项责任制，做到守土有责、守土尽责。五是各防汛单位从今天起开始24小时值班带班，所有防汛单位、部门的责任人都要全部上岗到位，密切关注雨情、水情、汛情和工情变化，做好随时应对汛情和突发紧急情况的准备。

（二）切实抓好汛前准备工作督查检查

一是防办要认真协调好国家防总、黄河防总和省委、省政府等各级党政领导检查黄河防汛的相关工作，推动各项防汛责任进一步落实。二是6月10日前，省局领导要全面完成对内部责任制落实、防汛准备的检查，各有关单位和部门要全力做好配合。三是各级防办要安排专人跟踪督办年初下达的82项汛前备汛任务，实行清单制管理，省局防办要逐项开展检查督察。四是各市县河务局要对辖区内各项防汛工作及责任制落实情况全面开展督查，坚决杜绝棚架现象，确保各项措施落实到位。

（三）切实抓好工程查险抢险

一是加强对近几年新修工程和靠河工程的巡查、防守，提前准备必要的抢险物料和设备。二是切实抓好巡坝查险工作，对易出险的工程要明确一名科级干部驻守，落实一台大型抢险设备，做到查险及时、报险准确、人员及设备到位，一旦发生险情，做到抢早、抢小。三是开展河势查勘，加强武陟驾部至荥阳桃花峪、原阳三官庙至开封黑岗口等畸形河势的巡查和防守，焦作、郑州河务局要分别加强对武陟东安透水桩坝、中牟韦滩透水桩坝的观测和防守，落实应对措施。四是加强在建工程管理，做好防洪工程的交付使用验收，加大新交付工程汛期巡坝查险力度，发现险情，及时抢护。五是科学拟定险情抢护方案，优化抢险方法，抢护险情时铅丝笼占比要达到20%，减少抢险石料的消耗，提高抢险效率。六是防办要积极与国家防总、水利部、黄委沟通协调，多渠道争取经费，尽力解决抢险经费不足的问题；各河务局也要按照《河南省黄河防汛条例》规定，积极主动争取地方财政对防汛抢险经费的支持。

（四）切实抓好滩区迁安救护演练

一是6月底前，督促有迁安任务的县（市、区）防指完成滩区群众迁安救护演练，焦作河务局督促焦作市防指开展沁北自然溢滞洪区群众迁安救护演练，新乡、濮阳河务局督促新乡、濮阳市防指开展北金堤滞洪区群众迁安救护演练。二是完善各级迁安救护指挥机构，明确相关部门在滩区迁安救护中的职责，落实迁安救生队伍、迁移安置物资，做好群众迁移的各项准备工作。按照“村对村、户对户”的方式对转移安置人员建档立卡，及时更新补发滩区迁安救护“明白卡”。三是加强与当地通信部门和移动、联通、电信三大运营商的沟通联系，及时把预警信息发布至滩区每一名群众、每一个流动人口。四是各市县河务局要督促滩内企业制订撤退方案，落实滩区流动人员的撤离应对方案。

（五）切实抓好调水调沙工作

据了解，今年黄委还将按照“一高一低”水库调度思路，实施干支流水库群水沙联合调度，届时黄河下游将持续大流量过程，各市县河务局要结合去年辖区河道情况，提前预判，切实抓好各个环节，全力做好大洪水应对工作。一是制订调水调沙预案，明确责任分工，落实各项措施。二是对辖区内串沟、生产堤进行全面排查，发现隐患要向当地政府汇报，及早采取措施，坚决避免漫滩现象发生。三是加强河道观测，重点是滩岸出水高度和生产堤偎水的观测，发现险情要立即报告，并采取处置措施。四是加强预警通报，要及时向地方政府行政首长及乡、村和群众通报调水调沙信息，严禁在河道内从事采砂、旅游、摆渡、航行、过河种地等涉水生产活动，确保人民群众生命安全。五是加强调水调沙期间各类防汛信息报送，确保调水调沙有序开展。

（六）切实抓好涉水安全管理

一是对辖区河段涉水安全隐患进行再排查，落实责任主体和监管责任，对监管单位、责任单位、责任人进行公示，接受社会监督。二是多形式、多渠道开展防洪避险宣传，重点对防洪工程和在建工程醒目位置设置的警示标志标牌进行再检查，做到重点部位全覆盖、无死角。三是按照河南省预防未成年人溺亡专项治理工作领导小组要求抓好预防未成年人溺亡工作，明确各防洪工程责任人及责任范围，加强巡查，做好巡查记录，在重要地段设置醒目的防溺水警示标识，确保安全和警示设施完备。

（七）切实抓好队伍料物保障

一是6月15日前，6支防汛应急抢险队要集中待命，加强培训演练，增强实战能力，确保召之即来、来之能战、战之能胜。二是6月底前，各县（市、区）河务局要按照《关于加强黄河群众防汛队伍建设的意见》督促地方政府落实群防队伍，并组织开展培训和演练。三是有关单位要做好抢险设备的检修，广泛联系社会抢险设备资源，落实好群众及社会储备料物，以备临战之需。

（八）切实抓好河道管理

一是认真贯彻落实《河南省黄河防汛条例》和《河南省黄河河道管理办法》，依法查处和打击违法违规行为。二是充分利用河长制平台实施“清河行动”，加强河道巡查和联合执法检查，按照“谁设障、谁清除”的原则，及时督促清除行洪障碍，确保行洪畅通。三是加强在建工程管理，督促各参建单位落实切实可行的度汛措施，确保工程安全和人员安全。四是严厉打击非法采砂活动，特别是禁采期要坚决查处和取缔非法采砂行为。五是当预报花园口水文站出现3000立方米每秒以上洪水时，督促有关单位做好浮桥的拆除、锚固和监管。

（九）切实抓好防汛信息化建设

一是立足“防洪保安全”目标，汛前科技处要牵头完成《河南黄河暴雨洪水监测预警系统实施方案》编制工作，上报省政府，按照上级统一部署，开展“小花间无控区”洪水监测信息化建设，提高预报预警能力。二是科技处、防办要围绕“四预”推进“智慧防汛”先行先试工作，信息中心要加快推进河道工程坝岸险情监测预警报警系统、天眼巡河系统，瑞达公司要推进河南黄河水情监测及洪水分析系统建设，加强汛期试点成果应用检验，切实发挥技术支撑作用。三是信息中心、各市河务局要做好无人机及运行平台的维护，确保正常使用；信息中心要对现有通信设施设备全面检修，确保通信畅通和抢险应急需要；瑞达公司要做好已布设监控点、自计水尺的运行维护，确保正常运行；科技处要对视频会议系统和全局网络进行检查维护，确保网络畅通和安全。

（十）切实抓好防汛宣传

一是加强与新闻媒体的沟通协调，针对河南黄河防汛的特点、重点和难点，制订宣传主题和方案，为防汛工作营造良好舆论氛围。二是严格防汛信息发布和报送程序，认真执行《关于进一步加强和规范防汛抗旱新闻宣传报道工作的通知》要求，加强辖区内防汛信息收集整理并逐级上报，坚决避免互不通气、有情不报或越级上报等情况发生；要加强信息审核把关，及时、全面、准确发布汛情灾情信息，一旦发生不实舆情，适时启动舆情应急处置预案，及时化解不良影响。三是强化防汛应急信息报送，一旦发生突发事件，要第一时间配合当地政府积极处置，做到边处理、边报告、边核实；接到当地政府有关处置突发事件的信息时，要及时向上级主管部门报告；突发事件处置要在各级政府的统一领导下，与有关部门通力协作，主动应对。

三、加强组织，严肃纪律，确保各项责任落到实处

黄河防汛事关人民群众切身利益和生命财产安全，事关经济社会发展全局，绝不能有一丝一毫的懈怠。各单位各部门一要强化组织领导，把做好今年的防汛工作当做当前我局最重要的任务，主动担当，坚决扛稳扛牢防汛责任。二要紧密配合，团结协作，进一步筑牢“大防办”思想，按照内部岗位责任制，履行好各自职责，形成防汛工作合力。三要强化纪律意识，严格执行汛期 24 小时防汛带班值班、领导同志外出请示报告等制度，以汛为令、以险为号，听从指挥、服从命令，做到有令必行、有禁必止。四要严格落实责任追究机制，“汛令如军令，违令必严究”，监督处要采取“四不两直”方式进行明查暗访，监察局要进行值班情况抽查，对那些推诿扯皮、敷衍塞责，以及擅离职守、脱岗、离岗的，督查不到位造成工作失误或产生负面影响的，要坚决按照《黄河防汛抗旱工作责任追究办法》，严肃追究责任。

同志们，2021 年各项防汛工作已经全面展开，任务很重，责任很大。各单位各部门要把保障人民群众生命安全当做最高目标和工作追求，坚持底线思维，积极担当作为，奋力夺取我省黄（沁）河防汛工作的全面胜利，以优异的成绩迎接建党 100 周年！

河南河务局关于印发 2021 年防洪运行（调水调沙）责任制、防汛抗洪全员岗位责任制的通知

豫黄防〔2021〕15 号

机关各部门、局属有关单位：

根据防汛抗洪工作的需要，为进一步落实防大汛、抗大洪责任，明确工作分工，保障防汛抗洪期间各项工作有条不紊开展，省局制定了 2021 年防洪运行（调水调沙）责任制、2021 年防汛抗洪全员岗位责任制，请认真组织学习并遵照执行。

一、运行时机

防洪运行（调水调沙）责任制：当黄河防总启动防洪运行（调水调沙）机制；预报黄河花园口站发生 2600 立方米每秒至编号以内洪水；沁河武陟站发生 1000 立方米每秒洪水；出现重大险情、灾情时；其他需要启动和结束防洪运行（调水调沙）机制，由局领导宣布启动和结束防洪运行（调水调沙）机制。

全员岗位责任制：当预报黄河花园口站发生 4000 立方米每秒编号洪水及以上洪水；沁河武陟站发生 1500 立方米每秒以上洪水；其他需要启动和结束全员岗位责任制，由局长宣布启动和结束全员岗位责任制。

二、机构设置及运行原则

根据工作需要，设置相关职能组，机关人员根据所从事的业务，编入相应的职能组。各机制运行期间，实行 24 小时值班、带班制度，各职能组要按照职责分工做好相关工作，确保防汛抗洪工作整体高效运行。

三、工作要求

为保障防汛抗洪工作的顺利开展，做好 2021 年防汛抗洪全员岗位责任制、防洪运行（调水调沙）期间的各项工作，对各职能组提出如下要求：

（一）要严格遵守防汛纪律，不得脱岗、离岗，要按照责任分工，认真履行岗

位职责，切实完成本职工作任务。

（二）要安排专人负责做好本组文电收发、登记、传阅和保管工作，文电处理要及时高效，不得延误。

（三）要按照各职能组职责分工自觉主动开展工作，各司其职，互相配合，确保防汛抗洪各项工作有序有效进行。

河南河务局

2021 年 5 月 22 日

河南河务局 2021 年防洪运行（调水调沙）责任制

为做好我局 2021 年防洪运行（调水调沙）工作，根据局领导分工，结合各部门、各单位职责，制定河南河务局 2021 年防洪运行（调水调沙）责任制。

一、局领导分工

张群波　司毅铭　负责防洪运行（调水调沙）期间全面工作。

姚自京　负责防洪运行（调水调沙）期间宣传报道、安全生产、信息和通信保障工作。

王晓东　负责防洪运行（调水调沙）期间水情灾情、综合调度、技术工作。

程存虎　负责防洪运行（调水调沙）期间行洪障碍清除、物资保障工作。

甘保恩　负责防洪运行（调水调沙）期间工作督察工作。

刘同凯　负责防洪运行（调水调沙）期间防洪抢险、水量调度、后勤保障、供水工作。

吴东平　协助负责防洪运行（调水调沙）期间宣传报道、信息和通信保障工作。

二、各工作组分工

（一）综合组

职　责：负责日常工作，协调各组有关工作；防汛会商会议材料、纪要编写；及时掌握、编报工作动态；负责防汛物资、抢险设备和人员的组织调度；负责带班领导的统计上报；负责发送值带班短信。

负责部门：防汛办公室

组　长：王松鹤

副组长：陈群珠

成　员：秦梦飞　林庆佳　金　鑫　刘　倩

（二）工情组

职　责：及时了解河势工情变化情况，预估可能发生的险情，组织河势勘查；负责各种险情的统计上报；负责对较大和重大险情现场技术指导；负责重大险情抢护方案的制订和实施。

负责部门：防汛办公室

组　长：耿明全

副组长：李富中　鲁金锋　曹克军

成　员：张瑞锋　夏颜龙　范东晓　王婷婷

（三）水情灾情组

职　责：负责水情分析及预测，发布洪水预报；负责生产堤偎水记录表、平滩流量分析预估表的统计上报；负责滩区受淹、受灾情况统计、分析、上报工作；负责防汛应急事件处理工作；负责发送水情短信。

负责部门：防汛办公室

组　长：崔景霞

副组长：刘红卫

成　员：张晓玲　梅　龙　彭虹帆　白　璐　司　珂

（四）水调组

职　责：分析下游引水需求，组织实施引水计划管理，监督检查各引黄涵闸及滩区引水；负责引水引沙情况的统计、汇总和上报。

负责部门：水调处

组　长：冯利海

副组长：刘　天　秦金虎　宋靖林　冯学明

成　员：宋海燕　马平召　孙国彬　王朝阳　李东好

（五）宣传报道组

职　责：负责宣传报道工作。

负责部门：办公室

组　长：任海波

副组长：庄　建　赵　炜　李庆文　刘明震

成　员：祖士保　于　澜　杨　帆　李　锟

（六）行洪障碍清除组

职　责：负责河道行洪障碍清除等方面工作。

负责部门：水河处

组　长：张伟中

副组长：王庆伟　申家全　何红生

成　员：陈　明　钱定坤　郑　红　郭利敏　闵　楠　王兴野　孟　铎

（七）督察组

职　责：负责各项工作的督察工作。

负责部门：监督处　监察局

组　长：朱松立　赵俊娥　谢卫红

副组长：靳学红　葛　明　张洪涛

成　员：刘玉成　任鹏飞　王艳梅　袁华琪　崔卿杰　黄晓霞　尚红兵

（八）通信信息保障组

职　责：负责通信、局域网设施的监控与维护，保证通信、局域网络设施运行正常，信息传递畅通。

负责部门：科技处　信息中心　瑞达公司

组　长：刘云生　王玉晓

副组长：陈全会　张丰周　谢有成　崔　峰

成　员：郝胜利　郭　森　姬瀚达　杨　莉　司晓云　贾湘婷　王　琴
郑　飞　马宜东　范超峰

（九）后勤保障组

职　责：负责后勤保障和车辆调度工作。

负责部门：服务中心　办公室

组　长：叶世忠

副组长：李　鹏（办公室）　倪卫华　李道峰　庞　明　费金鹏

成　员：来　光　郝树新　徐　军　蒋文军

（十）抢险技术组

职　责：在机关待命，听候局领导派遣，参加险情抢护等有关应急工作。

负责部门：规计处　建管处

组　长：符建铭　何平安

副组长：张遂芹　吕锐捷　朱建奎　黎桂喜　房明立　刘景涛

成　员：张　涛　何志勋　边胜军　杨志超　李　移　张　磊

河南河务局 2021 年防汛抗洪全员岗位责任制

为做好我局 2021 年防汛抗洪工作，根据局领导分工，结合各部门、各单位职责，制定河南河务局 2021 年防汛抗洪全员岗位责任制。

一、指挥部组成及职责

职　责：根据汛情及时宣布启动或结束防汛抗洪全员岗位责任运行机制；负责对全局防洪抢险或重大事项作出决策。

指挥长：张群波　司毅铭

副指挥长：姚自京　王晓东　程存虎　甘保恩　刘同凯　吴东平　耿新杰

二、各工作组分工

（一）气象、雨情、水情组

职　责：严密监视气象、水情、雨情变化，主动收集、及时接收、传递气象、水情、雨情，预估洪水演进趋势，发布洪水预报。

组　长：耿新杰

负责部门：防　办　规计处　审计处

副组长：刘红卫　张遂芹　陈连云

成　员：梅　龙　彭虹帆　司　珂　张　涛　孟　冰　边胜军　冯瑞斌
江　杰　茹　晶　王　萌

办公地点：值班室

联系电话：52378　52494　52159

传真电话：52379

网络传真：防办水情科

（二）指挥调度组

职　责：收集、处理各种抗洪信息；负责对内、对外联络和各组之间工作协调；起草抗洪指令、文电和报告，负责文电处理和传递；负责对抗洪抢险物资、设备器材进行调度；负责对抗洪抢险资金进行筹措与拨付；做好抢险物资动态信息统计工作；负责对各工作组工作进行稽查和催办；负责水量调度工作。

组　长：王晓东

负责部门：防　办　办公室　水调处　财务处

副组长：任海波　张献春　冯利海　王松鹤

1. 文电处理组

职　责：负责对上下级来文、来电处理；起草防汛抗洪指令、文电和报告等；及时收集、处理、传递防汛抗洪信息。

负责部门：防　办　办公室

组　长：任海波　王松鹤

副组长：庄　建　赵　炜　陈群珠　刘明震

（1）文电起草

职　责：负责收集、处理防汛抗洪信息，起草防汛抗洪指令、文电和报告等。

工作人员：杨　帆　李　娜（办公室）焦趁趁　秦梦飞　林庆佳　金　鑫　刘　倩

办公地点：值班室

联系电话：52154 52376 52155

传真电话：52379

网络传真：河南省黄河防办

（2）文电管理

职　责：负责对上下级来文来电及各组发布的文电进行登记、管理。

工作人员：胡　彬　何曙霞　万　丽　费　凡

办公地点：档案科

联系电话：52126 52127

（3）文电打印及收发

职　责：负责对文件进行打印、装订，负责对上下级来文进行登记，并送交综合组。

工作人员：杨　芳　李　玮　张倩楠

办公地点：文印室　收发室

联系电话：52128 52125

2. 水量调度及控制组

职　责：负责汛期全局各引黄口门水量调度，督促各引黄口门严格执行调度指令并做好水量调度值班，及时处理有关问题。

负责部门：水调处　供水局

组　长：冯利海

副组长：刘尊黎　刘　天　秦金虎　宋靖林　冯学明

工作人员：宋海燕　马平召　孙国彬　王朝阳　李东好

办公地点：水调科

联系电话：52293 52294

传真电话：52295

3. 物资与资金保障组

职　责：负责对全局抗洪抢险物资、设备器材进行调度；负责对全局抗洪抢险资金进行筹措与拨付；做好防汛抢险物资动态信息统计工作。

负责部门：财务处　局防汛物资储备调配中心

组　长：张献春

副组长：刘延杰　于照宇　李　娜（财务处）朱文明　邱　利　赵天玺　李付龙

（1）物料与设备保障组

职　责：负责对全局防汛主要料物进行调度，并做好全局防汛抢险物资动态信息统计、汇总与上报工作；负责对全局防汛专用设备进行调度。

组　长：于照宇

副组长：朱文明　赵天玺

工作人员：夏颜龙　纪燕领

办公地点：国资科

联系电话：52197 52156 52189

传真电话：52200

（2）资金保障组

职　责：负责对全局抗洪抢险资金进行筹措与拨付；保证局机关资金满足抗洪工作运行需要。

组　长：张献春

副组长：刘延杰　李　娜（财务处）

工作人员：林　红　李锡军　王振利　贺新霞　赵海泉　李悦洋

办公地点：会计科

联系电话：52230 52228 52138 52097 52098

传真电话：52193

（三）抢险技术组

职　责：及时了解河势工情变化情况，预估可能发生的险情，组织河势勘查；负责各种险情的统计上报；负责对较大和重大险情现场技术指导；负责重大险情抢护方案的制订和实施。

组　长：刘同凯

负责部门：防　办　规计处　建管处

副组长：耿明全　符建铭　何平安　吕锐捷　李富中　鲁金锋　曹克军
朱建奎　黎桂喜　房明立　刘景涛

成　员：张瑞锋　范东晓　王婷婷　王长梅　何志勋　赵　青　王以生
黄　丹　刘月才　赵仁荣　刘秋云　杨志超　李　移　刘峰良
张　磊　崔潇菡

办公地点：值班室

联系电话：52377 52363 52385 52392

传真电话：52379

网络传真：防办技术科

（四）后勤保障组

职　责：负责通信设施的运行与维护，保证通信设施运行正常，信息传递畅通；负责局域网络设施的监控与维护，保证局域网络设施运行正常，信息传递畅通；负责后勤保障和车辆调度等工作。

组　长：吴东平

负责部门：科技处　工　会　服务中心　信息中心

副组长：朱成群　刘云生　叶世忠　王玉晓

1. 后勤保障组

（1）生活保障组

职　责：负责局机关防汛值班人员生活安排及上级防指检查、指导工作人员食宿保障。

组　长：朱成群　安爱英　刘　巍　李　鹏（办公室）倪卫华

工作人员：杨亚星　张丽彬　刘　蓓　来　光　郝树新　徐　军　蒋文军
马　瑞　韩　旭　董　煦　牛　敏　丁文宇　耿新超　刘　维
吕　欣　孙亦雯　白利利

办公地点：服务中心办公室　财务科　食堂科

联系电话：52100 52037 52405 52148 52143

（2）安全保卫和水电及电梯运行安全

职　责：负责局机关防汛期间安全保卫工作和水电供应及电梯安全运行。

组　长：李道峰

工作人员：费金鹏　安军伟　罗行亮　乔　梁　李学军　王健明　魏　炜
张　蒙　王　飞　陈　政　张　珮　黄　河　陈嘉伦

办公地点：房产科　物业科

联系电话：52390 52110

（3）车辆保障组

职　责：负责局机关防汛车辆调度及安全运行，保证各工作组防汛抗洪工作用车需要。

组　长：庞　明

工作人员：杨开宇　雷国胜　王冀东　朱二庆　张亚鹏　张建军　熊诗杰
王新卫　刘建华　侯尚辉

办公地点：车管科

联系电话：52160 52140 52150

2. 信息通信保障组

（1）通信保障组

职　责：负责对全局通信设施进行管护及动用社会电信联络协调，保证通信联络畅通。

组　长：王玉晓

副组长：崔　峰

成　员：贾湘婷　赵俊杰（信息中心）郑　飞　耿　飞　王　琴

办公地点：信息中心

联系电话：56000

传真电话：56000

（2）信息保障组

职　责：负责对全局防汛信息网络进行维护管理，对防汛会商系统进行管理协调，保证网络设施运行正常，信息畅通。

组　长：刘云生　陈全会

副组长：谢有成　张丰周

成　员：姬瀚达　郝胜利　杨　莉　司晓云　郭　森

办公地点：信息技术科

联系电话：52207

传真电话：52207

（五）灾情组

职　责：掌握受淹、受灾情况，负责灾情的统计、分析、上报工作。

组　长：程存虎

负责部门：防　办　人劳处

副组长：李明生　崔景霞　张　迎

成　员：张晓玲　白　璐　王媛媛　贺磊磊　李富明　郑颖睿　张　敏
江　浩　李军光　贺清明

办公地点：综合科

联系电话：52493 52367

传真电话：52493

网络传真：省局防办综合科

（六）宣传报道组

职　责：负责组织现场采访、宣传报道、新闻发布、媒体接待等事宜。

组　长：姚自京

负责部门：办公室　直属机关党委

副组长：濮华林　郝绍兰　李庆文

成　员：祖士保　于　澜　李　锟　孙欣华

办公地点：宣传科

联系电话：52117 52119 52120

（七）督察组

职　责：负责检查、督导抗洪抢险各项责任制和防汛指令、纪律的贯彻落实情况；负责督察河道行洪障碍的清除。

组　长：甘保恩

负责部门：水河处　监督处　监察局　离退处

副组长：张伟中　朱松立　裴志强　赵俊娥　谢卫红

成　员：王庆伟　申家全　何红生　陈　明　郭利敏　郑　红　钱定坤
闵　楠　王兴野　孟　铎　靳学红　葛　明　刘玉成　任鹏飞

王艳梅　王云雷　刘金思　卢长科　张洪涛　袁华琪　崔卿杰　黄晓霞
尚红兵　刘　洲　李军玲　赵俊杰（离退处）
办公地点：监察局
联系电话：52253 52254

河南省防汛抗旱指挥部文件

〔2021〕4号令

指挥长令

受近期持续强降雨影响，黄河中下游干支流普遍涨水，于9月27日先后形成两次编号洪水，据预报预测，黄河流域秋汛将延续到10月份。当前黄河花园口流量已达到4600立方米每秒量级洪水，沁河武陟站流量已达到2000立方米每秒量级洪水、为1982年以来最大洪水。为积极应对河南黄河、沁河洪水，切实保障人民群众生命财产安全，现命令如下。

一要压实各项防汛责任。沿黄、沿沁各级党委、政府要牢牢坚持人民至上、生命至上，牢牢扛起抗洪抢险的主体责任和属地责任，主要领导要靠前指挥，切实组织好抗洪抢险、人员转移安置等工作；各级防汛责任人要停止休假，坚守岗位，确保责任区黄、沁河防洪安全。

二要加强防汛会商研判。建立多部门联合会商机制，滚动分析研判，及时修订完善应对方案，做到精准预警、精准研判、精准调度、精准救灾，最大限度减少灾害损失。

三要全力做好工程巡查防守。沿黄沿沁各级地方政府要全面落实巡查责任人和抢险责任人，加强巡查力量，按照专业人员与群防人员1 ：3比例落实巡查力量，开展24小时不间断巡查。每处靠河工程都要落实大型抢险设备，备足抢险料物。特别关注险工险段、控导工程和靠河偎堤工程以及卡口河段，加强防汛力量，按防汛预案要求落实群防队伍上堤防守。一旦发生险情，第一责任人立即赶赴现场组织抢护，确保河道工程不跑坝。

四要全力做好滩区运用准备。及时发布防洪避险预警信息，全力做好低滩区生产堤防守、串沟堵复和低滩区、低洼地带受洪水威胁群众的转移准备，坚决杜绝群死群伤事件。一旦发生漫滩，要妥善安置转移避险群众，保障群众基本生活，确保有饭吃、有衣穿、有干净水喝、有安全住处、有卫生防疫措施。

五要全面预置救援力量。各级防汛专业救援队伍、武警、消防救援队伍、民兵预备役等抢险救援人员，要严阵以待，一旦发生险情，迅速组织抢险救援，做到快速出动、高效处置。

六要严肃各项防汛纪律。各级各部门要坚持守土负责、守土尽责。各级领导干部要坚守岗位、靠前指挥、科学组织。坚持24小时防汛应急值班值守，如遇突发事件，要妥善处置，对于失职渎职、工作不落实或处置不当造成人员伤亡的，从严追责问责。

此令

河南省防汛抗旱指挥部指挥长

2021年9月28日

河南省防汛抗旱指挥部关于加强黄河秋汛巡查防守工作的紧急通知

豫防指电〔2021〕53号

沿黄各省辖市、济源示范区防汛抗旱指挥部：

近期受“华西秋雨”影响黄河中游来水持续偏多，我省黄河面临严重秋汛，黄河河道流量已连续7天超过4700立方米每秒，未来大流量过程还将持续15天以上，水位高、持续时间长，将给黄河防汛安全带来严重威胁，防汛形势极其严峻。根据省委、省政府主要领导安排，为实现“确保不漫滩、确保不决口、确保不死人”的防秋汛目标，依据《河南省黄河防汛条例》《河南省黄河巡堤查险办法（试行）》，现就加强黄河秋汛巡查防守工作提出要求如下：

一、巡查防守工作实行行政首长负责制，沿黄各省辖市、济源示范区政府承担统筹领导责任；县级政府承担属地主体责任；河务部门承担工程管理和技术支撑职责；应急、水利、消防救援、电力等其他成员单位承担相应职责。

二、河道工程巡查防守按坝垛编号以每4道坝为1个基本巡查单位，至少配备16人（专业人员、群防人员按1∶3配备）；每个巡查单位分4班，每6小时一班，每班4人，每1小时巡查一遍。

（一）巡查内容：工程靠河靠溜情况、上下首滩岸变化情况、水尺观测、坝体及根坦石裂缝、蛰动、坍塌情况等。

（二）设备配置：每处靠河工程2部挖掘机、2部装载机、5部自卸车。

（三）照明设备：沿靠河工程架设照明线路，安装照明设备；配置1部应急照明车用于险情抢护。

（四）基本配置：巡查人员自带铁锨、雨具，每人配备手电筒、救生衣，每个防守单位配备1个探水杆、1顶帐篷。

（五）抢险队组织：每个县（市、区）预置消防救援抢险队伍1支。

三、偎水生产堤巡查防守按每1公里为1个基本巡查单位，至少配备60人；每个巡查单位分4班，每6小时一班，每班15人，每1小时巡查一遍；每处生产堤配备专业技术人员2名。尚未偎水生产堤每2小时巡查1次。

（一）巡查内容：临河堤坡观察有无裂缝、塌陷、滑坡、洞穴等；背河观察堤坡及堤脚附近有无渗水、流土、管涌、裂缝、滑坡、漏洞等。

（二）预置设备：每处偎水生产堤预置挖掘机、装载机及运输车辆等。

（三）基本配置：巡查人员自带铁锨、雨具，每人配备手电筒、救生衣，每个防守单位配备1顶帐篷。

（四）物资配备：按生产堤长度适当配备彩条布、编织袋、柳秸料等。

请高度重视，将巡查防守工作作为当前秋汛防御的重要工作抓紧抓好，按照上述要求逐项落实，务必于2021年10月5日前全部落实到位，10月5日18时前将落实情况上报至河南省防汛抗旱指挥部黄河防汛办公室。

联系人：张瑞锋

联系方式：0371－69552369 18239320999

河南省防汛抗旱指挥部

2021年10月4日

关于成立黄河抗洪抢险前线指挥部的通知

豫防黄办电〔2021〕115号

沿黄各省辖市、济源示范区防指：

10月5日23时黄河中游潼关站流量达到5090立方米每秒，为2021年黄河第3号洪水。黄河第1号、2号洪水退水过程尚未结束，中下游干支流水库高水位运行，河道长时间处于大流量行洪状态，新一轮强降雨仍在持续，干支流洪水正在继续上涨，多种不利因素叠加，我省黄河防汛形势异常严峻。鉴于当前严重汛情，请各县（市、区）防指成立抗洪抢险前线指挥部，党政责任人坐镇指挥，采取强有力的措施，不惜一切代价，坚决打赢河南黄河秋汛洪水防御这场硬仗。

2021年10月6日

抄送：沿黄各市河务局

坚决打赢秋汛洪水防御攻坚战倡议书

全局各级党组织、全体共产党员：

今年9月下旬黄河中下游相继出现两次编号洪水，当前黄河下游大流量过程仍在持续，近期黄河中下游还将迎来新一轮降雨过程，黄河防汛形势十分严峻，洪水防御工作也到了最吃紧的时候。为全力应对今年黄河秋汛，自9月26日18时起，河南黄河紧急启动第五次全员防汛抗洪机制，全局上下进入战时状态。为深入贯彻水利部党组、省委省政府、黄委及局党组部署，坚决打赢黄河秋汛洪水防御攻坚战，直属党委特发出倡议：

一、各级党组织要切实提高政治站位，全力以赴确保黄（沁）河安全度汛。坚决贯彻落实习近平总书记关于防汛救灾工作的重要指示批示精神，认真贯彻李克强总理对应对秋汛工作作出的重要批示，坚持人民至上、生命至上，落实部委党组部署，严格落实各项防汛工作责任制，严格执行各项调度指令，毫不松懈抓好“四预”措施，为确保黄（沁）河安澜贡献河南黄河力量。

二、各级领导干部要身先士卒、靠前指挥，在洪水防御大战大考中践行初心使命。要恪尽职守、勇于担当，加强一线指挥、现场指导，严格执行24小时值班和领导带班制度，密切关注雨情、水情和天气变化，进一步增强风险意识和底线思维，科学研判、超前谋划，做好预案、提前部署，组织全方位排查，及时消除隐患，及时传递雨水工情信息，发现险情，有效处置，立即报告，确保黄（沁）河安全平稳度汛。

三、广大共产党员要牢记初心使命，发扬不怕疲劳、连续奋战精神，始终坚持冲锋在前、迎难而上，勇当洪水防御主力军、急先锋。要把洪水防御作为当前第一位任务，守土尽责、挺身而出，充分发挥先锋模范作用，进一步强化巡堤查险、全力排查隐患，强化重点防守、做好应急处置，强化抢险预置、确保工程安全，强化值班值守、带头落实责任，带动广大职工严防死守，争当保卫河南黄（沁）河安澜的铁军勇士。

汛情就是命令，担当彰显本色。让我们弘扬伟大建党精神和伟大抗洪精神，以高度的政治自觉和强烈的使命担当，牢牢筑起保卫河南黄（沁）河的“钢铁长城”，坚决打赢秋汛洪水防御攻坚战，守卫母亲河，献礼祖国华诞！

直属党委

2021 年 10 月 3 日

对支持河南河务局迎战秋汛有关单位的感谢信

人民日报经济社会部:

自2021年9月24日以来，受黄河中游持续强降雨影响，黄河中下游发生历史上罕见的长历时、大流量、高水位严重秋汛，黄河防洪工程、滩区及沿黄人民群众生命财产安全受到严重威胁，形势极其严峻。在党中央、国务院的坚强领导下，河南省委省政府和水利部、黄委把黄河秋汛防御工作作为重大的政治任务，坚持人民至上、生命至上，精准研判、精准调度、精准部署。河南沿黄各级党委政府勇于担当、科学应对，坐镇一线、靠前指挥。省直各有关部门携手并肩、团结协作，及时会商，认真协调解决洪水防御工作中的困难和问题。各级黄河河务部门广大干部职工和万余名干部群众站位大局，坚守一线，勠力同心、众志成城、严防死守，夺取了河南黄河秋汛防御斗争的全面胜利！

洪水无情，人间有爱。在河南黄河秋汛防御工作最关键、最紧急的时刻，贵单位心怀“国之大者”，站位黄河国家战略大局，派出王浩记者对河南沿黄党政军民防御秋汛洪水进行了详细客观而又振奋人心的报道，引起了良好的社会反响，为有力、有序、有效开展黄河秋汛防御工作凝聚正能量、提振精气神，彰显了携手共建“幸福河”的团结奉献精神，令我们倍感温暖，深受感动。

愿以丹心守安澜，且将岁月献黄河。我们将继续深入贯彻习近平总书记关于做好黄河保护治理工作的重要指示精神和李克强总理等国务院领导重要批示要求，严格落实河南省委省政府和水利部、黄委决策部署，在“让黄河成为造福人民的幸福河”的征程中，作出新的更大贡献！

在此，河南省防汛抗旱指挥部黄河防办、河南黄河河务局向贵单位的大力支持致以崇高的敬意和衷心的感谢！祝人民日报经济社会部事业一帆风顺，蒸蒸日上！

河南省防指黄河防办　河南黄河河务局

2021年10月

致全局广大干部职工家属的一封信

奋战在黄河秋汛洪水防御攻坚战上各级干部职工的家属们:

大河安澜，人民幸福，一直是河南黄河人的不变初心和崇高使命，更是义不容辞的责任和担当。

今年以来，受强降雨和黄河干支流来水影响，河南黄河河务局先后 4 次启动防洪运行机制和 5 次全员岗位责任制，迎战黄河干支流 3 次编号洪水，成功战胜“7 · 11”沁河洪水、“7 · 20”特大暴雨防御、“7 · 23”沁河 1982 年以来最大洪水等。特别是自 2021 年 9 月 24 日以来，黄河中下游发生历史上罕见的长历时、大流量、高水位严重秋汛，黄、沁河防洪工程、滩区及沿黄人民群众生命财产安全受到严重威胁，形势极其复杂严峻。

沧海横流显本色，危难时刻展雄心。全局广大干部职工牢记习近平总书记“人民至上、生命至上”的重要指示，发扬伟大抗洪精神，视汛情如命令、把河道当战场、将堤坝作阵地，快速反应、严防死守、牺牲小我、奋战在前，与时间赛跑、与洪水搏击、与严寒较量、与极限挑战，有力、有序、成功抢护各类险情，扛起了黄河防汛国家队的光荣旗帜，发挥了中流砥柱的攻坚作用，展现了新阶段“黄河铁军勇士”的责任担当，保障了河南黄沁河安全度汛，把对党和人民的忠诚书写在防汛抗洪的沙场上。

莫教星替，守取团圆终必遂；莫与君说，岁月如歌护河瑞。面对这场历史罕见的秋汛洪水防御大考，广大家属识大体、顾大局，舍小家、为大家，分担分忧、任劳任怨，无怨无悔、倾情奉献，克服着常人难以想象的生活压力和困难，用真情和真爱传递了幸福与温暖，用奉献和付出增添了信心与斗志，用体贴和谅解给予了力量与支持，构筑了全局干部职工的温馨家园和稳固后方，升华了新时代河南黄河人的家国情怀与忠孝大爱。在此，向你们致以崇高的敬意和诚挚的感谢！衷心祝愿大家家庭美满，身体健康，万事如意！

当前，秋汛洪水防御工作已近尾声，但黄河洪水风险依然长期存在。希望你们的大爱精神常伴左右，一如既往地体谅、理解、支持黄河防汛工作，始终与我们同呼吸、共命运、心连心，齐心协力、不离不弃，为让黄河成为造福人民的幸福河不懈奋斗！

河南黄河河务局

2021 年 10 月 28 日

河南省人民政府关于表扬 2021 年黄河秋汛防御工作突出贡献单位的通报

豫政〔2021〕35 号

各省辖市人民政府、济源示范区管委会，省人民政府各部门：

2021 年 9 月至 10 月，黄河中下游干支流均发生历史罕见的长历时、大流量、高水位严重秋汛，我省黄河防洪工程、滩区及沿黄人民群众生命财产安全受到严重威胁，防汛形势极其严峻。各级、各有关部门全面贯彻习近平总书记关于防汛救灾工作重要指示精神，认真落实李克强总理等国务院领导同志关于黄河秋汛洪水防御工作批示要求，始终把人民群众生命财产安全放在首位，强化责任、勇于担当，艰苦奋斗、连续作战，实现了“不死人、不漫滩、不跑坝”的目标，取得了黄河秋汛防御工作的全面胜利，受到党中央、国务院及国家防汛抗旱总指挥部的充分肯定。为表扬先进、树立典型，省政府决定对河南黄河河务局等 17 家 2021 年黄河秋汛防御工作突出贡献单位予以通报表扬。

希望受表扬的单位珍惜荣誉、再接再厉，充分发挥模范带头作用，为黄河流域生态保护和高质量发展作出新的更大贡献。各级、各部门要以受表扬的单位为榜样，坚持以习近平新时代中国特色社会主义思想为指导，深入贯彻习近平总书记关于黄河流域生态保护和高质量发展指示批示精神，咬定目标、脚踏实地、埋头苦干、久久为功，努力实现“两个确保”奋斗目标，谱写新时代中原更加出彩的绚丽篇章。

附件：2021 年黄河秋汛防御工作突出贡献单位名单

河南省人民政府

2021 年 12 月 16 日

附件

2021年黄河秋汛防御工作突出贡献单位名单

河南黄河河务局、省应急厅、水利厅、气象局、公安厅、交通运输厅、通信管理局、电力公司、消防救援总队、郑州市防汛抗旱指挥部、开封市防汛抗旱指挥部、洛阳市防汛抗旱指挥部、新乡市防汛抗旱指挥部、焦作市防汛抗旱指挥部、濮阳市防汛抗旱指挥部、三门峡市防汛抗旱指挥部、济源示范区防汛抗旱指挥部。

黄委关于嘉奖 2021 年黄河秋汛洪水防御工作表现突出集体和个人的决定

2021 年 8 月至 10 月，黄河发生新中国成立以来最严重秋汛，黄委全面贯彻习近平总书记关于防汛救灾工作重要指示精神，认真落实李克强总理等国务院领导同志关于黄河秋汛洪水防御工作批示要求，按照水利部部署，强化预报、预警、预演、预案措施，全河上下众志成城、勠力同心，通过科学部署、精准调度、主动防御、群防群控，实现了人员不伤亡、滩区不漫滩、工程不跑坝和水库运行安全的最好目标，夺取了黄河秋汛洪水防御的全面胜利。

在打赢黄河秋汛洪水防御这场硬仗中，黄委各级单位和部门全面强化防汛责任，勇于担当作为，切实发扬艰苦奋斗、连续作战的优良作风，涌现出了一批不畏艰辛、勇挑重担、无私奉献的先进集体和先进个人。为表彰先进、树立典型，激励全河广大干部职工继续保持昂扬斗志，积极投身到建设幸福河工作中，推动新阶段黄河流域水利高质量发展，黄委决定对山东黄河河务局防汛办公室等 45 个集体和钟明臣等 199 名个人予以嘉奖。希望受到嘉奖的集体和个人珍惜荣誉、再接再厉，充分发挥模范带头作用，再立新功。

全河各级单位和广大干部职工要以受到嘉奖的先进集体和先进个人为榜样，深入贯彻习近平总书记关于黄河保护治理的重要讲话指示批示精神，进一步增强“四个意识”，坚定“四个自信”，做到“两个维护”，咬定目标、脚踏实地，埋头苦干、久久为功，为黄河永远造福中华民族而不懈奋斗。

附件：1. 受嘉奖集体名单

2. 受嘉奖个人名单

黄委

2021 年 11 月 24 日

附件 1

受嘉奖集体名单

山东黄河河务局

山东黄河河务局防汛办公室

山东黄河河务局黄河河口管理局防汛办公室

山东黄河河务局东平湖管理局防汛办公室

山东黄河河务局济南黄河河务局防汛办公室

山东黄河河务局菏泽黄河河务局防汛办公室

山东黄河河务局聊城黄河河务局防汛办公室

山东黄河河务局德州黄河河务局防汛办公室

山东黄河河务局淄博黄河河务局防汛办公室

山东黄河河务局滨州黄河河务局防汛办公室

山东黄河河务局山东黄河信息中心

河南黄河河务局

河南黄河河务局防汛办公室

河南黄河河务局濮阳黄河河务局第一黄河河务局

河南黄河河务局濮阳黄河河务局台前黄河河务局

河南黄河河务局郑州黄河河务局惠金黄河河务局

河南黄河河务局郑州黄河河务局荥阳黄河河务局

河南黄河河务局开封黄河河务局第一黄河河务局

河南黄河河务局开封黄河河务局兰考黄河河务局

河南黄河河务局豫西黄河河务局孟津黄河河务局

河南黄河河务局新乡黄河河务局封丘黄河河务局

河南黄河河务局焦作黄河河务局武陟第一黄河河务局

黄河上中游管理局

黄河上中游管理局建设与管理处（防汛办公室）

水文局

水文局办公室

水文局测验处

水文局水文水资源信息中心

水文局三门峡库区水文水资源局三门峡库区水文水资源勘测局

水文局河南水文水资源局洛阳水文水资源勘测局

水文局河南水文水资源局小浪底库区水文水资源勘测局

水文局河南水文水资源局郑州水文水资源勘测局

水文局山东水文水资源局

经济发展管理局

经济发展管理局黄河防汛抗旱物资储备管理中心

黄河水利科学研究院

黄河水利科学研究院工程力学研究所

黄河水利科学研究院防洪调度科技支撑工作组

黄河勘测规划设计研究院有限公司

黄河勘测规划设计研究院有限公司岩土工程事业部

黄河勘测规划设计研究院有限公司规划研究院

三门峡黄河明珠（集团）有限公司

三门峡黄河明珠（集团）有限公司水库调度部

三门峡黄河明珠（集团）有限公司故县水利枢纽管理局防汛办公室

机关服务局

机关服务局车辆管理处

新闻宣传出版中心

新闻宣传出版中心黄河水利委员会有线广播电视站

新闻宣传出版中心黄河报社（黄河网）

信息中心

信息中心网络中心

山西黄河河务局

山西黄河河务局防汛办公室

陕西黄河河务局

陕西黄河河务局防汛办公室

黄河水利委员会机关部门

黄河水利委员会办公室综合处

黄河水利委员会运行管理局河道水库管理处

黄河水利委员会水旱灾害防御局调度处

附件 2

受嘉奖个人名单

河南黄河河务局

张瑞锋　河南黄河河务局防汛办公室方案技术科科长

秦梦飞（女）　河南黄河河务局防汛办公室防汛科副科长

刘婷婷（女）　河南黄河河务局濮阳黄河河务局办公室秘书科科长

李　昂　河南黄河河务局濮阳黄河河务局防汛滞洪办公室四级主任科员

刘晨晨　河南黄河河务局濮阳黄河河务局第一黄河河务局工程管理科三级主任科员

孟令勇　河南黄河河务局濮阳黄河河务局第一黄河河务局运行观测科副科长

荆朝辉　河南黄河河务局濮阳黄河河务局范县黄河河务局局长

王海滨　河南黄河河务局濮阳黄河河务局范县黄河河务局副局长

陶　源　河南黄河河务局濮阳黄河河务局范县黄河河务局工程管理科一级科员

范书勤　河南黄河河务局濮阳黄河河务局范县黄河河务局防汛办公室主任

王勤伟　河南黄河河务局濮阳黄河河务局范县黄河河务局滞洪管理科高级工

杨玉礼　河南黄河河务局濮阳黄河河务局濮阳黄龙工程建设养护有限公司第三分公司副经理
王洪利　河南黄河河务局郑州黄河河务局工务处（监督处）处长（乡科级正职）
李　强　河南黄河河务局郑州黄河河务局财务处处长（乡科级正职）
陈冬冬　河南黄河河务局郑州黄河河务局防汛办公室主任
孙广伟　河南黄河河务局郑州黄河河务局惠金黄河河务局工程管理科科长
王亚涛　河南黄河河务局郑州黄河河务局中牟黄河河务局副局长
王　俊　河南黄河河务局郑州黄河河务局中牟黄河河务局防汛办公室工程师
徐　啸　河南黄河河务局郑州黄河河务局巩义黄河河务局局长
李　宁　河南黄河河务局郑州黄河河务局郑州宏泰黄河水利工程维修养护有限公司第三分公司高级工
殷民强　河南黄河河务局开封黄河河务局局长
潘佳良　河南黄河河务局开封黄河河务局第一黄河河务局局长
王鹏宇　河南黄河河务局开封黄河河务局第二黄河河务局副局长
李永强　河南黄河河务局开封黄河河务局第二黄河河务局运行观测科科长
常建忠　河南黄河河务局开封黄河河务局兰考黄河河务局水政监察大队副队长
赵景利（女）　河南黄河河务局开封黄河河务局兰考黄河河务局防汛办公室主任
赵宏生　河南黄河河务局开封黄河河务局黄河专业机动抢险队队长
刘　鹏　河南黄河河务局开封黄河河务局开封祥符黄河水利工程维修养护有限公司第二分公司技师
张　飞　河南黄河河务局开封黄河河务局开封黄河工程开发有限公司副经理
卫高丽（女）　河南黄河河务局豫西黄河河务局防汛办公室主任
李海阔　河南黄河河务局豫西黄河河务局吉利黄河河务局局长
李家家（女）　河南黄河河务局豫西黄河河务局洛阳宏泰黄河水利工程维修养护有限公司第二分公司助理工程师
韩武伟　河南黄河河务局黄河养护集团有限公司总经理助理兼黄河养护集团有限公司豫西分公司经理
范伟兵　河南黄河河务局新乡黄河河务局原阳黄河河务局局长
李东伟　河南黄河河务局新乡黄河河务局原阳黄河河务局运行观测科高级工程师
李文军　河南黄河河务局新乡黄河河务局原阳黄河河务局运行观测科高级工
鲁成伟　河南黄河河务局新乡黄河河务局封丘黄河河务局局长

蒋建伟　河南黄河河务局新乡黄河河务局封丘黄河河务局运行观测科技师
张星超　河南黄河河务局新乡黄河河务局长垣黄河河务局局长
厉　剑　河南黄河河务局新乡黄河河务局长垣黄河河务局副局长
邢少杰　河南黄河河务局新乡黄河河务局长垣黄河河务局运行观测科技师
李　杲　河南黄河河务局焦作黄河河务局局长
王书会（女）　河南黄河河务局焦作黄河河务局防汛办公室副主任
李晓芬（女）　河南黄河河务局焦作黄河河务局武陟第二黄河河务局工程管理科科长
白桂艳（女）　河南黄河河务局焦作黄河河务局温县黄河河务局防汛办公室主任
王　铎　河南黄河河务局焦作黄河河务局温县黄河河务局运行观测科技师
杨　萌　河南黄河河务局焦作黄河河务局沁阳沁河河务局运行观测科副科长
任新忠　河南黄河河务局焦作黄河河务局焦作黄河水利工程维修养护有限公司第四维修养护分公司高级工
白常轩　河南黄河河务局焦作黄河河务局焦作黄河水利工程维修养护有限公司第五维修养护分公司工程师
刘祖新　河南黄河河务局黄河建工集团有限公司综合办公室主任

河南河务局关于嘉奖 2021 年河南黄河秋汛洪水防御工作表现突出集体和个人的决定

机关各部门、局属各单位：

2021 年 8 月至 10 月，黄河发生新中国成立以来最严重秋汛，河南河务局全面贯彻习近平总书记关于防汛救灾工作重要指示精神，认真落实李克强总理等国务院领导同志关于黄河秋汛洪水防御工作批示要求，按照水利部和黄委部署，强化预报、预警、预演、预案措施，全局上下众志成城、勠力同心，通过科学部署、主动防御、严防死守、群防群控，实现了“人员不伤亡、滩区不漫滩、工程不跑坝”的目标，夺取了河南黄河秋汛洪水防御的全面胜利。

在打赢河南黄河秋汛洪水防御这场硬仗中，河南河务局各级单位和部门全面强化防汛责任，勇于担当作为，切实发扬艰苦奋斗、连续作战的优良作风，涌现出了一批不畏艰辛、勇挑重担、无私奉献的先进集体和先进个人。为表彰先进、树立典型，激励全局广大干部职工继续保持昂扬斗志，积极投身到建设幸福河工作中，推动新阶段河南黄河高质量发展，河南河务局决定对濮阳黄河河务局防汛滞洪办公室等 31 个集体和王天昊等 185 名个人予以嘉奖。希望受到嘉奖的集体和个人珍惜荣誉、再接再厉，充分发挥模范带头作用，再立新功。

全局各级单位和广大干部职工要以受到嘉奖的先进集体和先进个人为榜样，深入贯彻习近平总书记关于黄河保护治理的重要讲话指示批示精神，进一步增强“四个意识”，坚定“四个自信”，做到“两个维护”，咬定目标、脚踏实地，埋头苦干、久久为功，为黄河永远造福中华民族而不懈奋斗。

附件：1. 受嘉奖集体名单

2. 受嘉奖个人名单

河南河务局

2021 年 12 月 7 日

附件 1

受嘉奖集体名单

濮阳黄河河务局

濮阳黄河河务局防汛滞洪办公室

濮阳黄河河务局范县黄河河务局

郑州黄河河务局

郑州黄河河务局防汛办公室

郑州黄河河务局中牟黄河河务局

郑州黄河河务局郑州黄河工程有限公司

开封黄河河务局

开封黄河河务局防汛办公室

开封黄河河务局开封第二黄河河务局

豫西黄河河务局

豫西黄河河务局防汛办公室

豫西黄河河务局济源黄河河务局

豫西黄河河务局吉利黄河河务局

新乡黄河河务局

新乡黄河河务局防汛办公室

新乡黄河河务局原阳黄河河务局

新乡黄河河务局长垣黄河河务局

焦作黄河河务局

焦作黄河河务局防汛办公室

焦作黄河河务局武陟第二黄河河务局

焦作黄河河务局温县黄河河务局

焦作黄河河务局孟州黄河河务局

焦作黄河河务局沁阳沁河河务局

焦作黄河河务局博爱沁河河务局

河南黄河河务局局直单位

河南黄河河务局机关服务中心

河南黄河河务局信息中心

河南黄河河务局防汛物资储备调配中心

黄河建工集团有限公司

河南黄河河务局机关部门

河南黄河河务局办公室

河南黄河河务局规划计划处

河南黄河河务局水政与河湖处

河南黄河河务局财务处

河南黄河河务局人事劳动处

河南黄河河务局科技处

河南黄河河务局监察局

河南黄河河务局直属机关党委

附件 2

受嘉奖个人名单

濮阳黄河河务局

王天昊 濮阳黄河河务局办公室四级主任科员

杨志军 濮阳黄河河务局水政水资源处水政科科长

李寒冰 濮阳黄河河务局防汛滞洪办公室防汛科科长

王 悦（女） 濮阳黄河河务局防汛滞洪办公室二级主任科员

朱 磊 濮阳黄河河务局财务处国有资产科科长

卢立新 濮阳黄河河务局人事劳动处处长

卢新月（女） 濮阳黄河河务局人事劳动处党委办公室四级主任科员
卢明锐 濮阳黄河河务局第一黄河河务局工程管理科工程师
刘金良 濮阳黄河河务局第一黄河河务局防汛办公室副主任
张晓静（女） 濮阳黄河河务局第一黄河河务局财务科助理会计师
赵树风 濮阳黄河河务局第一黄河河务局运行观测科技师
曹　亮 濮阳黄河河务局第二黄河河务局工程管理科科长
张占起 濮阳黄河河务局范县黄河河务局工程管理科工程师
梁东波 濮阳黄河河务局台前黄河河务局副局长
汪文虎 濮阳黄河河务局台前黄河河务局防汛办公室副主任
郭　勋 濮阳黄河河务局台前黄河河务局人事劳动教育科副科长
姜士光 濮阳黄河河务局台前黄河河务局运行观测科高级工
黄　伟 濮阳黄河河务局台前黄河河务局运行观测科工程师
高瑞霞（女） 濮阳黄河河务局渠村分洪闸管理处工程管理科副科长
孙保庆 濮阳黄河河务局张庄闸管理处副主任
张振江 濮阳黄河河务局机关服务处主任
刘小丽（女） 濮阳黄河河务局机关服务处会计核算中心副主任
苏　哲 濮阳黄河河务局供水局办公室工程师
赵　萌（女） 濮阳黄河河务局供水局工程管理科工程师
白德朝 濮阳黄河河务局供水局濮阳供水处高级工
杨　深 濮阳黄河河务局信息中心副主任
和亚杰 濮阳黄河河务局濮阳黄龙工程建设养护有限公司第一分公司高级工
郭　杰 濮阳黄河河务局濮阳黄龙工程建设养护有限公司第二分公司经理
姜亚斌 濮阳黄河河务局濮阳黄龙工程建设养护有限公司第二分公司高级工
杨　凯 濮阳黄河河务局濮阳黄龙工程建设养护有限公司第三分公司高级工
王　博 濮阳黄河河务局濮阳黄龙工程建设养护有限公司第三分公司高级工
赵　刚 濮阳黄河河务局中原大河水利水电工程有限公司范县分公司高级工

郑州黄河河务局

祝文静（女） 郑州黄河河务局办公室副主任
王洪玉 郑州黄河河务局水政水资源处副处长（乡科级副职）
温素金（女） 郑州黄河河务局工务处副处长（乡科级副职）

白海涛　郑州黄河河务局监察室副主任
王中亮　郑州黄河河务局惠金黄河河务局办公室副主任
王　栋　郑州黄河河务局惠金黄河河务局水政水资源科副科长
刘　冰（女）　郑州黄河河务局惠金黄河河务局工程管理科副科长
徐子翔　郑州黄河河务局惠金黄河河务局运行观测科工程师
燕书立　郑州黄河河务局中牟黄河河务局水政水资源科科长
刘东东　郑州黄河河务局中牟黄河河务局防汛办公室技师
韩建军　郑州黄河河务局中牟黄河河务局运行观测科副科长
程鸿波　郑州黄河河务局中牟黄河河务局运行观测科工程师
王　辉　郑州黄河河务局巩义黄河河务局副局长
丁新军　郑州黄河河务局巩义黄河河务局巩义供水处高级工
刘　芳（女）　郑州黄河河务局荥阳黄河河务局副局长
李百军　郑州黄河河务局机关服务中心主任
李震宇　郑州黄河河务局信息中心副主任
郭建功　郑州黄河河务局郑州宏泰黄河水利工程维修养护有限公司第一分公司（荥阳养护处）助理工程师
王　玉　郑州黄河河务局郑州宏泰黄河水利工程维修养护有限公司第二分公司工程师
黄　龙　郑州黄河河务局郑州宏泰黄河水利工程维修养护有限公司第二分公司助理工程师
赵　磊　郑州黄河河务局郑州宏泰黄河水利工程维修养护有限公司第三分公司高级工

开封黄河河务局

袁　侨　开封黄河河务局防汛办公室副主任
朱志航　开封黄河河务局监察室副主任
秦国锐　开封黄河河务局第一黄河河务局副局长
郑羽良　开封黄河河务局第一黄河河务局防汛办公室副主任
刘会涛　开封黄河河务局第二黄河河务局局长
巴开强　开封黄河河务局第二黄河河务局工程管理科副科长
王海涛　开封黄河河务局兰考黄河河务局运行观测科科长

刘　佳　开封黄河河务局机关服务中心主任
韩　平　开封黄河河务局经济发展管理局副局长
尉小生　开封黄河河务局经济发展管理局工程师
张　勇　开封黄河河务局供水局黑岗口渠首闸管理处副处长
丁鹏程　开封黄河河务局供水局柳园口渠首闸管理处副处长
梁广安　开封黄河河务局供水局三义寨渠首闸管理处初级工
李　鹏　开封黄河河务局信息中心工程师
李　堃　开封黄河河务局信息中心工程师
刘志强　开封黄河河务局水上抢险队队长

豫西黄河河务局

陈亚宁　豫西黄河河务局副局长
徐　前　豫西黄河河务局济源黄河河务局水政监察大队副大队长
张　磊　豫西黄河河务局孟津黄河河务局副局长
李朝辉　豫西黄河河务局孟津黄河河务局防汛办公室主任
牛秀娟（女）　豫西黄河河务局信息中心高级工程师
胡　威　豫西黄河河务局洛阳宏泰黄河水利工程维修养护有限公司第三分公司经理

新乡黄河河务局

高永传　新乡黄河河务局副局长
李安忠　新乡黄河河务局副局长
吕志华　新乡黄河河务局水政水资源科副科长
焦海涛　新乡黄河河务局防汛办公室主任
王　飞　新乡黄河河务局防汛办公室副主任
苗苑菁菁（女）　新乡黄河河务局防汛办公室四级主任科员
侯宏科　新乡黄河河务局审计科一级主任科员
唐　琦　新乡黄河河务局原阳黄河河务局副局长
高茂坡　新乡黄河河务局原阳黄河河务局运行观测科高级技师
窦艳宾　新乡黄河河务局原阳黄河河务局运行观测科技师
王喜战　新乡黄河河务局原阳黄河河务局运行观测科技师

杨建萍（女） 新乡黄河河务局封丘黄河河务局副局长
杨立甲 新乡黄河河务局封丘黄河河务局防汛办公室副主任
齐爱民 新乡黄河河务局封丘黄河河务局运行观测科高级技师
赵志欣 新乡黄河河务局封丘黄河河务局运行观测科技师
周永浩 新乡黄河河务局封丘黄河河务局运行观测科高级工
张修萍（女） 新乡黄河河务局长垣黄河河务局副局长
陈朝阳 新乡黄河河务局长垣黄河河务局防汛办公室副主任
付洪强 新乡黄河河务局长垣黄河河务局运行观测科高级工
赵 真（女） 新乡黄河河务局机关服务中心政工师
李傲森 新乡黄河河务局新乡黄河水利工程维修养护有限公司工程师
赵 祎 新乡黄河河务局新乡黄河水利工程维修养护有限公司第一分公司高级工
武宗举 新乡黄河河务局新乡黄河水利工程维修养护有限公司第二分公司高级工
冯鹏飞 新乡黄河河务局新乡黄河水利工程维修养护有限公司第三分公司高级工
李睿程 新乡黄河河务局新乡黄河水利工程维修养护有限公司第三分公司中级工
张 柯 新乡黄河河务局河南中原黄河工程有限公司助理工程师
史建强 新乡黄河河务局河南华禹水利水电工程有限公司技师

焦作黄河河务局

刘树利 焦作黄河河务局防汛办公室四级调研员
刘志潜 焦作黄河河务局防汛办公室三级主任科员
崔庆利 焦作黄河河务局武陟第一黄河河务局运行观测科技师
苗茂树 焦作黄河河务局武陟第二黄河河务局运行观测科技师
翟现军 焦作黄河河务局武陟第二黄河河务局运行观测科科长
左好学 焦作黄河河务局温县黄河河务局纪检组长
李 佩（女） 焦作黄河河务局温县黄河河务局防汛办公室助理工程师
马小战 焦作黄河河务局孟州黄河河务局副局长
于中祥 焦作黄河河务局孟州黄河河务局运行观测科高级工
韩 鹏 焦作黄河河务局沁阳沁河河务局财务科副科长
乔楠楠 焦作黄河河务局沁阳沁河河务局办公室副主任
李 康 焦作黄河河务局博爱沁河河务局办公室四级主任科员
索斌斌 焦作黄河河务局供水局博爱供水处高级工

王　珂　焦作黄河河务局信息中心经济师
李兴敏（女）　焦作黄河河务局信息中心工程师
杨向阳　焦作黄河河务局焦作黄河水利工程维修养护有限公司董事长
许佳佳　焦作黄河河务局焦作黄河水利工程维修养护有限公司第一分公司高级工
李海刚　焦作黄河河务局焦作黄河水利工程维修养护有限公司第一分公司高级工
裴　鹏　焦作黄河河务局焦作黄河水利工程维修养护有限公司第二分公司高级工
谢二龙　焦作黄河河务局焦作黄河水利工程维修养护有限公司第三分公司中级工
李文斌　焦作黄河河务局焦作市黄河华龙工程有限公司市场与开发部工程师

河南黄河河务局局直单位

刘金思　河南黄河河务局机关服务中心办公室助理经济师
王冀东　河南黄河河务局机关服务中心车辆管理科技师
熊诗杰　河南黄河河务局机关服务中心车辆管理科中级工
王新卫　河南黄河河务局机关服务中心车辆管理科技师
雷国胜　河南黄河河务局机关服务中心车辆管理科技师
孙亦雯（女）　河南黄河河务局机关服务中心食堂管理科助理会计师
陈肖雅（女）　河南黄河河务局经济发展管理局综合科副科长
申智杰　河南黄河河务局供水局副局长
薛晓飞　河南黄河河务局供水局工程与技术科工程师
赵啟旸　河南黄河河务局工程建设中心工程建设科工程师
张　浩　河南黄河河务局工程建设中心用地管理科助理工程师
崔　峰　河南黄河河务局信息中心副主任
郑　飞　河南黄河河务局信息中心通信管理科科长
李志鹏　河南黄河河务局信息中心通信管理科工程师
徐雁华（女）　河南黄河河务局干部学校办公室主任
张利平（女）　河南黄河河务局会计核算中心副主任
刘志鸽（女）　河南黄河河务局会计核算中心事业核算科会计师
李富中　河南黄河河务局人才资源开发中心高级工程师
王　俊　河南黄河河务局人力资源开发中心技能鉴定科副科长
陈　思（女）　河南黄河河务局人力资源开发中心社会保险科副科长
周国胜　河南黄河河务局防汛物资储备调配中心技师

侯　超　河南黄河河务局防汛物资储备调配中心高级工
冯子甲　河南黄河河务局防汛物资储备调配中心助理经济师
贾　昀　黄河建工集团有限公司综合办公室工程师
王大鹏　黄河机械有限责任公司水利水电工程养护事业部中级工
尹志凯　黄河养护集团有限公司综合部经理
刘玉森　黄河养护集团有限公司项目管理部经理
焦　昆　黄河园林集团有限公司综合财务部经理
毛　超　河南立信工程管理有限公司综合部副经理
姚　棣　河南黄河勘测规划设计研究院有限公司勘测室主任
王　刚　河南黄河勘测规划设计研究院有限公司规划研究室工程师
臧　明　河南黄河勘测规划设计研究院有限公司助理工程师
贾明敏（女）　黄河水务集团股份有限公司总工程师
冯雨飞　黄河水务集团股份有限公司工程管理部工程师
马宜东　河南瑞达信息技术有限公司网络运行部经理

河南黄河河务局机关部门

耿明全　河南黄河河务局副总工程师
李　鹏　河南黄河河务局办公室副主任
于　澜　河南黄河河务局办公室四级调研员
张遂芹　河南黄河河务局规划计划处一级调研员
边胜军　河南黄河河务局规划计划处四级调研员
郑　红（女）　河南黄河河务局水政与河湖处一级主任科员
闵　楠　河南黄河河务局水政与河湖处水政监察总队办公室副主任
宋靖林　河南黄河河务局水资源管理与调度处二级调研员
马平召　河南黄河河务局水资源管理与调度处水量调度与督查科科长
刘延杰　河南黄河河务局财务处一级调研员
于照宇　河南黄河河务局财务处副处长
李军光　河南黄河河务局人事劳动处综合与机构编制科科长
郑颖睿（女）　河南黄河河务局人事劳动处干部监督科副科长
谢有成　河南黄河河务局科技处二级调研员
房明立　河南黄河河务局建设与管理处副处长

刘峰良　河南黄河河务局建设与管理处工管科副科长
刘玉成　河南黄河河务局监督处安全生产科科长
曹克军　河南黄河河务局防汛办公室二级调研员
张晓玲（女）　河南黄河河务局防汛办公室综合科科长
梅　龙　河南黄河河务局防汛办公室水情科副科长
夏颜龙　河南黄河河务局防汛办公室方案技术科副科长
谢卫红　河南黄河河务局监察局纪检监察二室主任
崔卿杰　河南黄河河务局监察局纪检监察一室四级调研员
茹　晶（女）　河南黄河河务局审计处审计二室主任
刘　洲　河南黄河河务局离退休职工管理处副处长
濮华林　河南黄河河务局直属机关党委专职副书记
杨亚星（女）　河南黄河河务局河南黄河工会副主席

2021 年河南黄河防御秋汛洪水纪实专题片
《精兵劲旅战长河》

撰稿：李锟　制作：于澜等

黄河千重险，浊流万里奔。

9 月下旬至 10 月初，8 轮秋雨连番登场，黄河干流 9 天内出现 3 次编号洪水。

（字幕：花园口站最大洪峰流量达 4950 立方米每秒，为 1996 年以来同期最大！沁河武陟站来水量为多年均值 5.9 倍）

河南黄河河道洪水连续 24 天维持在 4800 立方米每秒左右的量级。

长历时、大流量、高水位，历史罕见！

风雨骤，洪浪高，汛情急，形势严峻！

对于今年接连遭受暴雨洪水灾害的河南而言，黄河秋汛洪水防御遭遇前所未有的困难和挑战！

汛情紧迫，人民至上，生命至上。党中央、国务院高度重视，在水利部、黄委坚强领导下，锚定“人员不伤亡、滩区不漫滩、工程不跑坝”的防御目标；省委、省政府主要领导第一时间会商研判部署，分管领导坐镇指挥、统筹协调；省防指及时启动防汛Ⅲ级应急响应，发布 4 号指挥长令；各级党政领导干部放弃国庆假期，靠前指挥；一场防御罕见黄河秋汛洪水的重大战役全面打响！

汛情就是命令，使命就是担当。

面对黄河干支流汹涌而来的猛烈洪水，河南黄河河务局严格落实“四预”措施，排兵布阵、统筹部署。主要领导坐镇指挥，坚持与一线河务局 24 小时视频连线，滚动会商研判，提前部署各项防御措施，牢牢掌握防汛主动权。6 位局领导披甲出征，带队工作组下沉黄沁河沿线实地督导。各级派出抢险专家组奔赴现场巡回指导险情抢护；6 支黄河专业机动抢险队始终坚守奋战在抢险一线。各级机关干部职工尽锐出战，放弃中秋、国庆假期与家人分离，在风雨交加的大堤上与一线职工“团聚”，豪迈应战！

沿黄各市县（区）党委政府组成现场指挥部，市县乡领导干部驻守一线，预置大型抢险设备 1323 台（套），对 75 处靠河工程紧急架设照明线路 234 公里、配置应急照明车 101 部，落实帐篷或活动板房 501 顶（个），成立由河务、消防救援、群防队伍组成的多支抗洪抢险突击队，与 14300 余名专业及群防人员坚持昼夜 24 小时不间断巡查防守 30 多天，做到巡查不缺位、防守不断档，实现了险情早发现、早处置，筑起了一道守护黄河安澜的铜墙铁壁。

众志成城战险情，勠力同心保安澜。

焦作温县大玉兰控导工程，郑州枣树沟控导工程，原阳三官庙控导工程，开封黑岗口下延和王庵控导工程，濮阳白铺护滩工程……多处工程因受大溜顶冲及回溜淘刷影响，根坦石滑塌险情交替出现。面对不断发生的洪水险情，各级立足“谋在河势变化之前，抢在险情发生之初，护在工程重点部位”，下好先手棋，打好主动仗，第一时间预设“备塌体”，紧急调运抢险石料和物资，不间断进行除险加固。

（字幕：累计出险 2439 次，抢险用石 52.71 万立方米，为多年均值的 3 倍。）

这里是开封黑岗口下延 10 坝，10 月 12 日下午 3 时，受大溜顶冲，出现根石走失，从出险到全部抢住，仅用时 4 个小时，抢出了“黄河速度”，成为“抢早抢小抢住”的最好注脚。

（同期声：水利部部长李国英现场讲话）

战旗迎风飘扬，黄河安澜永固。

回首河南黄河广大干部职工坚守澎湃大河两岸的日日夜夜，他们充分发挥党建引领作用，把支部建到班坝一线，把党旗插在抢险前沿，为全面夺取秋汛洪水防御全面胜利提供了坚强组织保证。

（字幕：59 个临时党支部，55 个临时党小组，59 支党员突击队，162 个党员先锋岗，334 个党员责任段相继设立）

黄河有我，请您放心！洪水不退，我们不退！

这就是河南黄河人向党，向人民立下的铮铮誓言。

共守一道坝，同战一处险。

在连续作战中，没有人喊累，更没有人退缩。在一个多月的时间里，大家心往一处想，劲往一处使，个个斗志昂扬，把对党和人民的忠诚书写在防汛抗洪的沙场上。

山河远阔，伏波安澜。

秋汛已去，征途正远。

河南黄河万余名干部职工将以奋发有为的精神状态、不负韶华的时代担当，干在实处，走在前列，不断书写河南黄河保护治理新的篇章，为黄河永远造福中华民族而不懈奋斗！

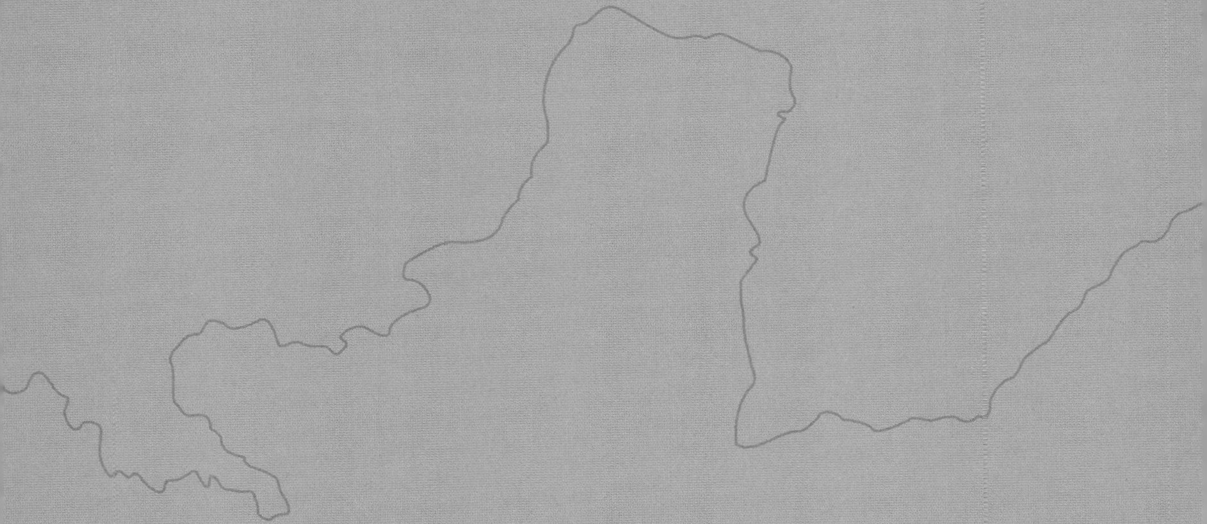

“立信杯”河南黄河抗洪抢险救灾优秀新闻作品

2021年汛期，河南黄河全体干部职工在局党组的坚强领导下，积极践行“两个坚持、三个转变”防灾减灾救灾理念，在全面打好黄河、沁河洪水阻击战的同时，还协助地方主动应对“7·20”暴雨，涌现出了一大批感人事迹和先进典型。奋战在一线的通讯员用真挚情感，在第一时间创作了一大批优秀作品，现将11篇通讯类作品辑录于后。

心有千千爱　化为逆风行

——豫西河务局防范“8·22”强降雨工作纪实

2021年，我们经历了“德尔塔病毒”蠢蠢欲动的威胁；2021年，“7·20”特大暴雨让我们赖以生存的城市化为一片汪洋。苦难和伤痛从来没有远离神州大地，但英雄的国度、英雄的人民也从未屈服。2021年，我们从“封城封国”的困境中冲出，迎来了复工复产、全面提速的开局；2021年，华夏儿女首次进入自己的空间站，古老的“飞天梦”和崭新的“中国梦”在浩渺太空交叠。

8月22日，与上一次千年一遇的特大暴雨仅隔一个月，新一轮强降雨再度袭来，水利部紧急召开防汛会商会，对防范强降雨工作进行严密部署。一条条防汛指令迅速下达，豫西黄河人闻令而动，全员上阵，以身为堤，把对党、对祖国、对人民、对母亲河的无限热爱，化为一个个泥水脚印，融进这狂风暴雨里。

集结，出发！

8月21日晚，河南河务局防汛视频会商会结束以后，豫西河务局组织各单位、各部门紧急会商，明确要求局机关除值班人员之外，其余干部职工全部下沉一线开展工作，并对人员分组、责任段划分、工作内容和要求等进行细化安排。时已初秋，子夜微凉，人们都已进入梦乡，而河务部门的灯，依然亮着。

凌晨2:10，会议结束。各级各部门、各职能组迅速行动起来，有的核实下沉人员信息，有的落实后勤保障，有的盘点救生衣等料物，有的则坚守在值班室确保各类防汛指令及时上传下达……

机关服务中心的老孟今年已经50多了，在做完各项准备工作并反复确认、确保无误后，时针已经指向5时。此时的他，终于得以躺下小憩片刻，1个小时后，他将和大家一起奔赴一线，投入到这场防汛的战斗中去。而在他休息的时候，防办主任卫高丽依然在忙碌着……作为防汛工作中枢部门的负责人，她从来不因为自己是一名女同志而拈轻怕重，反而总是挑着最紧、最重、最累的工作，抢着干。她说：“我是部门负责人，活不干完，我睡不着。”

8 月 22 日 6:00，第一批前往济源河务局的工作组和机动抢险队集结完毕、整装待发；6:30，他们准时启程，以坚定的步伐迎接暴雨的到来。

7:00，第二批、第三批前往孟津河务局和吉利河务局的工作组相继出发。没有一个人缺位，没有一个人退缩，每一名同志都在这一刻抛开了其他所有事务，从容上阵。乌云密布的天空罩在他们头顶，一场关于防汛安全、人民安危、大河安澜的战斗就此打响。

“最好的课堂”

小索是今年新入职的一名女同志，年方 30 的她，是中国海洋大学的硕士研究生，充满着青年人的干劲和认真。在这次防范强降雨下沉一线中，她和其他 6 名同志共同负责孟津铁谢险工 K0+000—K2+500 段的巡堤查险工作。作为小组唯一的女同志，大家都细心照顾着，把她巡查的时间，尽量安排在白天雨小的时候。

对于这样的照顾，这位倔强的新人“毫不领情”的拒绝了，她说“我要和其他人一样开展工作。”

22 日下午 2 点左右，小索正在巡查，不想雨势突然变大，天空仿佛被人捅了个洞，大风裹挟着无边雨水倾泄而下，从她的雨帽边缘灌进去，再顺着衣服流下来。她和同事一起蹚着泥水，艰难地挪着步子，仔细查看工程各个部位，不敢有丝毫放松。

后来，有同志问她：“你是新同志，对河边情况不熟悉，那么大的雨，就不怕么？”她并没有直接回答，而是拢起湿透的头发，说：“现在咱不是在开展党史学习教育嘛，作为一名新人，有机会到一线来，亲身参与到这么重大的工作中去，既是一种锻炼，又能让我快速熟悉咱的工作。你说，这算不算党史学习教育最好的课堂？”问完这句话，她看着身上的泥水，笑了，笑得那样自信、那样坚定。

“夜空中最亮的星”

经过一整天的工作，大家都有些疲累。但雨情尚未解除，每个人都仍然坚守在各自的岗位上。

做为最先到达一线的带队领导，豫西河务局党组成员、纪检组长宋艳萍在刚刚过去的一天一夜里，几乎没怎么合眼。在王屋山下、沁河岸边，作为督察组组长的她，既是“总领队”，又是“督导员”，也是“战斗员”。这边刚对各小组工作开展情况督查完毕，那边就去和群防队伍沟通协调；一会儿和济源河务局的同志们会商下一步工作，一会儿又走上堤顶坝头，查看工情河势。她一次又一次和其他同志一起，用脚步丈量着堤坝。此刻的她，又一次拿上手电筒，踏上了巡堤查险的路。远处走来一束光，慢慢扫过堤坝的每一个角落。

在无边的夜色中，一个个手电筒发出星星点点的光。光束后面，是治黄人；治黄人后面，是大堤；大堤后面，则是村庄、是城市、是欢声笑语、是万家灯火。而在这星辉沉没的黑夜里，手电筒的光芒如同夜空中最亮的星，为我们照亮了前行的路。

“你是大堤上最靓的仔”

作为豫西黄河机动抢险队队员，武亚周已经不记得自己是第几次参与防汛抢险了。曾经在防办工作多年的他，是大家眼里的“业务骨干”；如今到了机动抢险队，他仍然是大家心里那个“话少、能吃苦、肯干活”的“小武哥”。

此次防范强降雨期间，武亚周和其他队员一起，驻守在沁河五龙口险工。一个月前，这里刚刚经受过 1982 年以来最大洪水的袭击。在豫西治黄人的共同努力下，那次洪水悄然退去，只留下高高的水位线在诉说着当时的危急。如今，强降雨再次落在工程上，对豫西治黄队伍出了一道“加试题”。面对艰巨的任务，武亚周依然没有过多的话语，只是默默的巡堤查险、查看河势、排坝面积水……

8 月 23 日 10:00，济源雨停，工程安然无恙。此时的“小武哥”终于暂时放下了劳累，和队友们一起对着手机录下了一段 17 秒的视频。视频中，9 名小伙子站得笔直，齐声高喊：“我们是黄河卫士，我们最帅气！”视频发到工作群以后，得到了大家的纷纷点赞。屏幕上，一个个竖起的大拇指既是对他们的褒扬，也展现了豫西治黄人团结一致、越战越勇的精神和斗志。

现在，强降雨已阶段性告一段落，我想说：“小武哥，你和你的队友们，真的很帅气。你们就是大堤上最靓的仔！”

谁说女子不如男

8 月 22 日 19:00，卫高丽点的外卖到了。经过一天一夜的“连轴转”，咕咕作响的肚子提醒着她：“人是铁饭是钢，你不是超人，快用餐吧！”她打开外卖，拿起筷子，开始狼吞虎咽起来。然而这样的“享受”只持续了一分钟……一分钟后，她接到通知“立即开会，传达上级最新指示，安排部署下一步工作”。放下电话，卫高丽匆匆赶去开会，而她点的外卖就静静地放在桌子上，直到变凉。

同样在防办工作的李会会说：“其实不光我们科室的同志是这样，其他各职能组值班的人员基本都是点一次外卖吃三顿，有的是顾不上吃，有的是一次性点好几份，这样到下一个饭点时就不会再浪费时间点餐了。”

这次防范强降雨，豫西河务局机关下沉一线的女同志共有21人，其余女同志全部驻守在单位，负责落实各自职能组的工作。她们中，有的家里有年迈的父母需要照顾，有的孩子还嗷嗷待哺。谢亚萍的爱人是新安县石井镇井沟村的驻村第一书记，平时就聚少离多。而每当汛期来临，他们就面临着聚更少、离更多的难题。一个参加单位防汛，另一个参加村里防汛，日日思君不见君，共饮黄河水。这几天又是如此。家里4位老人、2个孩子，都是最需要照顾的时候，而谢亚萍和爱人则为了黄河安澜坚守在各自岗位上，谱写了一曲“你的责任我既知，我的使命你亦懂”的大美爱情之歌。

谁说女子不如男？女子也顶半边天！

母亲河畔的母亲

最后这一段，我想写写我自己。我和爱人都在2014年考入河务局工作，而后相识相知，成立家庭。按照单位安排，在这次防范强降雨中我驻守孟津河务局铁谢险工，而爱人则负责督查、后勤保障等工作。在这种情况下，家里就只剩下我那1岁的女儿，以及66岁、患有脑梗和严重膝关节炎的母亲。

得知单位工作安排后，当了一辈子教师的母亲只对我俩说了一句话：“养兵千日，用兵一时，你们安心忙，家里有妈在。”那一刻，我扭过头，假装看向别处，生生忍住了就要夺眶而出的泪水。

21日晚上到23日早晨，两天一夜的时间，我和爱人在防汛一线忙碌，年幼的女儿一直哭闹着，含混不清的喊“豆豆想妈妈。”而我的母亲，在这两天一夜里一共只休息了不足3个小时。

在这次防范强降雨的过程中，像我家这样的情况应该还有很多，比我家更困难的情况也会有很多。而我，只是想把这样的故事记录下来，因为这是我们所有治黄人的荣耀和骄傲。面对严峻的汛情和雨情，每一名治黄人的背后，都是一个家庭不讲代价、不讲条件的付出。

今天是8月25日，此轮强降雨过程已经结束，但豫西治黄人依然在路上。天澄碧，树浓绿，鸟轻鸣。大河安澜，吾皆心安。（黄政）

泥巴车跑出“同心圆”

7月24日，周六，傍晚。

巩义河务局院内，停着5、6辆裹满泥巴的车辆，轮毂里糊满了厚厚的黄泥，车牌被遮挡的已经看不出天蓝的底色，车窗上到处都是密集的泥点。

这些车为何满身是泥？

在泥泞中探路

7月18日至20日，巩义市连降特大暴雨，这场雨给巩义市带来灾难！巩义河务局所辖四处控导工程及三处工程管理班在大雨中损失很重。赵沟、裴峪、神堤控导工程联坝路紧依邙山，强降雨导致的淤地坝泄洪、山体滑坡等，阻断了联坝路的交通，道路上淤泥最厚的部位达到120厘米。

巩义河务局代管养护分公司有一辆银灰色的小皮卡，在这次灾情面前，扮演着开路先锋的角色。

21日下午，漏了似的天终于被补上，毛毛细雨取代了连下三天的倾盆大雨。

“联坝路段必须抓紧时间抢通，否则一些工程坝垛巡坝查险时根本走不到！”巩义河务局紧急召开防汛会商会，安排联坝路抢通的事情。

“神堤工程联坝路抢通难度最大，17、18坝联坝路背侧山体断断续续还有山体滑坡！下午如果雨能停，我们可以先找大型机械进场清理道路右侧的淤泥！不过事先需要和镇上沟通一下，上联坝路的路口有电线杆倒在地上，上边有很多线，目前不敢确定机械能否碾压。”养护分公司负责人郭新亚汇报到。

下午3点多钟，雨停了，养护分公司的几位同志开着小皮卡去往神堤控导工程。一路上，小皮卡几涉深水，淤泥地里多次打滑，终于探出了一条可以勉强开到工程上的道路。

向“孤岛”而行

7月19日至24日，是赵沟、裴峪、神堤、金沟四处控导工程班“最难熬”的日子！

强降雨导致班组的水、电、信、路全部中断，班组成为“孤岛”！

巩义市属于丘陵地带，从巩义河务局前往所辖班组，往往要翻越邙岭。特别是这次遭遇特大暴雨之后，去往一线班组的道路变得异常泥泞，上山或下山路上又厚又黏的黄土稀泥，普通轿车很难应对。

此时此刻，巩义河务局院内停放的一辆白色越野车，成了巩义河务局向“孤岛”运送物资的重要交通工具。桶装水、方便面、火腿肠、面包、牛奶、花露水、凉席……这辆“配送车”无数次涉险往返于机关和一线，成功向班组输送物资补给。

7 月 22 日，河南河务局局长张群波、副局长刘同凯蹚水涉泥来到了来到巩义，深入一线查看水雨毁工程并指导防汛，并给一线职工带来了丰富的慰问物资。当天，从镇上获悉去往裴峪班组可以从礼泉村翻岭而过，巩义河务局局长徐啸乘坐这辆白色越野，将省局带的慰问品送往裴峪。

经过村口时，只见一队救援越野车碾着黄褐色的稀泥缓慢驶出，来往车辆交会时，越野车向东侧的泥潭让了一下，泥浆已经没过了越野车大半个车轮。巩义河务局的白色越野车等车队过后，沿着车队在泥泞中的留下的车辙驶进村里。一路上，看到许多受灾群众忙着自救，他们用小推车从家里向外送淤泥，从墙壁上的 1 米多深的水痕，可以想象的出山洪肆虐时的场景。

上岭之路十分难走，四驱的白色越野在稀泥地里频频打滑，车轮空转，甩出层层泥浪。越近岭顶时，道路愈发难以通行，前进中遇到 3、4“趴在”路上的车 . 还有从岭上下来的车，招着手劝上山的车不要再走，“这会儿路上都是稀泥，很不好走，能不去就别去了！”一些车辆听劝，找合适的路段慢慢调头下了山。

“咱们还得给裴峪职工送吃的，车小心点开，继续走吧！”徐啸指挥着车辆不要掉头，依旧向裴峪班组驶去。

一起收拾“泥摊子”

天晴之后，巩义河务局组织机关同志自愿报名，前往神堤控导工程班协助一线职工共同处理“泥摊子”。

机关干部职工一下子报名 27 人，两名副局长带队。人多车少，水政监察大队专职副大队长王辉用自己的私家车载着同事一起去。

“这里比我想象的还要严重，一楼走廊内居然有这么大的石头，可见当天的山洪有多么厉害！”

“一楼全是淤泥，心疼我们的班组！”

看到“面目全非”的神堤班组，几位同志感慨着。一些同志不等分工，直接上手就干活儿。

“来搭把手！”巩义河务局副局长史杰穿着胶鞋迈过一楼走廊东侧的巨石，弯下腰，把双手插到淤泥里抬住石头的边角，同时呼唤其他人和他一起把石块搬出去，李爱军、张帅、王晓东几人一人抬起一角，合力把大石头抬了出去，又有几位同志主动去清理其他几块巨石。

一楼走廊西侧4个房间，大家3人组，用铁锨一点点往外边铲泥。这些黄泥黏性大、密度高，几个女同志铲起一锨十分费力，她们各自想着办法，有的一次铲少点，有的用腿当支点，把满满的一铁锨泥翘起来后再端出去。

办公室的杨海涛在清理淤泥换班休息的空当，又将神堤班组的线路进行了全面检修。

上午11时左右，神堤班组的水、电、路、信“四通”全部实现！神堤班组的几位职工终于可以从潮湿的磅房搬回班组居住。

中午时分，机关同志收拾好工具返回单位，和巡坝查险归来的一线同志道别。

泥泞之中，这几辆车挂满泥点的车，架起的是机关与一线职工的连心桥，跑出的是灾后重建的“同心圆”！（袁冬青）

沧海横流，方显英雄本色

——记防汛一线的许发文同志

2021 年 7 月注定不平凡。

一场突如其来的洪水袭击了河南大地，全省多处受灾。沁河也经历了自 1982 年以来最大的一次洪水过程。在这场洪水中，博爱河务局全体干部职工充分发扬“万众一心、众志成城，不怕困难、顽强拼搏，坚韧不拔、敢于胜利”的抗洪精神，斗暴雨、战洪水，确保了沁河安澜，为沿沁人民群众筑起了坚实的生命堤坝。

而今天笔者要为大家讲述的，就是在应对此次洪水过程中表现突出的博爱河务局抢险技能首席专家许发文同志的故事。

风雨沁河战犹酣

作为高级工程师，河南河务局、焦作河务局抢险专家人才库入选专家，在洪水来临之前，防洪预案就已经为许发文同志锁定了“技术指导”这一重要角色。

“7 · 11”洪水发生后，许发文同志作为技术负责人，及时总结洪水过程中的经验教训，结合工程情况和人员特征，细化调整了博爱河务局防汛抢险全员岗位责任制，为迎战更大洪水打牢了坚实基础。

按照岗位责任制，许发文同志负责沁河左岸堤防白马沟险工至武阁寨险工共 7.2

对专业抢险队和群防队伍进行培训

公里的防守任务，包含工程 3 处，近堤村庄 4 个，其中也包含沁河防守重中之重的南水北调穿沁倒虹吸工程。为了确保打赢这场洪水阻击战，许发文同志长驻一线，靠前指挥，与一线守险人员同吃同住同守护，累计 18 天不下堤防，每天都是凌晨以后才能休息，凌晨 5 点就投入到紧张的沁河防守任务中去。做为技术负责人，他先后对博爱沁河抢险突击队、博爱县沁河群防队伍等进行技术培训 6 次，培训人数达 500 余人次，进一步提高了各队伍的技能水平。

守望相助显担当

在做好沁河防汛工作的同时，许发文先后 7 次赴博爱县大沙河、丹河、月山水库等防汛一线进行抢险技术指导，为支援地方防汛抢险做出了黄河贡献。

7 月 22 日，受上游及辖区内持续强降雨的影响，博爱县境内大沙河发生多处险情。上游洪水出山谷后流速迅猛，洪水主溜淘刷护坡，致使发生塌岸险情多处，累计长度达 500 余米，若不及时抢护将会危及博爱县境内公路、铁路，还需对贵屯村、水运村等村群众实行迁安救护，情况十分紧急。

险情发生后，博爱河务局充分发扬了河务与地方共融共建的精神，在博爱县防汛抗旱指挥部的统一协调下，派遣许发文同志到出险现场指导抢险。结合现场出险情况，他迅速给出抢护方案，采用抛石固根挑溜的方法，选定 3 处进行机械抛石，使主溜改变了流向，避免继续淘刷护坡，防止了大沙河险情的进一步扩大，为两岸人民群众筑起了一道防护屏障。

在月山水库，巡查人员发现了一处深灰的涌水，与周围雨水洪集的水流颜色截然不同，翻涌的水浪携带着水库底经年的淤泥，正蕴藏着危机。许发文同志到达现场后，迅速判断出这是一起典型的管涌险情。他向现场抢护人员解释管涌的成因，并指导现场人员采用反滤围井的办法进行抢护。一袋袋砂石组成的围进逐渐垒起，围井内用细石料填充过滤，随着底部导管内逐渐流出清彻的水，许发文同志肯定的说“没有问题了，这个险情已经得到控制”。

他的行为，搭起了河务与地方共建共融共担风险的新桥梁，受到博爱县党政领导的高度评价。7 月 27 日，一封由博爱县水利局发出的感谢信送到了许发文同志的手中，成为他主动担当、积极作为的最好诠释。

轻伤绝不下战场

许发文同志一心为防汛，始终把人民的生命财产安全放在第一位，将自身的安危放在其后。

7 月 23 日，沁河洪水持续上涨，武陟水文站出现 1510 立方米每秒的最大流量，是 1982 年以来最大洪水流量。博爱沁河洪水多处偎堤，白马沟险工 17 坝受持续洪水冲刷，发生根石走失险情。

险情就是命令。许发文同志立即组织现场人员边抢护、边报告。他和抢险队员一起装抛铅丝笼进行固根，又指挥长臂挖掘机，将 17 坝上集中堆放的备防石投放到根石走失位置，以提高固根效果。

许发文同志深知，白马沟险工地理位置十分重要，不仅国家南水北调倒虹吸工程从此段穿越沁河，而且此次险工多处靠河靠溜，是博爱沁河防汛的重中之重，容不得一点闪失。

在他封装铅丝笼时，一根铅丝网片上伸出的铅丝将他的左手虎口刺出了一条长长的伤口，顿时血流不止。鲜血染红了他的迷彩服，也染红了飘扬的党旗。在同志们的强烈建议下，他才前往医院进行包扎，6 公分的伤口缝合了 11 针。在处理过伤口之后，他重新投入到防汛抢险的第一线，继续指挥抢险、指导夜间巡堤查险工作。

许发文同志说，关键时刻冲得上去、危难关头豁得出来，才是真正的共产党人。他选择在防汛形势严峻的时刻冲锋在前，不仅仅因为入党时的宣誓，更因为他立场坚定，懂得“大我”与“小我”的关系，这也是他身为一名共产党员的初心和使命。

沧海横流，方显英雄本色。许发文同志以高度的责任心，把初心落在行动上，把使命担在肩膀上，在其位谋其政，在其职尽其责，主动担当、积极作为，用实际行为为沁河沿岸群众筑牢了坚实的防汛堤坝，让党旗在防汛抢险一线高高飘扬。（王鸽　王贝贝）

指挥白马沟险工 17 坝根石走失险情抢护

我们都是您的孩子！

“赵老师，终于打通了您的电话！您那边情况怎么样？”

“王老师，您在家吗？家里还有其他人吗？”

“人平安就好！跟您联系上我就放心了。”

郑州河务局志愿冲锋队的志愿者们拿着名单，逐户逐个联系离退休老同志，一声声通话忙音揪着大家的心，焦急的等待被一个个打通的电话所抚慰。

我们的目标是不漏一人

7 月 20 日，郑州突降千年一遇的特大暴雨。据郑州气象局统计，降雨量达到 617.1 毫米——三天下了过去整整一年的雨，而在这几天，郑州的雨就没停过。停水、停电、断网，所有人都处在极度焦虑和恐惧的氛围中。年轻人尚能自救，而为单位、为事业、为人民奋斗了一辈子的老黄河人呢，他们的安危如何确保？他们的子女如何放心？

从 7 月 21 日开始，郑州河务局副局长蔡长治亲自带队，迅速组织志愿服务中坚力量，组建 20 余人的支援冲锋队对局属 4 个职工集聚区进行了全面走访，对全局一百多名离退休老职工进行拉网式排查。对电话能联系上、确保平安的老人们进行台账销号，对电话打不通的坚持逐个敲门入户，了解离退休老同志身体及生活状况，确保老同志在受灾生产生活恢复期间的生活保障。

“从中午开始到下午 6 点多，一直联系不上毛老师。”志愿服务队的临时小组长急得一头汗，“孩子，别慌”一位精神烁烁的老人自告奋勇向志愿者们走来，他就是朱福仁，郑州河务局离退休党总支副书记。“这儿我熟，我带你们去他家敲门。这个小苏，住在 5 号楼。这个老李，住在 4 号楼，这个老赵，好像是 3 楼的，东户还是西户忘了，咱们去看看。”他拿着志愿者手里的台账，凭着经验和记忆一条条介绍着，热心地带领者愿者对还没有落实具体住址的老职工们一层楼一层楼地排查，确保每一户都“查有此人”。

“我们的目标就是不漏一人。”

只要组织需要，我还能奉献

在北三环家属院，副局长蔡长治敲开了老领导刘天才的门。“打你的电话没人接，我们不放心过来确认下，手机没电还是怎么回事？人没事就好。”

见到单位的志愿者们，刘天才非常激动，握着蔡局长的手微微颤抖，“我很好，家里也平安，孩子担心我出事刚从外地赶回来。”刘天才说道，“一开始停电停水，加上网络不通没有信号，也不知道外面怎么样了。我跟老伴两个人在家，黑灯瞎火的。现在院门口可以接水了，我们刚存了两盆水”刘天才指着地上放的两个脸盆。“您不用下楼，我们都是志愿者，年轻有力气，给您搬水啥的有需求随叫随到。”志愿者小李拍拍胸脯说道。“那不行，我有手有腿的，身子还硬朗，你们去帮助更困难的人。蔡局长，你别看我退休了，我没老呢，我还能奉献！干了一辈子，需要了就通知，我第一个上阵！”

同样的情景也发生在 102 号家属院。当志愿者们敲开郑州河务局退休领导赵书成家的时候，老领导一脸诧异：“你们怎么来了？”当志愿者一行说明来意后，他感动的说道：“感谢领导和组织的关怀，我这边水电供应正常，再说我和老伴儿身体健壮，现在正是咱黄河上最忙的时候，你们不用操我们的心……”

年近古稀的老人，为黄河奉献了大半辈子，大灾大难面前仍然铭记使命，心向前线。这是黄河精神的传承，鼓舞着志愿者们，也鼓舞着新时代的治黄人。

洪水无情党有情

在这支志愿冲锋队伍中，所有成员都是党组织的精英。“既然是党员，就要往前冲！”在组织这支队伍的准备阶段，各个支部踊跃报名，特别是入党积极分子和预备党员们，大家有着坚定的决心，把自己当成正式党员一样严格要求自己，迫切冲往一线。局里最终选定出了 20 余名年轻力壮、细心谨慎的志愿者。

小吕在今年刚刚列为发展对象，他拿着花名册仔细核对人员信息，没有一丝一毫的懈怠。

小王作为正式党员，已经有 7 年的党龄。作为支援冲锋队政七街分队的志愿者，他一进屋就赶紧给老人们搬水、打扫卫生、检查进水和漏水的情况。“这里是老院子，房龄比较长，看得仔细一点我也放心。”

赵老师是这一批走访中年龄最大的老同志，考虑到情况特殊，格外让大家牵挂。“打了好多电话都没人接，老人家行动不便，还在一楼住，咱们得去他家看看。”

来到老人家门前，敲了很久的门都没有回应，难道屋里没人吗？“咱再试试，赵老师行动不便，年纪大了听力也不好。”“赵老师身体状况不是太好，不管怎么样，咱今天都得联系上赵老师，如果他在家，必须入户看到他的情况咱们才能放心！”其中一位比较了解情况的志愿者说道。“我给他家人留的备用电话联系试试。”离退处的郭科长也在尝试以其他渠道了解老人的情况。

最终，在赵老师家人电话的指引下，志愿者们找到了卧室后窗。“有人吗？赵老师您在家吗？”经过持续的喊话，终于找到了正在卧室午休的赵老师。那一刻，大家悬着的一颗心才慢慢放松了下来。

原来老人耳背，没有听见敲门声，同居的女儿是位聋哑残障人士，也无法回应。进入老人家中后，志愿者们说明了来意，并仔细了解了老人的身体和生活状况，确认到他一切情况正常，才终于把那颗悬着的心放了回去。

正如蔡长治在志愿服务动员会上说的那样：“这些离退休的老职工们，他们曾经是治黄尖兵，是劳动模范，虽然离开了工作岗位，但仍然有家国情怀、奉献精神和对黄河的深厚感情，为治黄事业了奋斗一辈子，党和国家不会忘记，作为新时代的治黄人，我们更不会忘记。要把党组织的关怀和温暖送到他们身边，你们要将他们作为自己的父辈祖辈一样去关怀照顾！”

在大灾大难面前，我们都是您的孩子！（高璐瑶　海涵）

陈班长卫辉抢险的 6 天 5 夜

2021 年 7 月 21 日至 26 日，原阳河务局抢险队专家陈彦来度过了紧张繁忙的 6 天 5 夜。作为一名治黄工作者，陈彦来在此次新乡市抗洪抢险中主动担当作为，展现了黄河人的专业素养与奉献精神，为新乡抢险救援工作贡献了黄河力量。

时刻待命的“新手机”

7 月 27 日下午，原阳河务局机动抢险队大院的同志们见到了多日联系不上的陈彦来。

“陈班长，你平时省吃俭用，咋舍得换手机了？”该局同志打趣陈彦来。

“这是 50 多次险情换来的，我可是心甘情愿！”陈彦来回答道。

原来，陈班长换上新手机，背后还有一个连续数日投入紧急抢险工作的故事。

7 月 21 日下午，大暴雨侵袭新乡。受暴雨影响，卫辉上乐村镇卫河超警戒水位 1.01 米，情况危急，接上级通知，原阳河务局抢险队特指派该局抢险专家陈彦来随车押送抢险物资赶赴现场。

当晚 21 时，孙坡村抢险指挥部领导得知陈彦来拥有丰富的抗洪抢险经验，是黄河抢险专家，便决定委派其担任抢险指导，发挥专业技术优势，立即开展抢险工作。

陈彦来连夜查勘卫河、东孟渠等地险情后分析认为，特大暴雨侵袭致河堤滑坡，路肩下沉造成堤身裂缝，二者共同致使该处出现险情。结合现场物料储备情况，陈彦来与同志们决定采取石粉灌缝、土工布覆盖、砂石土袋固坡阻滑等措施，险情暂时得到缓解。

7 月 22 日，大暴雨仍在持续。望着丝毫没有退意的大暴雨，席地而睡两小时的陈彦来吃了碗泡面后，就立即出发对卫河及东孟渠左右两岸 8 千米河堤进行徒步巡查，针对河堤薄弱部位，组织人员着重加固堤防。

此时，卫河水位持续上涨至超警戒水位 1.7 米，卫河、东孟渠局部堤段水位超堤顶 40 厘米，堤顶过流，出现漫顶，同时伴随多处管涌、渗水，22 日下午，出现漏洞、决口等险情。在特大暴雨侵蚀下，河堤千疮百孔，情况十分危急。

危急时刻，沉着冷静的陈彦来展现了一名黄河抢险专家的专业素养。

每到一处，陈彦来针对该地险情，因地制宜，结合现场抢险人员组成及物料存储情况逐一提出应对方案，讲解抢护方法，协调人员及防汛物资，及时处置了险情。

“我这辈子头一次见那么大的雨！开车时两个人走对脸都看不到对方。抢险现场随时都要和各方打电话沟通抢险方案，我的手机就这样进了水，所以就换了一部防水手机，不能因为手机影响我们的抢险工作！”陈彦来向大家讲述了换手机的经过。

上拦，下排，中防护

“河水降了，城里的水却涨了。”

7月23日下午，新乡市防指决定实施分洪措施，立即启动卫辉市柳位坡滞洪区泄洪，滞洪区分洪数小时后，共产主义渠、卫河两条河渠水位明显下降，险情逐步缓解。

7月24日，河水水位下降，卫辉城区水位却不断上涨。接到卫辉市防指咨询，陈彦来建议即刻查找原因、立即进行抢险。在随队查看后，确定水位上涨的原因是孙杏镇东孟渠河水漫顶过水、牧野区共产主义渠及卫河经G107过水，三河河水同时涌入了城区。

结合自己在黄河多年参与防汛抢险工作的经验，陈彦来随即提出处理建议——上拦，下排，中防护。

上拦，即加快共产主义渠堵口进度，同时在东孟渠漫堤处打子堤加高，防止河水继续涌入城区。

下排，即扩大卫河下泄闸口，提高下泄量，同时调用大型抽水机将城区积水向东孟渠排放。

中防护，即全城人员立即撤离，进行迁安救护。

陈彦来表示，卫辉水系复杂，险情严峻，党委、政府、部队、群众、志愿者等社会各界人士团结一致，奋力鏖战，全力确保人民生命安全。

师徒并肩，携手作战

受新乡市防指委托，7月25日凌晨，原阳河务局抢险专家刘胜彬、武松岭、李国梁、张兰杰、朱丰琦一行五人赶赴凤泉区，为共产主义渠决口合龙关键期提供技术指导。值得一提的是，刘胜彬正是陈彦来的徒弟。

堵口现场，陈彦来向刘胜彬讲述了卫辉市的紧急情况，希望共产主义渠抓紧合龙以缓解卫辉城区漫水压力，与此同时，师徒二人紧急商讨堵口措施方案。

在共产主义渠抢险现场，抢险队员认真查看口门及堤坝、设施受损情况与抢修进度，了解施工中遇到的困难以及巡堤查险情况，根据目估险情状况、口门宽度、水深、流速等，现场拟订抢护建议，协同指挥部制订抢护方案。

在卫辉卫河及东孟渠抢险现场，各类险情层出不迭，陈彦来倾其所学，全力应对，师徒二人紧密配合，协同作战。

7月26日9时，经过争分夺秒、昼夜不停地施工，共产主义渠西曲里段右岸漫堤加固成功合龙！共产主义渠成功堵口，卫辉险情得到缓解。下午，卫辉河堤险情全部处理完毕，接上级通知，师徒二人安全返回，随即投入治黄工作。

对于陈彦来而言，师带徒不仅是技术、经验的传授，更是治黄精神的传承与发扬。看着自己“传帮带”的徒弟成长为黄河抢险队伍的中坚力量，看着治黄事业薪火相传，陈彦来十分感慨，也十分欣慰。

时刻心系抢险工作

“还有很多事要做，虽然回来了，但依然需要继续给卫辉市提供电话远程技术保障，你看，电话又来了……”

陈彦来在电话中提出了他对卫辉防洪的整体建议：一是扩建排水闸门；二是拓宽河道，做好河道清淤；三是彻底整治河堤废旧老管道，对排污站、管道接口处以及出现渗水、漏洞险情处进行开挖回填处理；四是加强城区泵站、排污管道整治，合理规划管网；五是全力做好灾后防疫工作。

待陈彦来挂断电话，笔者询问起他参与此次抢险救援最大的感受及与黄河险情处置的不同之处。

谈起黄河原阳段的保护与治理工作，陈彦来如数家珍：“由于罕见特大降雨，卫辉抢险最大的难点就是多处同时出现多种类险情，战线长，抢险物料储备略显不足。长期以来，国家高度重视黄河保护治理事业，黄河堤防工程、控导工程建设、维护、养护工作十分到位，同时出现多处、多种类险情的概率大大降低，每年汛期，各级河务部门全面落实防汛预案、防汛队伍、防汛物料，能及时有效应对各类突发险情。”

针对此次特大暴雨造成的多处大面积雨毁现象，陈彦来提出：“结合此次卫辉抢险，建议大面积雨毁开挖回填后，在临背河标记施工位置，作为今后巡堤查险的重点，同时在低洼处修建集中排水沟，减少因暴雨造成的工程损坏。”

刚说完，电话又响了。“你看，换了防水手机，我就能时刻在防汛抢险一线待命！”

说完，陈彦来又投入到紧张的工作中……（赵祎）

暴雨中的关山践诺

逆水行舟第一关

“刘局，赵局，你们别出去了，这个车过这么深的水，不保险呀……”7 月 20 日一大早还不到上班时间，笔者淌着淹没膝盖的积水慢慢走进惠金河务局大门时对正要上堤查看工程的两位领导说。

“没事，不试试怎么知道不行？”惠金河务局党组书记、局长刘遂林坚定地说，然后笔者看着车辆“逆水行舟”般的出了局机关的大门。

自从刘遂林局长来惠金河务局上任以后，每天上堤查看辖区工程是人尽皆知的工作之一。大家经常调侃在局里等待刘局签字的同事，说“在局里找刘局签字还不如在工程上静候他”。

当天上午，随着雨情愈加严峻，郑州市已启动的防汛Ⅳ级应急响应紧急提升至Ⅱ级应急响应。大家突然感觉得一种莫名的紧张。

雨一直下，关关不断

如果要问这轮降雨的显著特点，没错，就是雨一直下。2021 年 7 月 20 日，全国降雨量 Top10 被河南包揽，眼看暴雨没有丝毫减小的痕迹，局机关大门口路过的车辆渐渐稀少，直至没有车辆再通过。此时，除了雨水落下的声音，这种“安静”却根本无法使以防汛为主业的我们平静。

刘遂林再次来到笔者面前，已是近中午时分，“马上落实200条编织袋想办法送去，准备援助黄河博物馆。”，他安排道。

“刘局，局机关大门水太深，咱们没有车辆能出去呀？”笔者问，刘局说：“这时候还分什么他的咱的？都是兄弟单位，谁能看着不管？想办法，克服过关。”说罢转身走向他的办公室，只留下鞋子进水后走路发出的挤水声，再一看，刘局的下半身的衣服已全部湿透了。

很快，郑州市防汛抗旱指挥部将防汛应急响应提升至Ⅰ级，惠金河务局马上安排所有领导干部集合至会议室，开始暴雨期间防汛工作部署安排。

启动全员岗位责任制、落实防汛抢险专业队伍、防汛物料、机械油储及运行状况等 、通知科级领导上堤驻守、加密观测工情、险情、逐一排查雨水毁工程等工作有条不紊的开展实施……

很快，天色逐渐暗淡下来，这时已经没人分得清是因为雨水密集的遮天还是本就到了该落日的时候。刘局的电话没有断过，先是援助金水区防汛抗旱指挥部按程序调用防汛机械前往市区紧急抢险救援，后是安排援助惠济区防汛抗旱指挥部援助枯河抢险。

期间市局派来的督导组领导——郑州河务局副局长刘培勋进门时，刘遂林依然在专心向两区防回复救援安排信息，丝毫未曾察觉，直至笔者提醒，双方相互点头打了招呼，默契的都未发声。他安排完两区救援工作后，对前来督导的局详细汇报了各项部署工作及救援情况……

关键时候冲得上，以不变应万变

7 月 21 日，这场暴雨丝毫没有减小的趋势，惠金河务局所辖区域全部停电停网。

“坐在办公室想想全是困难，到一线看看才能找到办法……”“既然没有信号，那就去现场看看……”刘局说罢，两个“刘局”一起奔赴至重点防护工程——马渡险工，徒步逐一排查起来。他们就是以这种每天查看工程的“不变”方式应对停电停网带来的“万变”可能。

在通信不畅的情况下，局领导同一线巡查人员在马渡险工 27 坝竟不经意的“偶遇”了，这份遇见让大家格外珍惜，刘局详细了解了巡查结果及警戒线布置情况，大家条理清晰的逐一汇报；但当局领导们特别关心的询问班组条件时，巡查人员们以简短的“感谢领导关心”匆匆的结束，回到巡查岗位上去了。

关键时刻冲得上去，危难关头豁得出来，才是真正的治黄人。面对风雨，面对雨情，站出来、冲上去，照见的是初心，彰显的是本色，体现的是担当。

一仗一仗地打，一场一场的胜，过关斩将

雨情虽尚未结束，雨毁灾害却不曾等待。7 月 22 日早晨 7 点半，针对当前严峻的雨情汛情形势，惠金河务局再次紧急召开部署会议。面对不断上报的雨毁工程信息，严峻的形势要求我们沉下去，逐一排查，针对性化解隐患，把工作做具体、做扎实、做到位。

为此，该局疾速行动，坚持“不放过疑点、不漏掉死角”的原则，对雨毁情况

进行拉网式巡查，详细统计，反复落实，拟定临时修复措施，展开实施。

面对倾倒的棵棵大树，我们不怕，来！上机械、上队伍……

面对大小深浅不一的水沟浪窝，我们不怕，来！上机械、上队伍……

面对没水没电的难关，我们不怕，一关一关来，一仗一仗地打，我们坚信会一场一场的胜……

此时，黄河岸边的他（她）正用行动践行守护母亲河的诺言，这人是他、是我，亦或是你……（王佳）

面对洪魔，我们不辱使命！

——封丘黄河河务局支援抢险救灾侧记

近日，受到强降雨影响，新乡多地相继发生汛情，封丘河务局在做好自身防汛抢险及各项管理工作任务的同时，派出精干技术力量支援多地抢险救灾，以实际行动展现了黄河人的大爱和担当，谱写了一曲“团结一致护安澜，众志成城斗洪魔”的时代赞歌。

两战文岩渠

7 月 21 日晚上 7 时，接到封丘县防汛指挥部指令，文岩渠陈固镇梅口桥段发生漫溢险情，要求给予抢险技术支持。水利部挂号抢险专家、高级技师齐爱民同志不顾腰部旧伤，冒雨带领路永辉同志赶赴抢险现场，在泥泞的渠堤上看水势，查险情，拟定抢险方案，指导抢险工作。因天黑路滑，加之内心急切，一下子摔倒在渠堤之上，引起腰部旧伤发作，他全然不顾腰伤和全身湿透，坚持在雨中将险情处置完毕，于 22 日凌晨 2 时才返回。现场的封丘县领导打电话给该局局长鲁成伟同志，感谢技术支持。

7 月 22 日晚上 8 时，文岩渠居厢段河东村出现渗水险情，长度 100 米。封丘河务局受命再次派出纪检组长裴自勇同志带领两名同志冒雨支援居厢镇文岩渠河堤渗水险情抢护。因前期临河抛有土袋树枝，且渠堤断面窄、临背悬差大、渗水严重，无法实施临河截渗背河导渗抢护措施，他们指导利用后边紧临的二道堤修作背河月堤消除了渗水险情威胁，直至 23 日凌晨 2 时结束。

再战新乡市

7 月 23 日早上 8 时，新乡市、卫辉市发生汛情，抽调抢险技术能手齐永进、朱孟奎、曹书宁、张佳辉、岳贤文 5 人组成专家组，由刘祖辉驾驶装载机，携带 1000 条编织袋、200 张铅丝网片和救援食品等设备物资支援新乡市抢险救灾。

当日抵达新乡河务局，经简单沟通，接受命令后，就紧锣密鼓地开展被围困群众的救护和车辆救援工作。他们冒雨跳进近一米深的水中，为满是积水的新乡市黄河防汛指挥中心装填土袋、修筑拦水堰、抽排院内积水，浑身湿透也不知道是溅起的积水、下来的雨水、还是流出的汗水，装载机还义务运送受灾人员达300余人。

经过鏖战，确保了防汛指挥机构工作运转正常。如果黄河防汛指挥机关电路、通信等因雨水积水中断，就如同作战司令部与各作战部队失去联系和指挥能力，无法上情下达和下情上传，将直接影响到关键时刻的新乡黄河防汛大局，后果不堪设想。

决战卫辉三河堤

7月24日小雨，因卫辉市汛情严重，专业抢险技术人员和救援人员不足，接到上级命令，该局专家组火速驰援卫辉。

“路上到处是积水漫溢，我们发现险情就马上处理。”

“编织袋装土和石子就是最快捷、最方便的抢险用料。”

专家组组长齐永进事后说道。

下午6时辗转到达设在卫辉市交通局的卫辉市防汛指挥部，受到了卫辉市委书记的欢迎。了解情况之后，抢险队前往卫辉市河道管理处，负责卫河右岸、孟姜女河、共产主义渠共计100余里河堤险情的技术指导和技术方案制订工作。

朱孟奎、张佳辉随同卫辉市水利局局长到达孟姜女河堤最东端连接卫河的险段，进行巡查，发现水位较高、两岸河堤断面较窄，并且临背落差很大，背坡部有不同程度下蛰情况，需要时刻注意发生滑坡，因无法取土、物料不好筹备，存在隐患，专家组及时把这些情况汇报给值班的防汛指挥部领导。

忙碌了一天，晚上8时正在吃饭时，又接到发生漏洞险情报告，他们顾不得把饭吃完就立即出发赶往现场。途中发现一段河堤漫溢，立即指导护堤队伍采用临时抢修两层土袋子埝约300米，解除漫溢造成溃堤的风险。之后匆匆赶往发生漏洞险情处，研究决定通过在背河出水口垂直方向的临河用长臂挖掘机清理河底，发现漏洞位置后，立即拟定漏洞抢险方案，指导险情抢护，直到次日凌晨1时28分险情处置完毕才开始返回驻地。

专家组成员朱孟奎回忆说，战线长、压力大呀！许多道路车辆无法通行，我们徒步对险工段进行查勘。鞋子没有干过，当时顾不了自己太多，结束之后返回住处时已经8时多了，刚吃过饭又有裂缝险情需要处置，稳定之后我们才回去……

7月25日上午8时，为应对多处同时出险的不利状况，专家组5人分成三组，两组分别负责卫河和孟姜女河，曹书宁跟随指挥部领导应对突发险情。

齐永进和张佳辉到卫河右岸进行往上游巡查，发现卫河水位高但平稳，个别桥面阻水，高铁桥面500米左右河堤变窄断面变小，河堤长期被水浸泡处于饱和状态，背河下蛰裂缝严重，随时会出现滑坡，并且有几处引水涵洞在涌水，有很大的隐患，立即报告指挥部，提醒巡查防守人员采取行动。

齐永进说，去卫河巡堤，两边都是几米深的水，只有中间窄窄一道堤路，崎岖不平，因为险情紧急，平时最少需要30分钟才能到达的路程，我们20分钟就赶到了……

下午5时左右险情趋于稳定，再次接到指挥部电话，孟姜女河堤有裂缝，他们立即开车去现场查看，徒步巡查周围，确认无大碍后才返回到驻地。刚吃完饭又接到通知有滑坡，忙到夜晚9时，确认无事后才返回。刚到驻地又接到险情通知……

这样的情形时有发生，饭没点，睡无时，可得到当地群众的认可是他们最开心的事。

不辱使命凯旋归

7月25日，封丘河务局11名抢险队员在河南河务局和新乡河务局的领导下支援鹤壁浚县新镇卫河，加入决口堵复战……多方协调人力、物资、技术支持，全力以赴抗大洪，该市水利局专门发函感谢。

7月26日上午，接到撤离命令后，因有多处大型排水设施在施工，河堤暂不能通车，专家组在炎炎烈日下冒着酷暑徒步6公里才到达指挥部，随后按照上级要求返回封丘河务局休整待命。

他们每个人都满脸通红，延伸到脖子，不知道的还以为他们喝了酒，其实那是被烈日灼伤了皮肤！那是他们最好的功勋章！

天灾无情，人间有爱。短短的5昼夜，封丘黄河人以一个个小群体，展现了黄河人认真贯彻落实习近平总书记关于防汛救灾方面的重要指示批示精神和各级的安排部署，在大灾大难时用黄河精神和自己的精湛技术，诠释了现代黄河人的责任、担当与专业。（张孟伟　段骞）

长缨在手　缚住苍龙

——焦作河务局迎战沁河7·23洪峰见闻录

沁河老龙湾险工

受到流域内持续强降雨影响，沁河继7月11日武陟站出现360立方米每秒洪峰后，7月19日以后流量持续加大，7月22日14时武陟水文站的流量达902立方米每秒。7月23日3时12分出现1510立方米每秒的最大流量。笔者因工作原因于7月22日至24日连续沿堤巡查，亲眼目睹了焦作河务局迎战沁河“7·23”洪峰的过程。

严阵以待战洪峰

7月22日14时30分，笔者在老龙湾看到沁河水势已很壮观。老龙湾险工是黄河大洪水时倒灌沁河的顶点位置，由此而下的沁河堤防按照黄河堤防标准建设。据武陟第一河务局的同志讲，坝前水位比涨水前已高出6米多。

险工上随处可见防守的干部职工，守险的帐篷就搭在龙回头石刻旁。随后沿堤上行至大樊险工所在的班组。人民治黄以来唯一的堤防堵口就发生在大樊，新乡、焦作的人民治黄机构也是在此诞生的。这个班组工作开展得很有特色，在焦作河务局开展的“四面红旗”达标活动中，曾获得过三面红旗。班组旁边的大樊堵口纪念园里有关于大樊堵口的详细介绍，据守险干部讲，这些文字图片介绍对这次防御沁河洪水很有帮助。

由武陟进入博爱境后，看到河水漫滩情况变少，但感觉气氛陡然有些紧张。在白马沟险工，见到沿河乡村干部、群防队员不少人在堤上。博爱河务局办公室的王燕主任简要介绍情况后，说留村正在引沁闸前打围堰，建议过去作现场观看。匆忙赶到留村闸时，发现这里的群防队员与地方干部更多，博爱河务局的抢险队员也在这里，堤上还堆积着防汛料物。

我们晚到一步，因为沁河水上涨过快，打围堰的人都已撤了出来，引水闸前的浮体也拖到前戗上了。博爱河务局负责供水工作的索斌斌同志身上带着泥水，也是才从河里撤上来，他向我们介绍了打围堰的情况。

王燕说起博爱巡堤查险，特意提起博爱河务局与沿河村庄开展共建活动，西王贺、武阁寨等村在堤上架设的路灯，极大方便了夜间巡堤查险。

告别王燕继续往上游走。说来也怪，上车前一直没下雨，我们一上车便开始下雨。16 时 43 分下沁河堤后，在丹河防护堤上见到丹河水流湍急。丹河山路坪站 15 时 32 分洪峰流量为 1020 立方米每秒，按时间推算我们看到的可能就是丹河洪峰。在车上录了十几秒赶紧驱车离开。

7 月 22 日 16 时 43 分丹河洪水

7 月 22 日 16 时 51 分的丹河水流

上 308 省道时，见公安人员已将来往车辆全部拦停，估计是担心洪水冲垮丹河公路桥。因为我们车上有通往证，又给公安同志说明了情况，公安人员让我们从公路左侧逆行过桥。到桥中间时，停下车再次拍摄了丹河洪水。

过丹河桥接着过沁河桥时，见沁河上游水势平稳。丹河汇入沁河前，沁河五龙口流量 500 立方米每秒上下，支流逍遥河 380 立方米每秒、安全河 85 立方米每秒。

由沁河水南关沿右堤往下游赶往马铺险工的路上，看到堤顶有序走着拉青梢的车队，又有拉石头的车穿梭其间，感觉气氛异常紧张。好在所有上堤路口都有人把守，堤上没有一个闲杂人员。顺利到达马铺班组后，得知尚未出大险，只是进行工程抢护加固。

马铺险工位于丹河入沁口以下8千米处，沁河入黄河的流量在此已经形成。在2003年10月沁河武陟站900立方米每秒流量下马铺险工曾发生险情，通过加固工程，新修3个石垛，用爆破的办法切滩导流，耗资455万元才使河势稳定。

7月22日下午的河势与2003年10月类似，工程前S形畸形河势已形成，初步判断已有根石走失，焦作市、沁阳市（县级）两级防汛指挥部果断决定抛石护根。

马铺险工加固现场机器轰鸣、人声鼎沸。温县河务局装载机操作手王铎，是被焦作河务局领导点名过来参加抛石作业的。雨天作业，不仅轮胎容易发生侧滑，而且视线模糊，影响抛投精准度。王铎在只有1.2平方米的岗位上，铲石、抛投、往返，在空中划出一道道完美的弧线，每个作业周期平均用时不到3分钟。“快、准、好”是在场人员对他操作技能的一致评价。

驱车离开马铺没多远，又是大雨如注。我在恍惚中想到：“不知是此地有雨彼地无雨，还时此时有雨彼时无雨。”

再接再厉守险加固

次日醒来，得知武陟水文站7月23日3时12分出现1510立方米每秒的最大流量，最高水位106.01米，超过该站警戒水位0.34米，为1982年以来最大洪水。

7月23日10时以后，沁河洪水持续在1200立方米每秒上下。当天上午，笔者在沁河左堤南贾险工，中午时再次来到沁河老龙湾险工。近14时，从老龙湾赶往大樊所在班组吃饭。在班组外见到堤上有抢险机械、器具、物料，据武陟第一河务局技术人员李会海介绍，是在临河堤脚发现多处长时间冒水泡现象，河南河务局、焦作河务局相关专家研判分析，认为堤身存在隐患。组织人在背河地毯式排查后没发现渗水，当前只是做好一旦出险的抢护准备工作，来到班组见到博爱河务局康大奎带车送来土工布，也是预备大樊出险时用的。

班组吃的是包子、花卷，还有个汤。焦作河务局注重一线班组建设，在硬件设施不断提高的同时，近两年通过“四面红旗”达标活动，将班组提档升级。这次迎战沁河洪水过程中，河务部门主要依托班组开展物资保障与后勤供应，让守险干部职工能吃上热饭。

饭后从班组出发，15时31分再到白马沟险工时，水位也明显下降了，到了留村闸也是一样。一路沿堤往上游查看，下沁河堤头，16时01分在丹河防护堤上再看

7 月 23 日 16 时 01 分丹河退水期

水南关险工与沁河桥交汇处涨水情况

路边的丹河，退水迹象非常明显，前一天满槽的河水现在空出 1 米多高的河槽。

仍上省道 308，公路上车辆正常通行。丹河桥下的水小了，7 月 23 日 14 时丹河山路坪流量为 186 立方米每秒。上了沁河桥，发现桥下水变大了。沁河五龙口站从 7 月 23 日 9 时起流量加大至 698 立方米每秒，至 14 时加大至 1010 立方米每秒。同时，沁河支流安全河 80 立方米每秒，逍遥河流量 180 立方米每秒。

在沁河桥南头，停下车看水南关险工水情，没走多远，有巡逻的车过来，问清是河务局的人，让不要远离车，免得让工作人员误认作闲杂人员驱离。返回车边时，已有 3 个佩戴红袖标的人围过来，电话报告他们上级：“通行证不是沁阳的，人员没有佩戴袖标。”接着便坚决不许再往前走。

反复解释无效，我们只得下堤由公路到马铺村再上堤，让沁阳河务局的同志接上堤。

总结经验以备再战

在马铺险工班，笔者见到了沁阳河务局的 4 个老职工，他们是主动要求参加抢险的。张习瑞、孙共产、田和群和王世忠 4 个人中，孙共产、田和群退休前获得过黄委先进工作者，张习瑞退休前一直工作在工程抢险一线，先后参加过“82 · 8”、

四个老同志传授抢险经验

沁阳河务局抢险队长张雨露 7 月 22 日下午在马铺险工

"88 · 8"、"96 · 8"、"03 · 8"等重大抗洪抢险，1996 年和 2000 年先后两次被授予河南河务局和黄委劳模称号。

沁阳河务局抢险队长张雨露沙哑着嗓子让队员们在坝前集中，随后让四个老职工讲话。

四个老同志都有些"晕镜"，推让着都不愿出头，出来讲话也是三言两语结束。随后带领年轻队员沿着工程巡查，在坝头说起 2003 年抢险，几个人话都多了起来，还争个不休。最终达成一致，由张习瑞主讲，其他人补充。接着他们就讲起了 2003 年出险的河势情况，以及抢险的经验与教训。如何察看河势，如何判断险情，如何预先加固避免出大险……

当天夜宿沁阳，7 月 24 日上午，沿沁河右堤往下游走。沿途看到温县河务局、武陟第二河务局的干部职工有的在加固坝垛，有的在回填水沟浪窝。在温县新村班，笔者见到了装载机操作手王铎，但听他讲话，远不如看他操作装载机那么让人感到酣畅淋漓。据温县河务局办公室主任成素霞介绍，该局在确保沁河 11.172 千米堤防安全的同时，还支援了南水北调工程抢险和新蟒河抢险。

在王顺险工 3 垛水沟回填现场，笔者与武陟第二河务局几个值守人员交谈时，有佩戴红袖标的村民骑着电动车送瓶装水、面包给守险职工。

笔者将以上文字交给焦作河务局李怀前副局长审阅时，他说："你得把武陟县在此次迎战沁河洪峰中，建立起来的'三长三班六有'防汛工作机制写上，下一步我们要将这个机制在焦作沿黄、沁河各县（市）中推广"

李怀前副局长讲的这个机制，"三长"是指，黄沁河全线吃紧的情况下，将防汛责任逐级分解，设立防线长、段长（片长）、组长“三长”，将防线任务按县东、沁北、沁南三个防线，划分清楚县、乡、村三级责任。“三班”是指，实行主汛期期间 24 小时全天候值守制度，三班轮换。原则上防线长、段长（片长）不倒班。各堤顶责任段防汛工作组按照每 200 米设置 1 个工作组，分三班进行轮换值守。汛情不紧张时每 6 小时进行一次轮换，汛情紧张时保持全员在岗。“六有”是指，自身防护有保障、及时清滩有措施、巡堤查险有实效、应急救援有工具、防洪抢险有机械、现场指挥有标识。（杨保红）

疾风骤雨见担当

——开封第二河务局应对强降雨天气小记

雨，终于慢慢停了下来，而暴雨中的一幕幕却久久不能让人平静。

局部暴雨、暴雨、特大暴雨，打破记录的强降雨……短短两天多的时间，暴雨超出了所有人的想象，从最初的调侃、到严肃的讨论、担忧、求助、祈祷。天灾骤降，对每个人来说都是极大的考验……

“赶紧带上工具，上坝巡查……”，7月19日夜，黄河欧坦控导工程，一阵噼里啪啦的雨声，对于早已驻守在这里的开封第二河务局时卫东副局长来说，就像听到了冲锋号一样。迅速集结队员，带上巡查、排水工具，按照预先的分组，开始对每道坝进行细致的排查。

几乎同时，王庵控导、府君寺控导和堤防淤区内，雨中一道道模糊的人影，一点点微弱的亮光开始闪现。

一场与强降雨的较量开始了……

未雨绸缪，早当先！

7月16日，在得到强降雨预警后，开封第二河务局迅速召开专题会议进行研判，并果断决定即刻启动全员岗位责任制，三名副局长分别带领十余名机关人员驻守三处控导工程。同时要求全体人员迅速进入战时状态，各职能组做好充分准备，提前备好雨衣、雨鞋、铁锹、土工袋及排水设备。

该局负责人刘会涛在会上反复强调：根据预报这次强降雨天气非同小可，全局人员一定要高度重视，坚决不能有丝毫轻视之心，要做好打硬仗的准备。

7月17日上午，开封第二河务局迅速完成了三处控导及淤背区情况排查，明确了重点防护段、易积水地方，拟定了工程防守、排水措施，同时将相关情况向地方应急部门、乡镇政府进行了通报。

7月18日、7月19日，连续两日，天空一直被厚厚的云层遮盖，预报中的降雨却迟迟未见落下。为防止大家产生侥幸思想，该局连续下发多条通知，要全体成员切实提升政治站位，加强巡查，严格遵守汛期纪律。督导组对各职能组展开督查，确保各项要求落实到位。

7 月 19 日晚，大雨终于耐不住了等待，倾泻而下……

风雨逆向，勇担当！

“雨越是下的大，你们越是要往堤上跑……”

“堤坝、前戗、淤区、联坝、备防石、坦石，这些重点部位一处都不能放过。”

“千万不要想着雨停了再去排水，发现积水一定要及早排出……”

微信工作群、电话里，紧盯天气变化的刘会涛局长，对这些细节反复进行了强调。

7 月 20 日早，一夜的暴雨仍没有停歇的意思，不少坝面、淤区开始出现了水沟浪窝、陷坑，而此时，已经顶雨忙碌了一夜的巡查除险人员也是人困马乏，情况十分紧急。

“知道大家辛苦，可关键时候咱可不能松劲呀，是党员的跟着我先上……”在府君寺带队的原金山副局长顾不上换下早已湿透的衣服，嚼了口馒头，带着人员又冲了上去。

就这样，一支支党员突击队迅速成立了起来，扛着铁锹，带着排水管，奔到淤区、坝头。

脚踩泥泞，雨水钻进胶鞋，双脚泡的发白了，掉皮了……

头顶暴雨，雨水顺着脸颊流了下去，衣服已经全部湿透了，为了更方便干活，不少职工脱掉了雨衣，光着膀子，打围堰、架水泵、堆土袋……任雨水拍打着脊背，没有人喊累，更没有人退缩。

越是雨急，越向前！

与此同时，一道道雨情信息、一条条调度指令通过电话传达下去；一批又一批的保障物资被送到了工地。

风骤雨急，心无惧！

7 月 20 日晚，这注定是一个无眠之夜！泼洒了一天的雨水丝毫没有疲倦，夹杂着风声、雷声，肆虐着大地。

23 点 10 分。在王庵的连坝路上，司机付博紧紧握着方向盘，盯着前方，作为开了二十多年的老司机，在这样的雨夜开车显然也不是一件轻松的事，在他的车上，是满满的一车铅丝笼……

凌晨2时，府君寺14坝上，王志远、张一帆几个年轻小伙子正在埋头排水……

凌晨4时30分，防汛办公室，已经一天一夜没合眼的巴开强正扯着嘶哑的嗓子往王庵打电话，了解排水情况……

早上6时整，淤区102桩号处，刘群龙带领的养护职工刚刚完成了一处塌陷的圈堵，正在收拾工具准备去下一个地点开展排水作业……

这一夜，刘会涛局长跑遍了三处控导和30.8公里的淤区，一处处提醒、一遍遍叮咛……

这一夜，当"河南挺住"的声音响遍网络的时候，开封第二河务局全体职工不怕苦、不怕累，挺住了暴雨，确保了黄河祥符区段工程安然无恙，稳如磐石。

不获全胜，不收兵！

7月22日，多日的降雨终于偃旗息鼓，多日未闻的蝉鸣声又此起彼伏响起，最艰难的时刻总算过去了。

上午9时，开封二局再次召开紧急会议，学习传达上级关于防汛救灾指示精神，提醒全局职工要切实强化担当，继续发扬不怕苦、不怕累精神，不获全胜，绝不收兵。

岸旁无雨挂长虹。雨后的繁忙丝毫不逊雨中，在控导坝面、淤背区，仍是一片热闹的景象。一个个水坑被抽干、浪窝被填平，工程又恢复了。同时，防汛物资的补充也在紧张进行中。

雨停，人未歇。

当前，暴雨的威胁依然没有完全过去，开封二局全体干部职工将一如既往扛起重任、冲锋在前，筑牢防洪屏障，坚决、彻底打赢这场应对强降雨的攻坚战！（林一凡）

长河相伴　昼夜无眠
范县河务局全力防范强降雨天气

8 月 22 日夜，范县黄河职工不敢有丝毫懈怠，穿上雨衣和救生衣，拿起竹竿和安全绳，借着手电筒的光亮，开始了夜间的工程巡查工作。“小心路滑、注意安全”行走在湿滑的坝边石上，彭楼险工班班长王勤伟不时提醒巡查人员，要求大家仔细查看工程的每一块石头，生怕错过每一处险情。

据天气预测，8 月 21 日至 24 日，黄河流域中下游有一次强降雨洪水过程，根据防汛形势，8 月 21 日 12 时，黄委发布黄河中下游汛情黄色预警，启动黄河中下游水旱灾害防御Ⅲ级应急响应。

范县河务局领导班子高度重视，紧急召开动员会，传达落实上级防汛要求，迅速启动全员岗位责任制，全局职工立刻到岗到位，严阵以待，全力以赴做好防汛各项工作。随着防汛形势的日益紧迫，河南河务局、濮阳河务局连夜召开防汛视频会议，22 日凌晨 2 时左右结束后，该局紧接着召开防汛会议，部署机关人员下沉一线相关工作。同时按照专业队伍和群防队伍 1 ∶ 3 的比例，督促乡镇落实群防人员，充实巡坝查险力量。

清晨 7 时，几乎一夜没有休息的局领导干部，分别带领 94 名机关人员分成的 4 个小组，从机关出发奔赴杨楼、吴老家、彭楼和李桥班组。7 时 50 分陆续抵达一线班组后，与沿黄乡镇领导对接，460 名群防人员与专业队伍结合，细化责任，分组分工，巡查任务落实到坝、到人。

9 时 10 分，按照责任分工，大家穿上救生衣、带上救生圈，巡查工作就此全面展开。与此同时，一线养护人员争分夺秒，普查防洪工程安全隐患，填垫水沟浪窝、疏通排水设施，赶在降雨前完成工程修复工作，夯实防洪工程抗雨水冲刷能力。

18 时左右，降雨如期而至，防汛气氛更加紧张起来。“加密巡查，全力迎战。”濮阳河务局机关下沉一线人员赵继勇，带领基层职工和群防队伍对李桥坝段进行雨中工程巡查，查勘河势和工情状况，控导、险工、堤防随处可见巡查人员忙碌的身影。

20时30分，黄河大堤漆黑一片，降雨越下越大。吴老家工程班班长王勇华正在工程坝垛上巡查，明年即将退休的他是名副其实的老黄河。“我对这些坝熟悉，哪儿易出险、哪儿是防守重点，心里最有数，下这么大雨，不巡查一边，心里不踏实。”王勇华和巡查人员脚上沾满了泥土，裤腿湿了半截，说话间用手抹了一下脸上的雨水。这是今夜范县黄河一线班坝巡查的一个缩影。

23日凌晨时分，范县河务局防汛工作群再次热闹起来，一张张督察防汛的照片出现在群里——濮阳河务局局长仵海英、副局长张怀柱、范县河务局局长荆朝辉、副局长王海滨在杨楼工程坝上查看人员巡查值守情况。此后，仵海英先后来到吴老家、李桥、彭楼工程一线，对人员到岗到位、值班值守、巡坝查险、群防队伍落实、机关人员下沉一线、带班领导履职等情况进行全面督察，强化防汛工作纪律，压紧压实巡查责任，全力以赴迎战强降雨天气过程。

降雨还在继续，巡查从未停歇。在迎战新一轮强降雨天气过程中，范县河务局全员日夜奋战在黄河防汛一线，跑出“加速度”，赛出“新成绩”，赢得“新胜利”，以黄河人的责任和担当，拼搏和坚守，守护万家灯火，护佑一方平安。（徐刚强 董现辉）

沁水河畔“最可爱的人”

受近期连续强降雨及上中游来水影响，沁河下游武陟水文站 7 月 23 日 3 时 12 分出现 1510 立方米每秒最大流量，形成自 1982 年以来最大洪水，防汛形势异常严峻。汛情就是命令，防汛就是责任。温县河务局迅速进入战时状态，全体干部职工严阵以待，每个人都是防汛战线上的“战士”，为确保防洪安全时刻准备“战斗”。

党员带头：初心照我去“战斗”

防汛一线是党员干部发挥先锋模范作用的“火线”，是党员干部践行党的根本宗旨的“阵地”。面对汛情，温县河务局党员干部扛起义不容辞的防汛责任，坚持人民至上、生命至上，在防汛一线充分发挥党员先锋模范作用。

冯星，队长走在队伍前。

作为温县河务局抢险队队长，自 7 月 11 日驻守沁河堤防，这半个月里，他以堤为床，以天为被，扎根防汛一线。11.172 公里的沁河堤防，已经走了不知多少遍。面对暴雨，他连续作战 30 多个小时，因为巡堤查险、排查工程隐患、指导险情抢护、群防队员统筹调配等各项工作，都需要他来安排调度。

大家都说：“哪里有险情，哪里就有冯星的身影。”嗓子哑了，脚磨烂了，但他“战斗”的脚步却丝毫不停歇，依然不知疲惫的奋战在防汛第一线。

张鹏飞，“老战士”的新挑战。

6 月份之前他还是一名 8 年驾龄的司机，而今他却快速成长为防汛一线的“多面手”。从学习堤防巡查、运行观测到带领群防队员巡堤查险，从连夜接收调拨物资的“接收员”到铅丝网片“装卸工”，从新村班组“大总管”到防汛一线“勤务员”，他在一次次身份的转变中，展现出了一名共产党员的责任担当，就如他自己常说的“我是革命一块砖，哪里需要往哪搬”。

张红艳，“我的岗位我负责”。

由于夜晚冒雨巡查，加上白天太阳暴晒，7 月 23 日晚上张红艳有些中暑，恶心呕吐。得知情况后，领导准备给他换个岗位，他却说：“这段堤防我熟悉，换了别人不了解情况。”就这样，他在简单吃了点药后，继续踏上了巡查路。

在笔者采访他的时候，他还直说：“作为河务局的职工，尤其是一名党员，这个时候就是要带头，要干好工作不出错。”

劳模请缨：不退水不下“火线”

“不畏艰险、攻坚克难”是劳模精神的重要内核。温县河务局劳动模范以逆向而行的坚毅，彰显着黄河职工的无私奉献，让劳模精神在防汛一线绽放光芒。

许国强，黄委劳模。

“张局长，我向您申请，把我调入沁河抢险队防汛物资保障组！”这是得知沁河水位上涨后，许国强打的第一通电话。

一到沁河堤，许国强二话不说就开始发动移动照明设备。到了晚上 9 时多，一起工作的同事才发现许国强是带伤工作，肩颈上还绑着绷带，大家都劝他早点休息，他却不放心，怕别人操作不好照明设备影响查险效果，硬生生地熬到深夜 11 时多，最后被同事强行带离让他去休息。现场的同事说，他走的时候伤口都开始渗血了，他还笑着说，没事儿，是轻伤……

“我只是做了一名一线职工该做的事，被授予黄委劳模，让我深受鼓舞。要说成绩，我感觉做得还不够，还需继续努力。”这是许国强常挂在嘴边的话。

王铎，河南河务局劳模。

素有“人机一体”之称的王铎，是一名装载机操作手。7 月 22 日下午，焦作河务局点名要求技艺高超的王铎紧急支援沁阳马铺险工。

雨天作业，不仅轮胎容易发生侧滑，而且视线模糊，影响抛投精准度。作为有着丰富抢险经验的“老兵”，只见他关上驾驶室门，发动装载机，在只有仅仅 1.2 平方米的岗位上，铲石、抛投、往返，在空中划出一道道完美的弧线，而每个作业周期平均用时不到 3 分钟。“快、准、好”是在场人员对他操作技能的一致评价。

在连续奋战 4 个小时后，这位“老兵”出色地完成了支援任务。

后勤有我：你守“前线”我护你

兵马未动，粮草先行。后勤保障是先锋。在这片特殊的“阵地”上，温县河务局后勤保障组成员是特殊的“战士”，哪里群众最需要，就出现在哪里、冲锋在哪里、战斗在哪里，为一线提供坚实保障。

周跃峰，后勤保障组水电工。

7月20日，受强降雨影响，沁河新村班组突然断电。在机关上班的他二话不说，开上自己的私家车直奔班组。路上积水较深，他开的小心翼翼，以防大水淹车。到了班组，拿起工具，铺设临时电缆，启动发动机，一气呵成。与此同时，局机关、大玉兰班组也纷纷遭遇突然断电。顾不上休息，他又急忙前往局机关、大玉兰班组，而这三个地点开车往返至少需要2个小时，他就这样冒着大雨，奔波在送电路上。

刘振永，后勤保障组成员，负责一线防守人员食宿。

7月11日下午，沁河水位快速上涨，一线人员紧急集结。在时间紧任务重的情况下，他第一时间落实一线班组宿舍情况，随后，立即赶到单位仓库，清点折叠床、被褥，与一起赶来的司机配合，将床、被褥运往一线班组休息点。忙完这些，顾不上休息，刘振永又立刻与司机前往菜市场采购晚饭所需食材，应急准备30余人就餐。

与此同时，后勤保障组的其他成员也在各自岗位上按照分工，雨中“作战”。

孙国忠，司机班班长。进入防汛一线他又拥有了多重身份，一会儿是交通临时疏导员、一会儿是后勤服务员、一会儿又是可移动防汛图。陈兵兵、王小川、冯志达、郭永波，司机。由于夜间冒雨不间断巡查，司机班4名司机分别分布在亢村、善台、吴卜村、新村四处险工，与一线巡查人员共同坚守各节点阵地。

7月24日晚上的新村班组食堂，热闹非凡。原来是该局驻守一线的运行观测人员王涛的39岁生日，后勤保障组提前订购了蛋糕，与一线人员集体唱响生日快乐歌，记录这个难忘的生日，也在一片欢声笑语中有效缓解大家持续作战带来的疲劳。

不惧风雨苦，唯恐负重托。自入汛以来，温县河务局全体干部职工坚守岗位、随时待命，扛起责任、不辱使命，持续奋战在防汛一线，用实际行动诠释了防汛“战士”应有的样子，他们都是“最可爱的人”！（王晓凤　王铎）

后　记

2021 年黄河秋汛，注定要在治黄史上写下浓重一笔。9 月下旬以来，黄河干流 9 天内发生 3 次编号洪水，支流伊洛河、沁河均发生有实测记录以来同期最大洪水，河南黄河干流洪水连续 24 天维持在 4800 立方米每秒左右的量级，长历时、大流量、高水位，汛情特殊，历史罕见。

在水利部、黄委和省委省政府的正确领导下，全局上下坚决贯彻习近平总书记关于防汛救灾工作重要指示精神，认真落实李克强总理批示要求，把秋汛防御工作作为重大的政治任务。全体干部职工坚持人民至上、生命至上，有力、有序、有效抢护各类险情，充分展现了新阶段“黄河铁军勇士”的责任担当，把对党和人民的忠诚书写在防汛抗洪的战场上，确保了河南黄沁河安全度汛，保障了人民群众生命财产安全，实现了“人员不伤亡、滩区不漫滩、工程不跑坝”的防御目标，夺取了黄河秋汛洪水防御工作的全面胜利。

广大新闻工作者及奋战在一线的通讯员，不畏艰险、废寝忘食，用真挚情感、鲜活内容、生动形式，在第一时间创作了一大批优秀新闻作品，将这一特殊的历史过程真实地记录下来。为弘扬伟大的抗洪精神，讲好河南黄河故事、传播河南黄河声音，凝聚攻坚克难、顽强拼搏的强大正能量，河南河务局党组决定编写《战洪图—2021 年河南黄河防御秋汛洪水纪实》一书。

本书以纪实的形式，全面、客观地记录了 2021 年河南黄河防御秋汛洪水的全过程。收入书中的各类文章，既有工作部署、大事实录，又有媒体记者和基层通讯员撰写、拍摄的新闻消息、通讯、短视频，还有感谢信、倡议书、表彰文件等，真实、生动、感人，再现了河南黄河干部职工与时间赛跑、与洪水搏击、与严寒较量、与极限挑战，拼在黄河防汛最前线的身影。

由于编辑出版这本书时间紧、任务重，参与编辑出版的同志忘我工作，夜以继日，谋划全书框架，完善章节设置，搜集图片视频，提升文稿质量，使本书在较短时间内得以完成，将河南黄河防御秋汛洪水的情况全景式呈现，记录历史，鼓舞当代，激励后人。作为一部纪实作品集，所选文章从已发表的众多新闻稿件中遴选，难免挂一漏万，加之编写人员经验有限，时间仓促，粗疏偏颇之处，恳切希望各位读者指正。

编者

2021 年 11 月